Le roman de Bergen

1900 – L'aube

tome 1

du même auteur

1900 L'aube - tome 2 (2007)

dans la collection Gaïa polar

Le loup dans la bergerie (2001)
Pour le meilleur et pour le pire (2002)
La Belle dormit cent ans (2002)
La femme dans le frigo (2003)
La nuit, tous les loups sont gris (2005)
Anges déchus (2005)

Chez d'autres éditeurs

Brebis galeuses (L'aube)

La plupart des polars de Gunnar Staalesen sont aussi disponibles en collection Folio Policier.

Ouvrage traduit avec le concours
de *NORLA*, Oslo.

Gunnar Staalesen

LE ROMAN DE BERGEN

1900 – L'AUBE
tome 1

Traduit du norvégien par
Alexis Fouillet

roman

GAÏA EDITIONS

Si vous souhaitez être régulièrement informés de nos publications et de notre agenda de manifestations, n'hésitez pas à prendre contact :

Gaïa Éditions
Boissec
40250 Larbey

téléphone : 05 58 97 73 26
télécopie : 05 58 97 73 39

www.gaia-editions.com

Titre original :
1900 Morgenrød

Illustration de couverture :
© Collection Jo Gjerstad
Torgallmenningen aux alentours de 1900

ISBN 13 : 978-2-84720-084-3

Tous les personnages et événements décrits dans ce livre sont fictifs, hormis les personnages historiques expressément nommés et les événements de l'Histoire bien connus. À des fins de vraisemblance et d'authenticité du récit, tous les personnages fictifs ont des noms patronymiques norvégiens (ou berguénois) courants. Il faut en conséquence souligner que toute ressemblance avec des personnages réels, existant, ou ayant existé, ou des événements ayant véritablement eu lieu, serait pure coïncidence. Si c'est le cas, l'auteur ne peut guère que présenter ses plus sincères regrets.

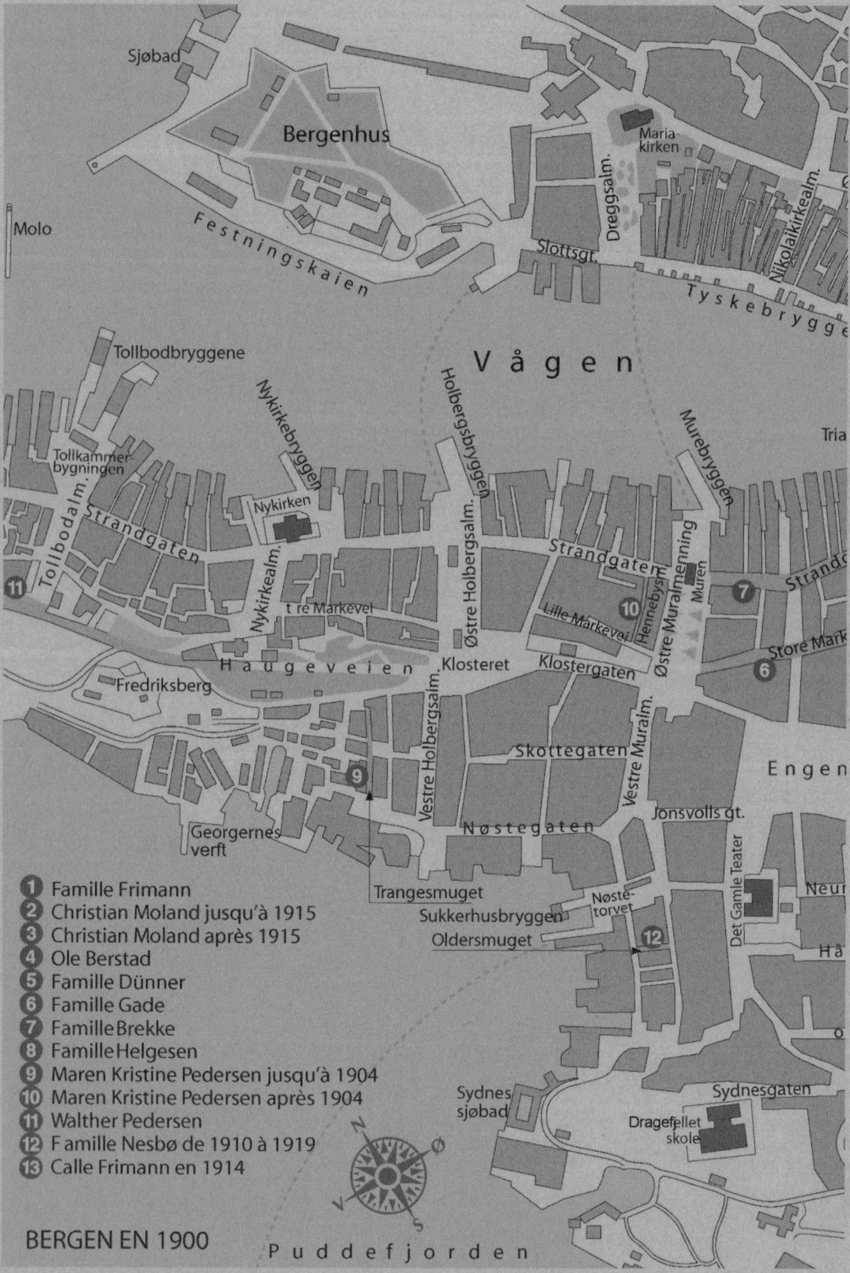
Sjøbad
Bergenhus
Molo
Festningskaien
Maria-kirken
Dreggsalm.
Nikolaikirkealm.
Slottsgt.
Tyskebrygge
Vågen
Tollbodbryggene
Nykirkebryggen
Holbergsbryggen
Murebryggen
Tollkammer-bygningen
Tollbodalm.
Strandgaten
Nykirken
Nykirkealm.
Østre Holbergsalm.
Strandgaten
Hennebysm.
Østre Muralmenning
Muren
Lille Markevei
Store Markevei
Haugeveien
Klosteret
Klostergaten
Fredriksberg
Vestre Holbergsalm.
Skottegaten
Vestre Muralm.
Engen
Jonsvolls gt.
Nøstegaten
Georgernes verft
Det Gamle Teater
Trangesmuget
Sukkerhusbryggen
Nøste-torvet
Oldersmuget
1 Famille Frimann
2 Christian Moland jusqu'à 1915
3 Christian Moland après 1915
4 Ole Berstad
5 Famille Dünner
6 Famille Gade
7 Famille Brekke
8 Famille Helgesen
9 Maren Kristine Pedersen jusqu'à 1904
10 Maren Kristine Pedersen après 1904
11 Walther Pedersen
12 Famille Nesbø de 1910 à 1919
13 Calle Frimann en 1914
Sydnes sjøbad
Sydnesgaten
Dragefjellet skole
N
Ø
S
V
BERGEN EN 1900
Puddefjorden

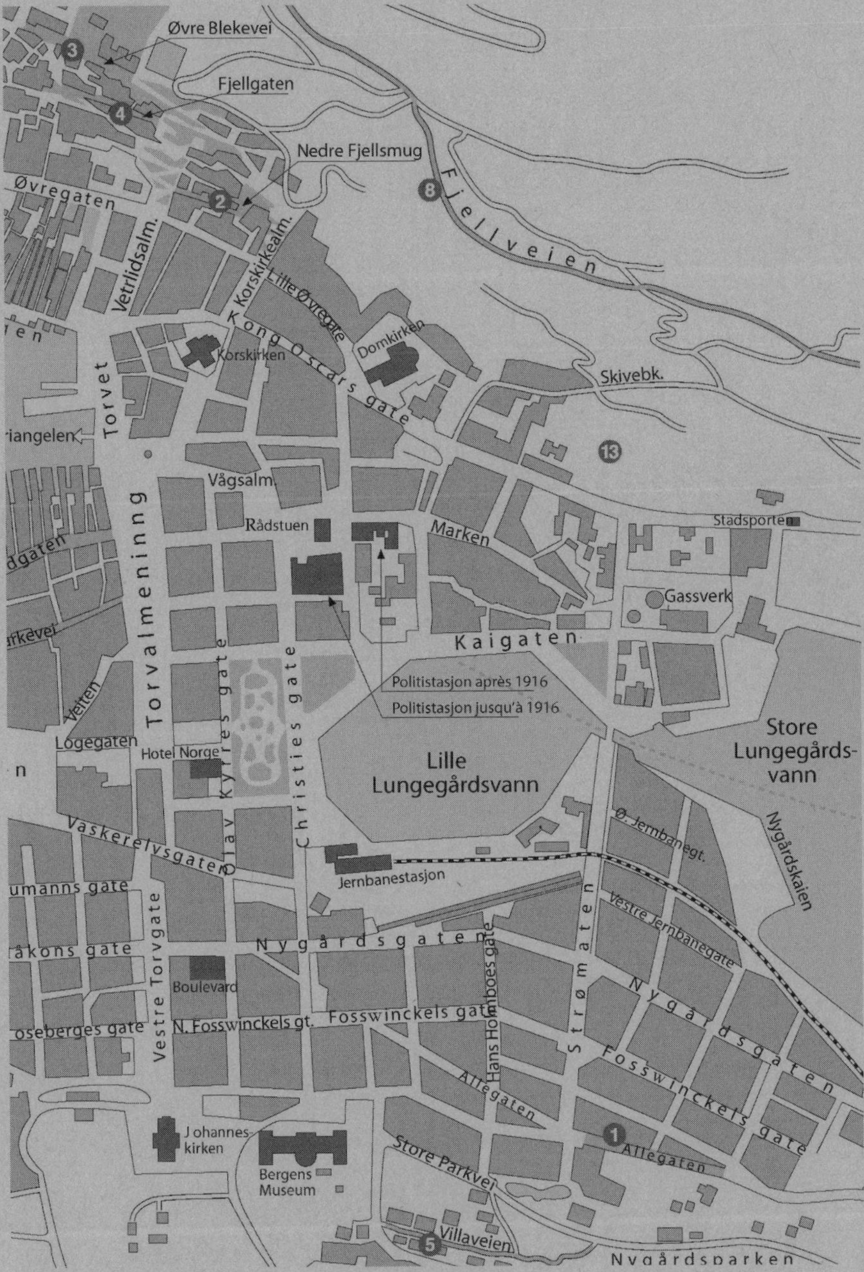
Øvre Blekevei
Fjellgaten
Nedre Fjellsmug
Øvregaten
Vetrlidsalm.
Korskirkealm.
Lille Øvregate
Fjellveien
Domkirken
Korskirken
Kong Oscars gate
Skivebk.
Torvet
Vågsalm.
Rådstuen
Marken
Stadsporten
Torvalmeninng
Gassverk
Kaigaten
Politistasjon après 1916
Politistasjon jusqu'à 1916
Logegaten
Hotel Norge
Olav Kyrres gate
Christies gate
Lille Lungegårdsvann
Store Lungegårdsvann
Ø. Jernbanegt.
Nygårdskaien
Vaskerelvsgaten
Jernbanestasjon
Vestre Jernbanegate
Strømgaten
Vestre Torvgate
Nygårdsgaten
Hans Hombøes gate
Boulevard
N. Fosswinckels gt.
Fosswinckels gate
Allegaten
Johannes-kirken
Bergens Museum
Store Parkvei
Villaveien
Nygårdsparken
Veiten
1
2
3
4
5
8
13

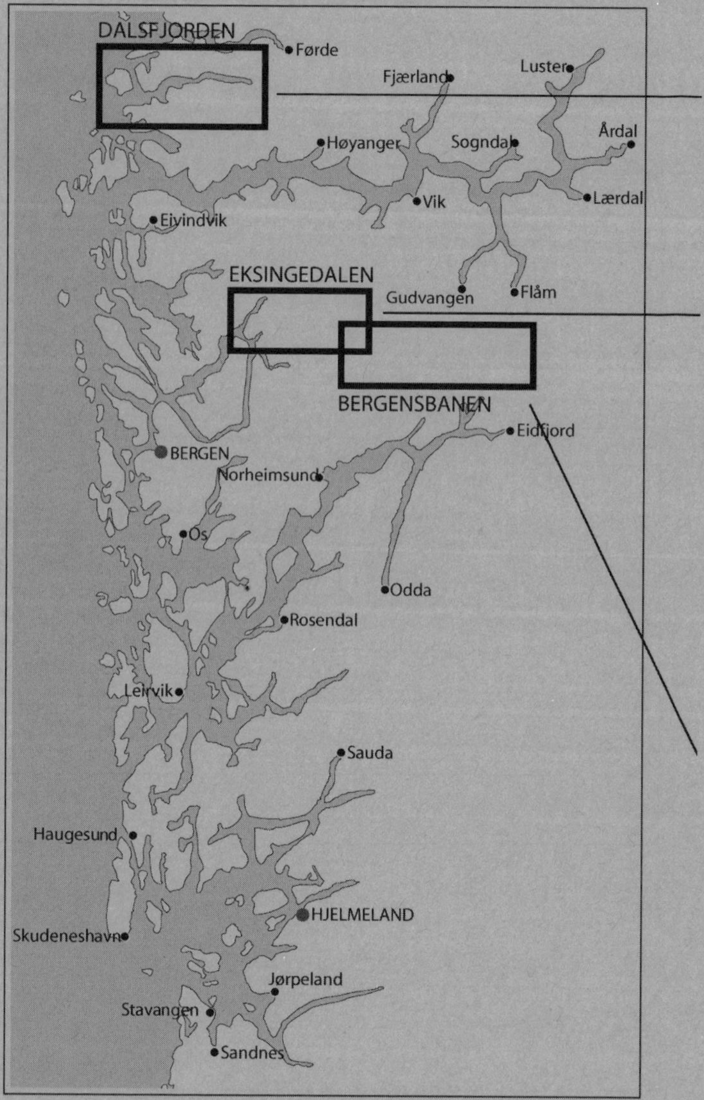
DALSFJORDEN
Førde
Fjærland
Luster
Årdal
Høyanger
Sogndal
Vik
Lærdal
Eivindvik
EKSINGEDALEN
Gudvangen
Flåm
BERGENSBANEN
Eidfjord
BERGEN
Norheimsund
Os
Odda
Rosendal
Leirvik
Sauda
Haugesund
HJELMELAND
Skudeneshavn
Jørpeland
Stavanger
Sandnes

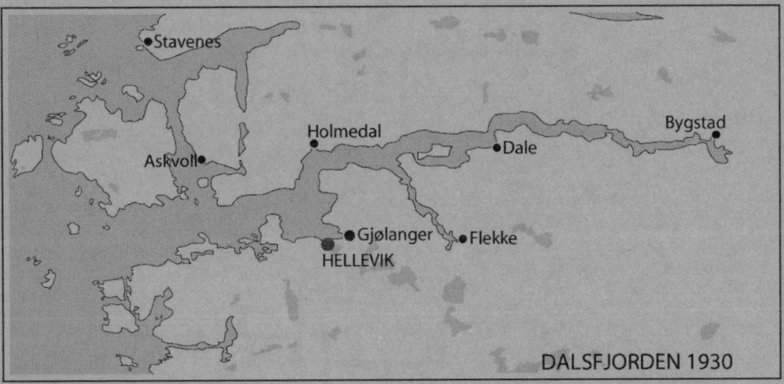
Stavenes
Holmedal
Bygstad
Askvoll
Dale
Gjølanger
Flekke
HELLEVIK
DALSFJORDEN 1930

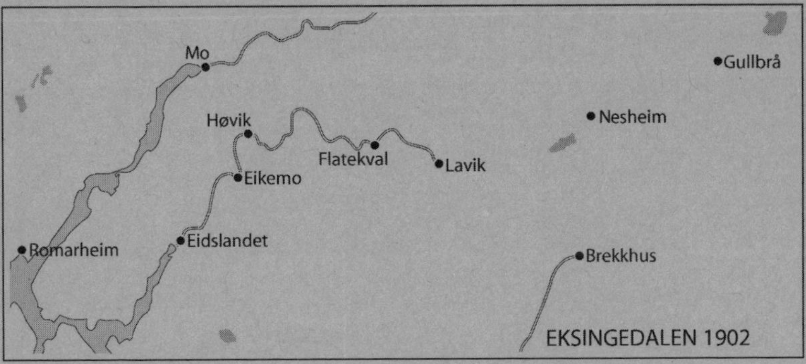
Mo
Gullbrå
Høvik
Nesheim
Flatekval
Lavik
Eikemo
Romarheim
Eidslandet
Brekkhus
EKSINGEDALEN 1902

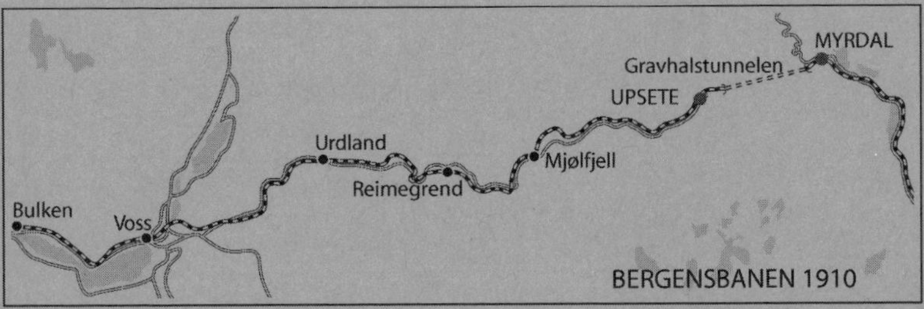
MYRDAL
Gravhalstunnelen
UPSETE
Urdland
Mjølfjell
Reimegrend
Bulken
Voss
BERGENSBANEN 1910

1

Le consul Carl August Frimann fut passé à tabac et décéda au cours de la nuit du 31 décembre 1899. Il ne fut retrouvé que vers 7 h 30 le lendemain matin, par la servante de la maison. Il avait alors toujours sur le visage le masque de loup qu'il avait porté au bal du nouvel an, chez l'armateur Dünner.

Le cri de la servante réveilla non seulement Madame, Helene Margrethe Frimann, qui était allée se coucher tôt la veille au soir en raison d'une migraine carabinée et qui pour cette raison n'avait pas assisté à ce bal, mais également ses deux filles, Sofie Helene, dix-sept ans, et Henricke Cecilie, dite alors « Tardillon », un an et demi, et qui par la suite ne serait connue que sous le sobriquet de Rikkemor[1]; sans compter la veuve Troye, un étage au-dessus, qui crut un court instant que l'heure du Jugement Dernier était arrivée, fort à propos en cette croisée de siècles, et que c'étaient les tout premiers trombones qu'elle entendait sonner.

Une Rikkemor hurlante sur le bras, Sofie Helene sortit en trébuchant dans l'escalier, simplement vêtue de sa chemise de nuit. Elle vint se planter juste derrière sa mère, déjà appuyée au chambranle de la porte, comme sur le point de s'effondrer.

« Mais le Seigneur Jésus, mais le Seigneur Jésus », psalmodiait Mme Troye qui s'était immobilisée au sommet des marches.

La servante criait sans discontinuer, comme si sa poitrine entière était en train d'éclater.

Le consul Frimann était étendu sur le sol devant elles, en habits du dimanche, des habits pour l'heure imbibés d'un sang noir séché et d'une masse indéterminée gris-vert

[1] Les appels de note renvoient en fin d'ouvrage.

qui s'était échappée par l'arrière de son crâne démoli. Le ridicule masque de loup s'était tourné sur le côté, de sorte que ses orbites vides levaient sur elles un regard torve et bancal.

« Carl August », balbutia Mme Frimann avant de se plier brusquement en avant, ses deux mains fines plaquées sur la bouche, sans pouvoir empêcher que ce qui remonta en un spasme acide de son ventre ne jaillisse entre ses doigts et ne commence à goutter sur son peignoir de soie bleu ciel.

Alors seulement la servante se tut.

Tout ce que l'on entendait, c'était la psalmodie monotone de Mme Troye :

« Mais le Seigneur Jésus, mais le Seigneur Jésus… »

Finalement, ce fut Sofie Helene qui dut risquer :

« Ne-ne d-devrait-t-on pas a-appeler la police ? »

2

On frappait avec insistance à la porte du bas.

L'inspecteur de police Christian Moland, de la Brigade d'Investigations, s'assit brusquement dans son lit. Il demeura encore quelques secondes entre veille et sommeil. *Oh, Seigneur, c'est déjà fini ? Est-ce que j'ai été…*

Mais il entendit alors le ronronnement des lèvres d'Agnes qui dormait sur le dos, et vit son gros ventre rond. La grosse tête de Per Christian pointait au-dessus du bord du lit d'enfant, et regardait son père avec surprise.

« Qu'est-ce que c'est ? »

Il mit un doigt sur sa bouche.

« Chut… ne réveille pas Svend Atle… »

Il posa les pieds par terre, les glissa dans ses grandes pantoufles de feutre chaud, regarda vers la fenêtre, de l'autre côté de laquelle le jour commençait tout juste à poindre, se leva et passa un cardigan avant de sortir sa montre de la poche de son gilet, soigneusement suspendu à une chaise à côté du lit, et d'y jeter un coup d'œil. *9 h 15, le premier janvier ! Ce doit être gra…*

Agnes avait également entrouvert les yeux.

« Qu'est-ce que c'est, Christian ?

– Je ne sais pas. Ce doit être important. »

De nouveaux coups secouèrent la porte.

« Oui, oui, j'arrive », grommela-t-il en faisant un signe de tête rassurant au gamin de quatre ans qui s'était réveillé, avant de refermer doucement la porte derrière lui.

Arrivé dans l'escalier, il haussa le ton :

« Voilà, voilà, voilà ! J'arrive ! »

Un bref instant, il se demanda s'il devait enfiler son gros manteau. Il décida d'ouvrir d'abord. Il tourna la clé dans la serrure et tira la porte vers lui.

Dans la ruelle au dehors, il vit un agent baraqué, taillé à coups de serpe, répondant au nom d'Igelkjøn. Impossible de ne pas remarquer la zone sombre entourant sa moustache noire et dense ni son nez rouge et galeux, comme après une rencontre involontaire avec un lynx ronchon.

« Excusez-moi, commença-t-il dans son parler caractéristique du Sunnfjord, en se redressant pour saluer comme l'exigeait son rang. Mais le commissaire m'a chargé de faire savoir à l'inspecteur de police qu'il devait se présenter sans délai au Quartier Général. Il s'est certainement passé un... »

Igelkjøn hésita.

« Oui ? Un...

– Un meurtre, je l'ai entendu le dire bien clairement.

– Un meurtre ! s'exclama Moland en jetant un regard horrifié à ce natif du Sunnfjord d'ordinaire si pondéré. Mais de qui ?

– C'était sans doute un aristocrate.

– Pas une classique bagarre entre ivrognes, donc ? »

Un meurtre ! Il essaya de se replonger dans ses souvenirs. Avait-il jamais... Si, un meurtre à l'arme blanche, perpétré en état d'ébriété, quatre ou cinq ans auparavant, mais c'était bien le seul. En dehors de cela, c'était en grande majorité sur des vols, des escroqueries et des crimes de ce genre qu'il se voyait chargé d'enquêter.

« Eh bien... » Il se reprit. « Vous voulez attendre à l'intérieur ?

– Non, déclina Igelkjøn en secouant énergiquement la tête, je dois rentrer immédiatement. Le directeur de la police a convoqué tout le monde. On doit être prêts à accomplir toute mission qu'il sera nécessaire de mettre en œuvre. »

Comme si souvent par le passé, Moland fut frappé de constater le soin extrême que ces agents mettaient à s'exprimer lorsqu'ils répétaient des directives, comme si dans l'ordre très précis des mots résidait l'absolue nécessité de les exécuter.

« Bien, alors il ne me reste plus qu'à m'habiller, et je serai opérationnel, moi aussi. »

Il jeta un rapide coup d'œil dans la ruelle. De hautes congères consécutives aux fortes chutes de neige qui avaient précédé Noël bordaient encore Nedre Fjellsmug. En passant, les gens avaient façonné un chemin dans le milieu de la ruelle, jusqu'au pavé, et chaque propriétaire avait dégagé sa propre allée à la pelle pour pouvoir sortir. Il leva les yeux. Le ciel matinal était bleu foncé, tacheté d'étoiles.

« En tout cas, on n'aura pas besoin de déneiger, aujourd'hui… »

Il referma la porte derrière lui et remonta rapidement à la chambre. Agnes s'était assise dans le lit et attachait déjà ses épais cheveux bruns dans sa nuque lorsqu'il entra.

« Je dois partir, expliqua-t-il très vite. Tout le monde est convoqué, exceptionnellement.

– Mais qu'est-ce… »

Ses grands yeux bleus le regardèrent, pleins de questions.

Il s'assit sur le rebord du lit, laissa son regard tomber sur le gros ventre de sa femme et secoua la tête, comme en signe de négation.

« Il ne faut pas que tu t'en fasses pour ça…

– Mais je ne m'en fais pas ! J'ai simplement demandé ce qui…

– Je ne sais pas encore. C'était l'un des agents. Il y a eu un… Oui, un meurtre.

– Un meurtre ! » Il la vit joindre instinctivement les mains autour de la vie à laquelle elle allait donner le jour. « Mais qui… »

Il lui saisit les mains, se pencha en avant et déposa un baiser léger sur sa joue.

« Je ne sais pas. Je ne sais rien… Mais maintenant, il faut que je m'en aille. »

Il se leva et se rendit au petit cagibi attenant à la chambre. Il attrapa la cruche, versa de l'eau dans le lavabo et se lava rapidement le visage. Puis il jeta un coup d'œil dans le minuscule miroir de toilette, passa une main sur sa moustache claire et hésita un instant. Il savait combien le commissaire désapprouvait les manquements au rasage. Sa main s'arrêta une seconde sur le coupe-choux et le bol. *Mais… un meurtre !* Avec un petit soupir, il décida que le commissaire accepterait la toilette matinale expéditive, compte tenu de la gravité de la situation. Quoi qu'il en soit, fort d'une précédente expérience, il avait un nécessaire de secours dans son casier, au poste.

Il s'habilla en toute hâte : sous-vêtements, chaussettes, fixe-chaussettes, chemise, pantalon et bretelles, gilet. Il déboutonna son col et noua la cravate noire unie en gestes adroits, avant de mettre ses chaussures qu'il frotta rapidement avec la peau qui était dans la caisse à chaussures. Il enfila enfin la veste de costume brune et retourna dans la chambre. Il ramassa la montre à gousset sur la chaise où il l'avait posée, l'agrafa à son gilet et la glissa dans sa poche.

« Bien… »

Il baissa les yeux sur Agnes, qui avait remonté son oreiller contre la tête de lit et le regardait, mi-allongée, mi-assise.

« Ça va ? »

Elle hocha lentement la tête.

Per Christian escaladait son lit pour en sortir.

« Moi aussi, je veux sortir, papa. Moi aussi !

– Papa doit aller au commissariat. Toi, tu dois rester ici et veiller sur maman.

– Mais tu avais dit qu'on irait faire un tour en luge !

– Oui, oui, mais maintenant… ! » Il se tut, ayant pris conscience du ton qu'il employait, et reprit un peu plus doucement : « Dès que je reviens… c'est promis. On montera à Skansemyren, et on glissera jusqu'à l'Éternité. »

Avec un petit pincement au cœur, il vit le visage du gamin s'éclairer.

« Oh, chouette, chouette, chouette ! »

Il sautait, pieds nus, et s'enthousiasmait tellement qu'ils durent le faire taire.

« Ne réveille pas Svend Atle, enfin ! Il dort encore... »

La mère se poussa de côté dans le lit et replia un pan d'édredon.

« Viens ici, Peremann[2], qu'on se fasse des câlins, nous... comme ça, papa, il pourra faire ce qu'il veut, lui... »

Moland les regarda avec un mélange de tendresse, de désir et de jalousie. Il ne se serait pas fait prier pour y rester, sous cet édredon avec elle, lui aussi, en ce jour férié, pour une fois qu'ils auraient pu cesser un peu de courir...

« Bon. J'y vais. »

Elle leva une main paresseuse en guise d'adieu. Per Christian s'était allongé dans le creux du bras de sa mère, et rayonnait en regardant son père de ses yeux bleu sombre étincelants.

« Au revoir !

– Au revoir », marmonna Moland avant de refermer tout doucement la porte derrière lui.

Dans le hall, au pied des marches, il passa son manteau noir, descendit son melon de l'étagère à chapeaux et le posa sur sa tête, très légèrement de travers. Il prit sa bourse à tabac et sa pipe courbe dans le vase en poterie sur la commode, rentra la tête dans les épaules et sortit en frissonnant dans le matin froid de ce lundi.

3

Le commissaire Wilhelm Krohn-Hansen rappelait toujours à Christian Moland un professeur d'allemand qu'il avait eu l'année où il avait passé le baccalauréat à la Katedralskole de Bergen, en 1888. Il avait la même barbiche blonde, les mêmes pointes de moustache cirées, et surtout, le même regard sévère, bleu nuit, sous des sourcils châtain clair peu engageants. Son col blanc récemment amidonné était impeccable, son nœud de cravate aussi compact qu'un nœud plat, et la chaîne récemment astiquée de sa montre à gousset reposait sur son ventre puissant et musculeux comme des amarres à marée basse.

En pénétrant dans la salle de garde au rez-de-chaussée de l'ancien Palais de Justice, sur Rådstuplass, Moland constata à sa grande surprise que douze inspecteurs étaient déjà présents, en plus d'une dizaine de collègues en uniforme appartenant au corps des agents de police. Il remarqua avec irritation qu'il était apparemment le dernier arrivé, et se douta que cela lui vaudrait des remarques négatives dans les registres.

Krohn-Hansen l'accueillit d'un bref signe de tête avant de poursuivre là où il avait été interrompu :

« Comme je disais, je veux que vous interrogiez systématiquement tous les voisins sans exception, depuis Dragefjellet jusqu'à Wallendahlsmarken, et depuis Dokken jusqu'au Bypark, pour savoir si quelqu'un a pu entendre ou voir quoi que ce soit de suspect, important ou pas. »

Il se passa une main courroucée sur la barbiche, et adressa un hochement de tête à l'un des inspecteurs.

« Jørgensen, vous organiserez cette partie de l'enquête, répartirez les hommes, délimiterez les zones. » Puis, plus fort : « Y a-t-il des questions ?

– Monsieur le commissaire, se risqua l'un des agents, pendant combien de temps devrons-nous poursuivre ces interrogatoires ?

– Jusqu'à ce que nous ayons obtenu des résultats, répondit Krohn-Hansen avec hargne. Autre chose ? »

Quelques rares présents se donnèrent la peine de secouer la tête. Jørgensen les appela alors devant un plan de la ville affiché sur l'un des murs latéraux, et répartit les troupes en fonction des rues et quartiers.

Krohn-Hansen fit signe à Moland.

« Vous venez avec moi, Moland. »

Il jeta un rapide coup d'œil autour de lui, et son regard s'arrêta sur l'un des autres inspecteurs.

« Monsieur Berstad ! Par ici… »

Ole Berstad et Christian Moland échangèrent un bref signe de tête, et suivirent le commissaire dans la grande salle de la Brigade d'Investigations.

Krohn-Hansen s'assit à l'extrémité de la grande table et indiqua deux chaises libres.

« Prenez place, messieurs. »

D'ordinaire, le commissaire s'asseyait à l'imposant bureau, derrière le comptoir. Les inspecteurs avaient chacun leur place d'un côté de la table grossièrement menuisée, en fonction de leur ancienneté, tandis que les personnes entendues étaient assises de l'autre côté. Un portrait du roi Oscar II était accroché au mur derrière le comptoir. Ce que la pièce comptait en outre de plus marquant était les quatre grands crachoirs d'étain disposés stratégiquement par rapport aux sièges.

Krohn-Hansen s'éclaircit la voix.

« C'est à vous deux, messieurs, que j'ai confié la partie la plus délicate de cette enquête, puisque vous êtes tous deux issus, dois-je dire, des couches sociales appropriées. »

Les deux inspecteurs se regardèrent furtivement ; Berstad avec une certaine condescendance, selon Moland, car bien qu'ils viennent l'un comme l'autre de familles de commerçants fort bien établies, celle de Berstad avait nettement plus d'argent en banque.

« Il se trouve que nous serons tenus dans le cas présent de procéder avec la plus extrême prudence, eu égard à… Oui, je dirais presque par respect pour certains des plus importants citoyens de la ville. » Il sortit sa montre. « J'ai déjà convenu d'un rendez-vous avec l'armateur Dünner, chez lui, dans un peu moins d'une heure. Nous irons tous les trois. La suite de l'enquête, hrmm, dans ce milieu, j'aimerais que ce soit vous deux qui vous en occupiez, avec prudence et correction, en relation et collaboration constantes avec moi. Et c'est *moi*… » Il souligna ce mot en donnant trois coups de la phalange de son majeur droit sur la table. « … qui dirigerai d'éventuelles auditions de témoins à ce niveau. C'est bien clair ?

– Oui, répondit Moland. Si ce n'est que…

– Oui, j'ai bien conscience que vous n'avez pas encore été mis au fait des réalités de l'affaire, M. Moland.

J'y viens. Cela ne fera en tout cas aucun mal de revoir les détails de l'affaire, en l'état actuel des choses, avant de rencontrer l'armateur Dünner.

– Mais qui a été tué ?

– Le consul Frimann, déplora Krohn-Hansen.

– Le consul Frimann !

– Vous le connaissez ?

– Pas personnellement, mais je sais bien de qui il s'agit… de qui il *s'agissait.*

– Voici les faits, poursuivit sévèrement le commissaire. Le consul Frimann a été invité à une sorte de, hum, bal masqué chez l'armateur Dünner, à l'occasion du nouvel an, oui, vous ne le savez peut-être pas, mais *madame* Dünner – elle a certains penchants artistiques – oui, ce doit être elle qui a convaincu l'armateur de se joindre au comité en faveur du nouveau théâtre, et, pour faire court, Frimann est venu seul. Son épouse ne se sentait pas bien. Mais au moment de tomber les masques, vers minuit, le consul était déjà parti.

– Eh bien ! Où ça ? »

Krohn-Hansen plissa les lèvres sous sa moustache soignée.

« Qui peut le dire, M. Moland, qui peut le dire… »

Il resta un instant plongé dans ses pensées. Comme pour reprendre le fil de sa conversation, il frappa de nouveau rituellement sur la table, et poursuivit :

« Ce qui s'est passé, c'est que lorsque la servante du consul, une certaine Mlle Cathrine Larsdatter Tufte – de la région de Voss… » Il fit sonner cette précision comme si l'intéressée venait du fin fond de l'Afrique, songea Moland. « … est sortie balayer l'escalier ce matin, à environ 7 h 30, le consul gisait dans la cage d'escalier, dans la maison – mort, des suites d'un coup d'une extrême violence asséné derrière la tête avec un objet contondant.

– Un crime crapuleux ? » s'enquit Moland en jetant un rapide coup d'œil à son collègue Berstad, qui était assis renversé sur son siège, les mains jointes par le bout des doigts, et dont les lèvres minces arboraient toujours cette expression condescendante.

« Exclu, M. Moland. Malheureusement, j'allais dire. La montre en or du consul, sa chevalière et une certaine somme d'argent qu'il avait dans la poche intérieure de son frac, s'élevant à… enfin, pas une fortune, mais en tous les cas une certaine somme : tout y était.

– A-t-on une idée du moment auquel cela a pu se produire ?

– Comme je l'ai dit, on sait qu'il est parti de chez l'armateur Dünner aux alentours de minuit. L'armateur devait s'en enquérir lui-même auprès de ses domestiques, pour savoir si quelqu'un avait vu le consul au moment où celui-ci s'en allait. Une veuve Troye, qui habite un étage au-dessus de chez le consul – oui, vous savez peut-être qu'il habite dans Allégaten… »

Moland hocha la tête, bien que ce fût une nouveauté pour lui.

« Cette Mme Troye était en bas, à 1 heure, pense-t-elle, et a laissé rentrer son chat, qui miaulait dans la rue. À ce moment-là, il n'y avait personne. En d'autres termes, entre 1 heure et 7 h 30. Mais sur ce point, j'espère que les enquêtes déjà initiées par mes soins… » Il jeta un coup d'œil en direction de la salle de garde, puis de la fenêtre. « … porteront leurs fruits.

– Eh bien… je dois dire que cela est… choquant.

– Choquant ! Quand un homme ayant le statut du consul Frimann est assassiné pour ainsi dire en pleine rue, je m'inquiète sérieusement sur le siècle dans lequel nous entrons !

– Oui, avons-nous des éléments sur la situation du consul ? Je veux dire, que ce soit sur le plan financier ou… dans d'autres domaines ?

– D'autres domaines ? répéta le commissaire avec un regard soupçonneux. Ses finances sont supposées être irréprochables, ses affaires tournent remarquablement, il est le consul du royaume de Belgique, un citoyen fort respecté, j'ai même de temps à autre profité d'un bon cigare en sa compagnie à Den Gode Hensigt[3] ; en clair, il n'y a rien à dire sur le consul Frimann, rien, je le répète !

– Non, non, je ne voulais pas…

– C'est justement pour éviter ce genre de, comment dirais-je, d'*approximations*, que je vous ai demandé, à vous et à M. Berstad, de vous occuper de cette partie de l'enquête, M. Moland. C'est compris ? » dit-il en donnant quelques toc-toc autoritaires sur la table.

« Bien, monsieur le commissaire.

– Le directeur de la police a personnellement insisté pour que l'affaire trouve son dénouement dans les plus brefs délais, afin qu'il puisse la présenter au maire quasiment résolue. »

Ils entendirent les cloches annoncer la première grand-messe de la nouvelle année, tout d'abord celles de la cathédrale, puis quelques secondes plus tard de Korskirken. À l'extérieur, dans Muségaten, les premiers fidèles se rendaient déjà à l'office, et Moland prit tout à coup conscience, comme dans une vision ambivalente des choses, qu'ils n'allaient absolument pas à la première grand-messe du XXe siècle, mais aux gigantesques funérailles du consul Frimann.

« Quand devons-nous être chez l'armateur Dünner ? s'enquit-il prudemment.

– À midi.

– Alors j'ai tout juste le temps... » commença-t-il en se passant une main sur le menton et avec un geste en direction de la porte. « Je suis parti de chez moi aussi vite que possible, et je n'ai pas pris le temps de...

– C'est bon. Je vous donne un quart d'heure, M. Moland. Il est de la plus haute importance d'avoir une apparence correcte. »

À plus forte raison dans ce genre de sphères, ajouta Christian Moland à sa propre intention, tandis qu'il allait à grands pas vers la porte et son nécessaire de rasage.

4

Le commissaire avait réservé une carriole auprès du principal transporteur de la ville, W. M. Bøschen, dans Kong Oscars gate. « Wilchen », comme il se faisait appeler, était le transporteur attitré du roi de Norvège et du Kaiser allemand, quand ils venaient en ville. Le grand type leur tint la portière ouverte avec une habitude toute mondaine lorsqu'ils gravirent les deux marches et s'installèrent confortablement juste sous la capote tirée. Krohn-Hansen prit place à l'arrière sur l'un des deux sièges rembourrés, dans le sens de la marche, tandis que les deux inspecteurs se serraient sur le banc du milieu.

« À Villaveien !

– En route pour Villaveien ! »

Le transporteur fit claquer légèrement son fouet sur le dos des chevaux, et ils partirent, pour partie sur le pavé, pour partie sur la neige et le gravier, à travers la ville encore plongée dans le calme matinal. Maintenant que les fidèles s'étaient rassemblés à l'intérieur, les boulevards les plus larges étaient si vides de monde que toute vie semblait en avoir disparu, peut-être parce que les célébrations du nouvel an avaient été particulièrement appuyées cette année, en tout cas pour certains.

Les journaux de la ville, les cafés, les restaurants et tous les autres endroits où les gens se retrouvaient avaient été durant plusieurs semaines le théâtre de discussions animées visant à déterminer dans quelle mesure ce passage à la nouvelle année marquait également celui du XIXe au XXe siècle, ou si le bail devrait être reconduit d'un an. Les adeptes des mathématiques affirmaient que si le temps commençait en l'an zéro, mille neuf cents ans s'étaient écoulés au moment où l'on avait passé le 1er janvier 1900, et l'on entrait dans le siècle suivant, le XXe. Leurs détracteurs en appelaient à ce qui avait été fait par le passé, quand les passages aux siècles précédents avaient été fêtés à l'entrée des années 1701 et 1801. Au final, ce fut l'almanach qui eut le dernier mot. À l'en croire, il restait encore un an avant le changement de siècle. En conséquence, plusieurs célébrations avaient été annulées, tandis que d'autres, en pure protestation, se voyaient accorder davantage d'importance. De sorte que cette année-là, les fêtes du nouvel an avaient donné l'impression de boiter, un pied dans le passé et un dans l'éternité, dans l'écrasant accompagnement des orchestres brouillons et hétéroclites de gamins. Ceux-ci envahissaient chaque année les rues et créaient une cacophonie réunissant en une seule et unique fanfare assourdissante tous les instruments de musique possibles et imaginables.

Pour sa part, Moland avait fêté le nouvel an en débouchant une bouteille de mousseux, ce dont il n'avait pas les moyens à chaque nouvel an, et il avait dû la vider seul, en raison de l'état de sa femme. Ses estimations à lui situaient les Berguénois sans plus de doute dans le XXe siècle, l'almanach pouvait bien dire ce qu'il voulait.

Le transporteur suivit le chemin le plus direct pour arriver à Nygårdshøyden. Depuis Rådstuplass, il tourna dans Christies gate, passa devant l'imposant hôtel Metropol et sa façade en stuc bien entretenue, puis la zone de jeu spécialement conçue pour les enfants, Børneparken. Moland poussa un léger soupir en voyant deux petits garçons, guère plus grands que Per Christian, se lancer des boules de neige, sous la surveillance stricte d'une bonne d'enfants autoritaire.

Lille Lungegårdsvann était gelé. Les vapeurs *Fløen* et *Strømmen* étaient amarrés pour l'hiver à la bouée devant la gare, sur la rive ouest ; de l'autre côté du lac, les chalands de la cristallerie avaient labouré un chenal dans la glace jusqu'au quai de Kaigaten. Plus au sud, près du Strømbro, la soi-disant « dampsentralen », la future centrale électrique à vapeur, serait bientôt terminée. D'après ce qui était prévu, elle aurait dû être ouverte pour le nouvel an. À ce qu'en savait Moland, l'inauguration était repoussée en février, mais la haute cheminée était construite depuis longtemps. Elle avait conféré un autre profil au quartier de Nygård, plantée dans le sol comme un bâton d'infamie[4] contre le massif pentu d'Ulriken, un présage selon lequel l'avenir appartiendrait à la ville et à la technique, et que le sommet de la montagne serait un jour conquis à son tour, pour aussi invraisemblable que cela puisse paraître[5].

Le cheval les conduisit tout au sommet de Christies gate, où ils virèrent à gauche devant le grand bâtiment du musée, installé dans ce qui avait jadis été l'un des lieux de supplice de la ville, et qui était pour cette raison encore appelé Rakkerhaugen[6] par les anciens habitants. Le parc du musée, où il était si délassant de se promener parmi les buissons en fleurs entre juillet et septembre, était aussi paisible et blanc qu'un cadavre embaumé. Tout ce qu'ils entendaient, c'était le son des fers du cheval sur l'allée pavée. L'air était froid et humide, et de la vapeur montait du dos brun sombre de l'animal.

Ils quittèrent Olaf Ryes vei pour s'engager dans Villaveien, et s'arrêtèrent devant une grande maison peinte en blanc tournée vers le Puddefjord.

Krohn-Hansen regarda sa montre et hocha la tête d'un air satisfait.

« Deux minutes d'avance. Comme il se doit. »

Lorsqu'ils sonnèrent, la porte fut ouverte par une femme de chambre rousse vêtue d'une robe noire et d'un tablier blanc. Elle leur fit une si profonde révérence que Moland en éprouva presque du malaise.

« L'armateur Dünner vous attend au salon, informa-t-elle en s'adressant à Krohn-Hansen. Vous pouvez vous débarrasser ici », poursuivit-elle avant d'ajouter avec une légère hésitation : « messieurs », comme si elle ne savait pas exactement quelle place accorder aux deux autres.

Elle ouvrit alors la grande penderie et leur tendit un cintre à chacun. Ils laissèrent leurs melons sur un perroquet à côté de la penderie, et après avoir suspendu leurs manteaux, la femme de chambre les précéda dans la maison.

Ils arrivèrent dans un immense salon lourdement meublé, semé de tapis de soie rouge foncé et décoré de grands paysages dans des cadres dorés. Sur un piano laqué noir, ils virent un cahier de partitions ouvert sur une pièce de Robert Schumann. Dans la salle à manger voisine, accessible par une porte coulissante partiellement ouverte, ils distinguèrent un grand sapin de Noël, abondamment décoré de guirlandes, de paniers de Noël faits maison et de bougies blanches à moitié consumées.

L'armateur Dünner se leva d'un grand fauteuil à oreilles devant la cheminée crépitante. Il serra gravement la main de Krohn-Hansen.

« Monsieur le commissaire... j'aurais vraiment préféré vous accueillir chez moi dans d'autres circonstances...

– Merci, je l'aurais souhaité aussi », marmonna Krohn-Hansen avant de présenter les deux inspecteurs.

Tous deux saluèrent l'armateur Dünner, qui les précéda au salon devant le jardin d'hiver, où des verres en cristal et deux carafes, l'une verte et l'autre incolore – une carafe d'eau et un siphon d'eau de Seltz – attendaient sur une petite table gigogne. La porte du jardin d'hiver était fermée, mais les doubles vitrages laissaient voir les hauts immeubles d'Ole Vigs gate qui défiguraient la vue sur Karensfryd et les anciennes maisons de plaisance de l'autre côté du fjord.

« Quelque chose à boire, monsieur le commissaire ? demanda l'armateur. Cognac ? Liqueur ? Un pjolter[7] ?

– Merci. Si vous le proposez, alors… »

Il lança un regard d'avertissement à ses deux subordonnés.

« Et vous, messieurs ?

– Non, merci…

– Pas pendant le service…

– Allons, allons. » Dünner regarda Krohn-Hansen avec bonhomie.

« Oui, il faut bien faire une certaine différence…

– Mais juste un léger, alors », répondit le commissaire en se servant lui-même dans l'une des carafes, sur laquelle une petite plaque d'argent indiquait *Cognac*. « Mais… venons-en à notre affaire !

– Oui, je dois dire que cela m'a fait un choc, quand vous avez téléphoné pour me raconter ce qui s'était passé, monsieur le commissaire. D'une certaine façon, je n'ai pas encore réalisé.

– Non… »

Un peu en biais, Moland observait discrètement l'armateur.

Ludvig Alfred Dünner avait environ quarante ans, c'était un homme costaud au teint rubicond qui trahissait un sens inné de la bonne chère et des boissons fortes. Ses cheveux blond foncé étaient coupés court, ce qui donnait d'autant plus d'importance aux favoris dans son visage large. Il avait le tic de s'humecter assez souvent les lèvres de sa langue rouge pâle, en un mouvement rapide, comme si elle cherchait inlassablement des fibres de tabac ou autres irrégularités. Cette manie et la constitution massive de l'individu créèrent chez Moland, qui avait reçu une instruction classique, une association entre cet homme et une créature mythologique, mi-bœuf, mi-serpent.

« Laissez-moi vous dire immédiatement, monsieur l'armateur, poursuivit Krohn-Hansen, que nous apprécions énormément que vous ayez pu nous recevoir aussi rapidement. Ce qui nous permet de…

– C'est la moindre des choses ! Personne n'a davantage intérêt que nous – mon épouse et moi – à ce que cette affaire soit promptement éclaircie. Je veux dire, vous n'êtes peut-être pas au courant, mais Helene, Mme Frimann, est ma sœur…

– Quoi ? Non, vraiment, monsieur l'armateur ! Je suis au plus haut point désolé. Si nous avions su, nous n'aurions jamais…

– Non, c'est sans importance dans ce contexte, en fait, l'interrompit Dünner avec un vague geste de la main. Dans le cas présent, ils étaient nos invités, comme les autres.

– Oui, hum, cette réception… Pouvez-vous nous expliquer un peu comment ça…

– C'était l'idée de Christine, ma femme. » Dünner s'éclaircit légèrement la voix. « C'est en quelque sorte quelqu'un de, comment dirais-je, d'extravagant, et elle avait dans l'idée qu'au moment où nous laisserions le XIXe siècle derrière nous, nous devrions également jeter nos masques de ce siècle – et aller à la rencontre des temps nouveaux avec… eh bien… » Il jeta un rapide coup d'œil de côté aux deux inspecteurs, comme si ce qu'il allait dire n'était en fait pas destiné à leurs oreilles. « … de nouveaux visages, comme si nous étions… nés à nouveau. »

Krohn-Hansen hocha la tête, sans que son visage laissât deviner ce qu'il pensait de conceptions comme celle-là.

« D'où l'idée d'un bal masqué.

– Je comprends. Et vous avez envoyé des invitations, si j'ai bien saisi.

– Oui, oui, bien sûr. Il n'y avait que nos plus proches connaissances, nos amis, les adultes de la famille, plus quelques relations de travail sans lesquelles il nous était impossible de compter ; quarante invités en tout.

– Et tous ont répondu présent ? »

Dünner hocha la tête.

« Mais j'ai cru comprendre que Mme Frimann, l'épouse du consul, votre sœur, n'est pourtant pas venue... »

Dünner remua un peu dans son fauteuil, comme s'il n'était pas assis très confortablement. Il attrapa alors son verre de pjolter, le porta à ses lèvres et but une petite gorgée, comme pour goûter.

« C'est justement ça... Les invités sont arrivés masqués, c'était en partie là que résidait l'intérêt. Mais nous ne voulions évidemment pas nous retrouver avec des hôtes indésirables, c'est pourquoi un domestique avait été embauché pour la soirée et contrôlait à l'entrée les cartons d'invitations que les gens avaient été priés d'apporter, en cochant sur une liste au fur et à mesure que ceux-ci arrivaient... Et ils y ont été pointés tous les deux. *Le consul Frimann et sa femme, Helene Margrethe.*

– Eh bien ! » s'exclama Krohn-Hansen avec surprise.

Une voix claire et puissante se fit soudain entendre dans la pièce, si subitement que les trois policiers sursautèrent.

« Je t'ai *dit* que cette femme n'était pas Helene, Ludvig ! Je l'ai *dit* sitôt qu'ils sont arrivés ! »

Une forte femme blonde ouvrit tout grand la porte coulissante et entra. Elle chercha son souffle, mais ceux qui ne la connaissaient pas eurent du mal à déterminer si c'était le fait de l'excitation ou du corset sous sa robe brune, à l'évidence beaucoup trop inconfortable pour une femme de sa corpulence.

Dünner tourna la tête dans sa direction, sans que le reste du corps suivît.

« Christine... je te croyais avec les enfants.

– Non, je les ai confiés à Bolette. Elle va les emmener faire une promenade au parc Nygård.

– Oh... » Il se retourna vers les trois policiers, qui s'étaient levés de leurs sièges. « Bien, voici donc mon épouse. Christine, si tu veux saluer nos invités... »

Les policiers s'inclinèrent profondément devant la femme de l'armateur, Berstad en se fendant même d'une petite révérence, comme si c'était un membre de la famille royale qu'il saluait. Ce ne fut que quand

Mme Dünner eut pris place dans un fauteuil juste à côté de son mari que les policiers se rassirent.

« Nous parlions justement de... commença Dünner.

– Oui, j'ai entendu, l'interrompit sa femme. Et tu te rappelles certainement que je l'ai *dit*: ce n'était pas Helene qui...

– Oui, oui, je m'en souviens. Bien entendu. Nous avions à peine commencé à... »

Cette fois, ce fut Krohn-Hansen qui se permit d'intervenir :

« Sur quoi vous basiez-vous, madame ? »

Elle le toisa de son regard agité bleu clair. Sa bouche aussi bien que ses yeux étaient trop petits par rapport à ses autres mensurations, ce qui lui donnait étrangement l'air d'être empaquetée, comme un cadeau de Noël informe dont il aurait été impossible de deviner le contenu.

« Ça, ce sont des choses qui se *voient*, monsieur le commissaire. Je veux dire, Helene est une personne remarquable, oui, une sœur pour moi aussi, mais on ne peut exclure qu'elle a un côté... timide. La femme qui est arrivée avec Carl August, avec le consul Frimann, hier au soir, était d'un tout autre genre, si je puis me permettre... Il n'y avait qu'à voir sa façon de traverser la pièce, avec une assurance, comme si, oui, comme si c'était elle, l'hôtesse ! »

Dünner toussota.

« Allons, Christine. Ce n'était pas si frappant que cela.

– Sans parler de la robe qu'elle portait ! Tellement, oui, permettez-moi de dire les choses comme elles sont, tellement ajustée, et avec un décolleté qui aurait davantage convenu à une cocotte parisienne du début du XVIIIe qu'à une femme respectable de notre époque...

– Mais, s'immisça prudemment Krohn-Hansen, y a-t-il quelqu'un qui sache de qui il s'agissait ? »

Le silence se fit. Mme Dünner regarda son mari, qui de son côté ne quittait pas Krohn-Hansen des yeux.

« Non, répondit simplement l'armateur. Pas à ma connaissance. »

Moland se pencha poliment en avant :

« Mais... dans quel déguisement est-elle arrivée ? »

Dünner comme son épouse regardèrent avec étonnement l'inspecteur de police, comme s'ils ne s'étaient pas attendus à ce qu'il prenne la parole sans qu'on le lui demandât. Krohn-Hansen non plus n'avait pas l'air spécialement enchanté de cette initiative inattendue.

« Il se trouve que tout le monde n'est pas venu déguisé, répondit Mme Dünner. C'était un bal masqué. Tout le monde était bien habillé, les gens arboraient leurs plus beaux habits, les hommes en costume, les dames dans leurs plus belles créations, et nombreux étaient ceux qui ne portaient que des loups qui les rendaient très facilement reconnaissables. D'autres avaient opté pour des masques un peu plus gros, évasés dans le haut, si grands qu'ils couvraient aussi bien les yeux que le nez. Les femmes, en particulier, peuvent alors être bien plus difficiles à reconnaître. Et puis quelques-uns, surtout les hommes, sont venus avec ces masques animaliers rigides couvrant tout le visage, très appréciés depuis quelques années quand les enfants font le tour des maisons en chantant des chants de Noël.

– Le consul Frimann en portait un de ce style, d'après ce que j'ai compris, glissa Krohn-Hansen.

– Oui, un masque de lion.

– De lion ? Je croyais que c'était un loup ?

– Non, d'après mes souvenirs… »

Elle se tourna vers son mari.

« Loup ou lion, quelle importance ? s'écria l'armateur avec colère.

– Aucune, certainement aucune, s'empressa de répondre Krohn-Hansen. J'ai dû mal comprendre…

– Et cette femme, elle était donc déguisée en… » insista Moland.

Dünner lui jeta un regard mauvais.

« Nous pourrons y rev… commença Krohn-Hansen.

– Un chat rose, l'interrompit Mme Dünner en plissant les lèvres en une moue aigre-douce.

– Une panoplie intégrale ?

– Seulement devant les yeux.

– Donc pas…

– Écoutez, Moland… » intervint Krohn-Hansen.

L'inspecteur de police regarda son supérieur bien en face.

« Ce que je cherche à savoir, c'est si, le cas échéant, la couleur de ses cheveux était visible. »

Krohn-Hansen se tourna de nouveau vers le couple Dünner.

« Oui, on doit bien pouvoir la chang…

– Beaucoup de femmes portaient une perruque », expliqua Mme Dünner en passant inconsciemment une main sur quelques légères mèches blondes qui s'étaient libérées de leur attache au sommet de son crâne, pour les chasser de son front. « Mais elle était vraisemblablement brune.

– Ce qui est important, intervint de nouveau Dünner en battant des mains, comme pour s'attirer l'attention lors d'une réunion à l'ambiance surchauffée, c'est que quand les musiciens ont joué la fanfare, vers minuit, et que tout le monde a dû enlever son masque, ni le consul Frimann, ni cette… cette gonzesse n'étaient là !

– Justement », acquiesça Mme Dünner en jetant un regard éloquent autour d'elle et en pinçant des lèvres courroucées.

Cette précision fut silencieusement assimilée par l'assistance avant que Krohn-Hansen ne reprenne la parole :

« Oui, euh… Manquait-il quelqu'un d'autre ?

– Non, répondit Dünner. Nous étions quarante-cinq au départ, quarante-sept si vous nous incluez Christine et moi, et à minuit, il en manquait donc deux.

– Et personne ne l'avait remarqué avant ?

– Non, non. C'était un banquet tout à fait détendu, avec un buffet froid et un chaud dans la salle à manger, et nous avions aussi ouvert sur les salons, là-dedans… » Il fit un signe de tête vers une porte coulissante à l'autre extrémité de la pièce. « … où se trouvait l'orchestre, et après un verre de bienvenue, où nous avons trinqué pour la ville, la Patrie et, oui, ce Suédois[8], nous les avons invités au buffet, avant de mettre en branle une polonaise grandiose, je dirais vers 22 heures.

– L'arrivée, c'était vers…

– 19 h 30. Et ensuite, on a servi des petits gâteaux et du café, plus des liqueurs, la table de *pjolters* était bien garnie.

Il y avait des vins liquoreux et secs pour les dames, du whisky et du brandy pour les messieurs. Les gens ont dansé dans les deux salons, d'autres ont préféré discuter, simplement. Ma femme a rassemblé quelques-unes des femmes autour d'elle dans la salle de jeu, en bref, c'était une soirée très réussie, et aucun de nous ne se doutait, lorsque nous sommes allés nous coucher vers 2 heures, que nous serions réveillés si tôt et par une aussi affreuse nouvelle !

– Non, soupira Krohn-Hansen avec une compassion ostentatoire. Cette liste des invités, serait-il possible d'en avoir une copie ?

– Vous pouvez sans aucun problème emporter l'original, monsieur le commissaire. Il est ici. »

Dünner se leva, alla à un secrétaire de chêne poli et ouvrit un tiroir.

« Et les domestiques, ont-ils pu remarquer quand le consul et… la personne qui l'accompagnait ont quitté la soirée ? Je veux dire, il devait bien y avoir une certaine surveillance au niveau du vest…

– Nos propres servantes étaient dans la cuisine. Mais nous avions embauché quatre domestiques de l'hôtel Norvège. Vous pourrez éventuellement les y entendre. »

Krohn-Hansen acquiesça. En inclinant imperceptiblement le buste, il saisit l'élégante page de papier à lettre rigide sur laquelle la liste était écrite à la main. Il la parcourut rapidement du regard, et Moland ne put éviter de remarquer la fine pellicule de sueur qui scintillait sur son front et sa lèvre supérieure.

Lorsque le commissaire releva les yeux, un voile brillant semblait s'être déposé sur ses yeux.

« Merci, articula-t-il d'une toute petite voix. J'espère qu'il ne sera pas nécessaire d'importuner toutes ces… J'espère sincèrement que nous arriverons à résoudre cette affaire bien avant.

– C'est aussi mon vœu le plus cher, monsieur le commissaire ! » gronda l'armateur Dünner avec un hochement de tête rassurant à l'adresse de son épouse, qui avait sorti un petit mouchoir de dentelle qu'elle compactait en une petite balle entre ses doigts courts et bagués.

« Juste une dernière question, en toute discrétion, avant que nous nous en allions… »

Dünner lui jeta un regard quelque peu mesuré.

« Oui ?

– Vous connaissiez bien votre beau-frère, le consul Frimann, n'est-ce pas ?

– Oui. Vous devez savoir, monsieur le commissaire, que nous nous rencontrions à la Loge[9] chaque mercredi soir pour une partie de whist : Carl August, le directeur Helgesen, le consul Brandt… et moi. » Puis, avec un petit soupir, comme si en ces instants l'existence n'était faite que de contrariétés, il ajouta : « Maintenant, il va falloir qu'on se trouve un nouveau partenaire… » Krohn-Hansen exprima sa compassion d'un claquement de lèvres. « … Enfin. Après avoir joué, nous faisions volontiers une ou deux parties de bowling, en partageant un pjolter et en discutant entre hommes. »

Il jeta un rapide coup d'œil à son épouse, avant d'ajouter, lentement, distinctement, comme s'il parlait à un malentendant, et sans que son visage exprime quoi que ce fût :

« Mais durant toutes ces années, je ne l'ai jamais entendu parler d'une quelconque autre bonne femme que Helene. Jamais ! »

Sur ce, il se leva énergiquement, comme pour signifier clairement que l'entrevue était terminée. Les trois policiers bondirent en l'air quelques secondes plus tard, comme en un écho visuel.

« Laissez-moi vous raccompagner. »

Ils firent tous trois leurs adieux à Mme Dünner, qui resta assise au salon, mais l'armateur Dünner les suivit jusque sur le trottoir.

Lorsque le transporteur les aperçut, il décrocha la musette du mors et la rangea à sa place, dans le petit logement derrière le marchepied.

« Merci, M. Bøschen, déclina pensivement Krohn-Hansen. Je crois que nous allons marcher. Nous n'allons que dans Allégaten. Mais attendez-nous là-bas, s'il vous plaît. Il se peut que nous ayons encore besoin de vous. »

5

Devant l'immeuble d'Allégaten où avait eu lieu le meurtre, un agent en faction, les mains dans le dos et les pieds bien écartés, suivait des yeux toute personne qui passait dans la rue.

Il porta une main à son casque lorsque les trois enquêteurs arrivèrent.

« Rien à signaler ? gronda Krohn-Hansen sur un ton bon enfant.

– Rien, monsieur le commissaire. »

La partie stuquée et peinte en blanc dans la façade vert clair était décorée de ravissantes têtes de petits Amours entourées de feuilles de vigne et de motifs qui faisaient penser à des vrilles. De même, la partie de forme classique sous le faîtage suggérait des associations évoquant d'autres latitudes. Dans les rues de ce quartier, si les promeneurs avaient facilement l'impression de se trouver à Berlin, Hambourg ou en d'autres métropoles étrangères encore plus luxueuses, ce n'était certainement pas fortuit.

Krohn-Hansen fit un signe de tête vers la porte d'entrée peinte en vert.

« Entrons. »

Un chat noir et blanc, étendu dans l'escalier, les regardait de ses yeux verts derrière lesquels on devinait toute la sagesse égyptienne. Une grande zone sombre du côté droit divisait la tête de l'animal figurant un Janus railleur, et il grogna avec arrogance en faisant un mouvement de tête condescendant lorsque Moland se pencha pour le caresser en entrant.

La cage d'escalier était déserte. Le cadavre avait depuis longtemps été emporté à l'hôpital d'Engen, où le médecin légiste devait l'examiner en détail dans le courant de la matinée. Un contour tracé à la craie indiquait où le défunt s'était trouvé, juste derrière la porte.

« Il a dû le suivre, commenta Krohn-Hansen.

– Ou bien l'attendre à l'intérieur, objecta Moland.

– Eh bien… Oui, évidemment. »

Une couronne de sapin décorée d'un ruban de soie rouge sombre était toujours suspendue à la porte de l'appartement du consul Frimann, comme un souvenir déplacé de la période des fêtes qui venait de s'achever.

Krohn-Hansen fit signe à Berstad de sonner.

La sonnette occupait le centre de la porte. Le maigre inspecteur saisit la lame et la fit pivoter, et un raclement métallique résonna à l'intérieur.

Ils entendirent bientôt des pas prudents de l'autre côté de la porte. Après encore quelques instants d'hésitation, la porte fut prudemment ouverte. Une servante vêtue d'une robe-tablier bleue amidonnée leva sur eux des yeux rougis par les larmes. Son visage était grand, sa mâchoire puissante, et ses cheveux blonds tellement tirés vers la nuque où ils étaient attachés que ses oreilles décollées n'en étaient que plus visibles.

« Oui, c'est pour ? s'enquit-elle d'une voix lourde de chagrin et dans laquelle le dialecte s'entendait nettement, comme si elle avait oublié sa fonction.

– Cathrine Larsdatter Tufte ? » demanda Krohn-Hansen en saluant poliment.

Elle lui retourna un regard terrifié.

« Oui ? C'est moi.

– Nous sommes de la police. Nous sommes venus voir madame.

– Oui, bien sûr ! s'exclama-t-elle, toujours dans son dialecte. Excusez-moi. Je suis complètement… »

Elle éclata en sanglots. Ses épaules en tremblaient, et elle se cacha le visage derrière ses doigts nus et rouges.

« Là, là, ressaisissez-vous, ce n'est pas la fin du monde », déclara sèchement Krohn-Hansen en passant devant elle dans le long vestibule sombre. Un peu plus loin, une porte s'ouvrit.

« Trine, qui est-ce ? s'enquit une voix de femme.

– C'est la police, madame, répondit Krohn-Hansen. Je suis dés…

– C'est *mademoiselle* », l'interrompit la jeune femme blond châtain, qui avait elle aussi le visage strié de larmes.

Elle vint à leur rencontre, vêtue d'un simple chemisier beige orné d'un camée sur la poitrine, et d'une jupe noire qui lui tombait jusqu'à la cheville.

Elle leva une main fine et blanche devant Krohn-Hansen, si haut qu'elle donnait l'impression d'attendre un baisemain.

« Sofie Helene Frimann, la fille du consul Frimann. »

Krohn-Hansen saisit sa main et ne la lâcha plus.

« Si vous saviez ce que cela me fait mal de devoir venir ici pour une mission comme celle-là, Mlle Frimann, et combien il m'est douloureux de devoir vous déranger, vous et votre mère, en un jour comme celui-ci, alors que vous auriez dû pouvoir rester en paix, plutôt que vous rassembler autour du chagrin que, je le sais, vous ressentez toutes dans vos cœurs… »

Il prit une inspiration. Un ululement s'échappa soudain de la servante, comme d'un animal que la balle n'aurait pas tué, et ils la virent passer à toute vitesse devant eux, en tenant les avant-bras devant elle comme une sorte de tampon, jusqu'à l'extrémité du couloir où elle disparut par une porte entrebâillée. Pendant une fraction de seconde, ils aperçurent la cuisine, avant que la porte ne claque vigoureusement derrière elle.

La jeune femme secoua la tête.

« Pauvre Trine. Je ne sais pas si vous êtes au courant, mais… c'est elle qui l'a trouvé. »

Un frémissement courut sur ses lèvres rouges.

Elle recommença son mouvement de tête, avant de se reprendre.

« Oui, nous sommes tous rassemblés. Calle est là.

– Calle ?

– Mon frère. Il a vingt et un ans.

– Et vous-même, quel âge avez-vous, mademoiselle ?

– J'ai dix-sept ans.

– Et… il y en a d'autres ?

– Seulement la petite Rikkemor, elle a un an et demi. Elle ne comprend rien, bien sûr, alors… j'ai promis à maman de faire une promenade avec elle quand elle se réveillera.

– Eh bien…

– Mais vous devez entrer, évidemment. Vous pouvez suspendre vos pardessus là-bas. »

Ils suivirent les instructions et passèrent ensuite avec elle la porte par laquelle elle était arrivée.

Pendant une fraction de seconde, Moland eut la sensation qu'ils étaient entrés par inadvertance dans la scène finale des *Revenants* d'Ibsen, tant la mère et le fils étaient assis serrés l'un contre l'autre dans le salon convenable, de loin moins abondamment meublé que chez l'armateur Dünner, mais plus sombre, plus fermé et à tout point de vue plus douillet, en partie grâce à la grande bibliothèque qui couvrait l'un des murs en entier.

La femme du consul était une femme maigre au visage ovale et strict, dont les cheveux avaient la même couleur que ceux de sa fille. Elle portait une robe noire à col montant, et un petit cœur en or pendait à une fine chaîne autour de son cou. Son fils était étonnamment grand et large d'épaules, Moland ne le situait pas loin du mètre quatre-vingt-dix. Sa bouche était légèrement prognathe, et il n'était pas rasé.

Krohn-Hansen s'adressa directement à Mme Frimann, non sans avoir contrôlé le jeune homme d'un coup d'œil de biais.

« Commissaire Krohn-Hansen, madame. Et voici mes remarquables collègues, les inspecteurs Moland et Berstad. » Les deux susnommés s'inclinèrent. « Je suis au plus haut point désolé que nous nous trouvions dans l'obligation de vous déranger par un jour comme celui-ci, mais je suppose qu'il est dans l'intérêt de tous que cette affaire tragique puisse trouver son plus prompt dénouement. »

Mme Frimann hocha résolument la tête et indiqua d'un geste où les trois policiers devaient s'asseoir. Elle-même prit place dans le canapé en face d'eux, tandis que son fils s'asseyait dans un quatrième fauteuil et sa fille, après avoir hésité un court instant, allait s'installer à côté de sa mère.

« Que puis-je pour vous ? » voulut savoir Mme Frimann.

Krohn-Hansen lutta un peu avec la réponse, regarda rapidement Berstad et Moland, puis toussota faiblement.

« Hrmm. Cette réception chez l'armateur Dünner, votre frère… J'ai cru comprendre que vous ne vous sentiez pas spécialement bien, hier.

– Oui, c'est exact. » Elle porta une main délicate à son front, puis la reposa. « J'avais une migraine épouvantable, et il n'était donc tout bonnement pas opportun pour moi de l'accompagner.

– En d'autres termes, votre mari y est allé seul ?

– Oui, j'ai insisté personnellement ! Je veux dire, il n'y avait aucune raison pour qu'il reste ici, dans son coin, à broyer du noir. Je suis allée me coucher juste après le café, et les enfants avaient leurs propres projets pour la soirée. C'est Trine qui s'est occupé de la petite Rikkemor.

– Bien. Donc, quand il est parti d'ici, à environ…

– Cela, il faudra le demander à Trine. Je lui ai dit bonsoir quand je suis allée me coucher.

– Et aucun d'entre nous n'était à la maison, ajouta sa fille. J'étais invitée à un bal du nouvel an, chez mon amie Carla Sundt, dans Øvregaten, et Calle… »

Elle regarda son frère, qui fit un brusque mouvement de tête et se passa une main dans les cheveux.

« Oui, j'étais à Hop, invité à une soirée entre messieurs chez un vieux camarade d'école ; chez le consul Børs…

– Soirée entre messieurs ? répéta Krohn-Hansen, avec une pointe de sécheresse, sembla déceler Moland.

– Oui. » Il fit un sourire terne. « Mais nous sommes allés chanter devant l'une des maisons voisines, où s'étaient rassemblées quelques jeunes dames…

– Chanter ?

– Oui, c'est devenu courant, entre Noël et le jour de l'an, n'est-ce pas ?

– Et quand êtes-vous rentré ?

– Rentré… ici ?

– Oui.

– Non, il était convenu que nous dormirions sur place. Je veux dire, trouver un cocher une nuit de la Saint-Sylvestre, ça aurait coûté beaucoup trop cher, et aucun train ne circulait avant le matin…

– Alors quand avez-vous appris ce qui était arrivé à votre père ?

– Ma mère… commença-t-il en jetant à l'intéressée un regard attentif, a pu envoyer un télégramme à la gare de Hop, et le message m'est parvenu de là-bas. Il devait être près de 10 heures, et nous étions attablés pour le petit-déjeuner, pas encore très bien réveillés, je dois bien l'avouer. Harald m'a raccompagné, dans leur propre voiture. »

Krohn-Hansen déplaça légèrement son regard.

« Et vous, mademoiselle, quand êtes-vous rentrée ?

– Juste après minuit, comme convenu. Le domestique des Sundt m'a raccompagnée à bon port, ainsi que quelques autres amies.

– Juste après minuit ? Pouvez-vous préciser davantage ? »

Elle tira du col de sa robe une montre en argent suspendue à une chaînette, comme si l'heure demandée y était gravée.

« Je crois qu'il devait être environ une heure moins le quart. Nous sommes d'abord passées par Kaigaten, puis par le Strømbro et enfin ici. Il ne restait qu'Elise, elle continuait vers Parkveien.

« Elise…

– Beyer. »

Berstad et Moland notèrent.

« Et à ce moment-là, vous n'avez donc rien vu de suspect ?

– Non, répondit-elle en secouant la tête. Qu'est-ce que j'aurais dû voir ? Je ne me doutais pas que…

– Et vous n'avez rien entendu non plus, dans le courant de la nuit ?

– Non, je suis allée me coucher directement, et… Oui, nous avions bu du vin en mangeant, et une coupe de champagne au moment des douze coups de minuit, ce qui fait que j'étais assez… fatiguée. Je n'ai rien entendu avant d'être arrachée à mon sommeil par les hurlements perçants de Trine.

– Et vous, Mme Frimann, vous n'avez rien entendu non plus ? »

Elle secoua faiblement la tête.

« Non. Je me suis levée pour prendre un somnifère vers 23 h 30. Il y avait un joli remue-ménage, aussi bien dans les autres maisons que dans la rue. Mais à la suite de cela, j'ai pu enfin dormir.

– Et vous n'avez pas réagi au fait que votre mari ne rentrait pas ? »

Elle le regarda froidement.

« Comment aurais-je pu y réagir ?

– Non, je…

– Cela fait plusieurs années que nous ne faisons plus chambre commune. »

Krohn-Hansen émit un grommellement et baissa les yeux.

« Non, alors il est évident que… » Il la regarda de nouveau. « Vous avez donc vous aussi été réveillée par les cris de la femme de chambre ?

– Oui.

– Et comment… je veux dire, cela a dû être un choc terrible pour vous ?

– Oui, que croyez-vous ?

– Euh… Oui, bien sûr… Ce que je voulais dire, c'était…

– Oui ? »

Un silence oppressant s'abattit sur le salon obscur. Une carriole passa devant les fenêtres, suivie par quelques gamins qui criaient. Moland regarda dans cette direction, un vague sourire sur les lèvres. Peut-être essayaient-ils de s'y accrocher, tel que lui et ses copains l'avaient fait, bien entendu sans autorisation, durant son enfance à Stølen, quand il était particulièrement tentant de se faire remorquer dans la côte abrupte qui descendait de Sverresborg à Tyskekirken. Mais si l'un de ses garçons tentait un exploit de ce genre, gare à ses fesses. Les histoires terrifiantes de gosses qui étaient passés sous les roues et qui y avaient laissé leur vie ne manquaient pas…

Krohn-Hansen se tortilla dans son fauteuil.

« Votre mari… Savez-vous s'il avait des ennemis ? Des gens qui lui voulaient du mal ? »

Un court instant, il y eut comme un infime sourire sur les lèvres étroites de Mme Frimann. Elle secoua vaguement la tête.

« Pas plus que ce qu'un homme d'affaires accumule petit à petit. Je veux dire… il avait ses débiteurs. Il était parfois obligé de faire saisir une maison, peut-être de traîner de mauvais payeurs en justice pour des questions d'hypothèque. Au pire, il pouvait y avoir la faillite au bout du chemin. Il était donc inévitable qu'il se fasse des ennemis. Mais je n'en connais aucun par leur nom. Il faudra vous adresser à ses relations d'affaires.

– À savoir ?

– Eh bien… le consul Brandt, le directeur Helgesen… Il y en a d'autres, bien sûr, mais… si vous prenez contact avec son chef de bureau, M. Martinussen, il pourra certainement vous aider. »

Krohn-Hansen se tourna vers le fils de la maison.

« Et vous, M. Frimann ? Participiez-vous aux affaires de votre père ? »

Le jeune homme balaya derechef les cheveux qu'il avait sur le front.

« Pas plus que ça. Je ne suis à la maison qu'à l'occasion des fêtes de Noël. Pour le moment, je fais des études de droit à Kristiania[10].

– Lorsque vous chantiez dans la rue, hier, intervint Moland tout à trac en se penchant en avant, portiez-vous des masques ? »

Calle Frimann le regarda avec ahurissement.

« Oui, nous… nous en avions emprunté quelques-uns, ils appartenaient à Harald depuis qu'il était enfant.

– Des masques d'enfants, alors ?

– Oui, vous savez… Sorcière, troll et… animaux. Pourquoi cette question ?

– Oh, je me demandais simplement…

– Y a-t-il autre chose que nous puissions faire pour vous, monsieur le commissaire ? » l'interrompit Mme Frimann avec impatience.

Krohn-Hansen réfléchit.

« Non, je… je ne crois pas. Si ce n'est que nous devons discuter un peu avec votre femme de chambre.

– Trine ? » Il hocha la tête. « Bien, je vais l'appeler. »

Alors qu'elle s'apprêtait à se lever, elle fut devancée par Krohn-Hansen, aussitôt suivi des deux inspecteurs.

« Non, non. Nous pouvons lui parler à la cuisine. C'est tout à fait possible, madame. Merci.

– Bien, alors… » Elle regarda son fils. « Tu les raccompagnes, Calle ?

– Oui, je… j'y vais. »

Avant de sortir du salon, Krohn-Hansen se tourna encore une fois vers Mme Frimann :

« Comme je vous l'ai dit, je suis désolé de vous avoir dérangée. Et si vous désirez être informée sur quoi que ce soit, n'hésitez pas à me le faire savoir. Bien sûr, nous vous tiendrons constamment au courant du déroulement de l'enquête.

– Merci… beaucoup », répondit Helene Margrethe Frimann en inclinant très légèrement la tête avant de baisser de nouveau les yeux vers ses mains jointes.

« Excusez-moi, monsieur Frimann… » commença Moland en ressortant dans le couloir, après avoir fermé la porte du salon derrière lui.

Le jeune homme s'arrêta et tourna la tête vers le policier trapu.

« Oui ?

– Oh… je me demandais seulement… Quand vous circuliez dans la rue, hier, quel masque portiez-vous ? Est-ce que vous vous en souvenez ?

– Masque ? répéta-t-il tandis que son regard vacillait. Il y en avait plusieurs… Renard, je crois, en fin de compte.

– Vous n'êtes pas sûr ?

– Si. Je suis sûr. Parce que là-bas, chez ces jeunes dames, l'une d'elles a finalement été surnommée… la Veuve Renard… si vous comprenez…[11]»

Moland le regarda pensivement.

« Oui… peut-être… Vous avez des témoins de ça ?

– De quoi ? Que j'étais un renard ?! Est-ce que c'est important pour… le reste, là ?

– Non, sûrement pas. Très probablement pas », répondit Moland en parcourant lentement du regard le couloir sombre, comme s'il cherchait quelqu'un qui ne s'y trouvait plus.

6

Calle Frimann conduisit les trois policiers au bout du couloir sombre, seulement éclairé par une lampe à gaz fixée au milieu de l'un des murs, avant de les faire entrer dans la cuisine.

Deux cocottes mijotaient sur la cuisinière à gaz noire et blanche, et une forte odeur de viande fraîchement bouillie s'échappait de la plus grande des deux. Assise à la table de la cuisine, Trine était occupée à hacher un bouquet de persil frisé. Elle interrompit son travail à l'instant même où les hommes entrèrent, se plaça dos au plan de travail et s'essuya les mains au tablier blanc qu'elle avait attaché autour de la taille.

Puis elle attendit, le regard rivé sur le sol. Elle n'était pas particulièrement grande, mais assez costaude, avec des hanches larges et une poitrine généreuse.

« Eh bien, ma jeune demoiselle, commença Krohn-Hansen avec dans le regard un éclat presque paternel. Il ne faut pas vous inquiéter du fait que nous devions vous poser quelques questions. Mais il est malheureusement du devoir de la police de découvrir le plus d'éléments possible concernant ce qui s'est passé.

– Je comprends, répondit-elle à mi-voix dans son dialecte.

– Pouvez-vous simplement raconter ce qui s'est passé ce matin, quand vous...

– Oui, je... » Sans qu'elle n'y pût rien, les larmes se mirent une fois de plus à s'échapper de ses yeux, et elle dut attraper un coin de son tablier pour les essuyer. « Excusez-moi, mais je ne crois pas que je pourrai jamais... Ça a été une vision tellement épouvantable que je... j'ai vraiment cru que je... que j'allais m'évanouir.

– Oui, quand vous êtes-vous levée ?

– À 6 h 30, comme d'habitude. Après avoir fait ma toilette et préparé une tasse de café, j'ai commencé mon travail. Je pouvais prendre mon temps, aujourd'hui, puisque c'est un jour férié. La petite Rikkemor dormait à poings fermés quand j'ai entrouvert la porte pour jeter un coup d'œil vers 7 heures. Mais madame tient absolument à ce que tout soit impeccable aussi bien dedans que dehors, ce qui fait que quand j'ai eu terminé dans la cuisine, j'ai pris le balai et la pelle pour aller... balayer. Et alors... » Une sorte de sanglot monta des profondeurs de son ventre. « Il était allongé là ! Le consul...

– Une seconde, Trine. Vous avez vu immédiatement que c'était lui ?

– Je l'ai bien compris ! Qui est-ce que ça pouvait être d'autre ? Et il était en tenue de soirée...

– Et à ce moment-là, il était donc...

– 7 h 30, ils disent... C'est comme si j'avais été complètement absente pendant un temps. Je ne me souviens de rien jusqu'au moment où madame elle-même est venue à la cuisine pour me demander de me taire.

– Pourquoi ?

– Elle a dit que j'avais réveillé tout le voisinage, et que... que ça n'en valait pas la peine, d'après elle.

– Oui, il faut bien que tu le comprennes, ça, Trine ! asséna Calle Frimann.

– Ça n'en valait pas la peine ? »

Elle le regarda sans comprendre, en écarquillant des yeux rougis.

« Qu'il n'était pas nécessaire de réveiller les voisins, je veux dire, évidemment !

– Hrmm, gronda Krohn-Hansen. Mais vous non plus, Trine, vous n'avez rien entendu durant la nuit ?

– Seulement que Mme Troye était sortie. Ça faisait déjà presque une heure que j'entendais son chat. Mais la veuve, elle est sourde comme un pot !

– Où dormez-vous ? »

Elle fit un mouvement de tête en direction d'une porte tout au fond de la pièce.

« La chambre de bonne est là-bas, derrière l'escalier de service.

– D'accord... » Krohn-Hansen lança un coup d'œil de biais à Calle Frimann. « Je me demande si votre mère ne vous attend pas ? »

Le jeune étudiant leva un regard interrogateur sur le commissaire.

« Attendez… Que voul… Oh, vous ne voulez pas que je… »

Il vira brusquement au rouge pivoine.

« Vous savez ce que c'est…

– Ah oui ? Je le sais ?! s'exclama-t-il, piqué au vif. Mais quand les autorités l'exigent, j'imagine que je n'ai rien à dire, même si ce n'est rien moins que dans ma propre maison que cela se passe ! » Il tourna les talons et s'en alla. « Je compte sur toi pour raccompagner ces messieurs dehors, Trine, quand ils jugeront opportun de nous laisser. Et j'ai dit dehors ! » clama-t-il en les quittant.

Berstad et Moland échangèrent un coup d'œil éloquent.

Krohn-Hansen se tourna de nouveau vers la femme de chambre en haussant imperceptiblement les épaules.

« Avez-vous autre chose à nous relater sur, comment dirais-je, la vie quotidienne dans cette maison, Trine ?

– Non, qu'est-ce que ça devrait être ? Ça a été une bonne place à occuper.

– Depuis combien de temps es-tu ici ?

– En avril, ça fera deux ans.

– Tu viens de la région de Voss, à ce que j'entends ?

– D'Urdland, acquiesça-t-elle.

– Quel âge as-tu ?

– Bientôt dix-huit ans.

– Et as-tu servi ailleurs qu'ici ?

– Je suis restée six mois chez le négociant Monsen, à Kalfaret[12], mais sinon… Pourquoi me demandez-vous ça ? »

Krohn-Hansen ignora la question.

« Et pendant le temps que tu as passé ici, il n'est absolument rien arrivé de, comment dirais-je, d'inhabituel ?

– Non… » Elle baissa les yeux. « Pas jusqu'à aujourd'hui, en tout cas. »

Le commissaire l'observa attentivement.

« N'oublie pas que ceci restera entre nous, Trine. Tu peux dire tout ce que tu veux, en toute liberté.

– De quoi devrais-je parler ?

– Est-ce que tu as eu une impression particulière quant à la relation qu'il y avait entre le consul et son épouse ?

– C'était sûrement comme ce doit être, j'imagine ! s'exclama Trine presque vertement.

– Entre le consul et ses enfants, alors ?

– Non, il... Les deux autres sont pour ainsi dire adultes, et la petite Rikkemor, elle était certainement trop petite pour lui. Il m'avait dit un jour qu'il ne savait pas y faire avec de si jeunes enfants.

– Tu as dû entrer dans cette maison à peu près à l'époque où elle est née ?

– Oui, quelques mois avant. C'était justement pour ce... Au départ, je devais être seulement bonne d'enfants, mais alors... alors la vieille servante est morte, Martha, l'année dernière, et à ce moment-là, madame m'a demandé si je pouvais me charger... de tout.

– Je comprends. Écoute, Trine. Le jeune M. Frimann. Calle. Les jeunes gens de son âge... Ils ne laissent pas toujours les femmes de chambre tranquilles. Est-ce qu'il a...

– Pour qui me prenez-vous ? Est-ce que vous pensez que je l'aurais permis ?

– Ce sont seulement des choses que nous devons demander, rétorqua Krohn-Hansen, dont la voix s'était durcie. Et son père, le consul ? Est-ce qu'il t'a déjà fait des avances ? »

Cette fois-ci, elle ne répondit pas, se contentant de serrer les lèvres et de secouer la tête, tandis que les larmes jaillissaient à nouveau de ses yeux délavés.

Les trois policiers la regardèrent sans rien dire, Krohn-Hansen inquiet, Ole Berstad avec un petit sourire cynique et Christian Moland pris d'une intense sensation de malaise, comme si c'était le commissaire en personne qui avait fait des avances, simplement en posant la question.

« Bien, bien, reprit Krohn-Hansen en interrompant le cours de ses pensées. Nous allons donc poursuivre notre chemin. Si tu veux avoir l'amabilité de nous raccompagner, Trine... »

Une fois ressortis sur les marches, le commissaire se retourna à moitié et scruta Moland.

« Vous m'avez l'air bien pensif, M. Moland...

– Oui... Mais ça ne vous a pas frappés, vous aussi ? »

Les deux autres se regardèrent. Berstad haussa les épaules en un mouvement d'indifférence, Krohn-Hansen se tourna de nouveau vers Moland avec un air interrogateur.

« Non, quoi donc ?

– Que la seule qui avait réellement l'air d'éprouver du chagrin face à ce décès, c'était la femme de chambre. Tandis que les autres…

– Mmm. »

Krohn-Hansen réfléchit un instant sur ce que Moland venait de dire. Puis il refit face à la rue, descendit pensivement la dernière marche, traversa la minuscule bande de jardin et ouvrit le portail. Il donna alors au cocher la consigne de les conduire à l'hôpital d'Engen, et tous les trois remontèrent dans la carriole.

7

Ils ne prononcèrent pas le moindre mot jusqu'à ce que le transporteur Bøschen ait quitté Christies gate en direction de Håkonsgate, et qu'ils passent devant le théâtre de variétés de l'Eldorado, situé dans le bâtiment monumental de l'Association Ouvrière de Bergen, où des affiches outrancières les informaient depuis leurs grandes vitrines des attractions futures.

Christian Moland rompit alors le silence.

« Curieux, ces deux masques, murmura-t-il.

– Quels masques ? s'enquit Krohn-Hansen en lui lançant un regard agacé.

– Oh… vous avez bien dû le remarquer : à en croire le rapport de ceux qui ont enquêté sur place, le consul Frimann a été retrouvé avec un masque de loup sur le visage. Mais quand il est arrivé chez l'armateur Dünner, il portait un masque de lion. Quand a-t-il bien pu changer de masque, et d'où vient ce masque de loup ? Et à peu près au même moment, son fils adulte allait chanter des chansons de Noël dans les rues de Hop…

– Déguisé en *renard*, compléta Ole Berstad avec la voix empreinte d'un sarcasme mordant.

– Lion, renard, loup… Est-ce que c'est réellement important, ça ?! s'écria Krohn-Hansen. Le bonhomme est mort ! Et c'est cela, le plus important !

– Et nous allons le rencontrer en personne, c'est cela ? demanda Moland.

– Exact ! » aboya Krohn-Hansen en donnant un tel coup de poing dans la portière de la carriole que le transporteur tourna la tête pour s'assurer que tout allait bien.

Peu de temps après, ils arrivèrent à destination, devant l'édifice habillé de bois, haut de deux étages, sis du côté nord de Teatergaten, qui abritait l'unique hôpital communal de la ville depuis les années 1750. Les grandes fenêtres vides, dont beaucoup étaient partiellement fermées par des stores à moitié baissés, ainsi que la couleur jaune sale et anémique de la façade, donnaient l'impression que le bâtiment lui-même souffrait d'une maladie incurable, à un stade déjà fort avancé.

Ils se présentèrent à l'entrée principale, où un portier tout de gris vêtu enregistra leur arrivée et leur indiqua dans quelle direction se trouvait la salle dont le médecin légiste avait pu disposer pour l'examen des restes matériels du consul Frimann.

L'écho de leurs pas résonnait comme s'ils avançaient dans l'allée centrale d'une cathédrale, mais la puissante odeur de formol ne permettait aucune confusion avec l'encens, et la plainte qui s'échappa d'une chambre devant laquelle ils passèrent fut si puissante qu'elle évoquait davantage le parvis des Enfers que les salons de la béatitude.

Ils s'arrêtèrent devant une porte marquée *SALLE D'OPÉRATION II* à la peinture noire. Krohn-Hansen fit comprendre d'un signe de tête à Berstad qu'il devait ouvrir. Avec l'expression de quelqu'un qui craint d'être contaminé, mais sans trop savoir par quoi, le maigre inspecteur saisit la poignée, ouvrit prestement la porte avant de faire un pas en arrière pour laisser le commissaire entrer le premier. Il forma ainsi l'arrière-garde et tira de nouveau prudemment la porte à lui.

Ils entrèrent dans une pièce froide dépourvue de fenêtres, où flottait une vague odeur de pourriture. L'humidité avait dessiné en grands rais jaunes des motifs semblables à des stalactites tombant du plafond sur les murs peints en blanc. Un long lavabo de zinc était installé le long d'un des murs, ainsi qu'un comptoir comprenant divers récipients et instruments. Une grande armoire vitrée leur faisait face, renfermant une collection complémentaire d'outils nécessaires aux opérations.

Une large table d'opération peinte en vert trônait au milieu de la salle. Le consul Frimann était étendu dessus, sur le dos, yeux clos, torse nu. Le bas de son ventre et ses jambes étaient recouverts d'un linge gris imperméable.

Deux hommes étaient légèrement penchés sur lui. L'un d'eux était le chirurgien de l'hôpital, un homme pâle aux joues creuses, aux cheveux roux et rares, à la peau semée de larges taches de rousseur. Il portait d'énormes bottes de caoutchouc et une blouse, un imposant tablier et d'épais gants du même matériau. L'autre était le médecin légiste, qui s'était défait de sa veste de costume et l'avait suspendue sur une chaise, pour la remplacer par une blouse et un tablier en caoutchouc identique qu'il avait passés par-dessus sa chemise et sa cravate. À un demi-mètre de son collègue, avec un regard partiellement détaché et une distance vis-à-vis de la réalité qui était renforcée par sa corpulence et les verres épais de ses lunettes, il observait les interventions que le chirurgien effectuait en suivant ses instructions.

Les trois enquêteurs s'arrêtèrent sitôt qu'ils eurent franchi la porte.

Moland ne quittait pas le cadavre des yeux. Bien sûr, il aurait reconnu le consul Frimann s'il l'avait croisé dans la rue ; oui, il le reconnaissait également maintenant, là n'était pas la question. Il y avait pourtant quelque chose d'étranger en lui, comme si l'instant au cours duquel la vie disparaît soudainement réduisait une personne du statut d'organisme vivant à celui de coquille vide, à ce point vide et morte qu'elle en devient pratiquement méconnaissable. Le visage de viveur flanqué de bonnes joues du consul Frimann s'était ramassé en un masque mort, oui, de préférence un loup, un loup de l'au-delà… Un loup infernal. Une charogne. Un objet.

C'était néanmoins ce cadavre qui dominait dans la pièce. Il attirait toute l'attention. Même quelqu'un qui ne parvenait pas à le regarder directement et qui devait fixer le mur ou le sol ne pouvait ignorer la présence du défunt.

La vie pouvait prendre fin de manière tellement brutale en aussi peu de temps qu'il n'en faut pour basculer d'un siècle dans le suivant, aussi impitoyablement que le jour devient nuit ou qu'une météorite tombe du ciel. À quarante-cinq ans, le consul Frimann aurait dû avoir encore plusieurs bonnes décennies devant lui dans ce nouveau siècle ; à présent il n'en aurait même pas vu le tout premier lever de soleil…

Moland entendit en lui un écho de son catéchisme de confirmation : *Car vous savez bien vous-mêmes que le jour du Seigneur viendra comme un voleur dans la nuit… Veillez donc, car vous ne savez ni le jour ni l'heure…* Subitement, un jour, sans que vous y soyez préparé, vous êtes sur une table d'opération, incisé au scalpel, et vous ne verrez plus jamais le soleil se lever…

Krohn-Hansen s'éclaircit la voix.

« Trouvé quelque chose, docteur Bremer ? »

Le médecin légiste cligna des yeux derrière ses verres de lunettes.

« Rien d'autre que ce que nous avons pu affirmer sur place, semble-t-il. Je veux dire, la cause du décès est manifeste. Un coup si violent à l'arrière de la tête qu'il a brisé la boîte crânienne et a provoqué d'importantes hémorragies dans la région du cerveau, aussi bien internes qu'externes. La prise de température, le degré de rigidité, nos différentes investigations, hum, nous informent que M. le consul a dû mourir quasi instantanément, d'après mon estimation et celle de mon collègue durant la première moitié de la nuit, en tout cas pas après 4 heures. » Comme pour contrôler ses propres dires, il plongea la main dans la fente sur le côté de son tablier de travail, en tira une montre, y jeta un coup d'œil et hocha la tête. « Oui, 4 heures, à la rigueur 4 h 30, c'est aussi votre avis, Tønnessen ? »

Le chirurgien donna son assentiment.

« Plutôt 3 h 30 que 4 h 30.

– Des détails qui nous renseigneraient sur l'arme du crime ? » s'impatienta Krohn-Hansen.

Le docteur Bremer hocha la tête.

« Nous avons trouvé des traces de rouille et de fer dans la plaie à l'arrière du crâne. Mais la blessure est si énorme qu'on croirait presque que c'est une masse qui a été utilisée.

– Est-ce que cela signifierait que c'est un homme que nous cherchons, en d'autres termes ?

– Oui, doux Jésus, y a-t-il une autre possibilité ? s'écria le médecin stupéfait. Vous ne croyez quand même pas qu'une femme...

– Si, nous ne devons exclure *aucune* possibilité ! l'interrompit Krohn-Hansen avec mauvaise humeur.

– D'accord, mais monsieur le commissaire, reprit le médecin légiste avec dans la voix une nuance presque indulgente, une femme... un verre de poison, peut-être, ou bien... un stylet dans le cœur. Mais une chose pareille... Nous parlons d'un meurtre d'homme, messieurs, d'une exécution en bonne et due forme. »

Krohn-Hansen passa prudemment des doigts légèrement tremblants sur sa barbiche.

« C'est donc ce que vous pensez ?

– Non seulement je le pense, mais j'en suis sûr à cent pour cent, monsieur le commissaire !

– Un meurtre commis sous le coup d'une très, très forte émotion, alors, peut-être...

– Un crime passionnel, je dirais. Sans aucun doute un crime passionnel. »

8

De retour à Rådstuplass, le commissaire avait commandé des smørbrød[13] et du café à l'établissement Ragna Bergesen, connu pour ses annonces vantant « un service rapide et convivial ».

Les résultats des investigations menées par le corps des agents étaient jusqu'alors décourageants. Les festivités du nouvel an avaient revêtu des aspects si divers et variés que chaque forme d'irrégularité avait été considérée avec la plus grande condescendance, depuis le degré de tapage à l'extérieur jusqu'aux beuveries et aux plaisanteries de rues. De parfaits inconnus avaient été observés se promenant bras dessus, bras dessous sur les boulevards les plus larges de la ville, on avait bu et dansé dans les restaurants et les cafés, à certains endroits bien au-delà des limites de ce qui était communément acceptable, mais même les agents zélés qui patrouillaient alors avaient été indulgents vis-à-vis d'événements qui par une soirée normale auraient conduit à un séjour nocturne en cellule de dégrisement. Un homme en habits de fête rentrant chez lui était loin d'attirer l'attention, même avec un masque de loup sur la tête. Aucun des voisins n'avait vu ou entendu quoi que ce fût qui puisse être mis en rapport avec le meurtre. On n'avait par ailleurs pas trouvé l'arme du crime. Il est vrai que dans une cour d'immeuble de Nygårdsgaten, on avait découvert un foulard taché de sang, peut-être un petit châle dont quelqu'un s'était débarrassé, et celui-ci était depuis lors conservé dans l'une des pièces du sous-sol. Aucun autre objet suspect n'avait été retrouvé.

Ce fut en d'autres termes les mains vides – au sens propre – que l'inspecteur Jørgensen présenta son rapport provisoire du corps des agents de police au commissaire, dans le bureau de ce dernier. Moland et Berstad profitèrent de l'occasion pour se servir en smørbrød ; Moland avec mauvaise conscience parce qu'il n'avait pas eu le temps de prévenir les siens qu'il ne pourrait pas rentrer pour le dîner[14], ce à quoi s'ajoutait un petit pincement au cœur à l'idée du surstek[15] à la crème qui figurait au menu, en ce qui devait être l'un des jours fériés de l'année où il était le plus sûr d'être présent ; Berstad les sourcils légèrement haussés, comme pour souligner qu'il était habitué à un service de bien meilleure qualité pour un 1er janvier.

Quand Jørgensen eut terminé, Krohn-Hansen le remercia pour son passage, lui ordonna de poursuivre ses recherches et de le tenir au courant dès que des éléments nouveaux apparaîtraient. Il partagea ensuite résolument un smørbrød en deux, en avala une moitié, murmura quelques mots pour lui-même et engloutit la seconde moitié avant de s'essuyer les lèvres avec un mouchoir et de poser son regard bleu sur les deux inspecteurs, assis devant son estrade comme deux écoliers attendant les instructions.

« Bien, murmura le commissaire. Voyons un peu ce que nous avons. Le consul Frimann a été assassiné entre… 1 h 30 et, disons, 4 h 30 au plus tard. L'arme du crime est pour le moment inconnue, mais selon toute probabilité en fer, peut-être une, hum, masse. Ça a l'air plutôt brutal, non ? »

Moland hocha la tête. Berstad conserva un visage de marbre.

« Suspects… Un homme. Mais qui ? Un rival jaloux ? Un époux trompé ? Quelqu'un que les créances chez Frimann avaient conduit à la faillite ?

– Délirant, estima Berstad à mi-voix.

– Quoi ?

– Non, rien, monsieur le commissaire, je pensais simplement tout haut.

– Son fils ?

– En tout cas, on doit vérifier son alibi, répondit Moland.

– Mais en premier lieu, il nous faut la réponse à ceci : *qui était cette maudite bonne femme ?* Qui avait-il invité avec lui à ce bal masqué, à la place de sa femme, et avec qui il a au moins eu la discrétion de quitter la réception *avant* que les masques ne tombent ? Il serait sans cela survenu un scandale inimaginable, public. Je veux dire, ce qu'un homme fait derrière des portes fermées, ça ne regarde pour ainsi dire ni sa femme ni nous, mais lorsqu'il le fait dans la rue ou sur les places, oui, voire dans le cercle de ses plus proches relations, cela devient tout simplement pénible. »

Il regarda ses deux auditeurs, comme pour s'assurer que son raisonnement avait porté. Ils hochèrent tous deux la tête, pas nécessairement pour exprimer leur accord, mais pour confirmer qu'au moins, ils avaient compris.

« Autrement dit… notre tâche principale, et c'est ici que vous intervenez, vous que j'envoie sur le terrain pendant que je dirige l'ensemble depuis le poste de commandement, cela va être – et le plus tôt sera le mieux – d'identifier cette femme, de l'entendre et de dresser un profil de son réseau de relations pour y rechercher des suspects potentiels. »

Il plongea la main dans sa poche intérieure et en tira la liste qu'il avait obtenue à Villaveien. Il déplia précautionneusement la feuille.

« À ces fins, je crains que nous ne soyons obligés de partir de cette, hem… liste d'invitations pour le bal masqué de M. et Mme Dünner. Avec maîtrise et dignité, et avec toute la bonne éducation dont nous devons faire preuve. »

Avec la même expression que s'il y était contraint, il tendit la feuille par-dessus son bureau. Au nom du principe d'ancienneté, Moland la prit, tandis que Berstad y jetait un coup d'œil de biais sans manifester autre chose qu'un intérêt maîtrisé de haute lutte.

Moland parcourut rapidement la liste des yeux, en hochant plusieurs fois légèrement la tête. Il comprenait à présent les réserves du commissaire. Hormis les pasteurs, qui brillaient par leur absence, pas mal de notables de la ville avaient été présents à ce bal. Y compris le maire en personne, accompagné de son épouse, le directeur de la Katedralskole, avec sa femme également, le parlementaire Tyholdt et sa fille, le directeur Helgesen et son épouse, le consul Brandt, et madame, ainsi que des personnages connus comme le rédacteur en chef Bredesen et sa femme, et le comédien du Nationale Scene Robert Gade, accompagné de sa moitié. Il est vrai que le consul Frimann était lui aussi mentionné comme étant *accompagné de son épouse*.

Berstad se pencha en avant et examina la liste.

« Mais… à ce que j'en vois, il n'y a que des couples. »

Moland se tourna légèrement.

« Oui ?

– Vingt-trois couples. Ce qui fait quarante-six invités. Dünner ne nous a pas dit qu'ils étaient quarante-cinq, quarante-sept en les incluant lui et sa femme ?

– Si… hésita Moland en se tournant vers Krohn-Hansen. Est-ce que quelqu'un d'autre a pu venir seul ? »

Le commissaire lança un regard mauvais à ses deux subordonnés.

« Eh bien ! Ce sera donc à vous deux de le découvrir, messieurs ! Mais, ajouta-t-il tandis que son regard allait lentement de l'un à l'autre, le mieux serait de pouvoir dès aujourd'hui coincer un… loqueteux, un vagabond, un romanichel ou un autre représentant de la pègre locale, que nous pourrions inculper pour crime, sans devoir importuner toutes ces… » Il lança un regard pâlot à la feuille. « … personnalités. »

Moland se racla la gorge.

« En l'état actuel des choses, il s'agit pour nous d'avancer de façon impartiale et d'effectuer nos rech…

– Bien sûr ! l'interrompit sèchement son supérieur. Ai-je sous-entendu quoi que ce soit d'autre ? C'est notre *devoir* véritable que d'avancer, point par point, si nécessaire en parcourant toute cette liste. Je parlerai personnellement avec le maire, et de plus… » Il rappela la liste d'un geste. « Le parlementaire Tyholdt, puis le cercle de whist, hormis Dünner lui-même, il y a le consul Brandt et le directeur Helgesen ; eux, je les trouverai à la Loge, de toute façon. Mais ce comédien, Robert Gade, que faisait-il à cette réception ?

– Il est marié à l'une des sœurs de l'armateur Dünner, si je ne m'abuse, répondit Berstad.

– Lui aussi ? Eh bien, lui, en tous les cas, vous pouvez aller le voir. Les gens de théâtre sont des gens aux mœurs libérales. Je veux en outre que vous rassembliez les domestiques spécialement embauchés pour l'occasion et que vous les entendiez ; oui, je parlerai moi-même au rédacteur en chef Bredesen, il est important que la presse ne fasse pas trop cas de cette affaire… Et si vous pouviez rendre visite aux familles Børs et Sundt pour avoir confirmation de ce que Calle et Sofie Frimann ont déclaré… Oui, je crois que nous commencerons par là.

– Euh, où ? s'enquit Moland.

– Avec les jeunes. Puis Robert Gade. Si vous vous dépêchez, vous attraperez le train de l'après-midi pour

Nesttun, à 15 h 30. Dans l'intervalle, je vais essayer de vous arranger une entrevue avec M. Gade.

9

Il était 19 h 45 quand Berstad et Moland passèrent sur Torvet en direction du théâtre. L'obscurité hivernale avait coiffé la ville à la manière d'une cagoule de bourreau. Les réverbères étaient allumés, mais rares étaient les gens qui se promenaient par cette fraîche première soirée de la nouvelle année.

Les visites à Hop et Øvregaten n'avaient rien apporté de nouveau à l'affaire.

Le camarade de classe de Calle Frimann, Harald Børs, avait confirmé tout ce que le jeune étudiant en droit leur avait dit, depuis la visite chez les jeunes dames de la villa voisine, *oui, des dames au plus haut point respectables, bien entendu*, jusqu'à l'emploi des masques d'animaux.

– Et quel masque avait Calle Frimann ? avait demandé Moland.

– Calle ? Voyons voir… Niels était un lion, tant il est fier de sa crinière luisante. Ole était un chat, dans l'espoir que l'une de ces dames viendrait le chercher pour le coucher sur ses genoux, et Truls était un âne, nous avions tiré au sort. J'étais moi-même un renard, malin comme je suis pour trouver des choses de ce genre, et il ne restait que le masque de loup…

– Calle Frimann était un loup, dites-vous ?

– Oui ? Il y a quelque chose de surprenant là-dedans ? »

« Alors pourquoi nous a-t-il raconté qu'il était un renard ? » avait commenté Moland au moment où ils passaient la gare de Solheimsviken, en rentrant.

« Oh, avait répondu Berstad, entre un loup et un renard, la confusion est vite faite.

– Il n'a pas non plus retrouvé le masque !

– Non, mais ils n'ont retrouvé *aucun* masque. »

Chez les Sundt, dans Øvregate, ils furent bien reçus, on leur servit le café et des gâteaux secs, mais ils n'obtinrent par ailleurs rien d'autre que la confirmation sans réserve des explications que leur avait données Sofie Frimann. Sur une chose, en revanche, les policiers étaient d'accord : le fait qu'elle ait pu rentrer *avant* son père ne la mettait pas à l'abri des soupçons. Bien au contraire. Cela impliquait qu'elle s'était trouvée à proximité immédiate de l'endroit où son père avait été tué au moment même du meurtre. D'un autre côté, le cas échéant, quel aurait été le motif ? Avait-elle la force nécessaire pour accomplir un acte aussi brutal ? Qu'aurait-elle éventuellement utilisé comme arme, et qu'en aurait-elle fait par la suite ?

À 19 h 59, de façon si précise que le commissaire en personne s'en serait déclaré satisfait, ils s'arrêtèrent devant la Komedihus, à Engen.

Le vieil édifice de bois servait de théâtre depuis presque exactement cent ans. C'était ici que Det dramatiske Selskab avait joué ses grandes représentations amateur au début du XIXe siècle. Ici qu'Ole Bull avait créé son Norske Theater, avec les futures sommités de la littérature Henrik Ibsen et Bjørnstjerne Bjørnson aux postes de directeurs artistiques ; des comédiens tels que Lucie Wolff ou Johannes Brun avaient commencé ici leur carrière dramatique, Octavia Sperati et Bernt Johannessen y avaient composé leurs personnages scéniques inoubliables. Mais le vieux théâtre serait bientôt obsolète. Un nouveau bâtiment moderne était à l'étude, un comité avait été monté pour collecter des fonds, mais il n'avait pas encore été possible pour les pouvoirs publics de la ville de s'accorder sur l'endroit où se situerait le nouveau théâtre, près de l'ancien camp d'instruction d'Engen ou sur les terrains du Børnepark, près du Lille Lungegårdsvann.

Berstad et Moland passèrent par l'entrée des artistes et expliquèrent à une concierge courtaude entre deux âges et au visage rubicond qu'ils avaient rendez-vous avec M. le comédien Gade.

Ils regardèrent avec curiosité dans la pièce obscure, aux murs décorés de portraits masculins sombres et de tentures vert foncé pendant de part et d'autre d'une porte entrouverte. Un escalier étroit menait au premier étage du bâtiment, d'où leur parvenait une psalmodie monocorde puissante : « Mmmmmmmm-uh, mmmmm-mmm-uh ! »

Ils entendirent des rires épars provenant du salon, où l'on jouait le vaudeville *Ultimo*, rires laissant supposer que le public n'était pas particulièrement nombreux.

« Ces messieurs savent-ils où se trouvent les loges ? » s'enquit la concierge.

Comme ils avaient répondu par la négative, ils se virent montrer le chemin : en haut de l'escalier et au bout d'un long couloir sombre, seulement éclairé par quelques lampes à gaz.

« M. Gade a répété toute la journée pour la grande représentation du jubilé, expliqua la concierge à bout de souffle en faisant une pause en haut de l'escalier.

– Euh, quel jubilé ? voulut savoir Moland.

– Quel jubilé ? Celui de l'Ole Bulls Norske Theater, demain soir.

– Oui, oui, bien sûr », répliqua Moland en jetant un coup d'œil de côté à Berstad, qui pinça les lèvres en une moue sarcastique.

À l'extrémité du couloir, ils arrivèrent à une porte close. La concierge y frappa et s'immobilisa un instant, avant de l'entrouvrir et de pointer un bout de nez à l'intérieur.

« Monsieur Gade ? De la visite pour vous… »

L'homme qui se trouvait à l'intérieur répondit d'une voix grumeleuse, la concierge fit un pas en arrière et invita Moland et Berstad à avancer vers la porte.

« Vous pouvez entrer. »

Ils pénétrèrent dans une grande pièce oblongue, où derrière un paravent les comédiens masculins du théâtre disposaient de place pour s'habiller, d'un miroir et d'une coiffeuse. L'éclairage y était meilleur, des lampes à gaz étaient réparties dans les coins de chaque miroir, de sorte que les comédiens puissent eux-mêmes mettre leurs masques. Mais la pièce froide était mal entretenue : des traces de fuites étaient visibles depuis le plafond, et il y avait des zones dégarnies sur le mur, à l'endroit où la peinture s'était écaillée en grandes plaques. Bien que les fenêtres aux rideaux tirés laissent passer de vigoureux courants d'air, un lourd parfum de crèmes grasses, de poudres et d'odeurs corporelles flottait à l'intérieur, et Berstad tordit ostensiblement le nez, comme pour bien faire comprendre qu'il ne se sentait vraiment pas chez lui dans ce décor.

L'homme qui se leva de devant l'un des miroirs et qui contourna le paravent jaune sale à la façade passée était de belle prestance, aidé par un plastron bouffant et un abdomen imposant. Son nez était fort et arqué, il avait de petits yeux bleu sombre, des restes de maquillage sous les oreilles, et ses cheveux denses et grisonnants étaient coiffés vers l'arrière, révélant que son front se dégarnissait. À cinquante et un ans, Robert Gade avait bien des points communs avec le grand Bjørnstjerne Bjørnson, ce qu'il n'essayait d'ailleurs pas de dissimuler. Mais son accent était sans conteste celui de Bergen, et il avait une voix de stentor digne d'un doyen du chapitre.

« Oui, c'est une fichue histoire, affirma-t-il lorsque les deux policiers se furent présentés. Une issue tragique, sans le moindre soupçon de dignité… Avez-vous des pistes ?

– Oui et non, répondit Moland. C'est pourquoi nous venons vous voir, monsieur Gade. Vous étiez vous-même présent au bal masqué de votre beau-frère…

– Oui, j'ai laissé l'éclat de ma présence éblouir l'assistance, c'est exact, mais je ne suis pas resté longtemps. Mon épouse ne se sentait pas bien, et je suis rentré de bonne heure.

– Un instant… Votre femme ne vous accompagnait pas ?

– Non, elle n'était pas très en forme, comme je vous l'ai dit ; elle est restée à la maison.

– L'explication des quarante-cinq », déclara Berstad de façon sibylline.

Moland hocha la tête.

« Y avait-il une espèce d'épidémie parmi les sœurs de l'armateur Dünner, ce soir-là ? Je veux dire… » Il s'adressa à Robert Gade. « Mme Frimann n'était pas présente non plus.

– Oui, entre nous, monsieur l'inspecteur… Ingrid, mon épouse, n'était pas particulièrement malade, elle n'avait tout bonnement pas envie d'y aller. Avec une troupe de huit enfants, elle ne se sent pas toujours disposée à participer à des mondanités…

– Comme vous, vous voulez dire ?

– Oui, non, mais pour moi, c'est presque un devoir ! Un comédien doit à son théâtre de se montrer à chaque occasion publique. »

Moland se gratta la joue.

« Bien… À quelle heure avez-vous quitté cette réception, monsieur Gade ?

– Oh, laissez-moi réfléchir… commença le comédien en passant une main sur son front haut. Quand je suis sorti, j'ai quand même eu envie de descendre jusqu'à Olav Kyrres gate et Torvalmenningen pour y voir les réjouissances du nouvel an. Il faisait tellement beau, il n'y avait même pas de nuages ! Ensuite, je suis allé me promener jusqu'à Holbergsalmenning, je suis monté à Klosteret et je suis rentré à Store Markevei.

– Vous habitez dans Store Markevei ?

– Nous y avons une maison, oui.

– Et vous étiez à la maison… quand ?

– Oui, c'est vrai que je n'ai pas regardé l'heure, mais je crois que ça a dû être vers minuit et demi, et en tous les cas, il devait être autour de 23 heures, 23 h 15 quand j'ai quitté le bal masqué des Dünner.

– Quel masque portiez-vous, d'ailleurs ? »

Gade rejeta la tête en arrière, comme pour transmettre la question à quelqu'un qu'elle aurait concerné.

« Mon métier consiste à porter des masques, monsieur le commissaire, et je m'étais donc autorisé à ne rien porter d'autre qu'un loup tout simple de velours noir. Le même que celui que je portais la dernière fois que nous avons joué *Mascarade*, ce devait être en 1890…

– Je comprends, acquiesça Moland en jetant un rapide coup d'œil à Berstad. Vous étiez en d'autres termes facilement reconnaissable ?

– Une personnalité comme la mienne ne se laisse tout simplement pas dissimuler », répliqua Gade, avec une évidence qui désamorça cette assertion par ailleurs fort pompeuse.

« Et le consul Frimann, vous l'aviez reconnu ?

– Il se trouve que nous ne nous cachions pas tout le temps derrière ces masques. Je veux dire, c'était un bal masqué, pas une véritable mascarade… Quand les gens devaient manger ou boire, il fallait bien qu'ils relèvent leurs masques. Et oui, j'ai échangé quelques mots avec Carl August autour du saladier de punch, et à ce moment-là, il avait son masque relevé, comme ça. » Il leur montra de ses deux mains la façon dont l'accessoire avait été dégagé du visage et basculé derrière la tête. « En fait ce furent les derniers mots que nous avons échangés…

– Et de quoi avez-vous parlé ?

– Oh, de quoi parle-t-on ? D'évidences, je suppose. En fait, je ne me souviens pas. Ce qui fait que je n'ai pas noté de dernières paroles dignes d'intérêt de la part du consul Frimann, en tout cas…

– Mais… il n'était pas tout seul.

– Non, je l'ai remarqué, approuva Gade, dont les narines frémirent imperceptiblement.

– Vous ne savez pas qu…

– Une simple petite putain !

– Eh bien ! »

Les deux policiers se regardèrent rapidement.

« Assez délicate, doux Jésus. Une robe magnifiquement ajustée, avec un *décolletage*[16] dont on ne voit l'équivalent qu'à Paris… Mais c'est vrai qu'elle est couturière de métier.

– Vous savez comment elle…

– J'ai dansé une valse avec elle, Offenbach, assez adéquate, et c'est à ce moment-là que je l'ai reconnue.

– Alors vous la *connaissiez* ?

– Non, non, mais elle était… Ça fait quelques années, maintenant, mais elle est venue à quelques reprises au théâtre, pour coudre quelques costumes, mais… Oui, elle ne convenait pas, ici, et le directeur a dû en personne la prier de s'en aller, sans délai, à la suite d'un scandale avec l'un de nos élèves.

– Tiens ! Mais alors vous devez également savoir comment elle s'appelle ?

– Non, je ne sais vraiment pas, monsieur l'inspecteur ! »

Robert Gade les regarda, indigné. Avant d'ajouter, un peu plus calmement :

« Mais je sais bien où elle a été embauchée, par la suite.

– Où ça ?

– À l'atelier de couture Brekke, dans Strandgaten. »

Moland eut l'impression que quelque chose dégringolait dans sa poitrine.

« Brekke & Fils ?

– Exact.

– Cela fait combien de temps ?

– Oh… Trois ou quatre ans, je dirais.

– Et vous êtes sûr que c'était elle ?

– Sûr ? Elle n'a pas cherché à le cacher, je dois vous avouer. Elle s'est penchée contre moi pendant que nous dansions, et m'a chuchoté à l'oreille : Vous vous souvenez de moi, monsieur Gade ? » Il frissonna. « Comme si je m'étais jamais lié avec une fille de ce genre !

– Allons, allons, murmura Moland avec un petit sourire. En tant que l'un des principaux comédiens de la ville, vous devez bien avoir l'habitude d'être l'objet de l'attention des femmes…

– Moui, répondit Gade en faisant un rapide mouvement de tête qui exprimait une certaine satisfaction. On s'est bien senti courtisé, de temps à autre, mais avec *style* et par des gens *bien*, si je puis me permettre, monsieur l'inspecteur, avec style et par des gens bien…

– Le consul Frimann, en revanche, intervint subitement Berstad, il n'a pas manqué de l'emmener chez l'armateur Dünner… »

Robert Gade regarda pensivement le jeune inspecteur.

« Oui… il l'a fait. Et ne me demandez pas pourquoi ! Je ne comprends ni ne conçois à quoi il pensait ! »

Peu de temps après, les deux policiers se retrouvèrent devant le bâtiment blanc, dont les deux larges ailes donnaient sur Teatergaten. Les fenêtres à petits carreaux du service de restauration au premier étage étaient allumées, attirantes.

Ole Berstad se détourna légèrement, comme pour jeter un coup d'œil vers le bas de Komedibakken et voir s'il y avait des bateaux au mouillage devant Sukkerhusbryggen.

« Brekke & Fils, ce n'est pas votre beau-frère, ça, Moland ? » demanda-t-il alors avec une certaine nonchalance.

10

Si, Haakon Emil Brekke – le « Fils » d'origine de Brekke & Fils, qui après la mort subite de son père en 1898 était devenu « Brekke », tandis que ses propres fils, Hans Emil, onze ans, Harald, dix ans et Torstein, sept ans, constituaient ce « Fils » pluriel – était fort justement le beau-frère de Christian Moland, puisqu'il était marié à la sœur du policier, Borghild.

Après avoir pris congé d'Ole Berstad, Moland mit par conséquent le cap dans cette direction. Depuis Engen, il suivit d'abord le large Fortunen, puis Smørsalmenningen. Au bout des communaux pentus, il distingua l'eau noire de Vågen et les mâts des bateaux amarrés à Tyskebryggen. Au coin de Strandgaten, il prit à gauche, et arriva quelques maisons après à Brekke & Fils. La boutique était de plain-pied, la famille habitait au premier, le second était en location.

L'escalier était sombre, à peine éclairé d'en haut, où l'installation au gaz dans l'appartement renvoyait une faible lueur à travers les carreaux de la porte.

Moland tourna la sonnette. Il entendit immédiatement le bruit d'une porte que l'on ouvrait, les pas d'un enfant qui courait et la voix ferme de sa sœur.

« Laisse-moi ouvrir, affreux ! C'est sûrement pour papa... »

La porte s'ouvrit, et il croisa le regard interloqué de sa sœur.

« Christian ! À cette heure... Il n'y a rien de grave, j'espère ?

– Non, non... Juste une petite visite, si on peut dire... »

Il baissa les yeux sur la dernière-née, Sigrid, à peine quatre ans, qui se cramponnait à la jupe de sa mère, tandis que les trois garçons regardaient leur oncle avec admiration. La blonde Sigrid était malgré tout la prunelle de ses yeux, étant donné qu'elle était la seule petite fille de la famille et que lui-même n'avait que des garçons, jusqu'à présent.

Borghild Brekke avait six ans de plus que son frère et se comportait envers lui comme envers ses enfants, avec une autorité assurée et une oreille infaillible vis-à-vis des phrases à double sens.

« Mais entre, l'invita-t-elle en passant une main dans ses cheveux bruns décorés de rais argent. J'étais en train de lire pour les petits, mais je peux faire chauffer un peu d'eau pour une tasse de thé, si tu en veux. Haakon est dans le fumoir. »

Moland acquiesça, remercia et suspendit manteau et melon dans l'entrée avant de suivre sa sœur à travers le salon décoré pour Noël, sur le sol duquel elle avait passé un moment assise avec les gamins, devant le poêle à coke.

« Que lisez-vous, en ce moment ? demanda-t-il aimablement en ébouriffant les cheveux de Hans Emil.

– Les voyages de Gulliver !

– Il est arrivé au pays des géants, précisa Harald.

– Brobding-gnad ! » lâcha Torstein en resplendissant de fierté pour avoir réussi à articuler l'intégralité de ce nom difficile.

Moland sourit.

« Oui, c'est passionnant. C'était aussi mon avis, quand j'étais petit. »

Il poursuivit, traversant la petite salle à manger où on avait installé l'arbre de Noël, puis dans la pièce que sa sœur appelait « le fumoir », mais qui n'était guère qu'un petit bureau comprenant une combinaison de table de travail et de secrétaire, une chaise qui allait avec, un petit canapé le long de l'un des murs et une petite bibliothèque contre l'autre.

Haakon Emil Brekke était installé dans le canapé, les jambes croisées, le journal de la veille déplié sur les genoux. Il tirait distraitement sa longue pipe brun foncé à la tige délicatement sculptée. Il avait quarante et quelques années, était totalement chauve à l'exception de si peu de cheveux autour des oreilles qu'ils semblaient avoir été dessinés au crayon gris.

« Tiens, voilà le gars qui est en vadrouille, constata-t-il avec un hochement de tête et un regard par en dessous.

Ce n'est pas officiel, j'espère. » Avant que Moland ait eu le temps de répondre, il poursuivit : « Assieds-toi. Tu en veux un petit ?

– Borghild a évoqué une tasse de thé.

– Le thé, c'est pour les gonzesses. On se prend un brandy.

– Bon, bon… Par un jour comme celui-ci, ce n'est pas de refus. » Brekke haussa les sourcils. « À ce point ?

– À ce point. »

Pendant que son beau-frère allait chercher des verres qu'il remplit à partir d'une belle carafe en cristal, Moland tira sa bourse à tabac et sa propre pipe, qu'il bourra méticuleusement avant de l'allumer.

« Alors skål, beau-frère ! trinqua Brekke avec un sourire en coin.

– Skål », répondit Moland avant de tremper prudemment les lèvres dans le verre ventru. Après avoir soigneusement fait rouler l'alcool dans sa bouche et l'avoir avalé, il releva lentement les yeux et posa sur son beau-frère un regard interrogateur.

« Oui, tu as bien dû l'apprendre ?

– Apprendre quoi ?

– Pour le consul Frimann…

– Non, quoi donc ? » Brekke bascula en avant dans le petit canapé. « Il n'a quand même pas fait faillite ?! s'écria-t-il, au bord de la panique.

– Pire que ça. Il est mort. »

Brekke regarda Moland sans que son visage trahît quoi que ce fût, comme s'il n'avait pas bien compris ce qui venait d'être dit.

« Assassiné. Dans l'escalier de sa maison.

– Assassiné ! Et par qui ? »

Moland eut du mal à s'empêcher de sourire.

« Tu vois, ça, c'est ce que l'on essaie de découvrir. »

Brekke fit un large geste des bras.

« Mais c'est épouvantable ! *É-pou-van-table*. Je le connaissais, moi.

– Bien ?

– Il avait des parts dans le magasin. Pas autant que moi, mais nettement plus que le directeur Helgesen.

– Fridtjof Helgesen ?

– Oui.

– C'est pour cela que tu avais peur qu'il ait fait faillite ? Je veux dire… le consul Frimann ?

– Oui, tu comprends bien… Ça aurait provoqué une situation pour le moins confuse, en tout cas au début. Je veux dire… Qui reprendrait ses parts, dans ce cas, par exemple ?

– Eh bien, ça va sûrement être Mme Frimann… désormais.

– Oui, exactement. Et quel est son niveau de compétence ? »

Moland n'avait rien à répondre, et il but donc plutôt une autre gorgée circonspecte du spiritueux brun doré.

« Mais ce n'était pas pour parler affaires que je suis venu, c'était pour… »

Le visage de sa sœur apparut soudain à la porte.

« Les petits sont couchés. » Puis, avec un regard assassin en direction des verres pleins : « Vous prendrez le thé ici, ou avez-vous tout ce dont vous avez besoin ?

– Nous pouvons le prendre ici, répondit rapidement Brekke.

– Y a-t-il… un problème particulier ? »

Elle regarda son frère.

Mais ce fut son époux qui répondit.

« Le consul Frimann est mort. Il a été assassiné.

– Assassiné ? ! répéta-t-elle en tournant vers lui un regard horrifié.

– Oui, j'ai eu la même réaction. C'est incroyable, n'est-ce pas ?

– Mais… commença-t-elle en se tournant de nouveau vers son frère. Pourquoi es-tu venu ici ? Nous n'avons rien à…

– Non, non, absolument pas, la rassura Moland. Haakon peut simplement nous apporter quelques explications de fond.

– Il était engagé dans l'affaire ; tu le sais bien, Borghild.

– Oui, oui… » Elle les regarda tous deux pensivement. « Oui, alors je comprends sans problème que vous ayez eu besoin de choses plus fortes que… » Elle sembla se redresser. « Mais je reviendrai avec le thé quand il sera prêt.

– Bonne idée, mon amie. »

Brekke attendit qu'elle eût refermé la porte pour poursuivre.

« Alors, qu'est-ce que tu voulais savoir ? »

Moland regarda son beau-frère en biais, comme s'il n'était pas tout à fait certain de la façon dont il allait s'exprimer.

« Il se trouve qu'hier au soir, le consul Frimann était à un bal masqué chez l'armateur Dünner. Il est arrivé et a selon toute vraisemblance quitté cette réception accompagné d'une dame qui n'était pas sa femme…

– Tiens donc…

– … et dont nous avons d'après une autre source de bonnes raisons de croire qu'il s'agit d'une jeune femme employée chez toi.

– Chez moi ? » Une lueur de vigilance apparut dans le regard de Brekke. « Par quelle…

– Ça n'a pour ainsi dire aucune importance, mais elle est supposée avoir été embauchée chez Brekke & Fils il y a trois ou quatre ans. »

Le visage de Brekke était gris. Il se racla la gorge.

« Je comprends.

– Mais je suppose que tu as plusieurs couturières…

– Pas tant que cela. Seulement deux. L'une est une veuve d'une soixantaine d'année. Mme Pettersen.

– Et l'autre ?

– Mme Amundsen. » Brekke fit un geste des deux bras. « Grande, grosse… »

Moland sentit la déception lui crisper les mâchoires.

« Non, cela ne peut être ni l'une, ni l'autre ! Mais… réfléchis, il y a trois ou quatre ans, est-ce qu'il y avait d'autres… » Il s'interrompit. « Je le vois sur ton visage. Tu penses à quelque chose… »

Son beau-frère le regardait avec mécontentement.

« C'est juste que je n'aime pas les… témoignages anonymes de ce genre.

– C'est comme ça, Haakon », répondit Moland avec un large geste des bras, avant de se pencher en avant : « Mais je peux te faire une confidence : ça venait du théâtre. La femme que cela concerne avait fait partie du service des costumes avant d'arriver chez vous.

– Je comprends, soupira Brekke avec un hochement de tête.

– Alors tu peux imaginer qui ça peut être ?

– Oui, je ne crois pas qu'il puisse encore y avoir de doute, malheureusement, vu la façon dont tu présentes les choses. Si ce n'est qu'elle n'est absolument plus couturière. Elle est vendeuse, maintenant.

– Bon.

– À vrai dire, j'ai remarqué que le consul Frimann avait échangé quelques mots avec elle quand il était passé. J'ai évidemment supposé qu'il lui demandait si son poste lui plaisait, ou... des choses de ce genre », ajouta-t-il rapidement.

Moland sentit pratiquement ses épaules et sa nuque s'effondrer, et une sensation l'envahit, non pas de soulagement, mais de chaleur.

« Mais c'est formidable, ça, Haakon ! Si tu savais quelle aide tu apportes à l'enquête...

– Oh, merci, répondit son beau-frère en tirant en vain sur sa longue pipe, qui semblait s'être éteinte.

– Alors... Comment s'appelle cette jeune femme, et qu'as-tu à me dire sur son... caractère ? »

Brekke posa sa pipe et s'étira pour attraper son verre.

« Son caractère... Elle a une éducation tout ce qu'il y a de plus simple, d'après ce que j'ai compris. Un père maître voilier, une mère couturière, morts tous les deux. Elle-même est... Oui, elle avait en tout cas une nature qui engageait à lui laisser occuper le poste de vendeuse assistante, mais absolument pas un poste de premier plan, ceux-là sont destinés à d'autres. Mais c'était une couturière très douée, et elle a de bonnes connaissances aussi bien sur les tissus que sur les qualités, et... Oui, nous avons l'impression que les clients l'apprécient.

– Les clientes aussi ?

– La plupart de nos clients sont des clientes, Christian. Quand leurs maris les accompagnent, c'est la plupart du temps pour que nous puissions prendre leurs mesures. Les vêtements ont pour ainsi dire toujours été du domaine des femmes. À ton avis, qui faisait les bâtis sur les peaux de bêtes, à l'âge de pierre ? Ces messieurs ?

– Non, certainement pas, murmura Moland. Alors, comment s'appelle-t-elle ?

– Mlle Pedersen.

– Prénom ?

– Oui, Maren… et puis Kristine, je crois bien.

– Et le fait qu'elle soit censée avoir accompagné le consul Frimann hier au soir… c'est une surprise, pour toi ?

– Oui. Oui, c'en est une. Encore que… On ne peut pas nier qu'elle ait suffisamment d'allure, mais que le consul Frimann ait pu être assez hardi pour l'emmener là-bas, au vu et au su de tous…

– Oui, enfin, c'était un bal masqué…

– D'accord, mais quand même. C'est vrai que je ne connais pas Mme la consul Frimann si… bon, intimement, que je… mais en tout cas, elle est cliente chez nous, et que les deux soient passablement différentes, c'est assez flagrant ! »

Après un petit temps d'arrêt, Moland reprit ses questions :

« Cette Mlle Pedersen, tu as son adresse ?

– Mouais. C'est quelque part du côté de Nordnes… Il faudra que je descende à la boutique, à moins que… » Il regarda autour de lui, se leva, alla au secrétaire et en bascula le couvercle. « Il est possible que je trouve ça dans les comptes rendus fiscaux de l'an passé. » Il ouvrit un registre, le feuilleta à rebours et en tira une feuille. « Là, la voici. Maren Kristine Pedersen. Trangesmuget. » Il tendit le papier à Moland qui remarqua le numéro. « C'est à Verftet.

– Oui, je sais où c'est, répondit-il en sortant sa montre. À quelle heure arrive-t-elle au travail ?

– À 8 heures. Tu ne penses tout de même pas aller la voir… maintenant ?

– Pourquoi pas ? Il n'est que 21 h 30, et aujourd'hui, elle était en congé, alors…

– Mais sincèrement, Christian, une demoiselle conv… »

Moland lui lança un regard provocant.

« Oui, tu hésites à employer des mots trop pompeux, toi aussi, maintenant ? »

La porte s'ouvrit, et Borghild entra à reculons. Elle portait un plateau en bois sur lequel étaient disposées deux tasses, une théière fumante et une soucoupe contenant du sucre.

Moland se leva et fourra sa pipe dans sa poche.

« Dis voir, Bobo, il faut malheureusement que j'y aille, s'excusa-t-il, un peu penaud.

– Quoi ? ! s'exclama sa sœur avec découragement. Maintenant que j'ai enfin… Tu pourrais bien attendre un…

– Oui, en fait, je suis en service… »

Elle regarda Brekke.

« Alors c'est toi qui vas le boire… Je ne l'ai pas fait pour rien, j'espère !

– Non, non…

– Une boisson d'hommes, ce n'est pas comme ça que tu en parlais, Haakon ? » murmura Christian Moland avec un petit sourire en passant la porte.

11

Comme l'indiquait le nom, Trangesmuget était un long boyau étroit situé sur le flanc ouest de la péninsule de Nordnes, qui courait depuis Strangehagen, montait Klosterhaugen et redescendait jusqu'à Verftsgaten et aux grands hangars gris qui barraient la vue sur le Puddefjord.

La distance entre les réverbères qui éclairaient la ruelle était si grande que Christian Moland dut plisser les yeux pour distinguer les panonceaux indiquant le numéro des bâtiments. Un chat tigré gris et noir vint se frotter amoureusement contre sa jambe lorsqu'il s'arrêta devant la bonne adresse, et il se pencha légèrement en avant pour pouvoir lui caresser la nuque.

Il faisait si sombre dans l'entrée exiguë qu'il commença à chercher sa boîte d'allumettes, mais il ne l'avait pas encore trouvée que la porte de droite au rez-de-chaussée s'ouvrit. Une bonne femme d'une cinquantaine d'années, au visage oblong autour d'un nez si aquilin qu'on l'eût facilement pris pour une arme d'estoc, passa la tête à l'extérieur.

« C'est à quel sujet ?

– Excusez-moi, commença Moland en levant machinalement son melon, mais je cherche une demoiselle Pedersen… Est-ce qu'elle habite ici ?

– Oui, vous aussi, je me doute bien. Vous parlez d'un va-et-vient, bon sang de bonsoir ! Elle s'en va le mois prochain, sinon, c'est *moi* qui déménage !

– Je comprends », compatit poliment Moland.

Elle agita une main vers l'escalier obscur.

« C'est tout en haut. Sous les combles, puis à droite. Pas possible de se tromper, il n'y a qu'une porte.

– Merci beaucoup.

– De rien ! » aboya la bonne femme en retour.

Tandis que Moland attaquait l'ascension de l'escalier, il l'entendit murmurer pour elle-même :

« Ça sera déjà bien s'il n'y a que la moitié du cul qui dépasse… »

Puis la porte claqua violemment.

Moland monta en trébuchant jusque sous les combles, où un faible reflet de l'éclairage public extérieur filtrait à travers un vasistas. Il passa sur le flanc opposé de l'immeuble et s'arrêta devant la porte à l'autre extrémité. Un rai de lumière vive éclairait le bout de ses chaussures depuis la fente sous la porte.

Il frappa, et entendit immédiatement des pas légers à l'intérieur. Puis une voix prudente à travers la porte :

« Qui est-ce ? »

Moland s'éclaircit durement la voix.

« Je suis de la police. » Devant l'absence de réaction immédiate, il poursuivit : « Je suis désolé de vous déranger si tard, mademoiselle Pedersen, mais il s'est en f… »

Une clé tourna à l'intérieur, la porte s'ouvrit, et elle leva sur lui un regard inquiet.

« Quoi ?

– Inspecteur Moland, se présenta-t-il en levant son melon. Il s'agit d'une affaire des plus importantes. »

Elle se mordit la lèvre, hocha la tête, fit un petit pas de côté et le laissa entrer.

« Merci.

– Oh, je vous en prie… »

Sa voix était grave, rauque et étonnamment distinguée.

Il la détailla rapidement.

Maren Kristine Pedersen faisait une impression extraordinairement directe, aussi efficace qu'une poignée de main indécente. Ses cheveux bruns presque noirs étaient détachés pour la nuit ; elle s'activait à les rattacher à l'aide d'un ruban de velours vert – peut-être pour ne pas faire montre d'une trop grande familiarité, ou aussi parce qu'il était naturel pour elle de mettre en valeur l'opulente poitrine qui tendait l'étroit chemisier de lin à col montant. Elle avait un visage légèrement potelé, aux joues rondes. Sa bouche était petite mais pulpeuse, et ses paupières lourdes et denses rendaient son regard à la fois indolent et engageant, d'une manière qui fit que Moland chercha inconsciemment à happer davantage d'oxygène.

Ce qui ne facilitait pas les choses, c'est qu'ils se trouvaient purement et simplement dans la chambre à coucher de la jeune femme.

La petite chambre sous les combles était meublée au plus simple. Hormis le lit marron, habillé d'un couvre-lit bleu sous lequel pointait le bout d'un édredon blanc replié à la tête, celle-ci ne comprenait qu'une chaise, un lavabo, une petite commode et une grosse valise grise. Un petit poêle à bois allumé était plaqué contre la cheminée, surmonté d'une plaque de cuisson, sur laquelle une cocotte noire fumait doucement. Un manteau vert sombre était suspendu à une patère dans un coin. Dessous, à la même patère, il distingua un semblant de robe rouge et noire pouvant correspondre à la description du bal costumé.

Elle ne bougea pas, de telle sorte qu'il fut contraint de s'arrêter aussitôt la porte franchie pour ne pas passer trop près d'elle.

« De quoi s'agit-il ? demanda-t-elle tout en nouant un ruban dans ses cheveux.

– Du consul Frimann. Carl August Frimann. »

Une expression glaciale passa sur son visage.

« Oui ?

– Vous le connaissiez ? » Elle hésita un instant. « Ouii… je sais qui c'est. »

Il la regarda sans rien dire.

« Ne venez pas me dire que quelqu… que… »

Elle ne termina pas sa phrase.

« Asseyez-vous », intima Moland d'une voix ferme.

Elle sembla d'abord vouloir protester. Puis elle fit vivement volte-face, alla jusqu'au lit et s'assit dessus.

Moland suivit, avançant si loin dans la pièce qu'il se retrouva debout, les mains sur le dossier de la chaise, dans une position rappelant étrangement celle d'un commissaire représentant le ministère public dans une salle d'audience.

Elle lui lança un regard de défi.

Qu'il lui retourna. Il sentit de nouveau la pression indécente aux parties génitales, si distinctement qu'il dut se pencher imperceptiblement vers l'avant.

« Il est… mort », annonça-t-il avec un soupir à peine audible.

Le regard de la jeune femme se voila. Mais elle n'éclata pas en sanglots. Elle réagit comme la plupart des autres l'avaient fait, avec une expression d'incrédulité grandissante, à mesure que ce qu'il avait dit prenait corps en elle.

« M-m-mais… »

Elle regarda autour d'elle dans la pièce, comme à la recherche de quelque chose.

« Oui ? s'enquit Moland. C'est vrai qu'il était ici… C'est cela que vous vouliez dire, n'est-ce pas ?

– Ou-ou-oui… bégaya-t-elle avec un faible hochement de tête.

– Cette nuit ? »

Elle le regarda, ahurie.

« Hier au soir.

– Et jusqu'à minuit bien sonné, ce n'est pas ça ? »

Elle haussa les épaules.

« Je ne sais pas quelle heure il était… »

Il fit le tour de la chaise, s'assit dessus et se pencha en avant.

« Que s'est-il passé ? » demanda-t-il en la transperçant du regard.

Elle se redressa, sembla opérer un repli sur son lit.

« Passé… Il… est venu avec moi, ici, et nous… Il… Ce n'était pas la première fois !

– Non ?

– Non ! »

Elle planta son regard dans le sien et l'y laissa, si longtemps que ce fut lui qui dut abandonner.

Il se frotta prudemment les mains l'une contre l'autre, comme pour les réchauffer.

« Que… commença-t-elle, de quoi est-il mort ?

– D'épuisement, peut-être ? ironisa-t-il.

– Pas très vraisemblable », répliqua-t-elle rapidement, et il constata que ce qui aurait sonné comme une vulgarité dans la bouche d'une autre femme paraissait tout à fait naturel chez elle.

Il la regarda par en dessous, toujours penché sur sa chaise.

« Il vous a invitée chez l'armateur Dünner, à un bal costumé… »

Les lèvres pulpeuses se crispèrent en un petit sourire.

« C'était mon idée ! “Pourquoi est-ce que tu ne peux pas m'emmener moi, à la place ?” Mais je n'aurais jamais cru qu'il le *ferait* ! »

Une vague d'envie pleine de bonne humeur sembla la parcourir.

« Vous l'avez regretté ?

– Regretté ? Je me suis amusée ! C'était… passionnant… raconta-t-elle avec dans les yeux un éclat dur. De voir les tronches de ces vieilles aigries quand elles découvraient que celle qui l'accompagnait n'était pas son épouse !

– Est-ce que quelqu'un vous a reconnue, à votre avis ?

– Pas que je sache.

– Personne ne vous a parlé ?

– N-non.

– Mais peut-être avez-vous vu quelqu'un à qui vous avez parlé ?

– Euh, je…

– Je pense par exemple à Robert Gade, le comédien. »

Son visage se durcit insensiblement.

« Oui, c'est exact… Nous étions d'anciens… J'ai travaillé au théâtre.

– Oui, nous l'avons appris. Vous n'avez pas pensé que c'était un peu… indiscret, ça ? De vous faire reconnaître auprès de M. Gade ?

– Oh… indiscret… »

Elle haussa les épaules, une moue boudeuse sur les lèvres.

Un silence momentané s'installa.

Moland se passa vigoureusement les deux mains sur le visage.

« Mais quand vous êtes partis, que s'est-il passé, à ce moment-là ?

– Je vous l'ai déjà dit. Il s'est proposé pour me raccompagner, et quand nous sommes arrivés, il est venu avec moi… ici.

– Vous… vous n'avez pas remarqué si quelqu'un vous suivait, l'un ou l'autre ?

– Nous suivre ? Non ! » Elle se tortilla sur le lit. « Comment est-il mort ?

– Il a été passé à tabac », répondit-il en posant sur elle un regard lourd.

Celle fois-ci, elle fut désarçonnée, et elle dut respirer plusieurs fois à fond avant de pouvoir parler.

« Non ! Ça ne peut pas… C'est épouvan… Où ça ?

– Écoutez, mademoiselle Pedersen…

– Pas ici… dehors ? demanda-t-elle en faisant un mouvement de tête.

– Non. Ailleurs. Mais… Il y a des choses importantes sur lesquelles je dois vous interroger. »

Elle acquiesça silencieusement et déglutit.

« Nous n'avons pas besoin d'entrer dans les détails, mais je ne me trompe pas si je prétends que vous étiez ensemble – comme mari et femme – ici ? »

Il s'était attendu à ce qu'elle baisse les yeux. Mais cette fois non plus, elle ne laissa pas retomber son regard. Elle confirma simplement d'un hochement de tête.

« S'est-il passé… autre chose ? Je veux dire, personne d'autre n'est venu… à la porte, j'entends… »

Elle le regarda sans comprendre.

« Je veux dire, vous… Il n'était peut-être pas le premier homme avec qui vous avez été…

– Et avec combien de femmes est-ce que vous avez été ? »

Il cligna des yeux.

« Je… Que voulez-vous dire ?

– Que… Est-ce qu'une femme ne pourrait pas… Une femme ne pourrait-elle pas avoir autant de droits qu'un homme…

– Bon… admit-il en se détournant. Ça, c'est une grande discussion, dans certains milieux. Mais on entend plus souvent des débats de ce genre autour d'un verre d'absinthe à Kristiania qu'au Grand Café dans notre ville, non ? Ce que je veux dire… Il n'est pas impensable qu'il y ait eu des rivaux ? Je me vois dans l'obligation de vous demander, mademoiselle Pedersen, quelles autres connaissances masculines vous avez eues…

– Ce n'est pas vous qui venez de me taxer d'indiscrétion ?

– Si, si, mais il est question d'une enquête policière…

– Je suis désolée, monsieur le commissaire…

– Inspecteur.

– … mais je ne dépasse pas certaines limites.

– Nous pouvons…

– Et vous ne pouvez pas m'y contraindre ! La chasse aux sorcières est terminée !

– Détrompez-vous ! » rétorqua sèchement Moland – presque trop sèchement, constata-t-il immédiatement après l'avoir dit.

Elle pinça ostensiblement les lèvres, ce qui ne fit que la rendre encore plus désirable, comme si elle priait qu'on la prît par la force. Et le pire, c'était qu'elle le savait. Il le voyait au scintillement de ses yeux : *Essaie, si tu l'oses… allez, approche !*

Il se leva brusquement, plus troublé qu'il ne voulait bien l'admettre, et se planta de nouveau derrière la chaise.

« Alors nous serons certainement forcés de vous convoquer pour un entretien, mademoiselle Pedersen. »

Elle ne répondit pas, se contentant de se redresser fièrement.

« Auprès du commissaire lui-même. »

Elle ne s'était pas départie de son expression de défi.

« Vous n'avez donc rien à ajouter ? »

Pendant une seconde, son visage s'adoucit.

« Si ce n'est que c'est triste, ce qui s'est passé. C'est toujours triste, quand quelqu'un… meurt… »

Moland souleva son melon et gagna la porte. Il s'y arrêta et se retourna de nouveau.

« Juste une petite chose, d'ailleurs... Quand le consul Frimann a été tué, il portait un masque d'animal...

– Ah ?

– Oui. Est-ce qu'il l'avait aussi, quand il est venu ici ?

– Oui, quand nous sommes arrivés. Mais il l'a oublié. Je l'ai là... »

Elle se leva, alla jusqu'à la commode, en ouvrit le tiroir du haut et en tira un masque.

« Voilà... »

Elle tendit la tête d'animal à Moland qui la saisit en poussant un cri de surprise.

« Mais... !

– Il y a un problème ? s'enquit-elle en le regardant avec étonnement.

– C'est une tête de lion ?!

– Oui ? C'est cela qu'il avait au bal costumé.

– Exactement. Ce qu'il y a, c'est que quand il a été retrouvé... il avait un tout autre masque. Une tête de loup. Et d'où diable venait-elle ? En auriez-vous une idée, par exemple ? »

Elle secoua la tête.

« Eh bien... voyez-vous un inconvénient à ce que j'emporte celui-ci ?

– N-non, bien sûr que non. »

Avec une expression songeuse, il souleva encore une fois son melon, avant de s'en aller, en tenant un peu maladroitement le masque, comme un corps étranger qu'il n'aurait pas trop su comment manipuler.

Lorsqu'il arriva au bas des marches, la bonne femme du rez-de-chaussée pointa de nouveau le nez par l'entrebâillement de sa porte, constata que c'était lui qui repartait, renâcla bruyamment avant de claquer vigoureusement la porte derrière elle.

Moland hésita. Puis il alla à la porte close et frappa.

Elle ouvrit et leva un regard effronté vers lui.

« Qu'est-ce que vous voulez ? Vous n'avez pas eu tout votre soûl ? »

Moland s'éclaircit la voix.

« Madame...

– Stockmann-Olsen. Veuve du bienheureux Stockmann-Olsen, passeur à Sukkerhusbryggen. »

Il baissa le ton.

« Je m'appelle Moland. Je suis de la police. » Il leva les yeux. « J'ai cru comprendre qu'il n'était pas spécialement rare qu'elle reçoive de la visite, Mlle Pedersen, là-haut, glissa-t-il pompeusement.

– Des visites masculines, oui. Une vraie putain, si vous voulez mon avis.

– Mais elle a quand même un emploi, dans une maison bien établie…

– Bien établie, tu parles ! Elles sont aussi bien établies, ces saute-au-paf de Baklava et de Søthollet… Vous n'avez qu'à demander à ceux qui sont malades à cause d'elles !

– Mmoui… Mais… Vous ne pourriez pas me donner les noms de… si vous aviez reconnu certaines personnes qui sont venues la voir ? »

Elle jeta à son tour un coup d'œil vers le haut de l'escalier.

« Oh si, il y avait du beau monde, me semble-t-il… Ça sentait encore le cigare plusieurs jours après. Des messieurs bien, de la ville… Ce n'était pas la même chose avec Stockmann-Olsen, ça, je peux vous le garantir !

– Mais… ces noms ? » insista Moland.

Elle lui jeta un regard étincelant.

« Vous… Je ne fréquente pas ces milieux. Mais on pourrait aller se promener sur Torvalmenningen un dimanche matin, et je vous les désignerais…

– Pas impossible que nous vous prenions au mot, madame Stockmann-Olsen.

– Et qui me croira ? répliqua-t-elle en clignant méchamment des yeux. La veuve Stockmann-Olsen contre l'armateur Machin et le directeur Von Trucmuche ? Allez, vous me faites marrer ! »

Quand Moland ressortit dans la ruelle, le chat tigré l'attendait, étalé, mais il n'y prêta pas attention, tout absorbé qu'il était dans ses pensées. Il s'engagea dans Knøsesmuget et déboucha dans Klostergaten, juste sous l'ancien quartier général du Corps de Garde[17], le bâtiment aux allures de monastère situé au sommet de Klokkehaugen. Du sommet de sa tour, on voyait la majeure partie de la ville. *Mais*, se dit-il tristement au moment où il passa au pied, *tous les secrets de la ville, on ne les voit pas.*

12

Ce soir-là, il se coucha tout contre Agnes, qui était étendue sur le côté, dos à lui, à cause de son gros ventre. Il glissa une main sous sa chemise de nuit et la passa sur ses seins, d'avant en arrière, jusqu'à ce que les mamelons pointent comme des chandeliers.

« Christian... » protesta-t-elle doucement en s'appuyant contre lui. Une sorte de vibration le parcourut entièrement, et il ne put faire abstraction de l'excitation qu'il ressentait.

Il passa la main sur le ventre rebondi de sa femme et sentit vaguement que le petit être qui se trouvait à l'intérieur bougeait. Elle avait dû entailler sur le devant le pantalon qu'elle portait pour dormir, et il descendit impatiemment une main vers son sexe, l'ouvrit d'une main en descendant son pantalon de l'autre.

« Il faut que tu fasses attention, murmura-t-elle. Pense à l'en...

– Mmm ! » soupira-t-il en glissant en elle par-derrière.

Ils firent l'amour en silence, pour ne pas réveiller les deux garçons. Ni l'un ni l'autre n'était tout à fait là. Elle se retint, anxieuse de ce qui pouvait arriver à l'enfant qu'elle portait. Il avait la tête ailleurs, mais n'en fit l'amour qu'avec plus de fougue.

Elle s'allongea ensuite sur le dos et lui caressa le visage.

« Qu'est-ce qui te prend, aujourd'hui ? On croirait que tu as été absent pendant des mois... »

Il se pencha sur elle et l'embrassa silencieusement, en guise de réponse. La peau de sa femme dégageait un faible parfum acidulé, comme un cidre légèrement oxydé.

Le lendemain matin, il se réveilla de bonne heure.

Les bruits rassurants et bien connus montaient de la ville, rappelant dès 5 heures aux bourgeois qu'une nouvelle journée de travail avait démarré : martèlement de sabots de chevaux et des roues cerclées de métal des charrettes sur le pavé, le son lointain d'une chaîne d'ancre en bas, à Vågen – ou bien était-ce un tonneau qui avait échappé à ses propriétaires et qui dévalait les communaux ?

Il se rendit de bonne heure à l'hôtel de police. Le temps n'avait pas changé – calme, doux, seuls quelques nuages étaient visibles au loin au-dessus d'Askefjell. Devant le Rådstue, c'était la relève de la garde au sein du corps des agents, et il fit un signe de tête à ceux qu'il connaissait le mieux.

Krohn-Hansen était déjà en place. Il écrivait à son bureau quand Moland entra dans la vaste pièce, salua et se rendit à sa place attitrée à la grande table.

Krohn-Hansen leva les yeux.

« Vous arrivez de bonne heure, ce matin, monsieur Moland ?

– Oui, je…

– Je suis en train de noter quelques points concernant les investigations futures dans cette affaire.

– Il y a eu du nouveau ?

– J'aurais presque espéré que *vous* pourriez *me* le dire », bougonna Krohn-Hansen en posant un point bien net sur sa feuille, avant de souligner l'un des mots qu'il avait écrits. « M. Berstad est revenu hier au soir pour me dire que vous aviez eu un renseignement dont il avait l'impression que vous alliez peut-être l'exploiter… seul.

– Oui… eh bien… je crois que j'ai trouvé l'inconnue, monsieur le commiss…

– Tiens donc ! » Krohn-Hansen fit claquer son stylo sur le pupitre. « Pas étonnant que vous soyez ici de bonne heure, monsieur Moland. Formellement parlant, vous auriez dû revenir directement hier au soir.

– Je n'étais pas certain de l'heure jusqu'à laquelle je pouvais vous trouver ici, monsieur le…

– Que les choses soient claires, monsieur Moland, une bonne fois pour toutes. Nous ne nous accorderons pas une seule minute de repos avant d'avoir fait toute la lumière sur cette affaire. Pas une seule minute ! C'est clair ? »

Moland hocha la tête.

« Cela me concerne tout autant que vous et vos collègues... »

Comme sur signal, la porte s'ouvrit et Ole Berstad entra, en jetant un rapide coup d'œil à Moland.

« Entrez, monsieur Berstad ! s'exclama aimablement Krohn-Hansen. Votre collègue, M. Moland, nous apporte des nouvelles.

– Ah oui ? répondit Berstad avec une petite révérence ironique.

– Alors, comment s'appelle cette jeune dame, poursuivit Krohn-Hansen en s'adressant de nouveau à Moland.

– Mlle Peders... Maren Kristine Pedersen. Employée comme vendeuse chez mon beau-frère, chez Brekke & Fils. Je me suis permis d'aller la voir, et...

– Quoi ? ! aboya Krohn-Hansen. Vous êtes allé la voir ? Seul ? !

– Oui. J'ai pensé... que ça s'imposait. »

Le commissaire le regarda avec indignation.

« Ça, par exemple. Ça, par exemple ! Eh bien... quel a été le résultat de cette... visite hautement non réglementaire ?

– Eh bien, je...

– Quoi qu'il en soit ! Ne perdons pas de temps. » Il jeta un rapide coup d'œil à ses notes. « Vous, monsieur Berstad, vous irez voir Rasmussen, le chef des domestiques à l'hôtel Norvège, qui a promis de convoquer tous ceux qui avaient été engagés chez l'armateur Dünner pour le bal du nouvel an... Emmenez au besoin l'un des autres agents. Vous, monsieur Moland, vous amenez cette demoiselle Pedersen ici, en audition chez moi, sur-le-champ !

– À vos ordres, monsieur le commissaire ! »

Moland se dirigeait déjà vers la porte.

Les deux inspecteurs n'échangèrent pas le moindre mot en sortant. Lorsque Berstad partit à la recherche d'un autre agent, Moland lui fit simplement un signe de tête en guise d'adieux. Après avoir saisi son manteau et son melon au portemanteau près de la porte, il s'en alla exécuter les ordres.

Quand la porte de chez Brekke & Fils se referma derrière lui, à peine dix minutes plus tard, une clochette tinta faiblement. Les cinq personnes qui se trouvaient à l'intérieur levèrent les yeux, y compris Brekke lui-même depuis son poste derrière la vitre du box, tout au fond du local, qui faisait office de bureau. La lumière dans le magasin provenait des deux grandes fenêtres donnant sur la rue. L'endroit comprenait un large comptoir, des étagères chargées de rouleaux de tissu et de hautes rangées de tiroirs, plus quelques mannequins sans jambes vêtus de modèles achevés exposés pour la démonstration et éventuellement la vente. Le panneau tape-à-l'œil qui jusqu'à la semaine précédente avait clamé *Achetez vos cadeaux de Noël ici !* avait disparu, mais les locaux étaient toujours décorés de branches de sapin, de pommes de pin colorées et d'anges faits de papier scintillant.

À ce qu'en voyait Moland, Mlle Pedersen portait le même chemisier et la même jupe que la veille au soir, en plus d'un haut brun dans le même tissu que sa jupe, si ajusté qu'il soulignait plus qu'il ne camouflait son sein généreux.

Moland souleva son melon, fit un signe de tête à son beau-frère et entra le rejoindre.

« Alors, Christian, de quoi s'agit-il, aujourd'hui ? s'enquit Brekke sur un ton aigre-doux.

– J'ai peur que nous ne devions convoquer Mlle Pedersen à un interrogatoire formel au commissariat de police. »

Brekke le regarda avec découragement.

« Il n'y avait pas moyen de faire ça plus discrètement ? Nous sommes dans une branche vulnérable, quand même ! La moindre tache sur notre réputation… et les meilleurs clients de la ville nous fuient !

– Les meilleurs cl… C'était bien l'un des meilleurs de la ville qui l'a emmenée avec lui au bal costumé, pour la soirée du nouvel an !

– Le consul Frimann était un joueur ! rétorqua Brekke en se penchant en avant. Il a dû voir ça comme un défi, emmener… Mlle Pedersen… à cet événement.

– Un joueur ? Comment le justifies-tu ?

– Vous pouvez toujours vous renseigner à la bourse. Il a joué gros, là aussi.

– Eh bien… Je ne vais pas te déranger plus longtemps, Haakon. Cela ne pose pas de problème qu'elle vienne avec moi ?

– Je suppose que non, tiens ! » Brekke se leva et ouvrit la porte. « Excusez-moi, mademoiselle Pedersen, cria-t-il. Auriez-vous l'amabilité de venir ici un instant ? »

Elle fut instantanément dans l'ouverture de la porte. Le dos tourné à ses collègues, le regard qu'elle lança aussi bien à Brekke qu'à Moland était indiscutablement plein de défi.

« C'est à quel sujet ? »

Ce fut Moland qui répondit.

« Oui, je suis désolé, mademoiselle Pedersen, mais comme je le sous-entendais hier au soir, le commissaire souhaiterait entendre votre récit concernant les événements de la veille du nouvel an de votre propre bouche. M. Brekke vous permet de m'accompagner, alors si vous pouviez aller chercher vos affaires et me suivre… »

Elle ouvrit la bouche pour parler, mais il la devança :

« Naturellement, nous procéderons aussi discrètement que possible. Si vous voulez marcher quelques pas devant moi, c'est parfaitement possible.

– Oh, en ce qui me concerne, nous pourrions tout aussi bien avancer bras dessus, bras dessous », répliqua-t-elle sur un ton sarcastique, donnant à sa bouche une expression plus dure que celles qu'il avait vues jusqu'à présent.

Un compromis fut trouvé. Ils remontèrent ensemble Strandgaten et traversèrent Torvalmenningen dans toute sa largeur, sans cesser de converser plaisamment, comme si c'était par le plus grand des hasards qu'ils se trouvaient aller dans la même direction à cette heure – par ailleurs fort respectable – de la journée.

Sur le trottoir devant la librairie Beyer, on avait disposé sous le ciel clément quelques caisses de livres contenant des offres intéressantes. Un tram vert, si plein qu'on voyait même des gens sur la plateforme arrière, tourna dans Småstrandgaten au moment précis où ils passèrent. Sur les communaux, les porteurs arrivaient, dans leurs vêtements de bure, courbés devant leurs lourdes charrettes à bras. Quelques femmes de chambre, qu'on avait envoyées à la nouvelle poste pour y porter des lettres, avaient rencontré des amies qui les accompagnaient, chargées de grands paniers pour d'autres missions, et quelques marchands en hauts-de-forme et cannes virevoltantes faisaient de grands gestes en descendant la forte pente vers la Bourse.

Une femme élégamment habillée salua avec miséricorde Mlle Pedersen lorsqu'ils passèrent la maison de Stender et la quincaillerie, puis – de l'autre côté de la rue – l'impressionnante façade de brique rouge du bâtiment de l'Association des Capitaines flanquée de sa tour d'angle pleine de hardiesse. Ils traversèrent au niveau de Hagerupsgården pour finalement arriver à destination. Un agent en uniforme effectua le salut réglementaire lorsqu'ils gravirent l'escalier annexe conduisant à la salle de garde.

Moland fit constamment preuve de respect, de sorte que les autres agents ne pensent pas qu'elle était une classique fille des rues qu'il amenait au commissariat. Il frappa à la porte de la grande salle de la Brigade d'Investigations, ouvrit et fit un pas de côté afin qu'elle puisse être la première à entrer. Il lui emboîta prestement le pas et referma immédiatement la porte derrière lui.

Krohn-Hansen leva les yeux depuis son siège.

« Monsieur le commissaire, Mlle Maren Kristine Pedersen, les présenta Moland l'un à l'autre. Mademoiselle Pedersen, M. le commissaire Krohn-Hansen. »

Les deux se toisèrent ouvertement, et Moland fut de nouveau frappé de constater avec quelle hardiesse cette femme se comportait.

À ce qu'en savait Moland, Krohn-Hansen était un haut fonctionnaire tout ce qu'il y avait de plus respectable, ayant femme, grands enfants et, s'il ne se trompait pas, plusieurs petits-enfants. Il ne refusait pas un bon cigare et acceptait volontiers un verre de liquide noble, mais on n'avait jamais pu établir de connexion entre son nom et une quelconque histoire de femmes. Sans trop de surprise, étant donné qu'il avait la réputation d'avoir été dans son jeune âge l'un des plus inflexibles formalistes dans la campagne publique contre la prostitution de rue consécutive à la fermeture officielle des derniers bordels à Nøstet en 1875.

Il sembla néanmoins se produire un raté, dans le regard de Krohn-Hansen également, lors de sa première rencontre avec Maren Kristine Pedersen. Mais il se ressaisit rapidement. Son regard se fit glacial, et il laissa descendre une main sur son gilet avec un air sévère, comme pour soulager un vague mal de ventre, un accès subit d'un tout petit peu trop de gaz.

Avec un geste à la courtoisie approximative, il lui indiqua une chaise à l'extrémité de la longue table.

« Ayez l'amabilité de vous asseoir, mademoiselle Pedersen », invita-t-il d'une voix bien modulée.

Moland l'avait très souvent entendu commencer des entretiens de la sorte, entretiens qui pouvaient progressivement enfler en un crescendo écumant, porté par une brutalité impitoyable qui faisait trembler comme une feuille jusqu'au criminel le plus endurci.

Moland resta debout, prudemment appuyé au panneau derrière lui, comme pour rappeler à la jeune femme qu'il ne servirait à rien de prendre la poudre d'escampette. Il serait à la porte bien avant qu'elle ait eu le temps de se lever de sa chaise.

« Nous avons appris que vous avez eu la chance d'être invitée au bal costumé de la veille du nouvel an », poursuivit Krohn-Hansen aimablement.

Elle se passa rapidement la pointe de la langue sur les lèvres, et ils purent voir qu'elle s'humectait la bouche.

« Oui, c'est l'impression que cela peut donner, répondit-elle à mi-voix.

– L'impression ? Vous y étiez, non ?

– Oui, mais tout est question de savoir si c'était une chance ! » s'exclama-t-elle avec impétuosité.

Krohn-Hansen laissa la phrase flotter quelques secondes dans la pièce, avant de la saisir.

« Oui, il se peut que vous ayez raison, mademoiselle Pedersen. »

Il sortit l'un de ses gros cigares et se mit à le faire rouler pensivement entre ses doigts tout en en tripatouillant la bague.

« Comment se fait-il que ce soit vous et personne d'autre qui ayez accompagné le consul Frimann à cette occasion, à votre avis, mademoiselle Pedersen ? »

Elle baissa les yeux, comme fascinée par ce cigare qui roulait.

« Vous ne répondez pas, mademoiselle Pedersen.

– Je…

– Mais ici, dans la police, ici, nous attendons des réponses, tout le temps, mademoiselle Pedersen, tenez-le-vous pour dit !

– … je ne sais pas quoi dire. »

Il leva le cigare sous son imposant nez, où les vaisseaux les plus fins dessinaient depuis longtemps un réseau de latitudes et de méridiens qui trahiraient à jamais sur quel point géographique il se trouvait dans la vie. Après avoir inhalé avec satisfaction le parfum du cigare encore non allumé, il la regarda de nouveau.

« Vous étiez sa maîtresse, mademoiselle Pedersen, n'est-ce pas ? »

Son visage se figea instantanément, et sa tête partit imperceptiblement vers l'arrière, comme si elle remarquait subitement le courant d'air. Elle toussota alors faiblement et elle baissa les yeux. Ses doigts fins s'étaient entremêlés en un nœud sur ses genoux.

« Oui », répondit-elle d'abord, d'une voix à peine audible. Puis, plus haut : « Je connaissais déjà le consul Frimann, oui.

– Oui, je me doute bien que c'était le cas. Il vous entretenait, hein, mademoiselle Pedersen ? »

Elle fit un vague mouvement de la tête.

« Il payait aussi votre loyer, peut-être ? Est-ce qu'il vous achetait de ravissants atours, que vous pouviez revêtir quand il venait vous voir le soir, hein ? Ce n'est pas ça, mademoiselle Pedersen ?

– Je couds moi-même ! » déclara-t-elle avec force, comme si cela faisait une différence.

Krohn-Hansen la fixait impitoyablement.

« Mais vous ne songiez pas que le consul Frimann avait une épouse, des enfants, une fille plus jeune que vous de seulement quelques années… Vous n'y pensiez pas, mademoiselle Pedersen ?

– À peu près autant que lui, j'imagine !

– À peu près au… » Moland devina que Krohn-Hansen avait une autre réplique acérée sur le bout de la langue, mais il se ressaisit visiblement. « Bien, ne jouons pas sur les mots, mademoiselle Pedersen… »

Une certaine violence s'était emparée de lui, une lueur vive en deux taches bien hautes sur ses joues, où les sourcils blonds se rejoignaient de part et d'autre du lorgnon qu'il avait sur le nez.

« Je vous garantis, mademoiselle Pedersen, que pendant toutes les années durant lesquelles j'ai été policier, j'ai rencontré bien des femmes de votre calibre, des âmes malheureuses appartenant à la lie de la société et pathogènes à bien des égards, que ce soit sur le plan psychologique ou… Oui, j'imagine que vous comprenez…

– Non, imaginez, monsieur le commissaire, que je ne vois absolument pas où vous voulez en venir ! répondit-elle en le foudroyant du regard. Je pose simplement la même question qu'hier : qu'en est-il de tous ces beaux messieurs qui vont trouver ces femmes ? Ne nagent-ils pas dans la même lie ? Est-ce qu'eux pensaient aux maladies qu'ils pouvaient transmettre aussi bien à leurs épouses qu'à leurs enfants, peut-être ? »

Krohn-Hansen ferma les yeux, les garda un moment fermés avant de les rouvrir lentement, comme devant un enfant très immature, envers qui il fallait faire montre d'une infinie patience.

« Je crois que nous allons essayer d'éviter les discussions de ce genre, mademoiselle Pedersen. Elles n'ont aucun intérêt. Revenons-en plutôt à la veille du nouvel an et à ce qui s'est concrètement passé ce soir-là. Vous êtes donc arrivés chez l'armateur Dünner, quand était-ce, vers 19 h 30, 20 heures ?

– Quelque chose comme cela. Il est venu me chercher en carriole, à Klosteret.

– Ce devait être digne de son rang, hein, mademoiselle Pedersen ? Et durant cette réception, avez-vous rencontré quelqu'un que vous avez reconnu – je veux dire, en dépit des masques ? »

Elle lui lança un regard froid.

« Il se peut que j'aie cru en reconnaître quelques-uns, oui.

– Avec qui vous aviez une… relation comme celle que vous entreteniez avec le consul Frimann ? »

Elle secoua la tête, presque imperceptiblement.

« Pas à ce moment-là.

– Mais plus tôt, alors, peut-être ?

– J'ai un principe, monsieur le commissaire, qui dit que tout ce qui est passé est passé. C'est de l'histoire ancienne. »

Le visage de Krohn-Hansen s'assombrit.

« Rien n'est de l'histoire ancienne quand il est question d'enquêter sur un meurtre, mademoiselle Pedersen ! N'oubliez pas que notre tâche est de chercher les suspects potentiels, et il est de plus en plus clair que la personne en question pourrait fort bien faire partie de vos anciens épouseurs d'une nuit !

– Par où voulez-vous que je commence, alors ? grinça Maren Kristine Pedersen. Par le parlementaire Tyholdt ? Le chef de la police ? L'armateur Dünner lui-même ? Je pou… »

Krohn-Hansen abattit violemment un poing sur la table.

« Arrêtez ! Immédiatement ! Je vous ai posé une question sérieuse, mademoiselle Pedersen, et j'attends une réponse sérieuse !

– Pas de problème ! Mais si vous me traitez comme une fille des rues, il faut bien que je me montre digne de vos attentes, non ? »

Ils échangèrent des regards assassins.

Sans la quitter des yeux, Krohn-Hansen débarrassa le cigare de sa bague et le fit aller et venir plusieurs fois entre ses lèvres pour l'humidifier. Puis il le coinça dans sa bouche, saisit le gros briquet posé sur le bureau, l'approcha du bout du cigare et inhala intensément au moment où il l'allumait. Il continua à la dévisager à travers un nuage de fumée bleue, sans plus rien dire.

Elle finit par baisser les yeux et emmêla de nouveau ses doigts.

« Mais… commença-t-elle d'une voix bien plus docile. Non, je n'ai vu personne que je reconnaisse, hormis quelques clients… de la boutique. »

Krohn-Hansen ouvrit la bouche, mais la porte s'ouvrit à la volée et Ole Berstad fit irruption dans la pièce, une expression d'excitation intense sur le visage.

« Monsieur Berstad ! s'écria Krohn-Hansen. Au nom du ciel, qu'est-ce que cela si...

– Je crois que nous le tenons, monsieur le commissaire ! En tout cas, nous sommes sur la bonne piste ! J'ai demandé à des agents de Stølen de se rendre sur place sans délai. Si on a de la chance, il sera amené ici dans la demi-heure.

– Mais qui ça, nom d'un chien ?

– Le coupable ! Jens Andreas Hauge.

– Et qui est-ce, si je puis me permettre de vous poser la question ?

– Le fiancé de Mlle Pedersen, entre autres. »

Tous trois se tournèrent vers Maren Kristine Pedersen. Elle était devenue exceptionnellement pâle.

13

Krohn-Hansen planta un regard assassin sur la jeune femme.

« C'est exact, mademoiselle Pedersen ?

– Non, répondit-elle d'une voix faible. Ce n'est pas mon fiancé... Enfin, plus.

– Mais il l'a été ? »

Elle hocha la tête, sans rien dire. Krohn-Hansen se tourna vers Ole Berstad.

« Auriez-vous l'amabilité de nous faire un exposé de la situation ? »

Berstad fit un rapide signe de tête.

« J'ai été envoyé à l'hôtel Norvège pour interroger ceux qui avaient été embauchés pour la soirée. Aucun d'entre eux n'avait quoi que ce soit de particulièrement intéressant à raconter. Mais je me suis rendu compte qu'il en manquait un. Cet homme, qui s'appelle donc Jens Andreas Hauge et habite à Kroken, n'était d'ailleurs pas un domestique en tant que tel, mais davantage une espèce de portier. Il accueillait les carrioles qui arrivaient, aidait les invités à en descendre et les conduisait à la porte, où l'un des autres tenait la liste des invitations. Lors du départ des invités, il faisait la même chose, mais dans l'autre sens.

– Bon… » Krohn-Hansen se tortilla d'impatience sur son siège. « Et donc ?

– À en croire leur supérieur Rasmussen, ce Hauge avait eu un comportement relativement instable ces six derniers mois, probablement à cause de conflits avec sa fiancée, une certaine Mlle Pedersen.

– Relativement instable… Ce qui veut dire… ?

– Eh bien, il buvait, il arrivait en retard, il n'était pas fiable… »

Mlle Pedersen sembla vouloir intervenir, mais se fit violence et resta coite. Berstad se tourna vers elle.

« Je suppose que… puisqu'il accueillait tous les arrivants, il a aussi noté l'arrivée de Mlle Pedersen, en compagnie du consul Frimann… Compte tenu de l'état d'esprit dans lequel il se trouvait manifestement, on imagine facilement l'effet que cela a pu avoir… avec, comme nous l'avons vu, des conséquences désastreuses, aussi bien pour le consul Frimann que pour lui, au final. »

Krohn-Hansen hocha la tête.

« Est-ce exact, mademoiselle Pedersen ? »

Elle ne répondit pas.

Krohn-Hansen se renversa avec satisfaction sur son siège et agita son cigare devant lui avant de tirer longuement dessus.

« Bien, nous avons tout notre temps, nous. Prenez tout celui qu'il vous faut…

– Nous n'étions plus fiancés, répondit-elle à mi-voix.

– Et quelle était la raison de cette rupture ?

– Nous… commença-t-elle tandis que son regard vacillait. J'ai découvert que… qu'en fin de compte, nous n'étions pas faits l'un pour l'autre.

– Vous avez constaté qu'ailleurs, l'herbe était plus verte, peut-être ?

– Non ! Ça n'avait rien à voir… avec ça. Nous étions simplement… les différences entre nous étaient trop importantes.

– Mais ce que dit M. Berstad est exact, qu'il vous a reconnue quand vous êtes arrivée là-haut ? »

Elle hocha la tête.

« Il vous a parlé, peut-être ?

« Oui, il l'a fait. Mais je...

– Oui ?

– J'ai coupé court à toute discussion ! Il n'y avait plus du tout matière à ce que nous discutions de toute façon. Tout cela, c'était... de l'histoire ancienne.

– Oui, pouffa Krohn-Hansen, c'est exactement ce terme que vous aimez employer, quand vous avez laissé une liaison derrière vous, mademoiselle Pedersen. »

On frappa rudement à la porte, et Krohn-Hansen éleva la voix.

« Oui ! Entrez ! »

Un agent se tenait à la porte.

« Monsieur le commissaire ! Nous venons de recevoir un message du poste de Stølen. Ils étaient allés voir à l'adresse qu'on leur avait donnée, mais il n'y avait personne. D'après ce qu'ils ont vu, la chambre était complètement abandonnée.

– Et zut ! s'exclama Berstad. Ça veut dire qu'on est arrivés trop tard, malgré tout...

– Merci, monsieur l'agent, murmura Krohn-Hansen avant de reprendre la jeune femme dans sa ligne de mire. Mais M. Hauge a bien dû remarquer quand vous avez aussi quitté cette soirée, mademoiselle Pedersen ? Vous et le consul Frimann ? »

Elle hocha légèrement la tête.

« Il nous a accompagnés à la carriole. Le consul Frimann avait également fait appeler une voiture pour le retour.

– Et il vous a reconduit chez vous ? *Jusqu'au bout ?*

– Oui.

– Bon, ne remuons pas toutes ces immondices, ma bonne dame. Répondez-moi simplement sur un point... Quand le consul Frimann est parti, l'avez-vous regardé s'en aller depuis votre fenêtre ?

– C'est impossible. J'habite sous les combles.

– Quelle heure était-il ?

– Je n'en ai aucune idée !

– Autrement dit, vous n'avez pas vu que M. Hauge, votre ancien fiancé, attendait le consul Frimann à l'extérieur, afin de le suivre jusque chez lui… À la première et meilleure occasion, qui s'est trouvée être le moment où le consul s'est introduit dans sa propre entrée, il est passé à l'attaque, il l'a frappé à l'arrière du crâne avec… Oui, ce qu'il devait avoir à portée de main, et… » Il jeta un regard de triomphe autour de lui, comme s'il attendait que son public se lève et applaudisse son raisonnement. « Et voilà. Messieurs, la seule chose qui reste à faire, c'est d'amener le criminel ici, lui exposer les faits et l'interroger… »

Il se frotta les mains, plein d'expectative.

Moland s'éclaircit bruyamment la voix. « Euh, ne devrait-on pas d'abord se renseigner pour savoir quand M. Hauge est parti de chez l'armateur Dünner ? »

Maren Kristine Pedersen haussa le ton.

« Je refuse de le croire ! Jens Andreas n'aurait jamais pu… Il n'était pas comme son frère ! »

Krohn-Hansen posa sur elle un regard d'aigle.

« *Son frère*, mademoiselle Pedersen ?

– Oui… commença-t-elle en levant vers lui deux yeux mauvais. Il a un frère aîné, Nils, qui est à la prison départementale… »

Moland écrasa un poing dans sa paume opposée. « Nils Henrik Hauge ! J'ai participé à son arrestation !

– Moi aussi, intervint sèchement Berstad.

– Et pourquoi est-il incarcéré ? voulut savoir Krohn-Hansen.

– Son dialecte, répondit Moland.

– Son dialecte ?

– Oui, il est originaire d'un endroit reculé dans l'Osterfjord, Eidsland ou les environs. Il s'est chamaillé avec le fils d'un armateur, qui a prétendu que l'autre l'avait lourdement provoqué. C'est en tout cas le fils de l'armateur qui l'a le moins bien supporté, puisque ça a conduit à une plainte dans un premier temps et à un jugement décisif dans un second temps.

– Nils a toujours été soupe au lait, selon Jens Andreas, intervint Maren Kristine Pedersen. Lui n'aurait pas fait de mal à une mouche.

– Eh bien, cela, ça sera à nous d'en décider, répliqua Krohn-Hansen. Et donc... je crois donc que nous n'avons plus besoin de vous. Si vous pouviez accompagner M. Moland au poste de garde pour y donner le meilleur signalement possible de votre ancien fiancé, cela me permettrait dans l'intervalle d'informer M. Berstad, ici présent, sur ce que vous avez pu nous dire... » Il se leva à moitié de son siège, avec une politesse soigneusement étudiée. « Merci beaucoup, mademoiselle Pedersen, du fond du cœur... »

Elle redressa fièrement la tête, sans répondre.

Moland la raccompagna, nota le peu d'éléments qu'elle put lui donner, puis la reconduisit jusqu'à l'escalier devant le commissariat.

Elle planta son regard brun dans celui du policier.

« Est-ce que vous allez me raccompagner chez moi, vous aussi ?

– Non, je... » Pendant une seconde, un frisson le parcourut, et il remarqua une fois de plus combien il était aisé d'être absorbé par son regard sombre. « Je voulais simplement vous dire que... Vous ne devez pas mal le prendre, ce que M. le commissaire... Il est comme cela avec tout le monde, quand il mène un interrogatoire. Ce n'est pas dirigé contre vous.

– Non, je l'espère sincèrement ! » Elle changea tout à coup d'attitude, et ajouta avec une expression de défi, mais sans la moindre touche de frivolité : « Je ne serais pas le moins du monde surprise de l'avoir à ma porte par une belle soirée... »

La mâchoire inférieure de Moland chut. Dans le lointain, il entendit un tramway donner un coup de timbre en quittant Småstrandgaten pour s'engager dans Olav Kyrres gate.

« J'ai vécu de pires moments, je peux vous l'assurer », conclut-elle en rejetant la tête en arrière avec un regard en coin, avant de descendre à pas rapides les marches d'ardoise et de passer le portail donnant sur Rådstuplass, sans se retourner.

14

L'ordre d'arrestation suivant, concernant le « domestique intérimaire » Jens Andreas Hauge, résidant à Kroken dans le quartier de Dreggen, fut immédiatement diffusé – non seulement aux postes de Strandgaten, Sandviken, Stølen et Nøstet, mais aussi aux bureaux des lensmenn[18] des communes limitrophes de Laksevåg, Årstad, Fana, Hamre et Askøy :

Hauge, Jens Andreas, 26 ans, né à Eksingedal en 1873, résidant à Bergen depuis 1895, frère de Nils Henrik Hauge, 28 ans, actuellement détenu à la prison départementale de Bergen, où il purge une peine pour agression. Jens Andreas Hauge est décrit comme de taille moyenne, mince, cheveux bouclés blond clair, moustache et barbe fines, de teint pâle, yeux bleus, nez assez gros, sans autres signes particuliers. Lors de son arrestation, doit être conduit au Commissariat principal de Bergen, Brigade d'Investigations, Rådstuplass 8.

Même si un grand nombre de policiers, en uniforme aussi bien qu'en civil, avaient fouillé dans la soirée du mardi et le mercredi matin de grandes parties de la ville, en particulier les pensionnats et les immeubles d'habitation bon marché où Hauge était susceptible d'avoir trouvé refuge, personne ne mit la main sur le suspect recherché. Un examen complet des listes de passagers des bateaux à destination de ports nationaux aussi bien qu'internationaux fut ordonné. Un agent en civil se vit confier la mission de filer Mlle Pedersen, au cas où Hauge aurait l'idée prendre contact avec elle. Toutes ces mesures n'avaient pour l'heure donné aucun résultat.

Mercredi soir, le commissaire Krohn-Hansen passa une fort mauvaise soirée au club masculin Den Gode Hensigt. À peine avait-il eu le temps de s'asseoir dans le grand fauteuil à oreilles en cuir rembourré qu'il fut impitoyablement assiégé par les trois compagnons de whist orphelins, l'armateur Dünner, le consul Brandt et le directeur Helgesen. Un court instant, il se figura que ces trois-là étaient venus lui proposer la place vacante à la table de whist, mais il lui fallut relativement peu de temps pour comprendre qu'un tout autre motif les avait conduits à venir s'adresser à lui.

Dünner menait les échanges, faisant penser à un officier d'état-major irascible tant par le teint de son visage que par sa physionomie, devant le maigre et sombre consul Brandt au front haut et partiellement dégarni, et le corpulent directeur Helgesen dont les cheveux courts avaient grisonné prématurément.

« Alors, monsieur le commissaire, l'avez-vous arrêté ? »

Krohn-Hansen sentit son aimable sourire se pétrifier.

« Euh, arrêté… qui ?

– L'assassin, bien entendu ! Qui d'autre ? N'importe quoi d'autre serait un scandale !

– Mais monsieur l'armateur ! Il n'y a pas encore deux jours que les faits se sont produits, et la police…

– Oui, je croyais véritablement que les améliorations effectuées par nos soins à nous, élus du peuple, dans le corps de la police de la ville, auraient un tout autre effet que cette… inertie !

– Non, je me dois de protester ! La police tout entière est sur le pied de guerre. Nous avons tout mis en œuvre pour que cette affaire trouve son dénouement dans les plus brefs délais, et je suis très optimiste à cet égard. Les meurtres ne sont quand même pas monnaie courante, ici.

– Non, et Dieu merci ! Mais il y a des différences entre les meurtres. Je veux dire, quand les meilleurs bourgeois ne peuvent plus rentrer tranquillement chez eux après une soirée, on peut dire que quelque chose ne va pas. Je vous tiens pour responsable, vous et vos hommes, monsieur le commissaire !

– Nous avons l'intention de porter l'affaire devant le conseil municipal, intervint Brandt sur un ton légèrement pédant.

– Et nous avons toute la droite avec nous ! ajouta Helgesen.

– Plus que cela ! renchérit Dünner en reprenant la parole. J'ai personnellement parlé à Michelsen et

Mowinckel, et je vous garantis, monsieur le commissaire, une réaction très brutale à votre égard de la part des élus du peuple si l'affaire n'est pas élucidée rapidement et efficacement !

– Et vous vous arrogez le temps de venir au club, remarqua Helgesen avec un air provocant. Vous ne devriez pas plutôt être à Rådstuplass et y diriger vos troupes, tel un Napoléon ? »

Krohn-Hansen se leva, comme pour aérer la crise de fureur qui naissait en lui.

« Non je ne devrais pas, messieurs ! Car il se trouve que j'ai un dessein tout particulier en venant ici ce soir, annonça-t-il en jetant un regard éloquent autour de lui. Celui de parler avec vous trois, justement, les amis, collègues et partenaires de cartes du consul Frimann ! »

Il fit sonner la dernière qualité comme si c'était une forme d'activité illégale à laquelle ils s'étaient livrés.

Le visage de Dünner gagna encore un degré dans la gamme des rouges. Un bout de langue passa à la vitesse de l'éclair sur ses lèvres.

« Et oserai-je vous demander quel intérêt cela peut-il avoir ? s'écria-t-il. Vous, vous et vos hommes… vous ne soupçonnez quand même pas un proche du consul Frimann ?

– Et pourquoi pas ?

– N'était-il pas question d'un vol ?

– Aucun objet de valeur n'a été substitué au défunt, monsieur l'armateur !

– Oui, oui, un acte de violence gratuit, alors, dont l'origine n'est autre que l'alcool, la folie, que sais-je ! Qui aurait eu intérêt à le tuer ?

– Oui, tiens ? Qui ? C'est l'une des questions que je comptais vous poser.

– Et comment le saurions-nous ?

– Parce que vous connaissiez le consul Frimann, vous étiez ses amis proches, ses confidents, peut-être… Racontez-moi, maintenant, en termes clairs, comment était-il ?

– C'était un gentleman, répondit Dünner en lui lançant un regard mauvais, un homme d'affaires de toute première classe… »

Il regarda sur le côté.

« Un fondateur ! ajouta Helgesen. Un homme d'imagination et dynamique.

– Un investisseur, renchérit Brandt. Le projet de la Bergensbane, le développement ouest de la ligne de Voss, il s'était beaucoup investi dedans, par exemple. La direction de la Musikselskabet Harmoni et du Nationale Scene sont d'autres endroits où a rayonné son action. Il sera profondément regretté à l'une comme à l'autre.

– Une personnalité culturelle ! acquiesça Dünner.

– Le théâtre aussi ? demanda Krohn-Hansen en se penchant très légèrement vers l'avant. Est-ce que cela signifie qu'il était aussi en contact avec les comédiens ? Les comédi... »

Brandt hocha la tête.

« ... ennes ? »

Helgesen haussa le ton.

« Qu'est-ce que vous insinuez ? » Des regards courroucés fusèrent de la table voisine, et il se modéra. « Que Carl August ait pu entretenir une quelconque forme de relation indécente ? »

Krohn-Hansen le regarda pendant un moment bien en face avant de répondre.

« Il a quand même débarqué chez l'armateur Dünner au bras d'une femme qui n'était pas son épouse. Depuis, cette femme a été identifiée... » Il jeta un regard éloquent à la ronde. « Elle a notamment travaillé au théâtre...

– Identifiée ! s'exclama Dünner. Mais alors... »

Helgesen passa une main sur son menton rasé de frais.

« Le consul Frimann était un joueur. Il aimait prendre des risques, y compris dans les affaires. Vous ne devez pas perdre de vue que c'était une espèce de défi pour lui, une sorte de jeu de hasard, de se faire accompagner d'une parfaite inconnue à une réception chez l'un des notables de la ville. C'est tout à fait inouï, bien entendu ! » ajouta-t-il promptement avec un coup d'œil en direction de Dünner.

Brandt regardait fixement devant lui.

« Si vous voulez mon avis, j'appellerais plutôt cela une forme de désespoir. Ce n'est un secret pour personne que ses affaires ont connu des hauts et des bas, ces derniers temps. En tout cas, j'ai entendu dire qu'il avait recouvré tout ce qu'il avait de créances, partout, et chez tout le monde.

– Tiens donc ! s'exclama Krohn-Hansen. Voilà qui est nouveau. Ce qui voudrait dire que si nous cherchons un motif pour ce meurtre, nous pouvons avoir intérêt à enquêter parmi les débiteurs du consul Frimann…

– Honnêtement, monsieur le commissaire ! s'écria Dünner avec un large geste des bras. Alors il faudra tous nous convoquer, un par un ! Nous avons certainement tous, à un moment ou à un autre, emprunté de l'argent au consul Frimann…

– Ah oui ? Intéressant… »

Helgesen et Brandt ne disaient rien. Brandt regardait droit devant lui, son attitude était clairement hostile, tandis que Helgesen ne quittait pas le commissaire d'un œil acéré et provocateur.

« Oui ? reprit Dünner avec un sourire glacial. Alors vous nous promettez donc un dénouement rapide, est-ce cela que je dois comprendre, monsieur le commissaire ?

– Qui peut survenir un jour ou l'autre, monsieur l'armateur.

– Nous l'attendons tous avec impatience. Bonsoir, monsieur Krohn-Hansen. »

Sur ces mots, Dünner tourna brusquement les talons et fila vers leur table attitrée, qui ce soir-là aussi avait été réservée.

Helgesen fit un signe de tête menaçant, avant de suivre. Brandt, en revanche, semblait mal à l'aise. « Oui, alors… » murmura-t-il en regardant Krohn-Hansen. Puis il s'excusa.

« Dünner a sûrement persuadé le négociant Lude de prendre la place de Frimann, alors… La table attend ! »

Avec une belle petite révérence, il prit congé du policier, qui regarda méchamment les trois hommes s'éloigner, son cigare éteint à la main.

Jeudi matin, il laissa sa frustration se déverser sur quiconque l'approchait, en grande partie parce que les recherches visant à retrouver Jens Andreas Hauge n'avaient encore donné aucun résultat. Ce ne fut que vers 17 heures cet après-midi-là, quand les ténèbres eurent de nouveau investi la ville, suivies par un vent hivernal froid et vif qui rendait les dalles des marches glissantes et traîtresses, qu'un nouveau pas fut franchi dans l'affaire.

Un agent répondant au nom de Myklebust, un bon gars du Sunnfjord, fit savoir que l'un des dockers de Tyskebryggen, lui aussi du Sunnfjord, avait vu un type correspondant à la description de Jens Andreas Hauge embarquer sur un petit voilier de l'Osterfjord qui était venu en ville avec du bois, du beurre et du fromage. Le bateau s'appelait *Solfrid*, son capitaine Augustus Kaland, et si le docker ne se trompait pas, il venait d'une petite exploitation à l'embouchure de l'Eidsfjord.

« Eh bien, on peut dire qu'il est bien renseigné ! s'exclama Krohn-Hansen, presque avec colère.

– Il est marié avec sa nièce, si je ne m'abuse », précisa gravement Myklebust.

Krohn-Hansen renifla doucement, comme s'il était enrhumé. Puis il regarda Berstad et Moland, qui avaient tout deux écouté avec beaucoup d'intérêt le récit de l'agent.

« Alors je ne vois qu'une seule chose à faire, messieurs : vous prendrez tous les deux le bateau pour Eidsland demain matin.

– Pour Eidsland ? répéta Moland en le regardant avec mécontentement. Sur des bases si fragiles ?

– Ne peut-on pas demander au lensmann de Bruvik ? avança Berstad.

– Non ! aboya Krohn-Hansen en frappant sur la table. C'est *notre* affaire ! C'est nous qui la résoudrons ! Si nous ne l'avons pas fait d'ici lundi, je crains que nous n'ayons la moitié du conseil municipal à nos trousses… »

Puis, après avoir scruté les deux inspecteurs encore un instant, comme pour les dissuader de faire d'autres objections :

« Le vapeur quitte Murebryggen à 9 heures demain matin. »

15

Le vendredi 5 janvier 1900 fut une journée fraîche et légèrement nuageuse, et il faisait encore sombre quand Christian Moland retrouva Ole Berstad sur Murebryggen, que balayait une brise froide venue du nord-ouest, contraignant les deux hommes à relever le col de leur manteau. Les dernières étoiles trouaient encore la voûte céleste, mais un nouveau jour commençait tout juste à poindre derrière le massif montagneux noir d'Ulriken, diffusant une lumière frileuse et nacrée qui annonçait un temps hivernal clair et beau.

L'équipage de l'*Ole Bull* était entièrement absorbé par le chargement de marchandises à destination des districts des fjords. La chaudière était allumée, et une fumée gris anthracite s'échappait de la haute et étroite cheminée qui gîtait légèrement vers l'arrière, rappelant étrangement un arbre qui eût poussé de biais sous le vent.

La réquisition du commissaire en main, les deux policiers investirent le petit salon de première classe, dont les hublots étaient encadrés par de petits rideaux vert clair. Ils s'installèrent aussi bien qu'ils le purent sur les bancs de cuir brun, Moland avec les journaux des deux derniers jours, Berstad avec un livre à reliure de cuir dont la pièce de titre était verte. Un long voyage les attendait.

Les itinéraires de vapeur en provenance et à destination de Bergen étaient le principal système de communication entre la ville et les districts, entre le sud du Hordaland et le Sogn og Fjordane. L'*Ole Bull* avait été le vaisseau amiral de l'Indre Nordhordlandske Dampskibsselskab[19] dès la fusion de l'Osterøens Dampskibsselskab et l'Ole Bulls Dampskibsselskab en 1891. Le bateau avait régné sur le Sørfjord depuis 1883, et en 1884, il avait transporté le roi Oscar II entre Bergen et Bolstad, quand celui-ci était allé à Voss. Il n'était pas non plus étonnant qu'il dût son nom au compositeur et violoniste virtuose de Bergen, car Ole

Bornemann Bull avait passé de nombreux étés dans la propriété familiale, la vieille ferme du bailli à Valestrand, qui se trouvait près du trajet originel du vapeur entre Bergen et le Bolstadfjord.

À 9 heures précises, un coup de sifflet donna le signal du départ, et peu de temps après, le vapeur passa le Festningskai et le môle au milieu de l'embouchure, dans un doux ronronnement de chaudière.

L'*Ole Bull* suivit son itinéraire habituel vers le nord, passant par Strømsnes et Ask à Askøy, avant de traverser le fjord vers Salhus pour ensuite filer vers les arrêts réguliers dans l'Osterfjord, Sandalsnes et Tepstad à Osterøy, Leknes et Eikangervåg sur la rive nord. Il reliait ainsi les deux côtés du fjord, de Hosanger à Heknes, de Fotlandsvågen et Bernes à Ostereidet et Bjørsvik. Après Tyssebotn, le capitaine accéléra vers Storholmen tandis que les montagnes grossissaient autour d'eux, leur roche toujours aussi noire dans la lumière hivernale la plus claire et blanche, et souvent si escarpées qu'ils étaient saisis de vertige rien qu'à les regarder.

Moland eut la sensation oppressante qu'ils s'enfonçaient inopportunément dans le cœur secret de la Norvège lorsque le bateau quitta Romarheim pour continuer dans le Romarheimsfjord. L'*Ole Bull* n'allait pas jusqu'à Mo, ce jour-là ; le courant de Mo était une barrière trop puissante à franchir plus de deux ou trois fois par semaine. Le bateau tourna à Nottveit et repartit avant de piquer vers l'est à la pointe nord d'Osterøy. À 15 h 30, il accostait à Gammersvik, et il restait encore une heure avant qu'ils n'arrivent à destination, Eidsland. Ils avaient alors laissé la lumière diurne derrière eux, et une nouvelle nuit réduisait le paysage environnant à néant. Il ne pouvait pas faire plus noir.

Tandis qu'ils poursuivaient leur route dans l'Eidsfjord, ils entendirent un raclement contre la coque, et Berstad leva brusquement les yeux de son livre.

Moland hocha la tête, comme si c'était exactement ce qu'il avait attendu.

« De la glace. De janvier à avril, il peut y avoir un pouce de glace dans le fjord. Nous pouvons nous estimer heureux qu'il soit encore navigable.

– Il l'est, n'est-ce pas ?

– Oui, oui. Ce n'est que de la purée de glace. On peut presque le voir. » Il fit signe à son collègue de venir au hublot et fit un pas de côté. Au dehors, la glace faisait comme une peau de lait grise et craquelée sur le fjord sombre, mais ils distinguaient quand même les traces laissées par de petits bateaux et des cotres, parallèlement au chenal qu'eux-mêmes étaient en train de tracer au milieu du fjord.

« Je crois que je vais sortir faire un tour, confia-t-il alors.

– Oui, tous les goûts sont dans la nature », commenta aigrement Berstad en se rasseyant.

Il fut accueilli sur le pont par une violente rafale, et il poussa un gros soupir.

– Doux Jésus, quelle mission !

Il hésitait. Pour commencer, il n'aimait pas quitter Agnes compte tenu de son état, même s'il restait encore plusieurs mois avant l'accouchement. Ensuite, il se sentait toujours sur un sol mouvant aussitôt qu'il s'aventurait hors des limites de la ville. Il connaissait Bergen comme sa poche, le moindre trou de souris dans le réseau de rues et chaque visage qui vaille la peine d'être connu lui étaient familiers. Il était à présent lancé vers le grand inconnu, vers une partie de la région dans laquelle il n'était encore jamais venu, vers l'un de ses hameaux les plus reculés. Et troisièmement, tout cela n'était qu'un coup à l'aveuglette. Avaient-ils la plus petite raison de croire que c'était ici que Jens Andreas Hauge était venu ? Et si oui, il avait peut-être continué – tel un Gjest Baardsen[20] – plus loin dans la montagne, rendue d'autant plus hostile et stérile par l'hiver ? Que feraient-ils *à ce moment-là*, en bons petits gars des villes qu'ils étaient, Berstad et lui ?

Il sentit l'inquiétude le tarauder en voyant apparaître les lampes à paraffine sur le quai d'Eidsland devant eux, à l'extrémité du bras du fjord. Il resta debout à la rambarde tandis que le bateau ralentissait et partait progressivement en crabe.

C'était un tout petit patelin. Quelques maisons étaient construites sur le port lui-même, dont l'une assez grosse et tournée vers la mer. À gauche du quai, il vit quelques petits hangars à bateaux ouverts, et un peu plus haut sur le chemin montant vers l'Eidsdal quelques bâtiments d'assez belle taille, dont il supposa qu'ils appartenaient aux fermes les plus proches.

Berstad était arrivé à son tour sur le pont.

« Bienvenue en Sibérie, grogna-t-il, les dents serrées. Et où est ce satané comité d'accueil ? »

À la plupart des endroits où le bateau avait accosté jusqu'à présent, même par une journée hivernale comme celle-ci, il y avait eu une relative affluence sur le quai. Celui-ci ne comptait guère que deux silhouettes congelées, toutes deux de petite taille, comme deux enfants un peu trop grands, l'une les poings bien enfoncés dans les poches, l'autre portant une casquette à visière brillante, ce qui lui conférait une allure presque officielle.

« Le vendeur de billets local, murmura Moland. Il gère une location d'entrepôts dans Bondestova… » Il hocha la tête. « Ce doit être ce gros bâtiment, là. D'après Krohn-Hansen, il y aurait des chambres au grenier de ce bâtiment, que nous pourrions réquisitionner au besoin.

– Main dans la main avec la personne appréhendée, je présume ?

– À chaque jour suffit sa peine. Chaque chose en son temps. »

Personne d'autre que les deux policiers ne descendait. Quelques caisses et deux ou trois tonneaux furent prestement déchargés, et peu de temps après, l'*Ole Bull* reculait du quai. Moland regarda le bateau s'éloigner avec un petit pincement au cœur, et même le visage de Berstad, d'ordinaire si hardi, exprimait une nette inquiétude. Ils le savaient l'un comme l'autre. Ils n'avaient aucune autre possibilité de retour que le vapeur du dimanche matin. À partir de cet instant, ils étaient à la merci du destin.

16

Le préposé à la vente des billets du vapeur se nommait Karl Jensen Eide et était le plus jeune frère de l'un des paysans de cette partie de la vallée que l'on appelait l'Eidsdal. Long et tortueux à ses débuts, l'Eksingedal était resté si difficilement accessible pendant de nombreux siècles que, lorsqu'ils devaient aller en ville, les paysans habitant plus haut préféraient se rendre jusqu'à Mo dans la vallée voisine quitte à franchir la montagne.

Quand ils lui eurent montré la réquisition du commissariat de Bergen et l'eurent assuré qu'ils paieraient largement, il les aida à s'installer à Bondestova, réchauffa du café sur l'âtre à l'étage inférieur et sortit même viande séchée, pain azyme et des espèces de crêpes pour leur repas du soir.

Mais lorsqu'ils voulurent savoir s'il avait vu Jens Andreas Hauge passer ces derniers jours, il resta coi, puis se fit ouvertement hostile. Et quand ils demandèrent s'il était possible de se faire conduire plus haut dans la vallée, jusqu'à Hauge, il répondit que ça devrait attendre le lendemain.

« Pourquoi ça ? s'impatienta Berstad.

– Vous comprendrez quand vous verrez la route », répliqua sèchement Karl Jensen Eide.

Et il eut raison.

Le garçon de ferme d'Eide les conduisit le lendemain matin. À certains endroits, le chemin était si étroit que la charrette passait à peine entre la paroi rocheuse d'un côté et les bornes d'accotement de l'autre. Il était en outre recouvert de neige, mais pas suffisamment pour être rendu impraticable. La rivière grondait au fond de la vallée, sautant de rapide en rapide jusqu'au fjord. De grosses congères de nouvelle neige posées çà et là menaçaient de dégringoler à tout instant.

Le garçon de ferme, un type costaud et silencieux aux joues rouges et aux cheveux blonds et plats, braquait régulièrement et avec une certaine inquiétude son regard bleu vers le haut de la montagne. De quelques claquements de langue, il encourageait prudemment le cheval à avancer un peu plus vite les rares fois où cela se révélait possible. Un voile gris, comme du tulle, avait été tiré devant le ciel, mais à cette époque de l'année, le soleil n'atteignait de toute façon jamais le fond de ce tronçon de vallée congelé et ombreux.

Les deux policiers grelottaient à l'arrière de la charrette tout en scrutant le paysage devant eux dans l'espoir d'être bientôt près du but. Au bout d'une heure et demie de route, quelques bâtiments gris foncé apparurent sur le talus à gauche du chemin. Le garçon de ferme tendit un doigt.

« Hauge », déclara-t-il simplement.

Moland et Berstad constatèrent rapidement que le chemin qui y montait n'avait pas été déblayé sur une largeur suffisante pour permettre à la charrette d'y passer. Ils durent faire appel à leurs jambes pour gravir l'étroit sentier tracé vers la ferme déserte qu'ils voyaient là-haut. On aurait pu la croire inhabitée, s'il n'y avait pas eu la mince colonne de fumée qui montait du trou pratiqué dans le toit.

Moland se tourna vers le garçon de ferme d'Eide.

« Tu viens avec nous ? »

Celui-ci secoua la tête sans rien dire et se pencha en avant pour caresser le flanc du cheval, comme pour montrer pourquoi il devait rester.

« Alors attends ici que nous redescendions.

– Tu peux toujours faire faire demi-tour à la charrette en attendant », ajouta Berstad.

Ils commencèrent leur ascension. Le bâtiment d'habitation de la petite exploitation avait été construit au-dessus de l'étable, où les animaux avaient leurs quartiers, de sorte que la chaleur des bovins profite aussi aux habitants de la ferme. En approchant, ils entendirent les bêlements de quelques moutons. Il s'y trouvait aussi probablement une vache et un cheval. C'était à peu près tout ce que l'on pouvait y faire tenir. Une grange sur le point de s'effondrer formait un T avec le bâtiment principal, prolongée sur sa face arrière par une passerelle branlante donnant sur le flanc de la montagne. Une charrette, dont les bandages étaient rouillés, était renversée contre l'un des murs latéraux, et à l'intérieur d'un abri, ils distinguèrent des outils fatigués, des caisses de bois noirci et un empilement de bûches montant à mi-hauteur de mur.

Les deux policiers gravirent lourdement la côte dans leurs bottes glissantes. Ils ne quittaient pas des yeux les fenêtres noires du bâtiment. Mais aucun mouvement n'était visible. Tout avait l'air mort.

« Joyeux Noël ! grinça Berstad. Et bonne année ! »

Ils étaient arrivés.

Moland retira le gant noir en laine de sa main droite, s'avança jusqu'à la porte et frappa énergiquement.

En attendant, ils regardèrent en contrebas, vers le chemin, où le garçon de ferme avait depuis longtemps eu le temps de remettre la charrette dans le bon sens. Il était descendu de la voiture et s'était approché du cheval, qu'il caressait sur la bouche. D'où ils étaient, la vallée se dessinait en nuances sombres, seulement parsemée de neige dans les clairières entre les zones de végétation sans feuilles.

Finalement, ils entendirent qu'il y avait quand même de la vie à l'intérieur. Des pas traînants se rapprochèrent, un taquet de bois fut repoussé et la porte s'entrouvrit très légèrement. Une créature masculine aux cheveux gris hirsutes les dévisagea par le mince interstice. Il grogna une question, si inarticulée qu'il fut impossible pour l'un comme pour l'autre d'en saisir le moindre mot.

« Nous sommes de la police », expliqua Moland.

L'homme les regarda sans rien dire.

« De la police ! répéta Moland. À Bergen ! »

Les lèvres de l'homme dans l'ouverture de la porte bougèrent imperceptiblement, mais sans produire un seul son. Son visage semblait avoir été tiré d'un conte de fée. Cheveux et peau semblaient ne faire qu'un, dans la même nuance sèche de gris rappelant une vieille souche d'arbre. Sa moustache était tachée de brun et peu soignée. Une barbe d'une semaine, blanc grisâtre, couvrait non seulement son menton, mais aussi ses joues, les lobes de ses oreilles et ses tempes, où elle rejoignait pratiquement ses sourcils broussailleux. Son regard d'un bleu délavé ne trahissait d'autre signe de vie qu'un minuscule noyau de mauvaise volonté venimeuse. Lorsqu'il rouvrit enfin la bouche, ils constatèrent que ce qui restait de ses dents ressemblait à un éboulis envahi par la mousse dans une gueule, brun noir, pitoyable.

« Qu'est-ce que vous voulez ? » grogna-t-il dans un épais dialecte.

Moland essaya tant bien que mal de conserver son calme et s'en tint provisoirement aux plus strictes formalités.

« Je suis l'inspecteur de police Moland, du commissariat de police de Bergen. Et voici mon collègue, l'inspecteur Berstad. Votre nom, c'est… »

Il posa un regard interrogateur sur le vieil homme, qui se contenta de le fixer sans rien dire et, manifestement, sans comprendre.

« Non, en fait, ça n'a pour ainsi dire aucune… » Il frissonna. « Pouvons-nous entrer ? »

L'homme pinça les lèvres et ne répondit pas.

Berstad repoussa légèrement Moland de côté et fit un pas en avant.

« Il va falloir songer à accélérer un peu, mon bon monsieur ! Vous n'avez pas entendu ce qu'il a dit ? On gèle, dehors ! »

Le regard de l'homme scintilla, mais pas d'humour.

« Sinon, nous userons de nos prérogatives de policiers ! » ajouta Berstad.

Un mince filet de voix grinça alors à l'intérieur.

« Qui est-ce, Ludvig ? Laisse-les entrer ! »

Il se tourna brusquement vers l'intérieur et poussa un grognement inarticulé.

« Mais enfin, ça ne rime à rien de laisser les gens sur le seuil par un temps pareil ! »

Le bonhomme sembla grandir dans l'ouverture de la porte. Il s'adressa aux deux policiers.

« Ne l'écoutez pas ! Elle est folle !

– Folle ! aboya Berstad en retour. C'est toi, qui es fou, mon bon ami ! Laisse-nous entrer, maintenant ! »

Sur ces mots, il avança jusqu'à la maison, appuya de tout son poids sur la porte et tenta de pénétrer par la force.

L'homme ne bougea pas. Il semblait avoir pris racine, et l'épaule plaquée contre l'intérieur de l'huis, il interdisait l'accès à sa demeure aussi efficacement qu'une porte en fer.

Berstad jeta un regard furieux à Moland.

« Et toi, qu'est-ce que tu fabriques ? Aide-moi ! »

Moland se retint.

« Écoutez-moi, monsieur. Vous ne pouvez pas refuser à la police de faire son devoir. Nous avons une mission à accomplir, et…

– Alors il n'en résultera rien de bon ! éructa la souche vivante.

– Est-ce que votre fils est ici ?

– Tu le caches, hein ? aboya Berstad, qui avait provisoirement renoncé à forcer l'entrée. C'est pour ça que tu ne veux pas nous laisser passer ! »

L'homme fixa Berstad d'un œil inexpressif.

« Maintenant que vous le dites, c'est bien possible, oui. »

Les mots arrivaient lentement, mais malgré tout distinctement, comme s'il avait des difficultés d'expression.

« Ludvig ! reprit la petite voix de l'intérieur. Est-ce que c'est le lensmann ?

– Non, et ça ne m'étonne pas », murmura-t-il, presque pour lui.

Moland leva son chapeau, ramena ses cheveux en arrière tout en remarquant comment l'air vif refroidissait la zone humide dans le cuir intérieur.

« Écoutez, monsieur Hauge… commença-t-il patiemment. Nous savons que votre fils est rentré de la ville il y a quelques jours. Nous… ne lui ferons rien. Nous voulons simplement lui poser quelques questions.

– C'est aussi ce que vous avez dû dire à Nils, je suppose ! Et maintenant, il est au trou ! »

Berstad se mit sur la pointe des pieds, essaya de voir par-dessus l'épaule de l'homme à travers l'entrebâillement de la porte et cria vers l'intérieur de la maison :

« Jens Andreas Hauge ! Au nom de la loi, rendez-vous !

– Calme-toi ! » intima Moland en lança un coup d'œil agacé à son collègue.

Il essaya à nouveau de faire appel à la bonne volonté.

« Très sincèrement, monsieur Hauge, votre fils ne gagnera absolument rien à fuir. Nous finirons toujours par lui mettre la main dessus, et rien n'est plus suspect que quelqu'un qui essaie de se sauver. »

Le vieux paysan regarda Moland avec un air sceptique. Une forme de réflexion l'avait malgré tout gagné. Ils virent ses épaules s'abaisser lentement. Il fit un petit pas vers l'arrière, ouvrit la porte et indiqua qu'ils pouvaient entrer.

Un petit tambour sombre leur permit d'accéder à la pièce principale, seulement éclairée par le foyer ouvert qui rougeoyait, la lumière qui filtrait à travers les fenêtres tournées vers le sud-ouest et le faisceau qui tombait de biais depuis le trou dans le toit au-dessus du foyer. Une marmite était suspendue au-dessus de l'âtre, et à l'autre extrémité de la pièce, dans un petit lit, une vieille femme allongée sous une couverture en laine et une peau de mouton regardait les deux citadins de ses yeux noirs de souris surplombant un gros nez crochu et une petite bouche édentée.

« Il n'était que temps ! » crissa-t-elle.

Moland leva son chapeau, et Berstad tourna vers lui un regard plein de sarcasme.

« Nous aurions beaucoup aimé parler à…

– Qu'est-ce que c'était que ça ? » demanda Berstad en tournant la tête.

Un bruit sourd leur parvint de l'arrière de la maison, comme si un objet lourd était tombé. Les deux policiers coururent à la fenêtre qui donnait vers l'ouest. Berstad tenta en vain de l'ouvrir. Il colla donc son visage tout contre la vitre, sans rien voir d'autre que la campagne enneigée au dehors.

Puis il courut vers la porte.

« Venez, Moland ! »

Moland emboîta le pas à son collègue à travers ce qui lui parut être une nature morte. L'homoncule se tenait juste devant la porte de la pièce, comme une espèce de planton, tandis que la femme s'était pétrifiée sur sa couche.

« Ne lui faites pas de mal ! » leur cria-t-elle d'une petite voix.

Moland suivit Berstad qui contourna le coin de la maison pour filer vers l'arrière.

« Là ! cria Berstad en tendant un doigt. Il est là ! »

Un peu plus haut sur le talus, ils distinguèrent une silhouette sombre qui fuyait éperdument vers l'horizon, loin, loin au-dessus d'eux, au bout d'un escarpement partiellement recouvert de genévriers et en apparence inaccessible. Quelques sangles en pente révélaient pourtant qu'un habitué des lieux pouvait quand même atteindre le sommet. Ils voyaient bien nettement le fuyard dans la lumière claire du matin, une silhouette maigre, pas aussi petit que son père, mais frêle malgré tout. Il fonçait vers le sommet tel un furet, en levant haut les jambes et en faisant de grands pas dans la neige.

Un instant de lourd découragement saisit Moland. *Il ne manquait plus que ça !*

Après un long voyage en bateau, une nuit de mauvais sommeil dans un grenier froid, un trajet dans une charrette cahotante sur une route sinueuse, ils étaient à présent obligés de procéder à une arrestation en force en poursuivant quelqu'un qu'ils n'étaient absolument pas sûrs de rattraper. Il leva les yeux vers le coteau abrupt. Et lui qui de surcroît n'avait jamais apprécié l'altitude…

Berstad avait déjà commencé son ascension, en bonds impressionnants dans les traces du fugitif. Moland se mit lui aussi lentement en mouvement, dans les mêmes empreintes profondes, mais ses pas étaient indiscutablement plus pesants.

Berstad tirait profit de son corps léger et maigre, Moland se rendit compte que les quatre petites années qui les séparaient, la différence de poids et peut-être l'intense manque d'enthousiasme qu'il ressentait expliquaient le retard qu'il avait pris dès le début sur son jeune collègue. Ce fut comme si la distance ne cessait de se creuser, et il dut s'arrêter à plusieurs reprises pour reprendre son souffle, qui montait en halètements violents et douloureux des profondeurs de sa poitrine.

Il plissa les yeux vers le haut. Les deux personnes devant lui semblaient se valoir, mais Berstad avait l'avantage de pouvoir courir dans les traces que l'autre avait faites. Il dut reconnaître que la vitesse et la forme physique de son collègue l'impressionnaient. Il le vit gagner sur l'homme au-dessus de lui, lentement, pas après pas.

Mais l'écart était encore important, et dans peu de temps, le fuyard serait arrivé à la ceinture de genévriers qu'il pourrait escalader et traverser.

« Hauge ! cria Berstad devant lui. Haaalte ! Au nom de la loiii ! »

Néanmoins, l'homme qu'il poursuivait ne cessa pas de courir.

Moland continua son ascension à leurs trousses, lui aussi. Il entendait maintenant sa propre respiration, comme celle d'un enfant pris d'un croup, rauque et nerveuse. Elle sifflait comme un orgue crevé dans une maison de prières piétiste. Des taches de couleur dansaient devant ses yeux, certaines noires aux contours lumineux, s'étalant comme des taches d'encre sur une nappe de soie. Il dut stopper de nouveau. Son cœur tambourinait dans sa poitrine. Il avait l'impression qu'une grosse patte l'enserrait à l'intérieur, forte, brutale.

Il scruta le flanc de la montagne. Il se passait des choses.

Le fugitif s'était arrêté et retourné vers son poursuivant.

Il vit que Berstad avait ralenti la cadence, lui aussi ; qu'il comprenait que la course était terminée, que l'homme avait renoncé.

Comme sur une porcelaine chinoise, il vit les deux personnages sur la neige blanche, encadrés par les genévriers noirs et le mur rocheux gris en amont. Ils se toisaient, tels des duellistes, deux guerriers dont les armes luisaient.

Il se frotta les yeux. Mais… Si, ce n'était pas… ?

La main de Jens Andres Hauge jetait un reflet froid. Une arme ? Un couteau !

Berstad l'avait vu, lui aussi, naturellement. Il s'était complètement arrêté, dans une sorte de position de défense, toujours à distance respectable de Hauge, mais vulnérable si l'autre passait à l'attaque.

Moland fit quelques pas chancelants.

« Ne fais pas ça ! gueula-t-il, si fort que sa voix se brisa. Hauge ! Rends-toi ! Tu es en état d'arrestation ! »

Berstad fit un geste brusque du bras gauche, comme pour faire taire son collègue.

Et ça arriva.

Jens Andreas Hauge donna un rapide coup de son couteau, en travers de son poignet gauche. Sans émettre un seul son, il passa rapidement l'arme dans son autre main et se trancha impitoyablement le poignet opposé.

Le jet de sang fit comme un geyser de chacun des deux poignets, partit vers l'avant et força Berstad à lever les mains pour ne pas être atteint.

Un curieux ronflement parvint jusqu'à Moland, et ce fut comme dans un rêve éveillé qu'il entendit Berstad crier :

« Non, bordel, nooon ! »

Jens Andreas Hauge resta encore quelques secondes debout. Puis le couteau tomba de sa main gauche. Il se mit à chanceler, leva la main droite à son front, comme pour atténuer la chute. Ses genoux cédèrent sous lui, il s'effondra comme une poupée de chiffons et resta étendu dans la neige tandis que le sang s'échappait encore par à-coups de ses poignets tailladés.

Ils ne prononcèrent pas un mot. Lorsque Moland se retourna, déboussolé, pour regarder vers la ferme, il vit la petite souche humaine qui les regardait depuis l'extérieur du bâtiment principal. Mais on n'entendait rien. C'était comme si le silence de la mort elle-même régnait sur la vallée étroite, jusqu'à ce que le cheval devant la charrette, sur le chemin, ne rompe l'enchantement par un hennissement d'impatience.

17

L'image du défunt Jens Andreas Hauge allait poursuivre Christian Moland pour le restant de ses jours. Comme une photo, elle resterait collée à son souvenir durant toutes les années qui suivraient. Il n'oublierait jamais le tableau qui l'accueillit lorsque, ayant enfin achevé son ascension, il passa devant Ole Berstad, qui n'avait pas bougé. Il était d'une pâleur cadavérique et à ce point immobile qu'il en devenait méconnaissable.

Le mort faisait penser à un oiseau tombé, sur le ventre dans la neige, avec son bonnet de cuir brun foncé de travers sur la tête et la nuque si bizarrement fine sur ce dos maigre, sa veste marron-gris, son pantalon un peu trop court usé jusqu'à la corde, et ses grosses bottes brunes qui avaient été rafistolées à plusieurs reprises. Le sang qui avait jailli de ses artères avait dessiné deux éventails rouges dans la neige, *désagréablement beaux*, songea Moland avec un certain esprit macabre en se détournant, comme pour chasser à jamais cette vision. En pure perte.

Le suicide dramatique de l'Eksingedal mit brutalement fin à l'enquête sur le meurtre du consul Frimann. Les responsables de l'enquête prirent ce suicide comme des aveux sans réserves, et tout le monde, depuis le directeur de la police jusqu'au plus simple agent, sembla satisfait de ce dénouement aussi rapide que sensationnel.

Les seules personnes à ne pas être tout à fait convaincues, c'étaient les deux policiers présents sur les lieux au moment du suicide. Ole Berstad affirmait, les mâchoires si serrées que l'on voyait les muscles saillir sur ses joues, que Hauge avait été totalement inaccessible, qu'il avait été impossible de lui parler et qu'il avait semblé totalement désespéré quand il avait commis cet acte atroce. Il avait également assuré ses parents qu'il n'avait rien fait de mal, mais qu'il savait que sa parole ne pèserait jamais lourd contre celle de la police, à l'instar de ce qui s'était passé pour son frère.

« Mais alors pourquoi s'est-il enfui ? voulut savoir Krohn-Hansen.

– Il devait se douter de la raison de notre visite, répondit Berstad.

– Et en cela, il ne se trompait pas, ajouta Moland. Autre chose… Où est l'arme du crime, bon sang de bonsoir ? »

On la cherchait toujours plusieurs jours après, mais les recherches furent rapidement ralenties. L'affaire ne serait jamais portée devant les tribunaux. Par conséquent, le besoin de preuves concrètes était limité, et la police avait par ailleurs à accomplir tout un tas d'autres tâches quelque peu négligées durant la semaine qui avait suivi le meurtre.

« Oui, moi, je crois en tout cas que c'est la dernière fois qu'on entend parler de cette affaire ! » conclut finalement Berstad avec une attitude remarquablement critique que Moland n'avait jusqu'alors jamais observée chez lui.

Officiellement, on ne fit jamais grand cas de ce qu'avaient pu être les motifs du meurtrier. Le frère de l'individu ayant déjà été condamné, on pouvait sans problème parler d'une agression pure et simple. Vis-à-vis de Mme Frimann, Krohn-Hansen se vit néanmoins dans l'obligation de faire un exposé complet et détaillé de toute l'histoire. Elle reçut les explications derrière un masque de cire, sans rien exprimer. Cependant, ses phalanges blanchirent autour du mouchoir qu'elle ne lâchait pas, et le commissaire vit le sang battre frénétiquement sur ses tempes et le côté de sa gorge.

Le consul Frimann eut un enterrement digne, et la cathédrale était bondée. L'armateur Dünner comme le consul Brandt prononcèrent quelques mots bien sentis près de la bière. Le cercueil fut finalement porté à l'extérieur par Dünner, Brandt, le directeur Helgesen, Carl August Junior, Robert Gade et le chef de bureau Martinussen, déposé sur un corbillard noir tiré par quatre chevaux bruns, puis conduit à l'Assistentkirkegård, où il fut enterré dans la sépulture familiale. Il tombait quelques légers flocons, qui se déposaient joliment sur les chapeaux et les épaules de l'importante foule qui le suivit jusqu'à sa dernière demeure. Après une prière du prêtre, la cérémonie fut conclue lorsque tout le monde chanta *Notre Dieu est solide comme un roc*.

Ironie du sort, le même psaume fut chanté quelques jours plus tard au moment où Jens Andreas Hauge fut conduit à l'endroit où il devait reposer pour toujours. L'événement eut lieu dans un coin reculé du cimetière de Flatekvål. Le seul qui l'accompagna fut son vieux père. Sa mère tenait si difficilement debout qu'en cette saison, cela posait de gros problèmes simplement de lui faire quitter son lit, et lui faire remonter la vallée en charrette était tout bonnement exclu. Il neigeait plus abondamment ce jour-là, et le père quitta le cimetière avant que le fossoyeur ait rebouché complètement le trou, de crainte de ne pas pouvoir rentrer à la ferme sans devoir faire un détour par ce que les gens du coin appelaient « Nærafjedle ».

Lorsque Nils Henrik Hauge apprit dans sa cellule la mort de son frère, il se tapa plusieurs fois la tête contre les murs, si fort qu'il finit par s'écrouler sans connaissance sur le sol, et que l'on dut faire venir un médecin pour lui faire recoudre la plaie qu'il avait au front.

Un matin de la fin janvier, Cathrine Tufte fut convoquée par la veuve. Mme Frimann ne la pria pas de s'asseoir, et Trine resta donc debout, la tête légèrement penchée en avant, les mains jointes sur le ventre, deux taches rouges sur les joues et une lueur fébrile dans le regard.

Madame la regarda froidement, les lèvres pincées en un trait fin, le haut du corps bien droit et la tête légèrement penchée vers l'arrière.

« Il est de mon devoir, mademoiselle Tufte, de vous faire savoir que vous êtes congédiée.

– Mais, madame ! »

La jeune femme bien bâtie posa sur Mme Frimann un regard horrifié.

Celle-ci poussa une enveloppe blanche fermée sur la table brillante.

« Voici le courrier qui l'atteste, et il prend effet sur-le-champ ! Vous pouvez faire vos valises, et vous devrez nous avoir quittés dans la journée.

– Mais, mais… »

Les larmes jaillirent, sa puissante mâchoire inférieure se tordit en une vilaine grimace, et de grandes plaques rouges apparurent dans son cou.

« Mais pour… pourquoi, madame ? murmura-t-elle en faisant un gros effort sur elle-même pour ne pas s'exprimer dans son dialecte.

– Vous êtes certainement celle qui le savez le mieux, mademoiselle Tufte », répondit froidement Mme Frimann en jetant un regard éloquent sur les mains jointes de la bonne.

Trine se sentit saisie d'une angoisse affreuse, mais bien qu'elle se laissât tomber à genoux pour supplier Mme Frimann de ne pas la jeter dehors dans les ténèbres, mais de la garder auprès d'elle, elle n'obtint pas gain de cause. L'après-midi même, à 17 h 30, elle prit le train du soir pour Voss, le corps aussi lourd que celui d'une vieille femme, et tremblante à l'idée de la façon dont ils l'accueilleraient à Urdland quand elle reviendrait de la ville, *comme ça*.

Le mois ne passa pas sans mal pour Christian Moland non plus. Les premiers jours après leur retour de l'Eksingedal furent consacrés aux toutes dernières investigations, aux rapports écrits et à la synthèse finale de l'enquête. Une agitation quasi incontrôlée s'empara alors de lui, et bien qu'il se fût promis au cours du voyage retour depuis Eidsland qu'il s'occuperait convenablement aussi bien de Per Christian que de Svend Atle et – qui plus est – de son épouse enceinte, il ne parvenait pas à se tenir tranquille, à la maison, le soir.

Il avait dit à Agnes qu'une nouvelle affaire était en route, une enquête sur une vaste ligue de voleurs imposant qu'il dût s'absenter aux heures les plus indues du jour et de la nuit, *pour monter la garde*, comme il disait. Elle l'écouta sans faire de commentaire, même s'il voyait bien qu'elle n'était pas heureuse du tour que prenaient les choses.

Il errait sans répit dans les rues, de Skuteviken à Kalfarveien, de Marineholmen à Nordnespynten. Depuis le nouveau parc qui s'y trouvait, il observait le Byfjord entre les frêles troncs d'arbres et suivait du regard les bateaux qui passaient, comme s'ils pouvaient l'emmener au loin, vers un monde plus heureux et bien plus compréhensible. Il pouvait ensuite revenir vers le centre-ville, passer devant la corderie Campbell Andersen, tout au bout de Haugeveien, où les cordiers avaient depuis longtemps fermé boutique pour la journée, puis devant les vieilles murailles de la forteresse de Fredriksberg avant de remonter vers Klosterhaugen. Là, à l'un des points les plus élevés des quartiers du centre, il pouvait voir dans toutes les directions, mais surtout, il devait bien l'admettre, vers Trangesmuget.

À plusieurs reprises ces dernières semaines, il avait eu affaire chez Brekke & Fils. Il y avait passé du temps à discuter distraitement avec son beau-frère, tout en observant attentivement Maren Kristine Pedersen à travers la vitre.

La dernière fois, Brekke l'avait regardé bizarrement.

« Dis-moi, cette enquête n'est pas terminée ? avait-il demandé à voix basse.

– Si, si !

– Mais alors veux-tu bien laisser cette jeune personne tranquille ! Elle s'en voit sûrement déjà suffisamment comme ça, la pauvre… »

Il n'y était alors plus allé aussi souvent.

Les préposés à l'allumage des becs de gaz sortaient avec l'obscurité. Leur échelle légère sur l'épaule, ils allaient de réverbère en réverbère, appuyaient l'échelle sur la barre transversale, grimpaient, ouvraient l'une des cloches et allumaient le gaz à l'aide d'un petit briquet. Il se sentit bientôt comme l'un de ces préposés, à force de traîner de rue en rue, remontant et descendant les ruelles, en cercles de plus en plus serrés autour d'un point sur la carte, soir après soir, jusqu'à ce qu'il se retrouve frémissant dans ce petit passage, devant sa fenêtre, les yeux levés.

Le samedi 27 janvier, il tomba 22 millimètres de pluie à Bergen tandis qu'un vent puissant soufflait du sud-ouest. À 20 h 30 ce soir-là, le manteau dégoulinant, les chaussures détrempées et le pantalon collé aux jambes, il prit son courage à deux mains, ouvrit la porte de l'immeuble, gravit aussi silencieusement qu'il le put l'escalier obscur et traversa les combles. Il s'immobilisa un instant devant sa porte, la main levée, écoutant les bruits à l'intérieur. N'entendant rien, il frappa.

Elle ouvrit instantanément, comme si elle l'avait attendu. En voyant qui avait frappé, elle sourit légèrement, comme si elle savait quelque chose qu'il ne comprendrait jamais.

Lorsqu'il entra, elle ne bougea pas de l'ouverture de la porte, de telle sorte qu'il lui fut impossible de ne pas la bousculer.

18

Lorsque Torleif Nesbø, alors âgé de dix-sept ans, décida au printemps 1904 de quitter la vallée qui l'avait vu grandir pour aller chercher du travail sur le chantier de la Bergensbane, les mises en garde ne manquèrent pas. Ses parents comme plusieurs de leurs voisins lui rappelèrent ce qu'il était advenu des deux frères Hauge, plus bas dans la vallée, quand ils avaient décrété que la ferme familiale ne leur suffisait plus et avaient embrassé la vie citadine.

Mais Torleif était le quatrième enfant de la ferme, et il avait modérément envie de s'échiner sur des terres qui ne lui appartiendraient pas. Cet hiver-là, en regardant le ciel rouge sang en direction du sud-ouest qui formait comme le reflet d'un millier de hauts-fourneaux, il avait régulièrement pensé à la ligne de Voss, que l'on prolongeait à présent vers l'est, jusqu'à Finse, Gulsvik et Kristiania ! Dès ses douze ans, lorsqu'il était allé pour la première fois avec son père à Evanger, de l'autre côté de la montagne, il avait découvert la gare et écarquillé les yeux devant la grosse locomotive à vapeur qui tirait les wagons derrière elle, et il se souvenait de visages clairs derrière les vitres et du bref coup de sifflet lorsqu'ils avaient quitté le quai. Ses deux frères aînés, qui étaient déjà allés jusqu'à la ville avec leur père par le vapeur qui partait de Mo, lui avaient parlé de la gare et du voyage en train jusqu'à Solheimsviken pour rendre visite à leur oncle, ouvrier sur le chantier naval des Bergens Mekaniske Verksteder. Pour Torleif Nesbø, le chemin de fer était le symbole même de l'aventure, et penché sur l'atlas que son père avait acheté quand Olav avait commencé l'école, il avait suivi les lignes non seulement en Norvège, jusqu'à Eidsvoll et entre Hamar et Støren, ou à travers l'Østfold jusqu'à Kornsjø mais aussi jusqu'en Suède, et à présent, depuis que la carte avait été dessinée, il en était sûrement arrivé une de Kristiania à Gjøvik en passant par Roa ; mais aussi vers le sud de l'Europe, vers des villes comme Hambourg ou Berlin, Munich et Paris – et jusqu'à Istanbul. Et sur la carte de l'Amérique, où les lignes de chemin de fer traversaient tout cet énorme continent, au milieu des fréquentes attaques des pirates du rail et des Indiens !

L'hiver 1904 avait été froid mais pauvre en précipitations. Bien que la neige fût tombée en quantités raisonnables, elle tint longtemps. Ce ne fut qu'aux alentours de Pâques que le soleil atteignit pour de bon l'ubac, de sorte que la fonte des neiges puisse véritablement commencer. La neige était encore tenace autour de Kvitenosi, et Torleif était descendu plusieurs fois à Nesheim pour essayer de savoir si la route montant aux Nesheimsstølene serait bientôt praticable.

« Si, à la fin avril », répondit le Vieux Jo, et peu de jours plus tard, la première semaine de mai, il fit son sac et partit.

Sa mère, avec dans les bras la petite Kari âgée de seulement six mois, son père, ses trois frères aînés, Olav, Nils et Jens, et son frère cadet Gunnar, dix ans, étaient tous dans la cour quand il s'en alla, et pendant un instant, ce fut comme si une drôle de sensation dans la poitrine le retenait. Il jeta un dernier regard autour de lui à cette ferme soignée, à la passerelle de la grange que l'on venait de refaire, à l'enclos où les deux vaches et les douze moutons broutaient les jeunes touffes d'herbes, aux chevreaux qui effectuaient leurs premiers bonds prudents dans les pâturages, à la route qui montait en lacets vers les alpages où il faudrait bientôt mener les bêtes. En inspirant profondément, il sentait le parfum de l'herbe nouvelle, de la terre humide et de la bouse fraîche. À cela s'ajoutaient les ruisseaux qui murmuraient : c'était le parfum du *printemps*...

Le soleil lui chauffait le visage, et il oublia un court moment les pesants mois d'automne, faits de semaines et de semaines de pluie et de vent, quand ce n'était pas des mois, les longues et sombres pauses hivernales lorsque le thermomètre pouvait descendre jusqu'à - 20 °C et qu'il était difficile de se déplacer au dehors sans sentir ses membres se paralyser. Oui, même les étés pouvaient être froids et pluvieux, avant que les premières journées de l'automne n'arrivent en amenant soleil et temps clair, feuilles aux couleurs éclatantes sur les chemins et un dernier instant d'espoir avant que le suroît ne fasse son retour, parfois avec la puissance d'une tempête et que la pluie ne fouette les carreaux ; il avait alors la tête penchée sur ses livres de classe, et le rêve d'aventure était ravivé.

Sa mère vint tout contre lui et lui passa une main sur la joue.

« Fais bien attention à toi, Torleif, lui recommanda-t-elle dans le dialecte qu'il lui avait toujours connu. Souviens-toi de tout ce que nous t'avons dit.

– Oui, oui, maman, je n'oublierai pas ! »

Le père se contenta de hocher silencieusement la tête. Ses parents étaient de beaux paysans blonds aux joues bien rouges, l'un comme l'autre. La jeune génération les imitait en tout, grande pour son âge et de constitution robuste. Torleif ne dérogeait pas, avec ses yeux bleus optimistes. Il dégageait une certaine énergie, une puissance dans sa poitrine large et ses cuisses souples, qui en faisait un gars à qui il serait aisé de proposer un travail. Et le travail ne manquait pas, durant ces étés-là, le long de la Bergensbane.

Construire une ligne de chemin de fer à travers un pays, c'est comme mettre un collier au paysage, qui peut souvent se montrer plus indiscipliné que le veau le plus sauvage, particulièrement quand la ligne doit être installée dans les secteurs montagneux les moins hospitaliers du pays, et à plus forte raison en hiver.

Le 24 août 1871 un article anonyme était paru dans *Bergensposten* sous le titre « Ligne de chemin de fer entre Bergen et Kristiania », présentant les visions du projet reliant les deux principales villes du pays. À Bergen, l'idée fut accueillie avec enthousiasme, et dès 1872, un comité ferroviaire fut fondé dans la ville, constitué d'hommes à la fois puissants et prévoyants. En 1873, l'un d'entre eux, le capitaine Lars Mathias Hille, franchit la montagne à ski et revint avec une proposition de tracé détaillée. En juin 1874, le Storting accepta la construction d'une ligne à voie étroite entre Bergen et Voss. Celle-ci fut terminée en 1882. Ce ne fut que douze ans plus tard, après le grand compromis ferroviaire du 1er mars 1894, que le Storting décida de poursuivre la ligne vers l'est, à travers le Raundal jusqu'à Uppsete, de là à travers un tunnel jusqu'à Myrdal pour monter ensuite à Taugevatn et Finse, que la ligne venant de l'est pourrait rallier en passant par le Hallingdal. La nouvelle de cette décision arriva à Bergen le soir même. En dépit du mauvais temps, elle provoqua un défilé aux flambeaux spontané dans les rues de la ville. Le lendemain, aucun élève n'eut école, et les manifestations de liesse populaire durèrent trois jours sans discontinuer ; on n'avait rien vu de tel à Bergen depuis 1814[21].

Le jalonnement de la ligne allait prendre six années, mais le travail commença dès 1895 par ce qui serait peut-être le plus gros défi, le forage du Gravahalstunnel, long de 5 311 mètres, à travers l'Urhovd, à l'époque le plus long tunnel ferroviaire d'Europe du Nord et, de plus, en grande partie réalisé dans des conditions climatiques que l'on aurait considérées dans n'importe quel autre endroit de la planète comme impossibles.

Les travaux sur le Gravahals furent dirigés par deux contractants, les ingénieurs Thorvald Strøm et Kristian Hornemann. Le travail fut effectué des deux côtés, de Myrdal et d'Uppsete. Le 6 juillet 1902, les deux équipes se rejoignirent à mi-chemin sous la montagne. Le percement était fait. L'imposant travail de nettoyage et de sécurisation du tunnel pouvait commencer avant que les rails n'arrivent de l'ouest.

Autant dire que Torleif Nesbø ignorait une grande partie de tout cela en ce jour de mai 1904, lorsqu'il s'arrêta à Vinningsleitet, tout en haut du Teigdal, après avoir passé les Nesheimsstølene encore inhabités. Il regarda les pentes raides qui le conduiraient tout en bas de la vallée, et de là à travers un paysage qui aurait pu être tiré d'un recueil illustré d'Asbjørnsen et Moe : une succession d'horizons bleuâtres composait un portail grandiose en descendant vers Evanger et la ligne de chemin de fer qui longeait le turbulent Vosso, qu'il ne voyait pas encore mais qu'il imaginait d'autant mieux. Le conte de fées se réalisait.

La partie supérieure n'était qu'un sentier à chèvres, et à plusieurs reprises, Torleif dut se cramponner aux buissons de genévriers pour ne pas redescendre sur plusieurs mètres le long de la pente escarpée. L'après-midi était trop avancé quand il arriva à Evanger ; il attrapa tout juste le dernier train pour Voss.

À Vossevangen, il avait pu loger pour la nuit chez un parent de sa mère. Le lendemain, il voyagea sur un wagon ouvert tiré par une locomotive de travail, en compagnie de quelques autres gars qui montaient à Mjølfjell pour la même raison que lui. Ils suivirent ensuite le chantier jusqu'au groupement de baraques d'Uppsete, le plus gros sur toute la ligne. C'est là que les contractants avaient leurs quartiers, les fonctionnaires et les inspecteurs y étaient logés, et on y trouvait une boulangerie-épicerie, une écurie, une étable, une laverie, des bains et une infirmerie.

Ils offrirent leurs services à la baraque qui faisait office de bureau, et il leur fallut peu de temps pour être engagés comme saisonniers, tous autant qu'ils étaient.

Torleif, qui n'avait d'autre qualification à présenter qu'un corps jeune et fort, voyait tous les emplois autres que les travaux les plus pénibles lui échapper, et il fut embauché d'une façon assez peu glorieuse, dans une baraque de quarante types.

Dès son arrivée à la porte, il fut arrêté par une bonne femme solide et imposante qui l'expédia illico aux bains pour lavage et épouillage.

« Pas de poux dans ma baraque, ça je te le garantis ! Tu te paieras de nouveaux vêtements à crédit au magasin. Les vieux vont au nettoyage ! »

Il comprit instantanément qu'il ne servirait à rien de protester, mais ce fut le cœur lourd qu'il céda une part exagérément importante de son salaire des premières semaines, après une retenue de salaire de quatre couronnes par jour, contre de nouveaux vêtements de travail, des dessous en laine et – après plusieurs minutes de réflexion et d'argumentation persuasive de la part de l'épicier – un chapeau de travailleur migrant lavable.

Lorsqu'il revint des bains, la même bonne femme le reçut à la porte et contrôla qu'il était débarrassé de toute vermine, habillé, lavé et que ses joues étaient rouges comme celles d'un confirmand de fraîche date.

« Ça va. Je vais te montrer ton lit. »

Il la suivit à l'intérieur.

Dans la plupart des baraques, on trouvait douze hommes et un cuistot. Mais certaines comptaient quarante membres et deux cuistots, comme celles d'Uppsete, où Torleif Nesbø fut embauché en mai 1904.

Les hommes dormaient dans des lits superposés, sur deux niveaux, tandis que les cuisinières avaient leur propre chambre, verrouillable de l'intérieur. Il s'arrêta juste après avoir franchi la porte et regarda autour de lui. Il compta rapidement les couchettes.

« Dix-neuf, vingt... Mais je croyais qu'il devait y avoir quarante bonshommes, là-dedans.

– Pourquoi tu crois qu'on se méfie tant des poux ? Vous dormez deux par deux.

– Pieds contre pieds, j'espère.

– Et moi donc, répondit-elle avec un petit sourire distant. Attends un peu que le froid arrive, avec l'automne. Alors tu apprendras à l'apprécier. »

Une odeur de bois humide, de corps masculins en sueur, de poudre de pierre et de graisse rance flottait dans le bâtiment, une odeur que même le courant d'air provenant des planches clairsemées de la cloison ne parvenait pas à dissiper ; mais peu de jours suffiraient pour que son nez s'habitue, et par la suite, il n'y réagit jamais plus. Partager sa couche avec un autre gars ne lui faisait rien non plus. Ce n'était pourtant pas toujours le même type. Il avait en outre partagé son lit avec l'un de ses frères aussi loin qu'il s'en souvienne, et avait donc parfaitement l'habitude de gagner ou conserver à coups de pieds la moitié du lit qui lui revenait de droit.

En fait, il n'avait absolument aucune raison de se plaindre. Dès le premier soir, il l'avait aperçue.

19

La différence de classes entre ceux qui travaillaient sur le chantier du chemin de fer de Bergen était frappante. Au sommet, on trouvait les contractants et les autres ingénieurs. Venaient ensuite les travailleurs migrants, ou *vagabonds honnêtes*, comme ils préféraient se fairc appeler. C'étaient des professionnels des chantiers, travailleurs de la pierre, constructeurs de ponts, maçons et spécialistes des tunnels. Ils pouvaient venir de tout le pays, et un bon nombre d'entre eux étaient originaires des régions où les premières lignes avaient vu le jour, au nord de Kristiania, dans le Hedmark et l'Østerdal. Nombreux étaient ceux qui venaient de Suède, et ils parlaient une langue pleine d'expressions particulières, dont certaines suédoises, que des nouveaux arrivants comme Torleif Nesbø pouvaient mettre du temps à assimiler. Il ne voulait pas poser de questions. Il se trouvait pour sa part à l'échelon le plus bas, parmi les saisonniers, ou *simple labeur*, comme les travailleurs migrants les qualifiaient avec un crachat plein de mépris, bruni de tabac à chiquer qui s'était coincé pour de bon dans leur gueule, tel une sombre charogne.

Le tracé fut divisé en tronçons, et il fut réalisé une estimation du temps nécessaire à une équipe de travail pour terminer cette parcelle. Le prix fut ensuite convenu avec le chef d'équipe, qui répartissait lui-même les tâches et les salaires, après avoir déduit les sommes représentant l'usure du matériel, l'utilisation de dynamite et autres dépenses.

Au départ, le travail n'était pas mal payé, loin de là. Un bon ouvrier pouvait gagner jusqu'à huit couronnes par jour. En retranchant deux couronnes par jour pour la nourriture et quatre couronnes par mois de loyer, il n'était pas du tout impossible de se constituer un joli petit pécule. Mais si la cadence faiblissait, les salaires baissaient, et il n'était pas rare que les dix heures journalières convenues initialement soient largement dépassées. Le mauvais temps et le terrain difficile ne facilitaient pas la tâche.

De nombreuses histoires circulaient sur les problèmes que l'on avait rencontrés. Ceux des travailleurs migrants qui avaient la plus longue expérience pouffaient encore au souvenir de la période où l'on fit intervenir les ouvriers italiens chargés du forage des tunnels. Ceux-ci avaient été appelés pour enseigner aux Norvégiens le perçage à la machine. Les résultats avaient été maigres. Ils supposaient que la roche claire était de la craie que l'on pouvait concasser facilement. Mais le granit était beaucoup trop dur pour les Italiens, qui ne parvinrent pas à creuser plus de la moitié de ce qu'un ouvrier norvégien pouvait réaliser. Il apparut également que les conditions climatiques étaient tout à fait différentes de ce qu'ils avaient pu connaître, même dans les Alpes. La nourriture aussi leur avait donné l'occasion de se plaindre. Il ne fallut par conséquent pas longtemps avant que l'équipe tout entière ne prenne le chemin du retour.

« Et on ne les a pas regrettés, ça, non ! » conclut Toka-Kalle dans son dialecte proche du suédois.

C'était le soir, autour des tables de jeu, que ces histoires sortaient. Au début, les nouveaux arrivants n'avaient guère droit qu'à une place debout à une distance respectueuse autour des équipes de joueurs de cartes, mais au fur et à mesure qu'ils s'habituaient aux lieux, et si certains d'entre eux commençaient à se montrer des ouvriers capables, ils pouvaient s'asseoir et – s'ils avaient quelque argent à avancer – participer au jeu. Certaines parties de poker pouvaient se poursuivre jusque tard dans la nuit, ce que désapprouvaient grandement les cuisinières qui devaient préparer la table pour le petit-déjeuner, la bouillie d'avoine, les quignons de pain et certains jours de la viande grillée.

La partie salle à manger était composée d'une longue table grossièrement menuisée bordée de deux bancs. Le poêle à bois dans un coin de la pièce était allumé chaque matin de bonne heure, et quelques gars se relayaient pour aider les cuisinières avec les grosses marmites. Torleif fut rapidement assigné à ce service, ce fut ainsi qu'il fit facilement connaissance avec les cuisinières.

Il n'y avait pas beaucoup de filles le long du chantier. La plupart d'entre elles faisaient office de cuistot. Elles devaient supporter aussi bien les regards langoureux que les commentaires grossiers et les plaquages de paluches de la part de types qui étaient partis de chez eux des mois plus tôt ou n'avaient guère vu d'autres gonzesses sur les cinq ou six dernières années que les cuisinières. Il était d'autant plus important qu'elles puissent constamment faire preuve de force et de caractère.

Celle qui se trouvait à la porte quand il était arrivé se prénommait Martha. C'était l'aînée, une femme costaude d'une quarantaine d'années, lourde de partout, au visage puissant, à la poitrine de vache pleine et dont les mains faisaient penser à des écopes. Elle était suffisamment preste quand c'était nécessaire, et étonnamment précise. Des femmes que Torleif avait rencontrées jusqu'alors, même parmi les plus robustes filles de ferme de l'Eksingedal, elle était celle qui lui donnait pour la première fois la violente impression d'être taillée dans le granit, détachée du socle rocheux.

L'autre était Trine.

Le tout premier soir au camp, ne sachant trop comment se comporter à la table où on les servait en soupe de poisson dans leurs profondes assiettes en ferraille, que Martha remplissait et que Trine faisait passer le long du banc jusqu'à l'autre extrémité de la table, son regard s'était arrêté sur la jeune femme aux traits purs, à la mâchoire puissante, aux cheveux blonds et aux yeux bleus et vifs qui semblaient suivre les assiettes d'homme en homme pour s'assurer qu'elles allaient bien au bon endroit. Pendant une fraction de seconde, les yeux de la jeune femme s'arrêtèrent sur lui, comme si elle constatait rapidement *tiens, celui-là, ce doit être un nouveau.* Il sourit et fit un petit signe de tête, mais trop tard. L'instant était déjà passé.

Après le repas, lorsqu'elle fit le tour de la table pour les servir en café, il croisa son regard, plus hardiment qu'il ne pensait le faire. Pendant un instant, ce fut comme si celui de la jeune femme demeurait suspendu au sien, comme une question, avant qu'elle ne poursuive. Il la suivit des yeux, nota sa façon de réagir aux commentaires et aux questions en penchant un peu la tête de côté et se détournant légèrement avant d'y répondre. Si l'un des gars entourait ses hanches d'un bras prétendument familier, elle le repoussait tranquillement, mais il lui sembla bien voir à plusieurs reprises le rouge lui monter aux joues, et son regard se faire plus dur à l'occasion d'un commentaire un peu trop irréfléchi.

Le repas terminé, il aida à débarrasser.

« Tu es nouveau ici, toi, remarqua-t-elle simplement.

– Oui, je suis arrivé aujourd'hui. Et toi ? » Puis, voyant qu'elle ne répondait pas : « Ça fait longtemps que tu es ici ? »

Elle hocha la tête, et Martha les interrompit brutalement.

« Oui, oui, oui ! Il y a du boulot, ici ! La parlotte, c'est après, quand le travail est fait !

– Comment t'appelles-tu ?

– Trine.

– Moi, c'est Torleif.

– Qu'est-ce que j'ai dit ? ! »

Ce soir-là, il mit un certain temps à s'endormir. Ce n'était pas seulement à cause de toutes ces nouvelles impressions, le jeune type avec qui il partageait sa couche et qui n'arrêtait pas de se tourner et se retourner dans un sommeil agité, les bruits que faisaient les autres gars autour de lui, certains ronflant comme des soufflets de forge, d'autres donnant de lourds coups de poing à travers leurs rêves, d'autres encore qui traversaient la pièce à pas pesants lorsqu'ils devaient sortir pisser. Ce n'était pas non plus parce qu'il s'interrogeait sur ce à quoi allait ressembler la première journée de travail, le lendemain. C'était aussi à cause de Trine. Il ne parvenait pas à se sortir son image de la tête.

En matière de gonzesses, Torleif avait peu d'expériencc. Les filles des fermes proches du domaine familial avaient été ou bien plus âgées que lui, et par conséquent choisies par l'un de ses frères aînés, ou bien si jeunes que l'âge de la confirmation n'avait pas encore sonné. Lorsque lui-même l'avait atteint, il y en avait bien eu une ou deux pour lesquelles il avait eu un faible, bien qu'il les ait connues depuis l'école itinérante, mais il n'avait pas su comment les approcher, ce qu'il devait faire et comment s'exprimer ; la liberté était en outre plus grande dans le bas de la vallée. Il avait bien croisé le regard d'une ou deux bergères, par un jour d'été, près d'un chalet d'alpage, de préférence celles qui étaient bien adultes et portées sur les beaux mecs, chose que l'on pouvait pratiquement lire dans leurs yeux quand elles trayaient les vaches, assises à califourchon sur leur tabouret, la pointe de la langue sur la lèvre supérieure. Mais il y avait toujours eu un autre gars à proximité et il ne s'était jamais retrouvé en tête à tête avec aucune d'entre elles.

Il n'était cependant pas totalement innocent au sujet des choses de la vie. Il avait entendu les sons étouffés provenant du cadre de lit des parents, quand le soleil printanier se faisait trop intense ou quand la première fenaison était terminée, au début de l'été. Il avait vu aussi bien les taureaux que les étalons saillir leurs femelles respectives, à l'aide de membres gros comme des branches d'arbre. Une fois, avec Lars Neset, ils avaient filé la bonne de Nesakallen, quand elle avait reçu derrière le stabbur[22] la visite d'un vagabond, et l'avaient entendue beugler comme une vache en train de mettre bas tandis qu'elle le tirait vers elle entre ses cuisses blanches et tremblotantes, de part et d'autre de son pantalon légèrement baissé. Elle était ensuite restée un moment accroupie, la jupe retroussée, pour se laver dans le ruisseau, si méticuleusement qu'ils avaient vu la couleur de viande crue et de jonc délavé entre ses jambes.

Il n'avait pour sa part pas encore été touché par une femme, et ce qui germait en lui, non seulement dans sa tête, mais dans tout son corps, après sa première rencontre avec la jeune cuisinière Trine, étaient des sensations qui le priveraient de sommeil encore bien des nuits dans ce camp de baraques.

Il n'était pas spécialement aisé de lier conversation avec elle. Les journées de travail étaient aussi longues que pénibles. Torleif n'avait pas encore été rattaché à une équipe, il effectuait les travaux survenant de façon ponctuelle, principalement du déplacement de blocs rocheux, de masses de terre, d'argile et de graviers hors du Gravahals, où la pose des rails était maintenant à mi-parcours du tunnel long de plus de cinq kilomètres. C'était un travail non seulement pénible, mais aussi très exigeant sur le plan physique, si bien que la sueur ruisselait tant qu'elle pouvait sous la montagne. C'était une nouveauté complète que la montagne puisse avoir sa propre température – jusqu'à 25 °C, lui expliqua un ingénieur, de telle sorte que même en plein hiver, il ne faisait jamais moins de 15 ou 16 °C dans le tunnel. C'est pourquoi les travaux pouvaient s'y dérouler trois cent soixante-cinq jours par an. Ils trimèrent même durant les mois où la neige recouvrit les baraques et où le seul lien avec le reste du monde reposait sur le passage d'un skieur apportant le courrier aux résidents permanents et les nouvelles de la guerre entre le Japon et la Russie, l'affaire des consulats ou l'information que de grandes parties d'Ålesund avaient brûlé, « une semaine trop tard », avait mentionné l'ingénieur avec un sourire en coin.

À l'intérieur du tunnel, ils vivaient leur propre vie, dans un contexte difficile à comprendre pour des personnes extérieures. Les nouvelles centrales électriques d'Uppsete et de Myrdal fournissaient il est vrai de l'électricité aux lampes suspendues à des chevilles sur la paroi du tunnel. Ils avaient en revanche perdu l'eau de ruissellement des marteaux pneumatiques, qui leur avait permis, au cours du forage à proprement parler, de se débarrasser de la poussière issue des blocs de pierre. Maintenant que l'on posait les rails, la poussière s'élevait à chaque coup de masse sur les chevilles chargées de maintenir le rail sur le sol du tunnel. Elle se déposait comme une poudre sur leurs visages, et Torleif apprit rapidement à remonter sur son nez et sa bouche le foulard acheté à l'un des colporteurs qui parcouraient la ligne. S'il l'oubliait, il pouvait ensuite passer des heures à tousser et à cracher du noir.

Comme si cela ne suffisait pas, il y avait la poussière qui suivait la sueur qui dégoulinait du front dans les yeux, les rendant rouges, irrités et brûlants, et qui le faisait voir comme à travers un voile gris lorsqu'il ressortait enfin à la lumière du jour, au bout du tunnel. Mais le pire de tout, c'était les *vapeurs nitreuses*, ces gaz toxiques issus de la dynamite, qui pouvaient causer nausées et maux de tête. Certains jours, il avait l'impression de traîner la fumée de la dynamite dans les poumons et de l'eau dans les bottes des heures durant, et à ce moment-là, le besoin de l'air pur extérieur, surtout s'il était froid et humide, envahissait son sang comme une fièvre.

Le dur labeur du tunnel pouvait rester dans son corps tel une maladie, lui endolorissant les muscles, résonnant dans sa tête et laissant une fatigue qu'il n'avait jusqu'alors jamais connue dans sa jeune vie. Lorsqu'ils ressortaient après la relève, il leur importait d'engloutir suffisamment de nourriture, de soupe et de café pour garder les yeux ouverts le temps d'une partie de cartes avant de s'effondrer sur leurs couches, où ils gisaient tels des bœufs abattus, jusqu'à la prise de quart suivante le lendemain matin, quand Martha sonnait la vieille cloche à vache qui annonçait l'heure du petit-déjeuner.

Rares étaient les instants de calme qu'on pouvait conquérir, et Torleif repensa souvent avec bonheur à ce samedi soir autour de la Saint-Olav, lorsqu'il se retrouva assis au soleil contre la paroi de la baraque, une tasse de café en pogne, si près de Trine qu'il sentait l'odeur de caillé qui émanait de sa peau, tandis que de longs cheveux fins s'étaient défaits de son chignon et lui chatouillaient le nez dans la brise légère.

« Quel… quel âge as-tu, Torleif ? s'enquit-elle en lui jetant un rapide coup d'œil.

– Oh, je… bientôt dix-huit ans », mentit-il d'une voix rauque en se vieillissant de six mois.

Il avait l'impression d'avoir une grosse pomme de terre chaude dans la gorge, et ce fut tout juste s'il parvint à répondre lorsqu'elle le questionna sur sa famille, ses frères et sœurs, et qu'elle lui demanda s'il pensait rester travailleur itinérant pour le restant de ses jours.

« Oh non, plus que tout, je voudrais faire quelque chose qui soit en rapport avec le train, quand j'aurai terminé, un jour. Cheminot, peut-être, ou conducteur. Si je ne pars pas en ville, bien sûr, pour y trouver du travail. »

Son visage prit une expression glaciale, et elle se recroquevilla légèrement, comme si elle remarquait tout à coup le courant d'air que leur envoyait le ruisseau au-dessus duquel ils étaient assis.

« En ville ? Eh bien, bon vent !

– Tu… hésita-t-il. Ça ne te dirait pas ?

– J'y suis déjà allée, répondit-elle d'un air pincé.

– Et… ?

– Plutôt partir en Amérique !

– Mais tu n'as pas entendu ? Le mois dernier, le vapeur *Norge*, qui a sombré près de Rockall ? Sept cents passagers se sont noyés, la plupart étaient des émigrés qui allaient aux États-Unis.

– Rockall ? Où est-ce ?

– Alors, vous vous laissez griser par le coucher de soleil ? » les interrompit une voix forte et enjouée, dans un dialecte caractéristique.

Trine sourit brusquement et s'écarta de Torleif, comme pour faire de la place au nouvel arrivant.

Torleif ne put s'empêcher de sourire, bien qu'avec nettement moins d'enthousiasme, il le sentit presque. Mais il aimait bien Gudmund Bergo, un type du Hallingdal qui, bien qu'il fût son aîné de trois ans, lui avait donné pas mal de coups de main durant les premiers temps et de bons conseils sur la manière de se comporter.

Gudmund était brun, avec de fins sourcils et une bouche rouge et prompte au sourire. Un samedi soir, alors que Kvista-Åke s'était déchaîné sur son accordéon, Gudmund avait dansé la halling en sautant si haut qu'il avait ôté d'un coup de pied le chapeau de travailleur itinérant dont il avait coiffé le balai de branchages. À ce moment-là, même Martha avait éclaté d'un rire si communicatif qu'il s'était propagé d'homme en homme à toute la baraque, atteignant des proportions telles que les parois de la construction avaient menacé de s'effondrer.

Le Hallingdøl avait été employé deux étés, mais l'hiver précédent, il avait travaillé sur le tunnel entre Myrdal et Hallingskeid, où le terrain escarpé faisait de la réalisation du Reinungatunnel un projet encore plus ardu que le Gravahals. Il s'occupait à présent du nettoyage final du Gravahals et était un travailleur fort apprécié, entre autres pour sa bonne humeur quasi constante. Torleif ne fut pas le moins du monde surpris que ce soit vers lui que se tourne alors toute l'attention de Trine.

Gudmund s'assit entre eux, posa un bras sur l'épaule de l'un et de l'autre, étendit les jambes devant lui, renversa la tête en arrière et regarda vers Magnhildnut et l'embouchure du Slondal, où le soleil du soir dessinait les montagnes en traits bien nets.

« Ah oui, c'est bon, de ne pas travailler... reposer un peu sa carcasse, hein ?

– Mmm, acquiesça Trine.

– Tu viens faire un tour avec moi dans la montagne, Trine ? » demanda-t-il tout à coup, comme si Torleif n'était plus là.

Trine rougit, jeta un coup d'œil sur le côté, puis vers le soleil.

« Ça ne sera pas une longue promenade, alors.

– Juste une petite ? »

Torleif entendit vibrer imperceptiblement sa voix.

Elle se leva et s'étira légèrement.

« Pas longtemps. À tout à l'heure, alors, murmura-t-elle en regardant dans le vide au-dessus de la tête de Torleif.

– À tout à l'heure », lui renvoya un sourd écho quelque part en bas.

Il n'osa pas lever les yeux avant que Gudmund et Trine soient déjà à bonne distance sur la pente, et à ce moment précis, Gudmund se retourna à demi et lui fit un signe avec le pouce qu'il ne comprit pas.

Les mains profondément enfoncées dans les poches, il rentra tranquillement à la baraque, se fit offrir par Toka-Kalle une goutte de tord-boyaux qu'il dilua dans son café. Il but, assis en travers sur sa couche, la tête appuyée le long du mur, en ruminant, en n'entendant que de très loin les joueurs de cartes rassemblés autour de la grande table et les notes mélancoliques de l'accordéon de Kvista-Åke qui passaient par le pas-de-porte. Il avait comme un poids sur le ventre et la poitrine, comme s'il avait charrié des pierres dans une côte toute la journée, en étant encore loin du sommet.

Une heure et demie plus tard, lorsque Gudmund revint, il le trouva rapidement du regard ; celui-ci arborait l'expression de quelqu'un qui vient de coucher un cerf par pure inadvertance. Mais il ne vint pas s'asseoir avec lui. Il se joignit à l'un des groupes de joueurs qu'il ne quitta pas avant de se coucher, vers minuit.

Il se retrouva alors subitement devant la couche de Torleif, qui somnolait, tout habillé et avec encore dans la bouche le goût de son café amélioré.

« Tu savais qu'elle a un gamin ? »

Torleif cligna des yeux.

« Qui ?

– Trine. Elle a un gosse avec un type de Bergen qui était si distingué qu'elle n'a jamais pu rêver de se le marier. Et c'était son patron !

– Non, sans blague ? répondit-il trop lentement, même à ses propres oreilles. Non, je ne savais pas…

– Non, je me doutais bien. Mais qui a le collier à vache ne tarde pas à avoir la vache elle-même », ajouta-t-il en ricanant.

À partir de ce jour-là, Torleif n'apprécia plus autant Gudmund, et il essaya de son mieux d'éviter Trine, bien qu'elle s'immisçât dans ses rêves, parfois si intensément qu'il en restait des traces humides, et il fallait bien qu'il mange ce qu'elle servait, qu'il le veuille ou non.

Mais il la voyait sous un jour nouveau. Ses cheveux, qui auparavant lui avaient fait penser au soleil, si puissamment qu'il ne pouvait lever la tête vers le ciel sans y voir *son* visage, lui évoquaient maintenant les graines de fleurs de pissenlit avant qu'elles ne soient disséminées par le vent. La couleur de ses joues, comme celle d'un confirmand timide, était peut-être artificielle, comme chez les filles des rues de Kristiania ou de Copenhague. Il ne pouvait regarder ses mains sans penser à ce qu'elles avaient sûrement fait ou touché, et quand il regardait son ventre rond sous sa longue jupe brune, il songeait en déglutissant avec amertume qu'il avait été plus rond que ça.

Le chagrin qu'il avait ressenti comme une piqûre ce soir de juillet quand Gudmund l'avait emmenée sur les versants enflait en une grosse boule dans son ventre. La seule chose qui aidait, c'était travailler, plus durement et énergiquement que jamais. Son travail fut si intense et violent que l'un des chefs d'équipe l'augmenta généreusement dès le renouvellement des équipes en septembre. Il lui proposa même un emploi pour l'hiver s'il voulait rester avec lui et son groupe jusqu'à Myrdal, et poursuivre de là la réalisation du Reinungatunnel.

Par une soirée bien dégagée de septembre, alors qu'il faisait si frais au dehors qu'il pensait que personne n'était sorti, Torleif leur tomba soudain dessus, au moment où il contournait l'abri à outils pour aller pisser. Trine était penchée en avant, appuyée sur une grosse pierre, le visage entre les avant-bras. Gudmund lui avait retroussé complètement la jupe, écarté les jambes et la besognait comme un chien de ferme s'occupe d'une chienne en chaleur.

En se retournant pour s'en aller, il trébucha sur une pierre, et les deux autres sursautèrent. Trine poussa un cri d'effroi, Gudmund se retira avec un grognement contrarié. La cuisinière baissa prestement sa jupe tandis que le Hallingdøl reboutonnait son pantalon :

« Dis voir, il y en a apparemment d'autres qui attendent leur tour, Trinette ! C'est le petiot ! »

Torleif ne sut pas ce qui l'avait pris avant d'avoir parcouru cinq ou six pas et de lancer un bras qui siffla dans l'air.

Mais le Hallingdøl était rapide, il esquiva et para l'attaque d'un bras tout en envoyant un petit coup, comme pour sonder le terrain, vers le ventre de son camarade de chantier.

« Hop là ! »

Torleif ne se laissa pas arrêter, continua vers l'avant de tout son poids et atteignit Gudmund sur le côté de la tête, pile au-dessus de l'oreille, ce qui produisit un bruit sourd. Gudmund le regarda avec étonnement, comme s'il écoutait un son dans le lointain, avant de se replier avec souplesse en poussant un juron.

« Bon Dieu, quelle mouche te pique ? ! »

Trine hoqueta et fit quelques pas de côté, les deux poings devant la bouche.

« Non !

– Et toi, ta gueule ! aboya Gudmund. Ça reste entre lui et moi ! »

Torleif entendit un grondement, comme un éboulement, dans sa tête. Des étincelles rouges dansèrent devant ses yeux ; il leva les poings et chargea de nouveau sur son rival.

Gudmund se poussa, plus léger que l'Eksingedøl, plus vif et plus musculeux. En revanche, Torleif était le plus puissant, et il était animé par une ardeur qui manquait à l'autre, une fureur accumulée depuis des semaines. Comme une idole, le Hallingdøl enjoué avait enflé pour atteindre des dimensions inhumaines, avait effacé la tête claire de la femme et avait apporté chagrin et malheur. Il n'y avait qu'un seul objectif : faire voler l'idole en éclat, écraser le concurrent. Il frappa derechef, et une fois encore, Gudmund évita le coup.

Mais Torleif baissa la tête et fonça, avec tant de volonté que l'autre n'eut plus de possibilité de retraite. Il engagea un corps à corps avec l'Eksingedøl, donna quelques coups rapides sur son visage et en reçut un si puissant dans la poitrine qu'il fut impitoyablement repoussé vers l'arrière. Il tourna soudain rapidement autour de son assaillant, jeta la jambe comme il le faisait en dansant, et avec une précision acquise par de nombreuses années de danse, plaça sèchement sa botte en plein visage de son adversaire. L'os nasal céda avec un claquement si sonore que Trine ne put s'empêcher de pousser un cri de désarroi. Torleif partit à la renverse, la tête remplie d'une intense douleur rouge, aveuglé par le coup et si étourdi qu'il se laissa tomber à genoux avant de se recroqueviller sur lui-même en attendant la suite, à moitié groggy. Le sang coulait abondamment de son nez en morceaux, plusieurs dents semblaient s'être désolidarisées, et ses oreilles bourdonnaient comme s'il se trouvait au cœur d'un rapide.

« Va chercher deux ou trois gars ! entendit-il Gudmund ordonner très, très loin.

– Mais qu'est-ce que je vais leur dire ? sanglota Trine. Qu'est-ce qu'ils vont croire ?

– Ils ne croiront rien d'autre que la vérité ! répondit-il sèchement. Allez, dépêche-toi ! Moi, je vais… »

Il poussa un gros gémissement, releva le buste de Torleif, déchira la chemise de ce dernier au niveau de la poitrine et appuya l'un des pans contre son nez pour essayer de stopper l'hémorragie. Torleif leva les yeux et croisa le regard du Hallingdøl, comme s'il appartenait à un parfait inconnu. Il sombra alors dans un néant absolu.

Il fut emporté sans connaissance à l'infirmerie, pris en charge par un médecin qui le ramena à la vie, tel un second Lazare. On lui répara le nez juste assez pour le rendre de nouveau fonctionnel, même s'il ne redevint jamais complètement droit, et ce nez allait le poursuivre pour le restant de sa vie. Lorsqu'il revint à la baraque deux jours plus tard, Gudmund avait été muté à Myrdal, et les autres gars le regardèrent de travers, sans faire aucun commentaire. Martha lui faisait les gros yeux dès qu'il approchait et veillait personnellement à ce qu'il fût impossible pour Trine et lui d'échanger ne serait-ce qu'un « merci pour le repas » ou un « je t'en prie ».

Mais il put conserver son nouvel emploi, et lorsque les premières nuits de gel survinrent à la mi-octobre et que les saisonniers durent tourner le dos à la montagne, il suivit le Gravahals jusqu'au camp de baraques de Myrdal. Sur les deux tiers du parcours, il fut transporté en draisine. Sur le dernier tronçon, il fut contraint de marcher.

20

Myrdal était plus encaissé qu'Uppsete. Les montagnes étaient plus hautes et plus serrées, et ceux qui devaient passer l'hiver sur place étaient fort peu nombreux, si bien que l'atmosphère pouvait facilement devenir explosive. Les retrouvailles entre Gudmund et Torleif ne facilitèrent pas les choses, et ce fut pire encore après Noël, lorsque l'une des cuisinières tomba malade et dut être descendue à Flåm pour y prendre le bateau, et que celle qui vint en remplacement, en traîneau sur une partie du chemin et à pied sur les derniers raidillons avant Myrdal, ne fut autre que Trine. L'intermède semblait ne pas avoir été trop éprouvant en ce qui la concernait. Ses joues étaient rondes, son ventre dodu. À tel point que d'aucuns pensaient que cela avait peut-être, *hum, des causes naturelles*, bougonnaient-ils en jetant de rapides coups d'œil en direction de Gudmund, tandis que Torleif gardait les yeux rivés sur la table, engloutissait son lapskaus[23] et rotait comme un grand. Le temps au dehors et les baraques bondées ne laissaient de place à l'intimité ni pour l'un ni pour l'autre, et à mesure que le temps passait, ils s'habituèrent à leur présence réciproque. Torleif et Trine purent même échanger quelques mots autour d'une tasse de café. Elle raconta qu'elle était restée chez elle à Urdland depuis septembre, pour aider ses parents à la ferme.

« C'est aussi à cause de ton gamin ? » avait-il demandé, et elle l'avait regardé longuement, avant de hocher la tête. « Comment est-ce qu'il s'appelle ?

– Malvin, avait-elle répondu. Il a quatre ans, maintenant. »

D'autres fois, c'était Gudmund et elle qui discutaient, mais les deux gars ne s'asseyaient jamais ensemble s'ils pouvaient l'éviter. Gudmund avait par ailleurs perdu beaucoup de sa bonne humeur et n'occupait plus la position centrale qu'il avait eue au début de l'été. Le travail sur le Reinungatunnel avançait lentement. C'étaient les longs couloirs d'avalanches zébrant les pentes abruptes qui avaient rendu nécessaire la construction d'un tunnel. Mais pour ne pas décrire de courbes trop serrées, il ne put pas non plus être creusé très profond dans la montagne. Sa paroi supérieure fut en conséquence relativement fine, ce qui les faisait avancer très prudemment. Il était pour ainsi dire quotidien que de l'argile, de la boue et de la pierre dégringolent du plafond.

L'accident le plus grave avant le grand effondrement de l'automne 1905, qui interrompit le travail sur le tunnel pour le reste de cet hiver-là, eut lieu un mercredi matin de février cette même année. Trine était si large que la cuisinière-chef Gunhild, de Grov, une bonne femme du Sogn au moins aussi costaude que Martha à Uppsete, avait exigé qu'on lui en envoie une autre. Mais le temps était violent, plusieurs tempêtes de neige avaient ravagé la montagne durant tout le mois de janvier et les premiers jours de février, et Trine était toujours coincée à Myrdal, où il lui était de plus en plus pénible d'accomplir ses tâches.

Gudmund et Torleif étaient sur le même tronçon, tout en avant de l'équipe, ce qui ne facilitait pas les choses puisqu'ils n'avaient échangé rien d'autre que les messages les plus indispensables depuis cette mémorable soirée à Uppsete.

Ils étaient occupés à poser des étais au plafond du tunnel lorsque Torleif recula tout à coup et écouta. C'était comme si un troll poussait un énorme soupir à travers la montagne.

Son regard croisa celui de Gudmund, et il y vit la même peur. Un éboulement se préparait-il ?

Puis le silence revint.

Les deux collègues se regardèrent. Gudmund défit le foulard qu'il avait autour du cou et s'épongea le front. Une bande blanche apparut dans la poussière noire, et il cracha rance.

« Tu crois… Ça pourrait déconner ? »

Gudmund pinça les lèvres, haussa les épaules et leva les yeux vers le plafond. De l'eau gouttait quelque part.

Torleif regarda derrière lui.

« Mina-Lasse, tu es là ?

– Ouiii ! cria un écho dans le lointain.

– Tu as entendu ?

– De quoi ?

– Il vient d'y avoir comme un… »

Puis, sans crier gare, l'éboulement se produisit.

Ce fut comme si un gigantesque coup de masse avait fait chanceler la montagne au-dessus d'eux. Il y eut un bruit d'arc qui craque, suivi d'un nouveau grondement, comme si toute la montagne se retournait.

« En arrière ! » cria Gudmund devant lui.

Torleif se jeta sur le côté. En faisant demi-tour, il croisa le regard de Gudmund, agrandi par la terreur, et il fit un mouvement avec le bras, comme pour tirer le Hallingdøl avec lui vers la sortie. Mais il ne parvint pas jusqu'à lui.

Graviers et cailloux crépitaient comme de la grêle. Un gros bloc se détacha du plafond et atterrit dans un fracas qui fit suivre plusieurs autres pierres plus petites. L'une d'elles atteignit le Hallingdøl au front, et l'espace d'une fraction de seconde, Torleif reconnut son regard, ce même regard surpris que quand lui-même l'avait chargé, cinq mois plus tôt.

Gudmund tomba et resta étendu sur le dos, tandis que du gravier et des pierres de plus grosse taille s'amoncelaient sur ses épaules et sa tête. Il donna quelques coups de pied, comme pour se dégager. Puis s'immobilisa.

Torleif resta figé un instant à respirer lourdement. Le tunnel était lourd de poussière de roche. On voyait à peine plus loin que le bout de son bras.

« Gudmund ? murmura-t-il. Ça va ? »

Mais il n'obtint pas de réponse.

Encore une fois, il y eut comme un gémissement sourd à travers la montagne, et il recula machinalement de quelques mètres. Son cœur battait la chamade, et il déglutit. Devait-il… ?

Mais s'il survenait un nouvel effondrement ? Et n'était-il pas malgré tout trop tard ?

De nombreuses années par la suite, si nombreuses qu'il finit par ne plus les compter, Torleif Nesbø repenserait, encore et encore, à cet instant de sa vie où il était dans ce tunnel qui deviendrait par la suite le Reinungatunnel – oui, chaque fois, jusque dans les années 1950 ou 60, qu'il passerait devant le même tronçon, en tant que passager dans le train entre Bergen et Oslo, il penserait à ce mercredi de février 1905, où il avait fait un choix dont il n'avait après coup jamais su si cela avait réellement été un choix.

Gudmund était peut-être déjà mort, tué par l'éboulement. *Certainement ! Il l'était certainement…*

Ou bien aurait-il pu le sauver, s'il s'était précipité pour l'attraper par les chevilles et l'extraire de sous son tas de pierres ?

Mais dans ce cas, il s'en serait effondré davantage. Et il y aurait eu deux morts là-dedans – et non plus un.

Il y eut par ailleurs un autre instant qu'il n'oublierait jamais. Ce fut lorsqu'il ressortit le dernier du tunnel, en chancelant, côté Myrdal, où la nouvelle de l'éboulement était déjà connue de l'équipe de relève et des deux cuisinières, et qu'il vit le visage de Trine, qui l'effleura à peine avant de continuer à chercher vers l'ouverture du tunnel, encore et encore, quelqu'un qui n'arriverait jamais, à attendre quelqu'un qu'elle ne reverrait jamais vivant.

21

Tout le monde n'eut pas l'occasion de fêter avec autant d'ardeur et d'enthousiasme la rupture de l'union avec la Suède en juin 1905, lorsque pour la première fois depuis plus de cinq cents ans, la Norvège redevint une nation libre. Pour Karl Karoliussen, le 7 juin 1905 serait éternellement lié à la honte, à un déshonneur aussi profond que viscéral. Par la suite, il sut que ce jour particulier demeurerait son tout premier souvenir d'enfance, bien qu'il n'ait eu que cinq ans et trois mois au moment des faits.

Il ne savait absolument pas depuis combien de temps ils habitaient dans Repslagergaten. Depuis toujours, selon lui. Son univers était fait de ce minuscule appartement d'une pièce avec cuisine, de ce petit bout de rue légèrement en pente au dehors, qui longeait l'ancienne corderie et montait vers le pré ouvert au sommet de ce que les adultes appelaient Rothaugen, avec son grand arbre et le bâtiment principal blanc de Ladegården ; quelques promenades dominicales sur le coteau, jusqu'aux étendues vertes entre Christinegård et Fjellveien ; plus quelques vagues réminiscences de courses sur Torvet, où sa mère s'était vigoureusement disputée avec les bonshommes hâlés, dans leurs barques, à propos du prix des poissons qu'ils vendaient.

Leur appartement se trouvait au rez-de-chaussée, derrière la deuxième porte à gauche, loin dans un couloir sombre. L'unique pièce, qu'ils appelaient salon, donnait sur la rue, mais la porte qui ouvrait dessus était condamnée par le lit double, et ils ne passaient donc jamais par là. L'autre porte était celle de la cuisine, qui, elle, donnait sur la cour et était équipée d'une cuisinière à gaz, d'un évier, d'une table à abattants avec deux chaises en bois et, plus au fond, d'un lit d'enfant double, sur lequel on étendait dans la journée une couverture en laine, si bien que l'on pouvait s'asseoir dessus. C'était là que dormaient Karl et sa sœur Anna, de deux ans sa cadette, pieds contre pieds, tandis que la petite dernière qui venait tout juste de naître, Nilsine, dormait avec ses parents dans le salon.

Il arrivait à Karl d'être réveillé par un bruit de ruissellement, et lorsqu'il ouvrait les yeux, il voyait son père légèrement courbé au-dessus de l'évier pour uriner. Les pots de chambre aussi étaient rincés là, car le tonnelet n'était vidé que toutes les semaines et demie, et il était donc important de veiller à ce qu'il ne soit pas plein.

Les trois toilettes extérieures se trouvaient dans la cour. Il y avait deux familles pour chaque cabinet de toilettes qui était fermé à l'aide de cadenas. Chaque famille avait sa clé, suspendue à un crochet juste derrière la porte de la cuisine, et Karl frissonnait encore au souvenir de ce jour, une semaine et demie plus tôt, quand il avait oublié la clé dehors et qu'elle était introuvable au moment où le père avait voulu aller aux toilettes. Il n'avait pas reçu de rouste, mais s'était fait enguirlander comme jamais. Ce ne fut que lorsque la voisine vint s'enquérir de ce qui se passait qu'il apparut que c'était elle qui avait pris soin de la clé, *pour que personne n'entre… je ne pensais pas qu'il y avait quelqu'un, moi…*

L'une des pires choses que connaissait Karl, c'était aller aux toilettes. Il y faisait un froid polaire la majeure partie de l'année, le trou béant envoyait un courant d'air terrible quand on soulevait le couvercle, et la puanteur était indescriptible, en particulier l'été. Mais le comble, c'étaient les rats. Il tapait toujours des pieds avant d'oser entrer, et pendant tout le temps qu'il y était, il donnait des coups de pied contre l'extérieur du tonnelet. Sans ça, il pouvait à tout moment sentir l'une de ces vermines poilues bondir entre ses jambes et son pantalon baissé. Il les entendait constamment – tout comme la nuit, d'ailleurs, quand ils grattaient derrière les panneaux du mur, et quelquefois courant à l'intérieur de la paillasse de la cuisine, dans le coin derrière la cuisinière.

Les hommes de la nuit venaient la nuit, ou tôt le matin. Il les entendait s'activer sur la place jusqu'à ce qu'ils aient terminé, puis le grincement des roues de leur carriole qui allait jusqu'à la maison suivante. Karl les imaginait comme des types dangereux, à la peau et aux cheveux sombres, avec de grandes moustaches, des foulards sales autour du cou et le couteau à la ceinture, au cas où ils auraient été attaqués par d'autres personnes peu recommandables, puisqu'ils sortaient toujours la nuit. Où allaient-ils avec leurs tonneaux pleins, il ne le savait pas non plus. « Au port, aux quais à ordures », avait répondu son père quand il avait demandé – et il avait ensuite toujours regardé avec un certain scepticisme la sombre étendue d'eau salée : avait-elle cette couleur parce qu'elle était pleine de… *tout ça* ?

Lorsqu'il fut réveillé par des coups puissants ce matin de juin où le soleil brillait déjà haut dans le ciel, il crut tout d'abord que c'étaient les hommes de la nuit, mais il comprit que *non, ce devait être autre chose. On frappe à la porte ! La nôtre, ici !*

« Karoliussen ! cria une voix à l'extérieur. Ouvrez ! Il n'y a personne, là-dedans ?! »

Le père arriva en chancelant dans le salon, vêtu seulement d'un maillot de corps, en boutonnant son pantalon et en passant des bretelles par-dessus ses épaules.

« Oui, oui, j'arrive ! Une seconde !

– Qu'est-ce que c'est, papa ? s'enquit Karl d'une voix rendue pâteuse par le sommeil.

– Recouche-toi, gamin ! »

La mère était sortie elle aussi, vêtue de pied en cap.

« C'est simplement quelqu'un qui veut parler à papa », expliqua-t-elle en regardant avec inquiétude les deux enfants dans leur lit. Karl s'était assis pour de bon, Anna dormait encore.

Le père ouvrit, et deux agents de police apparurent, le casque noir sur la tête, un grand panneau brillant devant.

« Ole Karoliussen ? demanda l'un des deux, derrière une grosse moustache brun-roux.

– C'est moi, oui. » L'agent lui tendit un document frappé d'un cachet bleu. « Nous avons ici un avis d'expulsion.

– D'expulsion !

– Oh, mais Ole ! » s'écria la mère avant de fondre en larmes.

Karl la regarda, épouvanté.

« Là, là, Synneva, calme-toi. C'est une mépr... » Il se tourna de nouveau vers l'agent de police. « Qu'est-ce qui est écrit ? »

Le policier lui lança un regard noir.

« Oui, il est écrit que vous n'avez pas payé votre loyer depuis février, et que vous n'avez pas répondu aux demandes répétées du propriétaire, en conséquence de quoi...

– Payé ! Répondu ! Mais je suis au chômage depuis janvier ! Il n'y a pas de boulot ! »

L'autre agent, un type costaud et carré à la moustache poivre et sel, à la barbe naissante et affublé d'un gros nez tacheté de rouge, avança la tête à côté de son collègue.

« Vous m'avez l'air d'un type capable. Pourquoi êtes-vous sans emploi, si je puis me permettre de vous poser la question ?

– Oui, je suis pêcheur... et marin !

– Et ?

– Ce n'est pas toujours si facile de se trouver quelque chose à faire – à terre – avec des qualifications pareilles !

– Mais pourquoi vous n'êtes pas parti à bord d'un bateau, alors ? » La mère se laissa lourdement tomber sur le lit d'enfant. « C'est ma faute...

– Pourquoi tu pleures, maman ? »

Elle entoura Karl de son bras et le serra contre elle.

Le père fit un geste du bras en direction de son épouse et des deux enfants.

« Mais j'ai une famille ! Je pensais que je pourrais rester avec eux, tant qu'ils seraient petits ! »

Le policier à la moustache rousse secoua la tête, incrédule.

« Que vous pourriez rester avec... Que croyez-vous que le reste de l'équipage en penserait ? N'importe qui préférerait rester à la maison, bien au chaud sous l'édredon avec madame, plutôt que de sortir bosser ! Vous pensez qu'Igelkjøn et moi apprécions particulièrement ces sales boulots que l'on nous refile si souvent... comme celui-là ?

– Mais j'ai essayé ! Et on m'avait promis une place, chez BMW, et voilà qu'un gars du Buekorps est arrivé et m'a piqué le job !

– Un gars du Buekorps ? répéta le policier en fermant un œil et en le dévisageant de l'autre. Que voulez-vous dire ?

– Oui ! Quelqu'un que le patron connaissait, depuis tout petit…

– Ah, d'accord. » Le policier se tourna vers son collègue et lui fit un clin d'œil rusé. « Tu vois, là aussi, tu te serais planté, Igelkjøn. »

Le puissant natif du Sunnfjord poussa un soupir.

« Je crois bien… On termine ? »

Les faibles pleurnicheries de Nilsine leur parvenaient depuis le salon. La mère se leva d'un coup et alla dans cette direction.

« Vous ne pouvez quand même pas nous mettre à la rue ! » cria-t-elle en laissant Karl assis là, avec une grosse boule dans la gorge.

Anna aussi s'était réveillée et assise dans son lit, d'où elle regardait les inconnus, les yeux écarquillés, les lèvres tremblantes.

« Vous ne pouvez pas, c'est tout ! »

Le père la regarda, ne sachant que faire.

« On doit pouvoir trouver un arrangement…

– Pas aujourd'hui, trancha l'agent. Je suis désolé, mais nous avons des ordres…

– Mais où est-ce qu'on va vivre ? ! »

L'agent indiqua le bas de la page et lut :

« *… peut, au besoin, être hébergé au pénitencier.*

– Quoi ? Au bagne ? Mais on est des gens bien !

– Oui, oui, jusqu'à ce que vous trouviez à embarquer, évidemment… Ça ne prendra pas tant de temps que ça, il me semble. »

Karl leva les yeux sur son père, ce grand type dégingandé, qui était tout à coup devenu voûté et pâle. Celui-ci laissa son regarda glisser sur les deux enfants, puis vers le salon, à la porte duquel la mère était arrivée, tenant le nouveau-né contre sa poitrine.

« Je ne crois pas que nous puissions y faire grand-chose, ma Synneva. »

Synneva Karoliussen dévisagea son mari les joues en feu, les yeux baignés de larmes.

« J'ai bien entendu ce qu'ils ont dit ! Au bagne ! *Jamais*, tu m'entends, Ole Karoliussen, jamais quelqu'un de notre famille n'est allé au bagne !

– Ce sera seulement pour quelques jours, Synneva, je te le promets, j'irai au bureau demain, aujourd'hui – *aujourd'hui !* – si seulement j'ai le temps...

– Alors, on passe aux choses sérieuses ? » voulut savoir le policier à la moustache rousse.

Il plongea la main dans la poche de son manteau d'uniforme.

« J'ai ici une liste de l'inventaire qui va avec l'appartement. Le reste vous appartient, je suppose ?

– Et si je vais voir ma sœur pour lui demander de me prêter de l'argent ?

– Désolé, madame. Vous auriez dû y penser plus tôt, dans ce cas. Si vous voulez bien avoir l'amabilité d'habiller les enfants, pendant que nous... Viens ici, Igelkjøn, on va commencer par le salon. »

Avec le père comme assistant réquisitionné d'office, les deux policiers sortirent les objets personnels de la famille – le secrétaire avec le miroir, le lit d'enfant et le grand lit double – par la porte étroite depuis la cuisine et dans la rue, où attendait une charrette tirée par un cheval. Une foule déjà considérable de gosses s'était rassemblée autour du véhicule. Après que les possessions avaient commencé à être évacuées, quelques adultes du quartier étaient aussi apparus à leurs fenêtres.

« Qu'est-ce qui se passe, vous déménagez ? » voulut savoir Ole Johan depuis la maison voisine, et Karl hocha la tête sans rien dire.

« C'est Karoliussen ! Ils sont jetés à la rue ! chuchota-t-on avec effroi à une fenêtre.

– Oui, je m'en doutais bien ! Quand on rentre chez soi à n'importe quelle heure du jour et de la nuit, que peut-on attendre d'autre ? »

Le père était sorti, et ne décollait pas les yeux du sol. Penaud, il attendait que le conducteur ait correctement arrimé son chargement.

Finalement, la mère apparut avec ses deux filles ; Nilsine sur son bras, Anna à ses côtés. Elle redressa fièrement la tête, jeta un dernier regard plein de douleur autour d'elle, se retourna à demi et regarda les fenêtres vides et sombres du salon dans lequel ils avaient dormi si tranquillement encore peu d'heures auparavant.

Les plus jeunes enfants furent placés dans la charrette, par l'arrière. Karl, la mère et le père suivirent, en compagnie des deux policiers.

C'était le cortège de la honte, tel que le ressentait Karl, en voyant la façon dont les gens les dévisageaient depuis les trottoirs.

Alors que presque au même instant à Kristiania, le Premier ministre Christian Michelsen montait à la tribune du Storting et lisait la déclaration annonçant que l'union avec la Suède sous un seul roi était dissoute, *en conséquence de quoi le roi avait cessé d'exercer ses fonctions de roi de Norvège*, le cortège descendait la côte abrupte de Steinkjellerbakken pour s'engager dans Øvregaten.

Un peu plus tard dans la journée, quand les manifestations de liesse éclatèrent véritablement, y compris à Bergen, Synneva et Ole Karoliussen étaient trop occupés à s'installer dans le grand dortoir du bâtiment gris-vert d'Allehelgens gate pour réfléchir aux raisons du bruyant enthousiasme à l'extérieur. Ils devaient aller chercher les objets dont ils auraient besoin pour la nuit dans l'une des remises de l'immeuble, qu'on leur avait respectivement indiquée à leur arrivée, de sorte que tout soit remis aux bonnes personnes.

Lorsque les Berguénois se rassemblèrent par milliers autour de la statue de Christie sur Øvre Torvet, où le maire Mowinckel leur souhaita la bienvenue, avant que les chants *Gud, du styrer og rår* et *Ja, vi elsker*[24] ne soient entonnés, et que la foule ne démarre – un défilé qui partit dans Småstrandgaten, passa Vågsalmenningen, Strandgaten et monta Muren jusqu'à Engen – ils étaient serrés chacun autour de sa gamelle de soupe dans le réfectoire du pénitencier.

« Combien de temps on va habiter ici, papa ? voulut savoir Karl.

– Pas longtemps, Kallemann, je te le promets ! »

Arrivé au bateau viking d'Engen, qui cette année-là n'avait pas bougé depuis le 17 mai[25], le maire fit un discours :

« Nous sommes enfin nous-mêmes ! Nous-mêmes, entièrement, pleinement ! Et nous sentons que ce n'est que maintenant que nous pouvons donner la main à nos frères, ce n'est que maintenant que nous pouvons donner la véritable promesse et gagner notre âme de frère, aussi bien à l'est, vers ce peuple frère qu'est le peuple suédois, que vers le sud et le peuple danois. La Norvège est sur un pied d'égalité dans la chaîne de la fratrie ! »

Couché dans le grand dortoir d'Allehelgens gate, Karl écarquillait les yeux vers le plafond. Dans le lit de camp voisin, sa mère s'agitait, et son père s'était levé pour la cinquième fois de sa couche pour aller à la fenêtre regarder la lumière pâle de cette soirée d'été, qui dessinait son visage en traits sombres et maigres.

Une musique enjouée résonnait au loin, comme venant d'un autre pays, un endroit qu'il ne connaissait pas.

22

Au moment où l'inspecteur de police Christian Moland se tenait à la rambarde du vapeur *Sandnæs*, qui assurait la liaison de nuit pour Stavanger, juste avant 22 heures en ce vendredi 11 septembre 1908, il faisait encore étonnamment chaud. Même si cette année-là, l'été avait été assez normal dans le Vestland, sans grande variation dans quelque direction que ce fût, le temps avait complètement changé au mois de septembre, avec des températures maximales atteignant les 20 °C.

Il y avait moins de passagers à bord qu'il s'y était attendu. Peut-être un signe supplémentaire que l'automne approchait ? Ou peut-être était-ce l'accident du *Folgefonnen*, fin août, qui avait rendu les gens prudents en matière de voyages maritimes nocturnes dans les eaux proches. Trois semaines ne s'étaient pas écoulées depuis que le *Folgefonnen*, de la compagnie du Hardanger-Sunnhordland, s'était échoué et avait coulé près de Skånevik, pour ce qui allait devenir l'accident de bateau le plus dramatique sur le plan local depuis bien des années. Pour l'heure, dix-huit corps avaient été repêchés, mais il en manquait encore plus de trente.

Depuis le pont, il regardait les rangées de toits de Tyskebryggen vers Øvregaten et Stølen, mais vers l'intérieur, en direction de Lille Øvregate, il ne voyait plus rien, car les nouveaux grands bâtiments de pierre que l'on avait construits dans le quartier depuis Kjøpmanns stuen jusqu'à Finnegården bouchaient l'horizon.

La lumière claire fournie par la lune à qui il ne manquait qu'un mince croissant pour être pleine dessinait bien nettement le profil du mont Fløien sur le ciel bleu nuit, et Moland constata que l'activité de la Société forestière et de reboisement de Bergen avait laissé des traces bien visibles. La montagne était bien plus dodue que quand il était tout jeune, quand la girouette était nue et vulnérable sur son promontoire devant le restaurant Fløistuen. On pouvait toujours la voir depuis la mer, et c'était bien le but, mais elle était de moins en moins visible depuis la ville au fur et à mesure que la forêt croissait.

La cloche du navire sonna.

Le port de Bergen était toujours un centre national du transport maritime, et il n'était certainement pas fortuit qu'il ait sérieusement été question, entre autres au sein de la société des armateurs de la ville, de mettre sur pied une ligne express entre Saint-Pétersbourg et l'Angleterre via la Bergensbane. La liaison ferroviaire entre Kristiania et Bergen n'était pas encore officiellement ouverte, mais les essais d'exploitation avaient recommencé après que le dernier hiver très neigeux avait coupé la ligne et alimenté de nouveau la discussion vieille de plus de trente ans sur la praticabilité des voies. À présent, on pouvait presque quotidiennement lire des annonces dans le journal annonçant *convoi pour Finse – à condition qu'il y ait un nombre suffisant de participants*, indiquant même *Beau temps garanti*. Les excursions sur la partie ouest de la liaison étaient devenues populaires au sein des associations de tout poil. Moland lui-même avait fait la promenade un jour de juillet en compagnie de sa femme et de leurs trois enfants. Les deux garçons avaient été si enthousiasmés par l'expédition qu'ils avaient tous les deux décidé sur-le-champ de devenir conducteurs de locomotives, tandis que la petite, Ingeborg Lovise, s'était endormie longtemps avant Voss et dut être réveillée lorsqu'ils arrivèrent à Finse avec cinquante minutes de retard. Il est vrai qu'à Finse, le temps avait été beau, mais affreusement froid, bien que l'on fût en plein été, et ils furent heureux de se voir servir de la soupe chaude de pois cassés au lard qu'on leur tendit à travers une fenêtre de la gare.

Lorsque la Bergensbane avait officiellement été ouverte, il y avait des projets de départs réguliers aussi bien à destination de l'Angleterre que de l'Amérique, avec correspondance pour le train de Kristiania, mais on pouvait d'ores et déjà embarquer sur des bateaux comme le *Kong Erik* de Bergen, qui allait à Hambourg, le vapeur *Viking* à destination de Copenhague et Stettin, le *Königsberg* en partance pour Rotterdam, sans parler de voyages vers Reykjavík à bord du *Prospero*, appartenant à Den subvenerede norske Islandsrute, la régie des lignes maritimes islandaises.

C'était peut-être cela qu'il aurait dû faire ? Tourner le dos à tout et à tous, famille, amis, travail et collègues, pour s'abandonner tout entier à la grande aventure ? Est-ce cela malgré tout qui aurait été le moins dur ?

Comme en écho à ses propres pensées, la cloche du navire sonna un second coup fatidique.

Durant toute sa carrière, Christian Moland avait été un policier consciencieux. Il n'excluait pas d'accéder en quelques années au poste de responsable de la section investigations, et à une position encore plus centrale que celle qu'il avait à ce jour. De plus, il avait toujours essayé d'être un bon père. Le dimanche, il emmenait les garçons pêcher jusqu'au Nordåsvann. Il avait passé de nombreux après-midi de congé au cinématographe, où un tout nouvel art se développait, le fascinant tout autant que ses enfants. Au cinématographe de Bergen, dans Olav Kyrres gate, ils avaient pu voir *Les grands matches de football*, petit film des jeux olympiques de

Londres, ou des chefs-d'œuvre dramatiques comme *La petite vendeuse de cartes postales*, « une émouvante série de la ténébreuse Londres », ou *De la forêt au poêle*, « Les bouleaux entre le moment où ils sont coupés dans la forêt et celui où ils brûlent dans le poêle ». Au cinématographe Hansa de Bugården, de l'autre côté de la rue dans laquelle il se trouvait à présent, ils avaient vu des films burlesques comme *Rêve atroce* et *En vélo avec ma belle-mère, ou quand la famille a pris un bain au restaurant en plein air*. En fait, peu importe ce que c'était, pourvu que ça bouge !

Si elle n'était pas à la maison à préparer le dîner, Agnes les accompagnait, et elle était tout aussi absorbée par les images vivantes que le reste de la famille. Et là, tandis qu'il la regardait à la dérobée dans la pénombre de la salle, c'était comme s'il reconnaissait celle auprès de qui il avait fait sa demande en mariage dans Skivebakken : la même expression de ravissement sur les lèvres, les mains qui se serraient d'enthousiasme quand elle riait, et ses yeux pleins de rire, qui riaient à présent bien trop rarement en le regardant. Mais il en connaissait la raison, et il en était à cent pour cent responsable. Il était Ulysse, ensorcelé par Circé, échoué sur une île dont il ne savait pas comment revenir.

La cloche résonna pour la dernière fois. Un ordre partit du pont de commandement. La dernière haussière fut détachée de la bitte d'amarrage, et un préposé la maintint jusqu'à ce qu'un des matelots lui fasse signe de la lâcher. Lisse comme un serpent, la haussière fut ramenée à bord. Le *Sandnæs* donna un coup de sifflet et recula précautionneusement dans Vågen. Ils passèrent bientôt Tollboden et trouvèrent le chenal entre les deux feux, l'un tout en bordure près de Festningskaien, l'autre à « Moljen », comme les gens du cru appelaient le môle au milieu du chenal. Le bateau obliqua alors vers le sud-ouest et mit le cap sur Kvarven.

Christian Moland resta sur le pont, le chapeau à la main, une brise marine dans les cheveux, le regard tourné vers la pointe de Nordnes et la ville, comme si c'était sa propre enfance qu'il laissait derrière lui, un pays heureux où il ne reviendrait plus jamais.

Il ressentait encore l'indomptable folie qui l'avait conduit droit dans ses bras, ce samedi pluvieux de janvier 1900 quand il s'était retrouvé chez elle, le manteau ruisselant, le pantalon et les chaussures trempées, et qu'elle avait posé sur lui un regard insondable, avant de remarquer d'une voix où le rire était bien présent : « Tu es trempé, c'est un vrai bonheur ! » Et dès l'instant où il retirait son manteau, elle avait commencé à déboutonner son gilet - sa cravate - sa chemise - son pantalon... Il était resté debout, comme un piquet, comme un petit garçon que sa mère déshabille. Ce ne fut que lorsqu'elle se mit à caresser ses jambes nues de ses mains chaudes et sèches en soufflant son haleine chaude sur ses genoux qu'il l'attrapa par les cheveux et la fit lentement remonter vers lui, tandis que la langue râpeuse de la jeune femme rampait comme un escargot vers le haut ; il l'empoigna, en proie à un désir qu'il n'avait encore jamais connu et l'embrassa dans le cou – sur les joues – et finalement sur la bouche, insatiable. Elle se démenait comme un poisson tout juste sorti de l'eau entre ses mains, en riant doucement de son rire grave, tandis qu'il se frayait dans un état quasi second un chemin entre ses vêtements, au-delà des bretelles et des attaches, jusqu'au corset et à ses vêtements les plus enfouis, dégrafait sa robe pour laisser la jeune femme en sortir, dénouait les cordons de son corset entre des doigts tremblants d'excitation, avant qu'elle se retrouve comme une enfant nouveau-née devant lui. Somptueuse et nue, elle dégageait des arômes de groseilles à maquereaux mûres à point, et était plus elle-même que toutes les femmes qu'il avait rencontrées jusqu'alors, nues comme habillées. Il s'emplit les mains de ses seins, les embrassa et joua avec, partit hardiment à l'assaut de son sexe et transpira bientôt, jusqu'à ce qu'elle l'attire, riant avec elle en une jolie parabole, et ils s'abattirent sur le lit, s'enfouirent dans la nuque l'un de l'autre, enchevêtrés comme deux vrilles de vigne vierge. Elle se déplia et le coinça entre ses cuisses, et il y sombra complètement, comme la figure de proue d'un trois-mâts qui atteint le creux d'une vague et fait inexorablement naufrage.

Il avait ensuite passé un long moment anéanti entre ses bras, gambergeant tous azimuts, étourdi de sensations, tandis qu'elle ne cessait de lui caresser les cheveux, le visage, la poitrine, en lui fredonnant une sorte de ritournelle enfantine dans le creux de l'oreille, interrompue par intermittence par un bout de langue humide qui le chatouillait. Ainsi, lentement mais consciemment, forte de l'expérience de nombreuses nuits, elle avait de nouveau suscité le désir chez lui, elle s'était mise à genoux au-dessus de lui et l'avait excité jusqu'à ce qu'il soit comme un bûcher de bois bien sec auquel il ne manquait plus que l'étincelle finale pour s'embraser, et il s'enfonça en elle par-dessous, il planta son bâton d'infamie dans le ventre de sa partenaire, tourna la tête de cheval vers l'ouest et déblatéra ses lamentations contre les forces qui le précipitaient de nouveau la tête la première à la mer, mené par Dionysos, prisonnier d'Aphrodite.

Au petit matin bien avancé, il rentra à la maison, vanné de sa garde nocturne, se glissa comme il put dans son lit, entendit un peu plus tard, comme dans un rêve, qu'on faisait taire les garçons devant la porte de la chambre des parents, *papa a été de garde toute la nuit, il faut le laisser tranquille*... Au dîner, tard dans l'après-midi, il s'était cramponné comme s'il avait de la fièvre à la table du salon, à peine en mesure de lever les yeux vers la bouche de sa femme. *Tu es malade, Christian ? Tu es vraiment dans un sale état !*

Mais il n'était pas malade. Il était amoureux. Par la suite, il devait retourner voir Mlle Pedersen – ou Maren Kristine, comme elle était devenue pour lui – non pas une fois, mais de très nombreuses fois.

« Appelle-moi Kristine, lui avait-elle dit, je préfère. »

Pendant huit ans, elle avait été sa Reine de l'hiver, car quand les claires soirées printanières arrivaient, il devenait impossible pour lui de lui rendre visite, hormis à de rares occasions, tard dans la nuit ou très, très tôt le matin. La ville n'était pas très grande, et il devait attendre bien sagement que les ténèbres automnales retombent avant d'oser se risquer de nouveau jusque là-bas. Mais il arrivait alors, aussi régulier que les premières gelées. Pendant huit ans, il avait essayé de la comprendre, de percevoir qui elle était. Mais il était constamment dévié par ce cœur vibrant qui battait si ardemment sous cette poitrine volumineuse, par ce sexe qui débordait de si bon gré, et par un courant de fjord qui exigeait des forces énormes si on voulait lui résister. Depuis le tout début, il avait eu la sensation que malgré tout, elle retenait quelque chose : quelque part, loin en elle, il y avait quelques secrets jusqu'auxquels il n'était pas parvenu, il n'en avait pas trouvé la carte, pas encore.

Des pics vertigineux des temps où il était tombé amoureux, il fut projeté dans les précipices les plus profonds de la jalousie. Un soir, après une autre étreinte ensorcelante, il avait passé les mains sur les montants de son lit, et il y avait remarqué quelques encoches irrégulières dans le bois, taillées au couteau.

« Qu'est-ce que c'est que ça ? » avait-il demandé en promenant le bout de ses doigts dessus.

En riant, comme elle en avait l'habitude, elle s'était détournée, le corps frémissant, ce qui ne l'avait pas tranquillisé, mais l'avait au contraire fait répéter sa question plusieurs fois jusqu'à ce qu'elle finisse par céder :

« Tous les autres… une encoche pour chacun.

– Qui ? » avait-il demandé, éprouvant une honte intense en se rendant compte que rien que le fait d'y penser l'excitait, une fois encore.

Elle avait laissé un long index glisser rêveusement d'une encoche à l'autre, les yeux mi-clos, en énumérant à voix basse, presque comme une comptine :

« Dünner… Frimann… et Brandt. Helgesen… Gade… et Brekke. »

Pendant quelques secondes, la tête lui avait tourné.

« Haakon Emil ?

– Mmm », avait-elle confirmé avec un hochement de tête avant que son doigt ne poursuive sur la dernière partie : « Frimann…

– … Tu l'as déjà dit !

– Junior.

– Calle ? !

– Mmm. Mais ce n'était pas spécialement… Il voulait surtout parler. »

Son doigt s'arrêta sur la dernière marque.

« Et puis toi… mon bon ami.

– Mais doux Jésus, Kristine ! » Il était resté longtemps immobile, comme choqué. « Mais tous ces… Pas régulièrement, j'espère ?

– Pas tous.

– Qui ?

– Mmm… Dünner, Brandt et Helgesen… Et Frimann, évidemment, cette fois-là.

– Tout le club de whist.

– Que dis-tu ?

– Rien, je me parlais… Mais *pourquoi*, Kristine, *pourquoi* ? »

Elle l'avait regardé avec une surprise affectée.

« Mais ce n'est pas ainsi que vous, les hommes, vous êtes toujours conduits ? Pourquoi ne serait-ce pas aussi autorisé pour une femme ? Si elle le veut ? »

Il avait découvert par la suite que c'était avec un plaisir manifeste qu'elle parlait de ses amants et de leurs spécialités. Quand elle les énumérait, c'était comme un catalogue indécent, un rapport de Sodome et Gomorrhe ou des appartements les plus reculés du Marquis de Sade. Il en apprit sur certains davantage qu'il l'aurait souhaité, et il fut totalement convaincu que jamais plus il ne rencontrerait aucun d'entre eux sans les imaginer dans des situations auxquelles ils n'auraient pas particulièrement eu envie d'être associés. Son propre beau-frère, Haakon Emil Brekke, n'arrivait à rien sans mettre un masque de chien et sans la prendre par-derrière, à quatre pattes. Il ne pouvait nier qu'il se demandait : Est-ce qu'il fait la même chose à la maison ? Avec Borghild ?

« Alors c'était *son* masque », avait-il commenté, encore accroché au fil conducteur flottant de cette enquête de meurtre, et elle avait hoché la tête : oui.

« Mais enfin, n'y en a-t-il pas un seul normal, parmi eux ? avait-il fini par s'écrier, au bord du désespoir.

– Si, toi, mon ami », avait-elle répondu avec un sourire mélancolique en lui caressant tendrement la joue.

Il était alors retombé pour elle, dans un abîme sans fond, sans chercher à se retenir. Et c'était cela qui était étrange. En dépit de tout ce qu'elle lui avait raconté, et malgré tous les défauts qu'elle lui avait révélés, cette révolte presque révolutionnaire contre la société des hommes et la morale sexuelle courante, il devait sans cesse s'avouer qu'il l'aimait, plus fort et plus frénétiquement qu'il avait jamais aimé son épouse, si généreuse et tendre fût-elle. À plusieurs reprises, il ressentit presque comme une défaite de ne pas pouvoir se libérer du maléfice, relever la visière, regarder la vérité en face et redevenir un homme libre. Mais à ce moment-là, elle faisait quelque chose – simplement une façon de sourire, ses yeux qui pouvaient subitement s'emplir de larmes tandis qu'elle parlait d'un événement survenu pendant son enfance – qui l'attendrissait, l'affaiblissait et le remettait à genoux. Car elle était tout sauf une banale fille des rues. Ce n'était même pas une femme entretenue. C'était une âme libre qui, autant que possible, régissait elle-même sa vie et ses envies. « Mlle Pedersen » le jour ; un corsaire du cœur quand les ténèbres s'installaient.

Dès le premier jour où elle s'était confiée et où elle avait dévoilé les noms derrière les encoches dans les montants du lit, l'enquêteur qui sommeillait en lui s'était réveillé. – Et le meurtre du consul Frimann ? Est-ce qu'il y avait un motif, là, entre les joueurs de whist ? La jalousie… ou peut-être encore plus vraisemblable : l'amertume devant la situation pénible à laquelle il les exposait tous en invitant leur maîtresse commune à la soirée du nouvel an chez Dünner ? Auraient-ils dû examiner *leurs* alibis plus attentivement, durant les heures qui avaient suivi la réception ? Une fois, il lui avait demandé sans détour :

« Est-ce que toi, tu crois que c'est Jens Andreas Hauge qui était coupable ? »

Elle l'avait regardé pensivement, longtemps, avant de répondre :

« Je ne l'en aurais jamais cru *capable*… »

Il ne demanda pourtant jamais à ce que l'affaire soit réexaminée. Comment aurait-il motivé sa demande, le cas échéant ?

Durant les semaines qui suivirent, les mois et les années qui étaient passées, il avait trouvé sa place dans le rang, accepté que les rendez-vous qu'il voulait avoir avec elle ne soient pas toujours possibles, et qu'elle n'ait parfois même pas ouvert quand il avait frappé à sa porte, bien qu'il eût été sûr qu'elle était chez elle. Un soir, il avait même sorti son portefeuille en lui demandant s'il pouvait, euh, l'aider pour quoi que ce soit, mais elle l'avait rembarré sèchement, avant d'ajouter, un peu plus doucement :

« Je reçois tellement de… des autres… Achète-moi plutôt… un livre, peut-être… quelque chose à lire… »

Je reçois tellement de… des autres, et en ce qui concerne l'un d'entre eux dans des proportions telles qu'elle put déménager en 1904 de Trangesmuget pour passer la crête de la péninsule de Nordnes et s'installer dans Hennebysmuget où elle emménagea dans une petite maison, seule. Durant toutes ces années, elle continua à travailler comme vendeuse pour Brekke & Fils, mais Moland avait essayé d'éviter de se rendre au magasin plus souvent que le strict nécessaire. En outre, il avait perdu tout respect pour son beau-frère, de façon assez injuste, compte tenu de sa position dans l'affaire. N'était-ce pas purement et simplement de la jalousie qu'il ressentait, mêlée à une part de répulsion à l'idée qu'ils aient pu se trouver *si* proches, tout à coup. Il avait fait jurer la jeune femme, sur la tombe de sa mère, de ne jamais mentionner son nom devant les autres. Mais pouvait-il être *sûr* d'elle ? Ne voyait-il pas de la raillerie dans les yeux de son beau-frère lorsqu'ils dînaient ensemble, toute la famille, une ou deux fois par an ?

Cependant il ne cessait de s'étonner. Il l'avait fait plusieurs fois parler de son enfance, ce qu'elle avait fait avec la plus grande franchise, de telle sorte qu'il finissait par avoir l'impression de connaître la famille de Kristine presque aussi bien que la sienne. Son père, Leif Pedersen, était voilier, mais était mort tôt et avait laissé la mère, Kristine, son frère Walther et sa petite sœur Synneva, seuls pendant six ans avant que leur mère ne se remarie avec Karl Antonius Nilsen, un ancien cuisinier de bateau qui était entré comme cuisinier-chef à l'hôtel Scandinavie de Klosteret, qui rentrait souvent tard – et par la même occasion souvent beurré.

« Et ton nouveau père, là… avait demandé Moland, soupçonneux. Est-ce qu'il voulait être *davantage* qu'un beau-père pour toi ?

– Ah non ! Tu veux dire… » Elle l'avait regardé avec épouvante. « Non, c'était Walther qui…

– Qui…

– Est-ce que ça peut… Est-ce qu'on peut le juger pour ça ?

– Pour quoi ?

– Si longtemps après ? »

Il avait secoué résolument la tête, et elle lui avait donc tout raconté, comment elle et son frère, un dimanche après-midi alors que tout était silencieux dans la maison, tandis que la pluie fouettait les vitres, s'étaient glissés au grenier pour se faire la lecture l'un à l'autre, comme ils le faisaient souvent, et s'étaient… » Elle chercha le mot juste. « … emballés l'un pour l'autre.

– Tu veux dire… complètement ? »

Elle avait hoché la tête.

« Mais… quel âge aviez-vous quand ça… quand c'est arrivé ?

– Ooh… quinze ans, je pense.

– Et ton frère ?

– Un an de moins.

– Mais vous pouviez... tu aurais pu te retrouver avec un gosse ! »

Elle avait secoué énergiquement la tête.

« Oh non, parce que l'une de mes meilleures copines de classe… elle m'avait appris à compter les jours !

– Est-ce que ça veut dire… que ça s'est reproduit ? »

Elle avait hoché la tête.

« Je n'en ai jamais parlé, à personne, Christian ! Jusqu'à aujourd'hui…

– Et… pendant combien de temps ça a duré ?

– Noon… pas si longtemps que ça. Jusqu'à ce que je quitte la maison. Je suis entrée au service de quelqu'un. L'année suivante.

– Et ton frère, où est-il, maintenant ?

– Employé des douanes.

– Ici, en ville ?

– Mmm. Au Bureau des douanes. »

Tandis que le vent fraîchissait et que le vapeur *Sandnæs* approchait du Bjørnefjord, Christian Moland chassa enfin ces pensées, descendit sous le pont rejoindre sa couchette de seconde classe dans une cabine de trois personnes, où deux autres passagers ronflaient déjà à leur place respective. Il s'étonna qu'ils puissent dormir aussi paisiblement. Il se versa pour sa part un petit verre de la flasque qu'il transportait dans sa serviette de voyage et s'assit sur le bord de sa couchette, le regard dans le vague.

Il ne pouvait pas pointer un doigt en disant que c'était à cet endroit, à cet instant qu'il avait compris qu'Agnes avait commencé à le soupçonner. Mais les regards qu'elle lui envoyait lorsqu'il rentrait de ses gardes de nuit avaient pris une nuance à la fois douloureuse et méchante. Elle cédait parfois à des accès de colère, si dangereusement proches d'accusations en bonne et due forme qu'il en frissonnait, et il décida, encore une fois, de se ressaisir et de mettre un terme à cette... relation indigne. Deux ou trois fois, elle lui avait demandé ouvertement ce qui lui valait d'aller si régulièrement à Nordnes : une nouvelle *ligue*, peut-être, avait-elle suggéré d'une voix pleine de sarcasmes. Il avait clos le débat en se référant au secret professionnel. *Secret professionnel, ben tiens ! Tu me fais bien rigoler...*

Au cours de cette dernière année, tandis qu'il voyait ses deux fils approcher un âge particulièrement sensible et la petite devenir plus belle et plus exquise à chaque jour qui passait, les choses étaient devenues de plus en plus nettes pour lui : *Tu dois choisir, Christian ! Cela ne peut plus continuer !*

À Bergen, il n'avait personne à qui se confier. C'est pourquoi il avait entamé ce voyage, sans grand enthousiasme.

Ils arrivèrent à Stavanger au petit matin. Il prit ensuite le bateau du matin vers les petits ports du Ryfylke, passant Rennesøy, Finnøy, Randøy et Ombo. Sur le quai de Hjelmelandsvågen, au pied de cette colline caractéristique en forme de meule de foin que les gens appellent Le Casque, son frère l'accueillit.

Au moment où il descendait la passerelle, Sverre vint vers lui, une expression inquiète sur le visage.

« J'ai reçu ton télégramme, Christian ; il se passe des choses graves ? »

23

« Cela dure depuis combien de temps, dis-tu ?

– Bientôt neuf ans.

– Neuf ans ? Mais bon sang, Christian, c'est... c'est un mariage !

– Oui, c'est exactement cela. J'ai l'impression d'avoir vécu deux mariages, parallèlement, pendant toutes ces années. »

Sverre Moland regarda son frère, de six ans son aîné. C'était comme s'il le voyait pour la première fois. Il est vrai qu'ils n'avaient jamais été spécialement proches. Enfants, la différence d'âge était trop importante. Par la suite, chacun avait suivi son propre chemin : Christian vers l'École des Sous-officiers puis dans la police, lui au Danemark où il avait fait l'École Vétérinaire, après ce qu'il considérait comme des « pré-études » comme garçon de ferme à Bygstad. Il pouvait donc s'écouler des années entre deux rencontres ; la dernière fois remontait à la période des fêtes de 1906, à Bergen.

Ils étaient également assez différents d'apparence : Christian large d'épaules et nettement plus massif qu'il l'avait été dix ou douze ans auparavant, lui petit et maigre, avec des bras forts et des mains nerveuses.

Le fin canot était amarré au grappin dans la baie qui avait donné à ce village côtier du Hjelmeland son nom originel, Vågen. Quatre fjords s'y rencontraient, et les zones de pêche étaient nombreuses. On y trouvait du maquereau et du hareng, du saumon et de la truite qui allaient frayer ou qui en revenaient, ainsi que des bancs de morue et de lieu noir. On rentrait rarement les mains vides de cet endroit.

La caisse à poissons était pratiquement pleine sur le fond du bateau, mais ils n'avaient pas encore remballé leurs lourdes lignes, qu'ils remontaient de temps en temps pour décrocher leur prise et réamorcer.

Sverre Moland avait instantanément compris que ce que son frère avait sur le cœur n'était pas destiné à une conversation autour de la table du dîner à Sæbø. De plus, sa femme, Laura, était enceinte de leur premier enfant, après trois années de mariage et deux fausses couches, et il faisait tout son possible pour lui épargner toute forme d'agitation. Christian avait donc acquiescé quand il lui avait proposé d'aller faire un tour en bateau pour voir si ça mordait.

Une fois là-bas, les doigts engourdis par l'eau de mer, en remontant un poisson après l'autre dans le bateau qui oscillait doucement dans la brise de l'après-midi, son frère lui avait tout raconté, sans le regarder dans les yeux. Son regard n'avait cessé de se déplacer depuis Bandåsen, à Ombo, sur Håvahammer et Gunlanuten à Jøsneset, vers l'intérieur des terres et les flancs escarpés du Jøsenfjord, comme le résultat d'un coup de hache gigantesque, puis vers le paysage bien plus accueillant, ouvert et vallonné autour de Vågen, où Hjelmen attirait les regards, un énorme casque de viking oublié sur le littoral, seulement bordé d'une mince frange d'habitations et d'une vallée tiède et protégée le long de la rivière qui coulait au nord.

« Alors, pourquoi est-ce que tu es venu ici ? Qu'est-ce que tu veux que je… »

Pour la première fois depuis le début du récit, son frère le regarda droit dans les yeux.

« J'ai besoin d'un conseil, Sverre ! Je n'ai personne d'autre vers qui me tourner…

– Eh bien, je… »

Sverre Moland se sentait flatté. Quand, son diplôme de l'École supérieure vétérinaire de Copenhague en poche, il avait cherché un emploi dans le Ryfylke, c'était surtout parce que sa femme, Laura Nilsen, venait de Haugesund et avait toute sa famille dans les parages. Sverre Moland l'avait rencontrée par l'entremise de son frère, Lars, avec qui il avait servi à Marineholmen en 1895, ce n'était plus tout jeune. En août 1905, deux mois après la dissolution de l'union et le lendemain du référendum au cours duquel les Norvégiens se prononcèrent à une très, très large majorité en faveur de la dissolution, Laura et lui s'installèrent comme jeunes mariés à Hjelmelandsvågen, où ils furent bien accueillis. Mais on ne pouvait nier que le milieu piétiste de la commune n'était pas très engageant, et en faisant abstraction des médecins communaux qui changeaient sans cesse – souvent de jeunes candidats visant des postes plus importants ailleurs – le jeune couple avait un cercle de relations fort restreint. Sverre Moland s'était plusieurs fois surpris à souhaiter vivre dans un cadre plus large et plus peuplé ; mais en même temps, il se plaisait dans ce paysage et, en tant que vétérinaire, il avait de quoi faire, depuis les fermes d'alpage impraticables jusqu'au fin fond des bras de fjords les plus sombres. Que son frère vienne le voir depuis Bergen pour une histoire aussi importante qu'une rupture de ménage, c'était pour lui la preuve qu'en fin de compte, il n'avait pas été exilé sur une espèce d'Ultima Thulé, mais qu'il se trouvait bien au milieu de la vie, oui, même au milieu de la vie *d'autres personnes*.

Ça mordait !

Il remonta sa ligne, détacha encore une morue de l'hameçon, lui ouvrit rapidement le ventre, mit le foie et les œufs de côté, se pencha par-dessus le plat-bord et la rinça dans la mer avant de la balancer avec les autres.

« Mais Agnes, tu l'aimes, non ?

– Et c'est bien cela ! Bien sûr, que je l'aime… aussi… »

Il se tourna vers la terre. Les nuages avaient commencé à se rassembler. Il fit un signe de tête vers la main de son frère, qui était encore au-dessus du plat-bord.

« Je crois qu'on va remonter le grappin et penser au retour. »

Christian remonta sa ligne, vide ce coup-ci, tout en rentrant le grappin. Il enroula la corde et rangea le tout dans le logement à l'avant du bateau, puis il s'installa sur le banc de nage du milieu, sortit les avirons… et se mit à ramer.

« C'est donc possible, commença Christian, d'aimer deux femmes en même temps.

– Mais cette, euh, autre, là, elle est bien… elle n'est pas convenable. Tu m'as toi-même dit… Elle a eu davantage d'hommes que… Oui, qu'aucun homme de ma connaissance n'a eu… de femmes ; et je ne parle pas d'une banale visite dans un lupanar ! »

Christian croisa son regard.

« Tu as peut-être déjà fréquenté ce genre d'endroits ? »

Ce fut son tour d'esquiver.

« Oui, je… À Copenhague un… Mais juste une fois !

– Eh bien, c'est plus que moi ! Et je n'en aurais jamais eu l'idée.

– Oui, tu ne dois pas oublier que…

– Pour moi, l'amour est… Je n'étais pas marié, à l'époque ! … L'amour est quelque chose de tout à fait différent…

– Oui, j'ai bien compris !

– … du désir purement physique. J'en suis venu à aimer cette femme, quoi qu'elle ait pu faire, et quel que soit le nombre d'amants qu'elle ait pu avoir !

– Oui, mais est-ce qu'elle est digne de toi ?

– Est-ce que je suis digne *d'elle* ?

– Tu en fais un personnage de roman, Christian ! Tu t'es fait une fausse image… d'une femme qui en réalité n'est rien d'autre qu'une banale…

– Ne dis pas ça, Sverre ! Je…

– Le vaut-elle ?

– Valoir quoi ?

– Le scandale ! Le divorce ! Que crois-tu qu'ils diront, en ville, à Bergen… À Bergen, bon sang ! L'inspecteur de police qui est tombé pour celle que toute la ville…

– Pas toute la ville !

– La moitié, alors ! » Il se reposa un instant sur les avirons. « Je regrette de devoir être aussi brutal, Christian. Mais tu es venu pour me demander conseil, et je n'ai que cela à te donner. Tu dois la repousser. C'est tout. Pense à ta femme. À tes enfants. Ta carrière, bof. Mais ta *famille*, ça, c'est important. Sinon, qu'est-ce qui nous sépare des… des animaux ? »

Christian soupira avec un sourire las.

« Tu es certain que tu as trouvé ta place, Sverre ? C'est peut-être directeur de conscience que tu aurais dû devenir, et pas… »

Il fit un geste vers les poissons vidés, résultats d'une précision chirurgicale et non d'un temps infini passé à pêcher sur un fjord.

À leur approche de Hjelmelandsvågen, un gamin les attendait tout au bord du quai. Sverre jeta un regard inquiet vers les terres et tira de plus belle sur les avirons.

« Qui est-ce ? Tørres Hagalid ?

– Monsieur le vétérinaire ! cria-t-il longtemps avant qu'ils ne soient arrivés. Si vous pouviez venir ! Syril va vêler, et elle gueule vilainement ! »

Sverre leva un regard résigné sur Christian.

« Le quotidien d'un médecin en milieu rural ! Tu prends l'amarre arrière ? »

Son frère prit la corde enroulée autour d'une bouée, tandis que Sverre rentrait les rames, sautait à terre avec l'amarre avant et faisait rapidement un nœud autour du sommet de l'un des poteaux. Il contempla un court instant les tentatives pataudes de Christian pour attacher l'amarre arrière avant de sauter dans le bateau et de prendre les choses en main.

Il regarda Tørres, un gamin de treize ou quatorze ans aux cheveux blonds plats, au visage piqueté de taches de rousseur et aux grandes dents brunâtres.

« Il faut que j'aille chercher ma sacoche.

– J'ai la charrette là-bas. Je vous conduis !

– Viens ! lança Sverre à son frère. On prend la caisse entre nous deux ! »

Lorsqu'ils arrivèrent chez le vétérinaire, Laura les attendait à la porte. Elle s'appuya au chambranle, le regard accablé, les traits tirés, le front en nage.

« Je crois que le moment est venu, Sverre… »

Elle commença lentement à s'effondrer. Il eut tout juste le temps de s'avancer pour la rattraper.

24

Pendant quelques secondes, Christian Moland vit dans les yeux de son frère un choix aussi difficile que celui qui l'avait poussé lui-même à venir jusqu'ici pour trouver une réponse.

Sverre quitta son frère des yeux et s'adressa au gosse de Hagalid.

« Tørres... Tu sais où habite Sysken-Anna ? »

Le gamin le regarda, incertain.

« Oui, je crois. Près de Bethel, la maison verte, ce n'est pas ça ?

– Si ! Dépêche-toi ! Dis-lui de venir immédiatement !

– Mais... et Syril...

– Oui, oui ! répondit Sverre avec un hochement de tête impatient. Je vais aller chercher mes affaires, en attendant... » Il jeta un regard perdu à son frère. « Tu as déjà assisté à un accouchement ? »

Christian secoua la tête.

« J-je suis toujours resté dehors. »

« Allez, dépêche-toi ! » cria Sverre à Tørres avant de ceinturer vigoureusement Laura pour la traîner autant que la porter dans la maison.

Christian lança un coup d'œil sévère au gosse, qui partit à pied après avoir attaché le cheval au montant du portail. Puis il suivit son frère à l'intérieur.

Sverre avait allongé son épouse sur leur lit. Il s'employait à lui donner de légères tapes sur les joues.

« Laura ! Laura ! Réveille-toi ! »

Christian ne détachait pas son regard du mouvement qui secouait son ventre rebondi. Il se sentit tout à coup très mal à l'aise, comme si c'étaient les symptômes d'une nausée monumentale et contagieuse qu'il voyait.

« Mets de l'eau à chauffer ! »

Il fila à la cuisine, ouvrit la porte du poêle, saisit deux bûches, les déposa sur les braises paresseuses et ouvrit la trappe pour laisser l'air circuler. Il remplit une grande cocotte d'eau, la souleva du sol au prix d'un effort violent et la posa sur la table de cuisson. Après un moment, il ajouta du bois et attendit quelques instants pour vérifier que les derniers morceaux s'étaient eux aussi correctement enflammés.

Il revint à la chambre à coucher.

« Ça va ? »

Son frère avait glissé un grand drap sur le bas du corps de son épouse, comme pour la couvrir. Il était en train de lui retirer ses jupes et ses dessous, tout en lui murmurant des paroles réconfortantes.

« Là, là, ça va aller… là, ça va bien se passer. Sysken-Anna est en route… »

Laura était aussi blanche que le drap. Ses cheveux roux paraissaient orange carotte et en désordre dans la lumière faible de l'après-midi. Christian avait toujours eu d'elle l'image d'une femme douce, au regard réservé et aux joues pâles, toujours vêtue de tenues un peu trop claires, ce qui donnait l'impression qu'elle était transparente. Elle mordait à présent ses lèvres desséchées, et une vague sembla parcourir tout son corps. Elle poussa un gémissement puissant.

« Oooooh, Sverre, ooooooh !

– Un linge humide ! Regarde si tu en trouves un dans la cuisine ! »

Il repartit en courant, regarda autour de lui, en trouva un suspendu à un cordon à côté du poêle, le saisit, le trempa dans le seau d'eau, le tordit au-dessus du sol et retourna à toute vitesse sur ses pas.

« Merci ! »

Son frère posa le linge sur le front de sa femme. Il leur sembla un instant qu'ils l'entendaient grésiller, mais ce n'était que l'air qui s'échappait d'elle, comme un soupir de soulagement, tandis que les douleurs faisaient une pause.

De ses fines mains blanches, elle empoigna les grosses pattes nerveuses de son mari. Elle leva des yeux reconnaissants vers lui.

« Ça va aller, n'est-ce pas ?

– Bien sûr, que ça va aller, Laura ! Ça va très bien, là ! »

Mais Christian lut l'inquiétude dans son regard lorsque celui-ci chercha vers la fenêtre et la lumière qui tombait.

La porte d'entrée s'ouvrit et se referma. Des pas décidés traversèrent la pièce, ils entendirent le crissement d'une jupe lourde et se tournèrent vers la porte. Une petite femme au visage rond et enjoué apparut. Elle était vêtue de noir, ses cheveux étaient gris comme du granit. Elle dégageait pourtant une espèce de lumière, et quand elle parla, ce fut de la voix la plus douce qui se pût imaginer.

« Est-ce ici que l'on attend un heureux événement ? Alors Sysken-Anna arrive à point nommé ! La paix de Dieu soit dans vos maisons, et puisse Jésus tous vous accompagner. »

Derrière elle, dans l'entrée, ils distinguèrent Tørres Hagalid.

« M. le vétérinaire ? Est-ce qu'il vient ?

– Oui, oui ! » s'impatienta Sverre.

Il expliqua rapidement la situation à la sage-femme.

« Je suis obligé d'aller à Hagalid. S'ils perdent une vache à cette période de l'année... Vous n'aurez qu'à donner vos instructions à mon frère, ici présent ; il est policier, il a l'habitude d'obéir aux ordres !

– Les hommes prédisent, Dieu décide », répondit Sysken-Anna avant de se pencher, pleine de confiance, vers Laura et lui caresser les mains en lui murmurant une bénédiction. « Dieu soit avec toi, mon amie. »

Sverre Moland se pencha sur le lit, saisit la tête de sa femme entre ses mains et l'embrassa ardemment sur la bouche.

« Tiens le coup, trésor. Je reviens aussi vite que je le peux... »

Laura leva les yeux, sans comprendre.

« Tu t'en vas ?

– Je n'ai pas le choix ! Il s'agit de... d'une vache ! »

Il se détourna, comme s'il ne pouvait pas la regarder dans les yeux en disant cela, et fonça ensuite jusqu'à la porte, sans rien ajouter.

« Pas un moineau ne tombe à terre sans que le Seigneur ne le veuille », déclara Sysken-Anna.

Laura leva péniblement la tête et regarda fixement la porte par laquelle Sverre venait de disparaître. Son regard croisa celui de Christian. Puis elle ferma les yeux et retomba lourdement dans le lit.

Sysken-Anna leva les yeux.

« L'eau bout ?

– Je vais voir.

– C'est important que nous ayons de l'eau bouillante. Beaucoup ! »

Lorsqu'il revint, sa belle-sœur gémissait douloureusement dans son lit.

« Ça ne va pas tarder. Vous la voulez ici ?

– Dans une bassine, si vous en trouvez une ! »

Il ressentait un mélange d'impuissance et d'angoisse qui l'étourdissait, et il s'appuya en frissonnant au chambranle de la porte au moment où il fut de nouveau hors de vue.

Arrivé dans la cuisine, il versa un peu d'eau dans une cuvette qu'il rapporta entre des mains tremblantes, au milieu d'un nuage de vapeur, jusque dans la chambre.

« Oooooh, ohohoooo ! Oohoooo… »

Laura se cambrait sur son drap en arcs incontrôlés, et Sysken-Anna dut l'empoigner par les épaules pour la maintenir en place dans le lit.

Christian déposa la cuvette sur un tabouret et fila à la porte où il s'arrêta, adossé au chambranle, tandis qu'il sentait la sueur perler par tous les pores de son corps.

« E-est-ce q-qu'il y a q-quelque chose que j-je puisse faire ?

– Ce sont des trucs de bonne femme ! Pas de quoi paniquer ! Dieu garde sa main au-dessus des siens, le rassura Sysken-Anna avec un regard sévère en direction de la porte. Attendez dehors, je crierai si j'ai besoin de quelque chose. »

Il sortit en chancelant, plein de reconnaissance, ferma la porte derrière lui et s'immobilisa dans l'entrée obscure et froide, dont les planches peintes en blanc étaient décorées de petites aquarelles amateur représentant des paysages de fjords, signées L. M.

Il se rendit brusquement compte qu'à l'exception des formules de politesse courantes, lui et sa belle-sœur n'avaient pratiquement jamais discuté ensemble. Il n'avait rencontré sa famille que lors de leurs noces ; son père fondé de pouvoir, sa mère encore plus paisible que sa fille, ses sept ou huit frères et sœurs, tous roux. Mais il y avait eu quelque chose de poétique dans son visage et sa silhouette, presque comme chez un elfe, qui lui avait permis de comprendre pourquoi son frère était tombé amoureux d'elle ; et il percevait comme presque indécent que de telles femmes puissent être affligées de grossesses et d'accouchements. Tandis que d'autres... Une femme comme Maren Kristine pouvait parfaitement faire le pont, aussi bien sur lui qu'en dessous, partager son corps en portions généreuses, comme des aumônes à des nécessiteux et à de moins nécessiteux, sans jamais être concernée par ce genre de choses. Alors qu'on pouvait à peine toucher d'autres femmes sans qu'elles se retrouvent avec un enfant.

Et un roseau aussi fragile que l'était Laura...

Avec Agnes, il en allait différemment. C'était une femme généreuse et réaliste qui avait porté ses grossesses le dos droit, les jambes solidement plantées et les poings serrés sur la colonne vertébrale quand les choses étaient devenues pénibles. Le premier accouchement, Per Christian, en 1896, avait été le pire, inexpérimentés qu'ils étaient tous les deux, assistés d'une sage-femme agressive qui flanquait de grandes tapes sur les mains de la parturiente et ne voyait qu'une seule place pour le mari qui titubait à côté du lit : dans la rue. Mais pour l'heure il revivait la même impuissance et entendait l'écho des contractions d'Agnes de l'autre côté de la porte de la chambre de son frère et de sa belle-sœur.

La seconde fois, avec Svend Atle deux ans plus tard, la belle-mère était de la partie et Agnes bien plus tranquille quant aux circonstances, tandis que les souvenirs du troisième accouchement, pour la naissance d'Ingeborg Lovise en 1900, furent toujours ternis par l'idée qu'à ce moment-là, il s'était depuis longtemps compromis avec Maren Kristine et ne pourrait par la suite jamais regarder sa fille sans penser à cela.

Car même maintenant...

Il pencha la tête en arrière, poussa un faible gémissement et écarquilla les yeux dans le néant.

… après bientôt neuf ans, la même envie imprudente, le même désir insensé le prenaient rien que s'il pensait à elle, au frémissement incontrôlé depuis l'aine jusqu'à la paume des mains, le long des carotides et sur la langue, qui grossissait et s'asséchait contre le palais.

Mais n'était-ce justement pas cela, le fait qu'elle soit volupté pure et sans conséquences, qui la rendait si attirante ? N'était-ce pas pour cela qu'il était venu trouver son frère ? Non pas pour obtenir quelque conseil déterminant, mais pour mettre des mots sur ses propres idées et s'entendre les formuler, ainsi que les suites que cela entraînerait sur la décision qu'il devrait immanquablement prendre, tôt ou tard ?

Dans la chambre à coucher, les gémissements de sa belle-sœur gagnaient en intensité, accompagnés du chant de Sysken-Anna, sans doute destiné à la tranquilliser, mais il avait l'impression que l'effet était inverse, et qu'il avait déjà son chapeau à la main, penaud, debout tout au fond de la chapelle, à l'occasion de l'enterrement de l'enfant qui n'était pas encore né.

« Ooooooh ! Ooooooh ! Ooooh !

– … *en ces jours de détre-e-esse*, entendit-il derrière la porte.

– Oh, oh, oh, ooooooh !

– … *d'arme et de fortere-e-esse. Notre ennemi mortel, rusé, fort et cruel…*

– Sverre ! cria-t-elle à l'attention de son mari, en vain.

– … *point d'égal sous le ciel.* »

Les grincements du lit à l'intérieur, violents comme lors d'un rapport sexuel, le psaume entraînant, les gémissements réguliers : tout s'emmêla en un tableau tourbillonnant, et son frère lui apparut d'un coup, le vétérinaire dans la même situation que la sage-femme, dans une étable sale, où une vache jetait lourdement la tête de droite à gauche en meuglant, en donnant des coups de cornes contre le mur et en détendant ses pattes raides, tout en luttant pour expulser sa progéniture impotente. Son frère, le front dégoulinant de sueur, les cheveux humides, les manches de chemise retroussées et les mains profondément enfoncées dans l'abdomen du gros animal, le sang et le liquide amniotique ruisselant autour de lui, pour pouvoir saisir le veau qui ne se présentait pas dans la bonne position, et le faire sortir à travers un canal étroit et rebelle, chaud et glissant. Son frère qui appuyait les pieds dans la rigole à purin pour tirer, encore et encore, pendant que le fermier tenait solidement l'animal par la tête et l'encolure. L'odeur pénétrante et aigre-douce de la bête gisante, une odeur que son frère traînerait avec lui tout le dimanche bien qu'il se soit lavé plusieurs fois de la tête aux pieds et nettoyé les mains à l'alcool avant d'oser ne serait-ce que toucher son propre enfant.

Le cri soudain qui résonna à l'intérieur le ramena à la vie : un cri coléreux d'oiseau, comme celui d'une corneille décharnée, ou le bêlement d'un très jeune agneau bondissant sur les prairies pascales encore jaunes. Les larmes jaillirent de ses yeux, comme s'il avait été touché par une grâce divine, comme si un doigt invisible lui avait caressé la joue, et lui avait fait lever la tête pour le regarder avec une bonté et une chaleur pleines et entières... Son cœur battait à grands coups dans sa poitrine, et il posa la tête contre la porte, ouvrant grand les oreilles... Oui, c'était le bon bruit, tel qu'il devait être...

Peu de temps après, lorsque Sysken-Anna entrebâilla la porte et lui tendit une bassine pleine d'un liquide sanguinolent et trouble, dont la vapeur se mêlait au parfum du sang, il ne regarda presque pas le récipient, mais s'étira sur la pointe des pieds, comme pour voir par-dessus elle, sans succès ; il entendit seulement les paroles douces de la mère et les bruits humides d'une bouche d'enfant qui cherche pour la première fois le sein perlant et le mamelon spongieux :

« Eureureureureuuuuu... »

Il sortit, alla au tas de compost et y versa le contenu de la bassine, liquide amniotique et placenta et Dieu sait ce qu'elle pouvait contenir d'autre. Il rentra ensuite à la cuisine, remplit de nouveau la bassine et la rinça avant de la remplir encore une fois et de la porter à l'entrée de la chambre. Il la posa sur la commode à l'extérieur, frappa et annonça qu'il y avait de l'eau propre, au cas où elles en auraient besoin.

« C'est bien, répondit Sysken-Anna par la porte.

– Tout va bien ? s'enquit-il, la bouche tout contre l'entrebâillement.

– Oui, oui.

– … Et c'est ?

– Une petite fille pour le vétérinaire. »

Plus tard dans la soirée, lorsqu'il entendit la charrette et sortit, il vit son frère sauter de la voiture avant l'arrêt et courir vers la maison, le col de chemise ouvert, un pan de chemise hors de son pantalon et le gilet reboutonné fort sommairement.

Fier comme Artaban, Christian accueillit son frère, comme si c'était lui et personne d'autre qui avait fourni les efforts.

« Tout va bien, Sverre ! Tu as eu une fille !

– Une fille ! Et Laura ? »

Son frère était déjà passé, et il dut lui crier la réponse :

« Bien ! »

Lorsque tout fut fini, quand Sysken-Anna fut repartie, la petite lavée pour la première fois et quand Laura eut revêtu une chemise de nuit propre et repassée, Christian Moland eut enfin la permission d'entrer, de se pencher prudemment sur le lit pour jeter un coup d'œil au petit enfant, qui avait les yeux fermés, et qui était à peine visible dans la couverture blanche au crochet, rose et le crâne marqué de grandes plaques plus rouges sous ses mèches de fins cheveux blonds. Sverre était debout au pied du lit. Il s'était lavé, ses yeux étaient remplis d'allégresse, et il avait un grand sourire entre les deux oreilles.

Christian sentit un sourire s'étendre sur sa propre bouche, ainsi que la sensation d'un rire bouillonnant et paisible au plus profond de sa poitrine. Une chaleur montait en lui, comme s'il s'agissait de son propre enfant, et son regard croisa celui de Laura, qui lui sourit avec reconnaissance :

« Elle s'appellera Ingrid… Elle n'est pas ravissante ? »

Par la suite, il se dit souvent que ce fut à cet endroit, à cet instant, lors de la naissance de sa nièce, qu'il prit sa décision. En rentrant, dans la nuit de dimanche à lundi, il entendait les battements de la machine dans les profondeurs du vapeur, comme l'écho de ceux de son propre cœur : Ce s'ra - comm' ça ; ce s'ra - comm' ça ; ce s'ra…

25

Le jour où le nouveau théâtre fut ouvert, le 19 février 1909, le comédien Robert Gade prit deux décisions importantes, qui devaient avoir l'une comme l'autre de sérieuses répercussions, non seulement pour lui et ses proches, mais également pour plusieurs autres personnes.

Le temps était aussi stable qu'il l'avait été toute la semaine, mais la température avait grimpé au-dessus de zéro, et ce fut un temps hivernal cristallin typique du Vestland qui accueillit les nombreux invités de marque venus de l'est, le roi Haakon en tête, ce jour-là à Bergen.

Les habitants de toute la ville hissaient les drapeaux. Il n'y avait pas que les deux cents membres (à peine) du comité de soutien du théâtre, les abonnés qui au fil des années étaient venus à l'Ancien Théâtre le mercredi soir, aussi fidèles que critiques, la direction du tout nouveau théâtre de Bergen ou la Société d'Art Dramatique qui ressentaient le besoin de fêter l'événement. Jusqu'à cette partie de la population qui n'avait jamais mis les pieds au théâtre, et qui ne les y mettrait peut-être jamais, estimait que ce magnifique bâtiment, qui dominait depuis Engen, était un joyau dans la ville.

Le comité en faveur d'un nouveau théâtre, fondé par cinquante citoyens lors d'une réunion au Børs en 1895, contribua grandement à ce succès. Plusieurs des hommes les plus en vue de Bergen en faisaient partie : les armateurs Michelsen, Mowinckel et Dünner, le maître boulanger Brynildsen, le consul Frimann, les négociants Kahrs et Brekke, l'avocat Jebsen et le directeur Johan Bøgh, qui avait été dans les années 1870 l'un des initiateurs de la fondation du Nationale Scene ; et à partir de

1899, quand les travaux de financement avaient démarré pour de bon, le directeur Helgesen et le consul Brandt.

Néanmoins, ils étaient nombreux dans la populace à grogner que le théâtre avait ravi la vedette à l'ancien haut lieu des festivités de la ville, où tant de célébrations du 17 mai s'étaient déroulées, autour de la tribune en forme de bateau viking, regroupant des orateurs comme Bjørnstjerne Bjørnson et Christian Michelsen. Mais « Børneparken », le terrain sur lequel on avait tout d'abord pensé construire le bâtiment, s'était révélé trop instable, et la scène aurait purement et simplement été posée sur un sol d'argile. En 1901, on avait procédé à un échange de biens immobiliers, et cinq ans plus tard, en 1906, le premier coup de pelle pouvait être donné. En juillet de la même année, le roi Haakon posait la première pierre, et morceau après morceau, pierre après pierre, le bâtiment fut érigé, jusqu'à ce jour de septembre 1907 où l'on put célébrer l'achèvement du gros œuvre. Mais il restait encore une grande partie du travail intérieur, et ce ne fut qu'en février, un an et demi plus tard, avec un mois et demi de retard sur le planning initial en raison d'une grève des transports en Italie qui avait retardé la livraison du marbre destiné au hall d'entrée, que tout fut prêt pour l'inauguration.

Ce matin-là, Robert Gade resta longtemps au lit, intensément réticent à l'idée même de poser le pied par terre. Il regarda vers la fenêtre de la chambre, qui donnait à l'ouest et qui par conséquent ne laisserait pas entrer la lumière avant encore un bon moment. Il était déçu de voir à travers les rideaux partiellement tirés un ciel matinal clair, rose pâle, plutôt que ce qu'il avait désiré, une journée véritablement pourrie, sous des torrents de pluie glaciale et dans de violentes bourrasques de sud-ouest. Il ne voyait personnellement aucune raison pour que cette journée fût consacrée à la fête.

Bien qu'il eût célébré en fanfare son soixantième anniversaire en novembre de l'année précédente, Robert Gade ne se sentait absolument pas vieux. Il était marié à une femme de douze ans sa cadette et était le père de huit enfants, âgés de dix à vingt-huit ans, dont les plus jeunes réclamaient encore beaucoup de son énergie et de son attention. Son travail au théâtre le maintenait par ailleurs si jeune de caractère qu'il fut à la fois blessé et agacé quand les listes des rôles concernant les trois représentations d'ouverture furent affichées, et qu'il ne vit son nom sur aucune d'entre elles. À défaut de Per Degn, il aurait pu de bonne grâce jouer Jeppe Berg ou Jeronimus dans la représentation d'ouverture à proprement parler, *Erasmus Montanus*. Qu'un nouveau comédien ait pu reprendre son ancien rôle de Bratt dans *Au-delà des forces I*, qui devait se jouer samedi, était encore plus difficile à digérer. Plus que tout, il avait peut-être espéré être l'assesseur Brack dans la représentation de Hedda Gabler, un rôle qu'il était sûr de jouer mieux qu'aucun autre comédien du théâtre, avec son expérience et sa passion encore vive, mais ce souhait ne fut pas réalisé non plus.

Un peu plus tard, dans son peignoir de brocart rehaussé d'or, une tasse de café à la main et une tartine de geitost[26] encore intacte dans une assiette devant lui, il dut cependant reconnaître que sur ces neuf dernières années, il était loin d'avoir donné le meilleur de lui-même en tant que comédien. Il n'avait pas réussi à se concentrer suffisamment. Il pouvait de plus déterminer précisément le jour, ou plus exactement la nuit, où s'était produit le grand changement dans sa vie.

Il avait porté deux secrets depuis lors, et il n'avait eu personne à qui se confier – pas même la femme avec qui il avait ensuite renoué, et dont il devait reconnaître avec une certaine honte, y compris envers lui-même, qu'elle n'était donc pas sa femme. – Mais *j'aime* Desdémone ! se dit-il avec emphase.

Les sentiments qu'elle avait fait naître en lui, cette fois-là, dans la salle de travail de l'ancienne comédie, lorsqu'à genoux devant lui, elle avait mesuré ses jambes pour la réalisation de son costume d'Antonio dans *Le marchand de Venise*, et que leurs regards s'étaient rencontrés, un regard direct comme il n'en avait jamais vu chez aucune femme, ces sentiments ne s'étaient jamais éteints. Peu de temps après, il l'avait eue entre ses bras, pour un baiser si chaud et passionné que le soir même, sur scène, il sortait complètement de son texte dans *La comédie de l'amour*, rien qu'en y pensant. Après la représentation, il n'était pas rentré chez lui, pas plus qu'il n'était allé en ville pour y prendre un grog avec quelques-uns des collègues ; il était allé la voir à l'adresse qu'elle lui avait donnée, dans Trangesmuget, à Nordnes, pour se livrer aux ébats les plus échevelés qu'il ait jamais connus, une expérience qui l'avait plongé dans un état proche de la transe, rompu seulement quelques semaines plus tard lorsqu'elle fut prise en flagrant délit avec l'un des jeunes comédiens, à l'entrepôt de costumes ; le scandale fut inévitable, et elle dut partir le jour même. La déception qu'il éprouva en constatant qu'il n'était pas, et de loin, le seul à qui elle eût offert ses faveurs les plus intimes fut bientôt remplacée par une sorte de soulagement quand il put revenir à Ingrid Wilhelmine et leurs sept enfants – à l'époque – sans le moindre soupçon de mauvaise conscience quant à ce qui était désormais derrière lui et qui appartint rapidement au passé, comme un rôle de jeunesse auquel il ne donnerait plus jamais vie.

D'autant plus fort avait été le choc qu'il avait éprouvé en la revoyant à la fête du nouvel an chez l'armateur Dünner – et pas ailleurs ! Tandis qu'ils dansaient sur les ravissantes mélodies viennoises d'Offenbach, il avait ressenti le même désir et la même envie monter en lui, et quelques semaines plus tard, quand toute l'agitation autour du meurtre du consul Frimann s'était calmée, il s'était rendu à son logement, toujours aussi modeste, de Nordnes, sur l'invitation expresse de la demoiselle. L'art amoureux qu'elle avait encore développé au cours des deux ou trois dernières années l'avait étreint si violemment qu'il n'avait pas encore réussi à s'en défaire, parce que le désir, cette fois-là, se doublait de quelque chose d'encore plus violent, ce que les imbéciles appellent l'amour, mais dont il était suffisamment avisé pour reconnaître qu'il s'agissait d'une nostalgie débridée de jeunesse, la sienne et celle des autres.

Le second choc que la nuit du 1er janvier 1900 lui avait causé était survenu lorsqu'il avait suivi ses propres traces, depuis longtemps effacées jusqu'à Trangesmuget, attiré comme une abeille par une fleur et malgré ce qu'il avait pu raconter le lendemain à la police. Il avait vu depuis une porte cochère non seulement le consul Frimann quitter l'immeuble, à 2 h 05 précises, mais également la personne qui l'avait filé depuis une autre porte cochère vers le centre-ville…

Pendant toutes les années qui avaient suivi, il avait gardé cette désagréable certitude, celle de savoir qui était l'assassin du consul Frimann. Les fois où il avait vu le coupable en ville – ou ailleurs – il avait inconsciemment tourné la tête, incapable de regarder l'autre en face, de crainte de trahir ce qu'il savait.

À plusieurs reprises, il avait hésité : ne devait-il pas serrer les dents et aller voir la police ? Mais l'affaire avait subitement été réglée, le coupable présumé était mort… Quel intérêt cela aurait-il alors eu ?

Deux ou trois fois, il avait été sur le point de se confier, oui, il l'avait ressenti si intensément qu'un jour, à une première répétition, l'envie de vider son sac avait été si puissante qu'il était totalement sorti de son texte et avait dû essuyer les commentaires sarcastiques du metteur en scène, qui déplorait que l'on ne puisse même pas *lire* un texte par cœur. Une autre fois, pendant une représentation de *Peer Gynt* en plein Hegstadtunet, où il jouait le père d'Ingrid, il avait soudain pensé à ce qui arriverait s'il cessait tout à coup de jouer pour aller sur le devant de la scène, tendre un doigt vers le public, où il avait vu avant la représentation, à travers un trou dans le rideau, que la personne en question était assise, trônant dans les derniers rangs de fauteuils d'orchestre comme n'importe quel pilier de la société, et prononcer les mots libérateurs : *Vous avez tué le consul Frimann, monsieur ! Je vous ai vu !*

Assis sur sa chaise, il regardait droit devant lui, le regard vitreux, comme s'il cherchait à entendre un bruit particulier. Mais il n'y avait rien à entendre, rien d'autre que le son lointain de voitures qui passaient dans Store Markevei. C'était aussi calme que cela peut enfin l'être dans un appartement d'où trois enfants sont partis, mais où il en reste encore cinq pour faire du boucan, et où sa femme brodait au salon, un tambour rond sur les genoux, sans émettre le moindre son. Ce qu'il cherchait à entendre n'était de toute façon pas audible. C'était le son de mots qui n'avaient pas été dits, de répliques jamais prononcées et d'aveux qu'il n'avait jamais présentés.

Car à qui le raconterait-il ? Et comment réagirait-on en entendant qu'il s'était comporté comme un cabot en rut, qu'il était resté pendant des nuits devant sa fenêtre le regard fixe, et qu'il avait à peine été capable de s'empêcher de grogner quand le consul Frimann avait quitté le champ de bataille, un sourire satisfait sous sa visière relevée, son masque de loup rejeté en arrière.

Que dirait Ingrid Wilhelmine ? Ou la police, à qui il avait menti dès la première occasion ?

Il n'y avait qu'une personne à qui il pût se confier, et la première décision importante que prit Robert Gade ce vendredi de février 1909 fut d'écrire une lettre.

Après avoir quitté la table du petit-déjeuner, toujours sans avoir touché à sa tranche de pain, il se retira dans la chambre, fit sa toilette et se rasa, peigna ses cheveux et les badigeonna de pommade, s'habilla avec l'élégance nonchalante qui avait toujours été sa marque, en tant que personne plus qu'en tant que comédien, et se prépara à sortir. Il jeta un coup d'œil par la porte et vit son épouse, qui leva à peine les yeux de sa broderie lorsqu'il l'informa qu'il allait faire un tour au théâtre, « au cas où ils auraient besoin de moi... Oui, je veux dire, on ne sait jamais... Quelqu'un a pu tomber malade...

– Quand rentres-tu ?

– Comme d'habitude. »

Ce ne fut qu'après son départ qu'elle releva la tête et regarda longtemps devant elle, comme si les contours de son mari se dessinaient encore dans l'ouverture de la porte qu'il venait de quitter.

Quand Robert Gade arriva au nouveau théâtre, à 11 h 25, les répétitions pour la représentation du soir battaient leur plein.

Depuis l'entrée des artistes, il monta quelques marches, passa une belle porte à petits carreaux, fit un rapide signe de tête à la concierge dans sa cabine exiguë et tourna vers le couloir des loges des hommes. Des répliques éparses de passages d'*Erasmus Montanus* lui parvenaient depuis la scène, et il ressentit encore une fois une certaine douleur à l'idée que la pièce serait lancée sans lui.

Pendant de très nombreuses années, il avait servi au

théâtre, sur la scène pentue de l'ancienne comédie, dans des conditions de travail qui pouvaient être si misérables, en particulier ces vingt dernières années, que c'en était honteux. Le parfum de lampes à huile fumantes, les moisissures des costumes et les champignons dans les boiseries l'avaient empêché de donner le meilleur de lui-même, dans des pièces de Shakespeare et de Goethe, d'Ibsen et de Bjørnson. Et à présent, au moment où un théâtre flambant neuf ouvrait ses portes, on n'avait plus besoin de lui. Plusieurs fois ces derniers jours, dans les heures qui avaient précédé ou suivi le début des répétitions, tandis que l'architecte Schou en personne, allongé sur le dos au sommet de l'échafaudage sous la voûte, peignait les étoiles au-dessus de Bergen avec tant de hâte qu'il en oubliait un signe astral et en peignait deux fois un autre à la place, il s'était glissé jusqu'à la scène principale. Sans bien comprendre ce qu'il éprouvait, il avait contemplé cette belle salle, les balcons dorés, les murs jaune pastel, décorés et rehaussés avec goût, et le tapis rouge écarlate. En rejetant fièrement la tête, il s'était vu sur cette scène, en tant que John Gabriel Borkman, le roi Lear ou Tiresias, des rôles auxquels il n'était possible de donner un poids véritable qu'en ayant soi-même dépassé le zénith de sa vie, atteint la maturité et été en pleine possession de toute la connaissance que l'on pouvait acquérir : *le meurtrier que tu recherches, c'est toi-même.* Les larmes aux yeux, il avait reconnu qu'il ne devait pas en être ainsi. Il ne lui avait même pas été accordé de donner vie à un Jeppe Berg, au moment de l'inauguration de la scène au service de Thalie. Il avait levé un regard gêné vers l'architecte, étendu là-haut tel un Michel-Ange sous le champ ouvert de la voûte, qui dessinait ses reliefs dorés sur un fond bleu profond. Il était alors ressorti en hâte, seulement suivi des regards étonnés des installateurs qui terminaient de poser les éclairages, un progrès technique de taille dans le monde du théâtre, un poste d'aiguillage qui ferait passer pour de bon Bergen dans le XXe siècle.

Avec la sensation que tout était derrière et que rien ne pouvait être restauré, il s'assit à sa table de maquillage, sortit une plume, de l'encre et du papier, et sans jeter le moindre coup d'œil dans son miroir, il se mit à écrire.

Personne ne vint le déranger, et trente minutes plus tard, après avoir relu les deux pages, il plia la lettre, la glissa dans une enveloppe qu'il cacheta avant de la retourner pour écrire le nom du destinataire au recto. Pour finir, il sortit son portefeuille, y trouva un timbre qu'il colla sur l'enveloppe. Avant de s'en aller, il soupesa la lettre dans sa main, en se murmurant inconsciemment : « Une livre de viande, Antonio… »

« Je reviens dans peu de temps », déclara-t-il à la concierge en passant.

Une fois sorti du théâtre, il traversa Engen pour aller jusqu'à la boîte à lettres rouge au coin de Vaskerelvsgaten. Après y avoir glissé la lettre, il se retourna et s'immobilisa un instant pour contempler le théâtre. Un tram vert et jaune passa sur Sukkerhusbryggen pour rejoindre le ferry de Laksevåg, et des étincelles jaillirent des grands mâts fins qui dominaient toujours devant le nouveau parc du théâtre, avec ses parcelles brunes et ses buissons d'ornement encore nus. Quelques visages blafards le dévisageaient à travers les vitres latérales du tram, comme les revenants d'un passé lointain, tel un public clairsemé devant un personnage rejeté.

Quand le tram fut passé, il traversa en soupirant la rue et remonta au théâtre. Arrivé dans les vestiaires, il s'assit devant son miroir, alluma les ampoules électriques qui l'entouraient et regarda implacablement son propre reflet.

Ce fut tout à coup comme s'il se voyait avec des yeux neufs. Oui, pendant un instant, il ne se reconnut pratiquement pas. Il constata avec répugnance les traces que l'âge avait laissées, ses sourcils en broussaille, ses pores ouverts, les raies rouges sur les ailes de son nez, les yeux jaunis, ses cheveux gris et ses joues, les coins de sa bouche, son menton et son cou couverts d'une couche de graisse dont il se serait bien passé. L'espace d'une fraction de seconde, il distingua sa propre jeunesse, cachée derrière le masque du temps. Il se vit en gamin énergique, brun, élancé et d'excellente humeur, ce jour de 1873 quand il avait débuté dans *Les trois mousquetaires* sous la direction de Rasmussen. Il avait été tellement remarqué que lorsque le Nationale Scene avait joué sa représentation d'ouverture en octobre 1876, il faisait partie des jeunes gens engagés comme porte-boucliers dans *Guerriers de Helgeland.* La route le mena ensuite vers l'école d'art dramatique et à partir de 1881 au poste de membre permanent de la troupe, alors qu'il était âgé de trente-trois ans. C'est là qu'il avait œuvré depuis, dans des rôles de toutes dimensions – le plus souvent modestes, à mesure que le temps passait – sans jamais être appelé à Kristiania ou nulle part ailleurs. Il avait vu des collègues arriver et s'en aller, saisir leur chance quand elle se présentait, et se tourner vers un public plus fourni dans la capitale. Quelques-uns, fort peu, étaient restés, avant tout des femmes qui s'étaient mariées en ville, mais parmi les comédiens, il faisait incontestablement partie des vétérans.

Et malgré tout !

Qui allait lire le prologue de la soirée ? Mme Blanc-Eriksen.

Qui allait tenir le rôle de Jeppe Berg ? M. Thomassen.

Et demain, en tant que Bratt, dans *son* rôle : Erling Hanson, ce vaurien. Comme si lui ne pouvait pas donner l'illusion du même âge sans forc... Ou si, peut-être... Il rencontra de nouveau son propre reflet monstrueux dans le miroir.

Mais Brack, dimanche, il aurait mieux joué ce rôle, en tout cas, que le directeur du théâtre lui-même, qui était en outre le metteur en scène de la pièce par-dessus le marché !

Il plongea la main dans sa poche intérieure et en tira le petit flacon brun. Il y avait plusieurs mois qu'il était allé voir le médecin pour se plaindre de douleurs récurrentes à la tempe, si intenses qu'elles le perturbaient quand il jouait. Il avait collecté les gouttes d'opium qu'il s'était vu prescrire sur ordonnance jusqu'à en avoir un flacon de cent millilitres, bien assez pour ce qu'il voulait en faire, avait-il compris.

Aujourd'hui, il avait pris sa décision. C'était le jour. D'abord la lettre, puis...

Comme un duelliste au petit matin, il regarda son reflet droit dans les yeux.

« Adieu, gentil prince », murmura-t-il avant de porter

le flacon à ses lèvres et d'en vider le contenu en une seule grosse gorgée.

26

Il fut découvert une heure plus tard par un apprenti comédien de dix-neuf ans originaire de Haugesund, Normann Johannessen, qui réagit en constatant que la porte était entrebâillée et la lumière allumée à l'intérieur, sans que personne ne réponde quand il frappait. En tant qu'élève, on lui avait appris à appréhender les comédiens établis avec politesse et respect, et ce fut à peine s'il osa pousser très légèrement la porte vers l'intérieur, tout juste assez pour apercevoir Robert Gade.

L'homme d'un certain âge était affalé sur sa table de maquillage, le visage contre le plateau, sa calvitie dévoilée par le miroir. Un parfum très fort embaumait la pièce qui faisait penser à une infirmerie. Avec autant de précautions que s'il s'adressait à un malade somnolent, Normann Johannessen entra et s'adressa au comédien :

« Monsieur Gade ? Vous ne vous sentez pas bien ? »

N'obtenant pas de réponse, il comprit rapidement ce qui n'allait pas. Il partit en courant chercher le metteur en scène, qui descendit sur-le-champ dans la salle et transmit en chuchotant au directeur du théâtre ce qui s'était passé. Après un court instant de réflexion, et pour ne pas alarmer les comédiens qui avaient d'autres chats à fouetter avant la représentation du soir, le directeur du théâtre se leva et décréta un quart d'heure de pause-café.

Peu de temps après, ils étaient rassemblés dans le vestiaire de Gade : le directeur du théâtre, le metteur en scène et Normann Johannessen lui-même, qui ne savait pas trop quelle attitude adopter face à ce qui se produisait, mais convaincu que ceci allait être son premier grand rôle au théâtre.

Le directeur se tourna vers le metteur en scène.

« Envoyez quelqu'un chercher un médecin ! » Puis au

jeune de Haugesund : « Vous savez où se trouve le commissariat de police, monsieur Johannessen ? »

Le comédien hocha la tête.

« Bien. Allez-y sans tarder et mettez-les au courant de ce qui vient d'avoir lieu. » Il regarda autour de lui. « Je n'ai pas besoin de souligner combien cela va être pénible par un jour comme celui-ci. Rappelez-vous que le roi en personne sera présent à la représentation de ce soir, à 19 h 30, et nous n'admettrons aucun retard, je répète : *aucun* ! »

Trois quarts d'heure plus tard, Johannessen était de retour, accompagné des inspecteurs Moland, Berstad et Jørgensen. Le docteur Bremer avait alors terminé les examens préliminaires de Gade.

À la vue du comédien défunt, Moland et Berstad échangèrent un rapide coup d'œil. Ni l'un ni l'autre ne purent s'empêcher de penser à cette journée de janvier 1900, lorsqu'ils s'étaient trouvés face à face avec le même Robert Gade, dans le vestiaire hommes de l'ancienne comédie, et il n'était pas invraisemblable qu'ils se posent l'un comme l'autre la même question : y avait-il un rapport ? Fallait-il considérer cela comme des aveux ?

Le docteur Bremer affirma tristement que Robert Gade était décédé, selon toute vraisemblance de son propre fait, après avoir ingurgité un flacon de cent millilitres de gouttes d'opium. C'est vrai, il était impossible de dire quoi que ce fût de définitif quant aux causes du décès « avant les résultats de l'autopsie, naturellement ». Il demanda en conséquence que le corps soit le plus rapidement possible transféré dans son service, qui travaillait « dans des conditions de plus en plus misérables » à l'ancien hôpital.

« Mais maintenant, Dieu merci, on a démarré le chantier à Haukeland, et ce sont donc des temps plus cléments qui nous attendent, nous aussi », conclut-il en regardant avec scepticisme autour de lui avant de s'en aller.

Moland laissa un regard plein d'expérience parcourir la table de maquillage.

« Il n'y avait pas de… lettre ? »

Le directeur du théâtre regarda Johannessen, qui secoua énergiquement la tête.

« Pas quand je suis arrivé, en tous les cas.

– Hum. » Moland poussa un soupir empreint de tristesse.

Il passa rapidement les présents en revue. Le directeur Olaf Mørch Hansson était un type corpulent du Vestland, bien mis, aux cheveux grisonnants, à la grosse moustache au-dessus d'une barbichette tout en haut du menton. Le metteur en scène, Harald Bergstrøm, était un type trapu d'un peu plus de quarante ans, portant un costume gris fatigué et d'apparence vaguement colérique. Le jeune apprenti comédien qui était venu les chercher était maigre, dégingandé, et portait un costume gris coke usé jusqu'à la corde dont les manches étaient un poil trop courtes – *costume de confirmation*, songea Moland. Ses cheveux avaient une nuance de roux, et sa moustache était si clairsemée qu'elle tenait plus de l'assertion que de la réalité.

« Est-ce que quelqu'un sait si M. Gade avait des raisons de se sentir déprimé ? »

Normann Johannessen jeta un coup d'œil peu sûr au directeur, qui secoua froidement la tête. Bergstrøm, en revanche, paraissait avoir des choses à dire.

« Il…

– Oui ?

– Il ne figurait sur aucune distribution pour les représentations d'ouverture.

– Une coïncidence ! précisa rapidement le directeur du théâtre. Aucun rôle ne correspondait, je veux dire, qui ne soit mieux servi par quelqu'un d'autre.

– Non… approuva Moland dont le regard était lointain.

– Les comédiens sont bien connus pour être des gens plutôt hypersensibles, grinça Berstad. Je me trompe ? »

Olaf Hansson lui retourna un coup d'œil glacial.

« Bergstrøm et moi sommes acteurs tous les deux.

– Et… ?

– C'est personnel, bien entendu. Mais qu'une certaine sensibilité aille de pair avec la profession, on ne peut naturellement pas l'éviter.

– Que fait un réalisateur, en fin de compte ? » s'enquit distraitement Moland.

Bergstrøm se redressa.

« Le réalisateur est le plus proche collaborateur du

directeur du théâtre et son remplaçant dans la maison. Il veille à ce que les répétitions se déroulent bien, y compris quand le metteur en scène n'est pas présent, et il s'occupe de concevoir les distributions et de convoquer les comédiens. Pour finir en beauté, il en va de la responsabilité du réalisateur que chaque soir, la représentation se déroule suivant le schéma prévu. »

En disant cela, il jeta un coup d'œil angoissé vers la porte et fit un vague geste de la main.

Le directeur du théâtre saisit la balle au bond.

« Oui, j'espère que vous comprendrez que nous devons poursuivre sans plus attendre, monsieur l'inspecteur. Les comédiens doivent remonter sur scène. Sa Majesté doit assister en personne à la pièce de ce soir, et je suis moi-même obligé de revoir le prologue avec Mme Blanc-Eriksen.

– Je comprends, répondit Moland en regardant autour de lui. Tout cela ne me paraît pas laisser beaucoup de place au doute.

– Non, j'espère réellement que ça ne fera pas trop de vagues. Je veux dire, le décès est tragique, c'est un fait, mais comme vous le dites vous-même, il laisse peu de place au doute, malheureusement.

– Nous, en tous les cas, nous n'en ferons pas grand cas, murmura Moland.

– Bien. » Hansson alla vers la porte. « Si vous avez besoin de quelque autre assistance de notre part, ici, au théâtre, M. Bergstrøm veillera à vous l'apporter. Au revoir, messieurs. »

Bergstrøm se tourna vers le jeune apprenti comédien.

« Bon, nous n'avons plus besoin de vous non plus. »

Normann Johannessen leva un regard interrogateur vers les policiers.

« No-on, répondit pensivement Moland. Juste une seule chose. Pourquoi étiez-vous venu ici ? Vous avez un rôle dans la pièce de ce soir, vous ?

– Non, je ne joue pas avant demain, dans *Au-delà des forces*, mais je suis tellement nouveau, ici, que je dois passer tous les jours, pour m'imprégner de l'odeur de... théâtre ! »

Il prononça ce dernier mot avec un sourire si large et

d'une voix si pleine de bonheur que les policiers pourtant blasés ne purent s'empêcher de sourire à leur tour.

Bergstrøm toussota doucement.

« Oui, ils sont tous comme ça, expliqua-t-il sur un ton aigre-doux. Au début. »

Moland fit un signe de tête en direction de la porte.

« Vous pouvez y aller. »

Normann Johannessen regarda une dernière fois Robert Gade, comme pour faire ses ultimes adieux à un collègue qu'il avait à peine connu et avec qui il n'était jamais monté sur scène, mais pourtant avec tout le respect qui revenait au défunt. Puis il s'inclina, devant Moland et Bergstrøm – on ne sait jamais – avant de passer la porte en marchant de côté et de disparaître.

Moland regarda ses deux collègues.

« Je me demande si vous ne devriez pas faire un petit tour, en compagnie de M. Bergstrøm, pour vous renseigner auprès de ceux qui utilisent la loge voisine et dans les couloirs, au cas où quelqu'un aurait pu observer des choses suspectes. »

Jørgensen et Berstad hochèrent la tête.

« Je ne pense pas que vous trouverez grand monde, intervint Bergstrøm. Nous n'avons pas encore eu le temps de procéder à la répartition définitive des loges. Et je ne comprends d'ailleurs pas quel intérêt cela peut avoir. »

Avant de poursuivre, il tourna le dos à Gade, comme s'il ne voulait pas que le défunt puisse l'entendre.

« À vrai dire, il y a longtemps que Robert Gade ne faisait plus partie de ce que nous avions de mieux ; c'est-à-dire, il n'en a jamais fait partie. Mais en tout cas, c'était un homme de belle prestance, digne et fort. Si ce n'est que ces… huit ou neuf dernières années, il stagnait affreusement.

– Depuis… le début du siècle, donc ?

– Oui, à peu près. »

Moland et Berstad échangèrent un nouveau coup d'œil, toujours sans rien dire.

Quand l'autre fut parti, Moland s'approcha du corps. Robert Gade… En son for intérieur, il entendit l'écho de la liste de noms que Maren Kristine lui avait égrenée, le soir où il avait découvert les encoches dans le montant de son lit : *Dünner, Frimann et Brandt. Helgesen, Gade et Brekke.* Son regard passa sur la nuque de taureau du comédien mort, la calvitie autour de laquelle il avait laissé pousser les cheveux davantage qu'ailleurs, pour pouvoir la recouvrir, et ses doigts puissants, qui évoquaient presque des saucisses. Un frisson le parcourut : c'était avec ces doigts qu'il avait touché, caressé, joué avec… glissés dedans, promenés à l'intérieur… la même peau, les mêmes endroits – que lui-même !

Une secousse passa sur la bouche de Christian Moland, une décharge de méchanceté, qui aurait poussé un inconnu à le considérer comme un chasseur devant sa proie, un vainqueur vis-à-vis de son rival terrassé à ses pieds.

Maren Kristine… Comme une rechute surprenante vers une fièvre surmontée depuis longtemps, les souvenirs revinrent : la première étreinte étonnante, comme un éclair dans un ciel pur, et toutes les années qui avaient suivi, folles, emplies de sentiments qu'il ne parvenait pas à refréner ; mais plus distinctement que tout le reste, cette dernière soirée fatidique du mois de septembre passé, le lendemain de son retour du Hjelmeland et de la naissance dramatique de sa nièce Ingrid…

Il était allé la voir à la boutique, était convenu d'un rendez-vous avec elle, et elle l'avait reçu comme à son habitude, avec un regard espiègle et une nuance excitante dans tout ce qu'elle disait : « Le désir est-il si grand ? Tu n'arrives même pas à rester loin de moi une semaine ? » Il avait attrapé ses mains, était tombé à genoux devant elle, l'avait regardée bien en face pour lui dire avec toute la franchise dont il était capable :

« Je veux un enfant de toi, Kristine ! »

Le regard de la jeune femme s'était brusquement couvert, elle s'était arrachée à ses mains et les avait repoussées.

« Ne dis pas de bêtises !

– Ce ne sont pas des bêtises ! Je suis sérieux !

– Tu es un idiot, Christian ! Ce sont seulement des paroles. Et en plus…

– Ce n'est pas ça !

– Mais je ne peux pas avoir d'enfant ! Tu ne l'as pas

compris ?

– Tu ne… » Il l'avait regardée, interdit. « Alors c'est pour cela que tu…

– Pour cela que je *quoi* ?

– Que tu es…

– … celle que je suis ? » Elle avala une grande goulée d'air. « Oui, c'est peut-être ça, Christian. C'est exactement pour ça que je suis… » Sa voix se brisa. « … celle que je suis. »

Au même instant, ce fut comme si quelque chose s'était désintégré en lui également.

« Une putain, avait-il murmuré. Une simple putain. »

Des étincelles avaient crépité dans les yeux de la jeune femme :

« Dans ce cas, tu ne vaux pas mieux ! Toi et tous les autres ! » Elle avait fait un pas de côté et lui avait donné un coup de pied, mais sans grande force à travers ses jupes longues : « Tu peux t'en aller ! »

Il s'était relevé lourdement, l'avait regardée comme dans une lumière nouvelle, avait reboutonné sa veste en éprouvant une sensation moite lui courir le long de l'échine.

« Oui, je crois effectivement que c'est exactement ce que je… devrais faire », s'était-il entendu répondre d'une voix qui n'était pas la sienne.

Leurs regards s'étaient croisés, comme une dernière caresse humide. Le cœur lourd, il avait su que c'était terminé, il n'embrasserait jamais plus ces lèvres, il ne toucherait jamais plus ce corps, et durant les semaines et les mois qui avaient suivi, il s'était posé la question : n'avait-il pas lu lc même chagrin, le même désir dans son regard à elle aussi ? Ou était-ce un fantasme, cela aussi, une tentative pour embellir l'ensemble et le teinter de romantisme ?

« Alors au revoir, Kristine.

– Va-t'en ! J'espère que je ne te reverrai jamais… »

Et ils ne s'étaient jamais revus ; pas encore. Il avait scrupuleusement veillé à ce que son chemin ne passe pas par chez Brekke & Fils, et s'était promis que même dix chevaux sauvages ne le feraient pas retourner à Hennbysmuget sans que ce soit véritablement nécessaire.

Lorsqu'on frappa à la porte, il regardait par l'étroite

fenêtre donnant sur Engen, sans rien voir d'autre que ses propres pensées tourmentées. On frappa derechef avant qu'il n'en prenne conscience ; il se ressaisit rapidement et alla ouvrir aux deux garçons de salle qui venaient chercher le corps de Robert Gade pour l'emporter au vieil hôpital d'Engen.

27

Annoncer un décès subit à des proches n'était malheureusement pas un travail exceptionnel pour Moland et Berstad. C'était particulièrement à l'occasion des trépas dont on pouvait soupçonner qu'ils avaient eu une origine criminelle qu'il était important que la police pût observer la réaction des plus proches parents quand ils apprenaient la nouvelle. Ce n'était pas le cas cette fois-ci. Les examens qu'avaient faits Berstad et Jørgensen au Nationale Scene confirmaient ce dont ils étaient déjà convaincus : il s'agissait d'un suicide. Tous les collègues savaient fort bien que Robert Gade était en opposition ouverte avec le directeur actuel du théâtre, désapprouvait grandement ses mesures, en premier lieu en ce qui le concernait lui. Ces derniers temps, il s'était montré à la fois irascible et déprimé, *presque à la même seconde*, comme l'avait dit l'une de ses collègues.

Jørgensen fut renvoyé au commissariat, Moland demanda à Berstad de l'accompagner chez « oui, la veuve Gade, doit-on sûrement dire, dorénavant… ».

Ils contournèrent le théâtre par le devant et remontèrent Fortunen vers Store Markevei. L'école primaire de Fortunen avait hissé le drapeau norvégien, et à travers les fenêtres fermées, les policiers purent tout juste entendre les échos de chants d'enfants : « *Toujours courageux quand tu avances – sur des chemins dont Dieu connaît la difficulté…*[27] » Mais ni l'un ni l'autre des policiers ne se sentait particulièrement hardi lorsque la bonne corpulente et remplie d'une certaine allégresse les abandonna à

Mme Ingrid Wilhelmine Gade, née Dünner.

Mme Gade était une femme qui avait redressé le dos et regardé l'avenir avec optimisme après chaque naissance, ce qui lui donnait un maintien légèrement penché, comme si elle était presbyte et devait constamment pencher un peu la tête en arrière pour pouvoir garder ses visiteurs dans un champ de vision acceptable. En entendant d'où ils venaient, elle sembla instantanément comprendre la raison de leur visite.

Ils formulèrent en termes prudents les motifs de leur venue.

Elle battit des paupières, et pendant quelques secondes, un voile de larmes couvrit ses yeux. Elle passa rapidement le bout de ses doigts dessus et dit d'une voix faible, comme pour elle-même :

« Je l'ai vu en le regardant, quand il est parti. » Puis, après une courte pause : « Il m'a dit adieu.

– Que voulez-vous dire ? s'enquit prudemment Moland.

– Je ne peux pas vous l'expliquer autrement. Il était né poseur, comédien depuis sa prime jeunesse. Je l'ai vu à… sa façon d'être… Comme s'il… oui… jouait la scène de ses adieux, un dernier gala au bénéfice de quelqu'un du théâtre… et quand il est parti… j'ai entendu ses pas dans l'escalier, comme s'il marchait dans une neige profonde, *pataugeait*, si je dois le formuler de la sorte. »

Elle leva un regard interrogateur vers eux, comme s'ils avaient pu avoir quelque objection.

« Il n'a laissé aucune lettre ?

– Non, je… commença-t-elle, moins sûre d'elle. Il faudrait que j'aille voir. »

Lorsqu'elle se dirigea vers la porte, les deux policiers lui firent comprendre qu'ils souhaitaient l'accompagner.

« Je trouverai le chemin toute seule, je vous remercie, les devança-t-elle, sur un ton sarcastique. Ou peut-être avez-vous peur que je puisse la subtiliser ? »

Moland s'éclaircit la voix.

« Non, nous… Bien sûr que non. »

Mais le regard qu'il lança à Berstad, quand ils furent seuls, était fort peu persuasif.

Son collègue le regarda avec attention.

« Tu n'as jamais été spécialement convaincu, toi non plus, hein ?

– Hein ?

– Que c'était à la vérité que nous avions abouti, dans l'Eksingedal, ce jour-là ?

– Eh bien…

– Est-ce que toi non plus, tu n'as pas toujours attendu qu'elle ressurgisse, d'une façon ou d'une autre ?

– Si, peut-être.

– Je l'ai dit à Krohn-Hansen il y a moins d'un an. Je suis tout sauf persuadé que nous ayons définitivement résolu l'affaire, mais il s'en est fichu, comme d'habitude. Pour lui, il valait mieux que l'affaire soit archivée et terminée, plutôt que ne soit défrisé un seul cheveu de l'un de ses frères de la loge !

– Ah bon… »

Mme Gade revint.

« Non. Rien sur son lit, rien sur la table de nuit. Est-ce qu'il y a une lettre, *d'habitude* ?

– Pas obligatoirement, répondit rapidement Moland. Mais c'est le cas de figure le plus courant. Surtout dans des milieux de notables. »

Elle regarda droit devant elle.

« Non, cela n'aurait pas été surprenant de sa part. Je veux dire, une façon de reprendre *da capo*, un dernier rappel sur scène avant que le public ne quitte la salle. Vous avez cherché dans sa loge ?

– Bien entendu, madame. C'est là que nous l'avons trouvé. »

Le soudain voile de larmes repassa sur ses yeux, tel un rideau d'argent qui tomba avant d'être remonté. Elle porta les mains à sa gorge, ferma les yeux et dut inspirer à fond plusieurs fois avant d'être de nouveau en mesure de les regarder en face.

« Je… Ça me tombe dessus tellement brutalement… Je ne me sens pas tout à fait… bien…

– Non, certainement. Nous comprenons parfaitement », la rassura Moland en lui avançant une chaise et en lui faisant signe de s'asseoir. « Nous ne nous attendions d'ailleurs à rien d'autre. »

Berstad s'était discrètement détourné, il était allé à la fenêtre et s'y était planté, dos à eux, et observait d'en haut un paysan qui arrivait de Nordnes, un tonneau de nourriture pour cochons sur sa charrette tirée par un cheval noir et suivie d'une flopée de gamins criant qui, à l'occasion, se laissaient tracter par le véhicule sur les pavés glissants. Deux jeunes femmes en manteau d'hiver à col de fourrure de renard argenté riaient sur le trottoir opposé, s'amusant des tentatives désespérées et vaines du paysan de Fana pour chasser ces gamins des rues. Au coin de Tårnsmuget, un commis s'arrêta, posa sa voiture à bras, souleva sa casquette sombre et se gratta la tête d'un air inspiré en contemplant la même scène et, selon toute probabilité, en s'estimant heureux de ne pas être personnellement concerné cette fois-ci.

Moland s'éclaircit doucement la voix.

« Dites-moi, madame Gade… Oui, je suis vraiment désolé, mais il y a quelques questions avec lesquelles nous sommes obligés de vous importuner… »

Il attendit une sorte de signal univoque de la part de son interlocutrice.

Lorsqu'elle releva vers lui un regard on ne peut plus clair, il poursuivit :

« Avez-vous la moindre idée de la raison pour laquelle votre mari… Y a-t-il eu des désaccords ? Est-ce qu'il a été déprimé ? ajouta-t-il rapidement. Ou est-ce qu'il aurait pu y avoir des raisons éco…

– Les finances n'ont jamais posé problème. Mais… Il devait bien sentir que son temps était révolu. Il l'a dit lui-même, l'autre soir : "C'est comme s'ils ne voulaient même pas me laisser franchir le seuil de la nouvelle scène, comme si mon art était censé disparaître avec l'ancienne Komedihus." »

Berstad fit brusquement volte-face devant la fenêtre.

« Vous vous souvenez du 31 décembre 1899 au soir, madame Gade ? »

Elle regarda dans sa direction, désorientée. Un frémissement violent parcourut alors son visage, et tous deux remarquèrent l'effort qu'elle dut fournir pour conserver la maîtrise de ses muscles faciaux. « Oui, je… bien sûr, je me rappelle de la veille du nouvel an 1899… C'est le jour où Frimann a été... est mort. Comme si n'importe qui d'entre nous allait l'oublier !

– Vous n'étiez pas vous-même présente à ce bal, mais... est-ce que vous vous souvenez quand votre mari est rentré à la maison, ce soir-là ?

– Non, je... » Elle s'interrompit et se tourna de nouveau vers Moland. « Dites-moi, vous ne soupçonnez quand même pas Robert de... Cette affaire a été résolue il y a neuf ans, non ? »

Moland jeta un coup d'œil inquiet à Berstad. « Oui, c'est ce que l'on a toujours... considéré. »

Mais Mme Gade n'écoutait plus. Elle s'était pliée en deux, et était penchée en avant sur sa chaise.

« Je le savais, je le savais, murmurait-elle d'une voix étranglée.

– Qu'est-ce que vous saviez ? » réagit sèchement Berstad, dont le corps faisait comme une cravache brandie devant la fenêtre.

Elle leva les yeux, avec sur le visage l'expression de quelqu'un qui souffre de sérieux maux de ventre.

« Je l'ai dit dès ce moment-là, ce n'est pas fini, ça, on n'en a pas encore vu le bout.

– À qui l'avez-vous dit ? » répliqua Berstad.

Elle sembla ne pas avoir perçu la question, car elle continua, toujours sur le même ton :

« Et ça non plus, ce n'est pas fini ! »

Un frisson parcourut Moland.

« Non ? Qu'est-ce qui vous fait dire cela ?

– Que nous sommes tous souillés !

– Euh, nous aussi ? s'inquiéta le policier.

– Par quoi ? ajouta Berstad.

– Pourquoi vous n'allez pas voir le serpent au paradis ? s'exclama Mme Gade dans un brusque accès de pathos. Pourquoi vous ne lui posez pas la question, à elle ?

– Qui ? voulut savoir Berstad.

– Vous voulez dire... » commença Moland.

Elle fit un signe de tête sec, mais ses efforts pour que son visage ne se fige pas complètement étaient manifestes.

« Vous savez on ne peut mieux à qui je fais allusion ! »

28

Ce vendredi soir de février 1909, lorsque le nouveau théâtre fut ouvert, Maren Kristine Pedersen se dirigea également vers Engen, à l'instar d'une très grande partie de la population de la ville, après que Brekke eut en personne permis à son personnel de partir à 18 heures, pour cette raison précise.

Cela faisait des semaines que les journaux annonçaient le grand événement. Une fois les invités de marque placés, les billets restants pour le premier jour furent vendus aux enchères dans la grande salle de la Loge, le lundi 8 février. Le lundi suivant, on joua la toute dernière pièce à l'ancien théâtre, *Guerriers de Helgeland*, pièce avec laquelle le Nationale Scene avait ouvert en 1876. Des billets à tarif double furent vendus à la *Librairie de M. Beyer*, dans Strandgaten.

La représentation d'adieux ne se déroula du reste pas sans histoires. Au moment d'enrichir en éclairs le mauvais temps de la scène finale, le dispositif à gaz explosa tandis que les ouvriers y versaient du magnésium à l'entonnoir. La scène fut envahie de fumée, l'un des ouvriers perdit deux doigts, une comédienne s'évanouit, et quand la fumée commença à se répandre dans la salle, quelques femmes dans le public s'en allèrent. Pourtant, les comédiens poursuivirent, de telle sorte que la panique ne s'installa pas, et on put entendre par la suite en ville que « la vieille Komedihus n'aurait pas pu avoir plus beau feu d'artifice pour sa fermeture ; je dois dire que ça n'a pas fait semblant de tomber ! ».

Les derniers jours avant les festivités d'ouverture, les magasins de tissus et d'articles de mercerie avaient fait de la publicité tous azimuts. Brekke & Fils aussi avait eu son annonce : *Ouverture du théâtre. Rendez-vous au gala ! Superbes surchemises à plastrons souples et rigides. Grands plastrons blancs pour robe. Cols modernes de différentes tailles.*

Nœuds papillons blancs, niveaux de qualité. Beaux gilets blancs, gants pour hommes, cache-col faux-cols – foulards en soie.

La présence de Sa Majesté le roi Haakon ne contribuait pas peu à faire de cette journée un événement festif dont on se souviendrait. Dans la matinée, le roi et Christian Michelsen s'étaient promenés en ville, avaient visité l'ancienne Komedihus et déposé des couronnes sur les statues de Ludvig Holberg et d'Ole Bull. Maintenant que la nuit était tombée, une foule importante affluait vers l'océan de lumières d'Engen. Deux puissantes lampes électriques éclairaient la façade du nouveau bâtiment, mais les maisons environnantes étaient elles aussi illuminées. De nombreuses lampes avaient été installées aux fenêtres, et la sombre nuit hivernale fut transformée en une fête de lumière, tandis que l'âpre noroît se trouvait tempéré par la chaleur de tous ceux qui s'attroupaient devant l'entrée principale pour avoir une chance d'entrevoir les invités. Dès 18 heures, les premières voitures arrivèrent, et les invités en tenue de gala issus des familles les plus distinguées de la ville en sortirent, les femmes en créations qui leur descendaient jusqu'aux pieds, dissimulées sous des manteaux bleu roi, les hommes en habit, un manteau noir sur les épaules. Les yeux légèrement plissés, ils laissaient un regard errer sur la foule ondoyante, aveugles comme des poules de batterie, tout en écoutant le murmure enthousiaste des classes populaires.

Plus l'heure approchait, plus le rang des invités grossissait : le directeur Helgesen et madame arrivèrent deux voitures avant l'armateur Dünner, qui leva la main à l'attention des spectateurs, *on ne sait jamais, il y a peut-être quelqu'un des bateaux parmi eux*, tandis que le consul Brandt menait rapidement son épouse dans le hall, comme pour la mettre à l'abri des regards curieux.

À 19 h 35, l'armateur Michelsen et le directeur du théâtre Hansson piétinaient nerveusement sur le trottoir devant le bâtiment en jetant des coups d'œil dans Logegaten, vers Torvalmenningen. On entendit alors une clameur croissante dans la foule, et un incendie sembla parcourir les rangs :

« Le roi arrive ! Vive Sa Majesté ! Hourra ! Hourra ! »

Le carrosse noir tiré par les chevaux brun foncé vira devant le théâtre, et le roi, en civil, vêtu d'un manteau sombre et d'un chapeau haut-de-forme, descendit élégamment du marchepied. Il salua convenablement Michelsen et Hansson, se retourna et reçut la main levée les acclamations de la foule, avant d'entrer, légèrement penché en avant, avec un petit sourire, par la porte que Michelsen lui tenait ouverte.

Il ressemble davantage à un comptable qu'à un roi, songea Maren Kristine Pedersen depuis son poste d'observation, bien enveloppée dans le reste de l'assistance. Elle avait froid aux pieds dans ses fines bottines à boutons, et une désagréable sensation d'humidité dans les narines annonçait un rhume naissant.

Un sourire narquois sur les lèvres, elle les avait regardés arriver, l'un après l'autre. Comment auraient-ils réagi en la découvrant tout à coup, au sein de cette masse populaire dont elle venait en réalité ? Qu'auraient dit leurs élégantes moitiés, si elles avaient su… Oui, elle lança un petit coup d'œil alentour, se demandant comment ceux qui se trouvaient autour d'elle auraient réagi si elle avait brusquement crié à l'armateur Dünner :

« Comment ça va, depuis l'autre jour, Ludde[28] ? »

Ou au consul Brandt, ou au directeur Helgesen :

« Salut, salut ! Ravie de vous revoir ! »

Mais ce qu'elle observait depuis la place devant le Nationale Scene, c'était la vie de ces personnages officiels, qui évoluaient parmi les membres de la famille royale et les diplomates, au milieu des colliers de perles et des diadèmes. Là-dedans, dans la salle décorée pour l'occasion, si claire et si belle qu'une pauvre fille aurait été aveuglée rien qu'en y entrant, c'était là-dedans qu'ils emmenaient leurs épouses légitimes, leurs accompagnatrices de toute une vie et non leurs *maîtresses* ou leurs dames de compagnie, à supposer que celles-ci les aient jamais vus nus et dépouillés de tous leurs complexes, et qu'elles aient fait en leur compagnie des choses dont leurs épouses avaient à peine entendu parler, et encore moins pensé que leurs époux puissent les faire.

Elle ressentait une douce sensation de puissance, dans tout son corps plein de secrets, à l'idée qu'à défaut d'autre chose, elle pouvait toujours faire éclater un ou deux scandales. Qui passeraient certainement au bout d'un moment, et la principale victime, au final, ce serait très certainement elle, mais la possibilité existait, et dans une ville comme celle-ci... Cela resterait collé à ceux qu'elle avait compromis – pendant des décennies !

Lorsque la porte se referma derrière le roi, elle frissonna, replia plus étroitement son col sous son menton et gagna rapidement Kalmargjerdet, le large tronçon qui montait vers Østre Muralmenning, Lille Markevei et le sommet de Hennebysmuget. Elle avait froid, mais la cause n'en était pas uniquement ce temps glacial de février ; c'était un froid issu des profondeurs de son âme, et un sentiment de solitude sur lequel elle n'avait aucune difficulté à mettre un nom : elle aurait si volontiers répondu oui, quand il l'avait demandé ! S'il y avait quelqu'un avec qui elle aurait voulu avoir des enfants, c'était bien lui !

En février 1909, Maren Kristine Pedersen avait trente-cinq ans, elle avait eu davantage de prétendants qu'elle n'aimait à se le remémorer. La vie avait été un chemin au bord de l'illégalité, depuis ce dimanche après-midi étrangement paresseux, dans le grenier, quand elle s'était offerte à son propre frère avec la même évidence que s'ils avaient été Adam et Ève dans le Jardin d'Éden, et que s'il n'y avait eu aucune autre possibilité ; rassasiés des restes du repas de fête que leur beau-père avait préparé à l'hôtel Scandinavie la veille au soir, mais affamés d'une chose dont ils ignoraient encore la nature. À partir de ce moment-là, la vie avait changé de couleur. Par la suite, quand son frère devint officier des douanes, elle fut convaincue que les raisons étaient les mêmes. Mais il choisit de consacrer sa vie à veiller à ce que les gens respectent les règles et des ordonnances mieux que lui-même l'avait jadis fait. Tandis qu'elle, de son côté, avait continué à les enfreindre, année après année, faisant d'une vie dissolue un devoir et menant une existence d'oiseau migrateur, quelqu'un qui collectionnait les trophées inaccessibles. Seuls fort peu de ces hommes l'avaient émue au plus profond d'elle-même, comme s'ils avaient fait remonter leur main en elle, en un mouvement obscène, pour la saisir au cœur et ne plus la lâcher. Le premier était Jens Andreas, qui disait venir d'une grosse ferme dans l'Eksingedal, et avec qui elle s'était fiancée, parce qu'elle pensait encore pouvoir mener une vie classique, mais dont elle avait compris par la suite qu'il l'avait trompée en usant de sa charmante nature, et elle l'avait en conséquence rejeté. Un autre était Robert Gade, qui en dépit de son attitude de poseur nombriliste, avait dévoilé des talents d'amant remarquables, présentant une telle variété dans ce qu'il faisait avec elle qu'elle s'était demandé si tout n'était pas qu'un jeu de rôles, s'il ne l'aimait pas simplement dans le costume d'un autre, un Pâris, un Roméo, un Don Juan. Et le troisième était Christian Moland, le policier, parce qu'il avait été si différent dans sa sincérité, si tendre, juvénile et désespérément amoureux d'elle que cela lui avait donné l'impression d'être aussi jeune et troublée, ramenée dans un Éden qu'elle avait quitté depuis longtemps et qu'elle ne s'était pas attendue à revoir un jour, après avoir spontanément goûté au fruit défendu.

Mais… ?

Au moment où elle entrait, elle découvrit une lettre par terre. Surprise, elle se pencha et la ramassa.

L'enveloppe était beige pâle, comme de la coquille d'œuf, et c'était son nom qui était inscrit dessus. L'écriture laissait quelques doutes… *Est-ce que ce pourrait être… ?*

Non…

Elle entra avec la lettre, alluma la lampe à paraffine audessus de la petite table du salon, suspendit son manteau sur un dossier de chaise, retira l'épingle de ses cheveux et son chapeau.

Puis elle s'assit, se frotta vigoureusement les mains l'une contre l'autre, sentant le froid qu'il faisait à l'intérieur, et regarda la lettre posée sur le plateau brun sombre devant elle. *Qu'est-ce que c'est que ça ? Une lettre d'amour, ou bien… tout autre chose ?*

Elle décacheta le pli.

Dès la première phrase, elle comprit qui en était l'auteur. Personne d'autre que Robert Gade ne pouvait l'appeler « Muse de ma vie ! ». Pendant une seconde ou deux, elle ressentit comme un coup au cœur : était-ce possible que ce fût une invitation en retard pour la représentation de ce soir ? Aurait-elle malgré tout pu avoir sa place dans la salle, dans la chaleur et la lumière… aux seconds balcons, en tout état de cause, si ce n'était mieux ?

Après avoir parcouru la première page, elle eut l'impression de recevoir un coup de poing dans le ventre. *Non, oh non !*

Elle retint son souffle si longtemps que son champ de vision commença presque à s'obscurcir, et elle laissa échapper un gros sanglot. Elle ferma un poing, le tint contre sa bouche, se mordit les phalanges et poursuivit sa lecture. Les larmes finirent par couler sans retenue, et en arrivant aux phrases d'adieux, qui ne laissaient aucun doute quant à ce que Robert Gade avait prévu de faire, elle éclata en sanglots douloureux et incontrôlés qu'elle n'avait pas connus depuis qu'elle avait dix ans, depuis le jour où sa meilleure amie s'était noyée dans un accident de bateau sur le Puddefjord. *Oh, Robert…*

Pendant toutes ces années, il avait *su* ! Et il venait de faire d'elle sa confidente, sa… conjurée !

Elle relut l'ensemble une fois, deux fois, trois fois. Durant les années à venir, elle reprendrait à intervalles réguliers la lettre d'adieux de Robert Gade, elle lirait ce qui y figurait, avec à chaque fois la même sensation inexplicable de le lire pour la toute première fois, comme si ces choses-là ne pouvaient pas être vraies, n'étaient jamais arrivées, et n'étaient en tout cas jamais parvenues dans sa tête…

Mais alors ne devait-elle pas… aller voir la police ? À défaut d'autre chose, cela réhabiliterait de façon posthume Andreas. Mais que dire des conséquences, pour elle-même, pour les autres personnes concernées, la veuve du consul Frimann, ses enfants, et…

Le coupable. Elle se le dit, avec une certaine solennité, comme s'il s'agissait d'un titre honorifique.

« Le coupable », énonça-t-elle à voix haute, pour entendre ce que cela faisait. « Je sais qui est le coupable… »

Elle replia la lettre, la glissa soigneusement dans son enveloppe et regarda autour d'elle avant de se lever, de traverser la pièce, de plier le courrier en deux pour le fourrer dans le vase chinois posé sur le secrétaire brun sombre où elle rangeait ses nappes, serviettes et couverts, mais qu'elle ouvrait rarement car elle n'avait jamais plus d'un seul invité, et les visiteurs ne venaient pas pour se rassasier d'autre chose que d'elle, dans le meilleur des cas avec un verre de Bourgogne ou une chope de bière mousseuse pour se remettre après l'effort.

Lorsqu'on frappa au heurtoir une demi-heure plus tard, elle était préparée à ce qu'il adviendrait.

29

Ils se sentaient comme deux employés des pompes funèbres, tout en haut de Hennebysmuget, Christian Moland nettement plus mal à l'aise qu'Ole Berstad, certes, bien qu'il fît de son mieux pour le dissimuler. Dans cette étroite ruelle, l'air avait des relents d'humidité chronique, une vague touche de moisissures qui enveloppait les rangées de maisons de part et d'autre, tel un vernis, et ce, même par les journées les plus chaudes d'été.

La maison peinte en vert dans laquelle vivait Maren Kristine Pedersen était petite mais bien tenue.

« Elle a dû faire un gros héritage », commenta Berstad au moment de se servir du beau heurtoir en forme de petite tête de lion.

Moland marmonna en reculant d'un pas. Il leva les yeux vers la fenêtre dans le petit pignon, où se trouvait la chambre à coucher. La vitre était noire et morte, les rideaux blancs tirés.

La porte s'ouvrit alors, et elle les regarda.

« Oui ? »

Moland lui retourna son regard. Sa langue s'était changée en parasite dans sa bouche, et il ne parvint pas à articuler un seul mot. Dans la faible lumière de la lampe à gaz, elle ressemblait à un personnage féminin d'Edvard Munch, où seuls les traits forts, les pommettes hautes et la grande bouche se détachaient dans le noir.

Berstad leva son chapeau et s'adressa à elle de sa voix habituelle, légèrement aigre-douce :

« Je ne sais pas si vous vous souvenez de nous, mademoiselle Pedersen. Nous sommes de la Brigade d'Investigations de la police.

– Oui, je me souviens de vous. » Elle garda les yeux sur Moland, sarcastique, provocante, avant de se tourner vers Berstad. « C'est à quel sujet ? »

Moland émit un son inarticulé, comme s'il était victime d'une légère quinte de croup, et ce fut de nouveau Berstad qui dut prendre l'initiative, non sans un regard en biais plein d'une ironie mordante.

« Si nous pouvions entrer… Il s'agit d'un décès subit. »

Elle fit quelques pas en arrière, *dans les ténèbres*, songea Moland, pour qu'ils puissent suivre.

« Entrez… Oui, vous connaissez le chemin », ajouta-t-elle lorsqu'ils furent dans l'entrée.

Moland s'assombrit.

« No-on, répondit Berstad d'une petite voix. Vous faites erreur, mademoiselle Pedersen. Vous n'habitiez pas ici, la dernière fois que nous sommes venus vous voir.

– Oh, j'oubliais », s'excusa-t-elle, le souffle court.

Mais dans le dos de Berstad, elle regardait Moland, les lèvres légèrement entrouvertes.

En dépit du froid qu'il faisait à l'extérieur, Moland prit conscience qu'il transpirait. Ses aisselles étaient moites, et une trace humide et froide d'escargot lui courait le long du dos. Mais il eut suffisamment de présence d'esprit pour s'arrêter, juste derrière son collègue, se retourner vers Maren Kristine et prononcer les premiers mots qu'il parvint à articuler depuis qu'elle avait ouvert la porte :

« Mais je vous laisse nous montrer le chemin, mademoiselle Pedersen…

– Jusqu'où ? s'enquit-elle en haussant un sourcil ironique.

– Jus… »

Moland toussota sèchement, fit un signe de tête et agita une main devant lui.

« Oui, mais alors c'est ici... »

Elle passa prestement devant eux, en bougeant un peu plus les hanches que des femmes bien éduquées s'autorisent à le faire et pivota rapidement sur les talons.

« Prenez place, messieurs. Oui, c'est donc le séjour, ajouta-t-elle après un tout petit temps d'arrêt.

– Vous avez fait votre chemin dans la vie, mademoiselle Pedersen », remarqua Berstad en jetant un coup d'œil éloquent autour de lui, avant de remonter méticuleusement son pantalon jusque sous le genou et de s'asseoir dans le canapé.

« J'ai eu de la chance, et j'ai obtenu un poste supérieur dans la société. »

Il la regarda avec malice. « Mmm ? »

Moland était resté debout.

« Oui, mademoiselle Pedersen, il s'agit donc de...

– Vous ne voulez pas vous asseoir ? demanda-t-elle en se tournant de nouveau vers lui.

– Je... suis très bien debout... Le comédien Robert Gade est mort. »

Elle se figea, comme si elle attendait une suite.

« Ah ? Comment est-ce arrivé ? voulut-elle savoir, voyant qu'un silence s'était installé.

– Il... Selon toute vraisemblance, il s'est suicidé.

– Oh, mais... commença-t-elle en portant une main à sa gorge.

– Une surdose de médicaments. Mais nous ne pensons pas que ce soit un accident.

– Pour quelle raison ?

– Vous... vous connaissiez, je crois ?

– Qui a dit cela ? rétorqua-t-elle sèchement.

– Euh... hésita Moland en baissant les yeux.

– Son épouse, intervint Berstad.

– Son... Eh bien ! » Pendant un court instant, elle les regarda avec une expression de surprise. « Oui, j'ai effectivement travaillé au théâtre, à une époque...

– Oui, nous en avons eu vent, répondit Berstad en pinçant les lèvres. Au département des costumes, c'est bien cela ?

– À l'atelier de couture, oui !

– Mais vous avez dû quitter ce poste, si j'ai bien suivi ?

– Oui ! répliqua-t-elle en fusillant le policier du regard. C'est... c'est à ce moment-là que je suis entrée chez Brekke & Fils.

– Où vous avez rapidement commencé à chercher des moyens d'épargner !

– Qu'est-ce que... » Elle se tourna vers Moland. « Je n'accepte pas ce genre de choses, Chr...

– D'accord ! l'interrompit-il. Mais... »

Berstad avait bondi comme une balle en caoutchouc.« Ne perdons pas de temps à tourner autour du pot, mademoiselle Pedersen. Vous n'ignorez pas que nous savons déjà quel genre de femme vous êtes ! Nous...

– Quel genre de f...

– ... l'avons découvert dès 1900. Votre relation avec le consul Frimann était celle d'une cocotte, et il était très certainement loin d'être le seul !

– Alors ça, vous l'avez découvert ! rétorqua-t-elle en se tournant légèrement vers Moland.

– Allons, allons ! Nous n'allons pas... » commença Moland. Il s'approcha de son collègue. « Nous devrions peut-être tenter d'expédier cela de façon plus... courtoise ?

– Très bien, monsieur l'inspecteur ! s'exclama Berstad avec un regard mauvais à l'attention de son aîné. Comme vous voulez. Ne me laissez surtout pas pourrir cette bonne ambiance... »

L'air vexé, il se laissa lourdement retomber dans le canapé, et se mit à tambouriner de ses doigts sur son genou, comme une sorte de protestation silencieuse, menaçante, contre la façon de procéder de son collègue.

Moland se tourna vers Maren Kristine, lui lança un regard suppliant, *ne me trahis pas, s'il te plaît, ça va se savoir*, et toussota faiblement :

« Nous avons demandé à Mme Gade si son mari avait laissé une lettre, mais... ce n'était pas le cas. Au cours de la conversation, il est apparu – je ne me rappelle pas comment, mais – un lien possible avec ce qui s'est passé à l'époque, en 1900, concernant le consul Frimann.

Et quand nous avons demandé *comment*, elle a répondu ne pas savoir, mais nous a demandé pourquoi nous ne te poserions pas la question, je veux dire, à vous ?

– Moi ? Elle a… dit mon nom ?

– Non, mais… nous l'avons compris à sa façon de formuler les choses. »

Son regard étincela.

« Alors mon existence n'est pas inconnue de ces dames distinguées non plus ?

– Vous savez comment ces choses-là se savent, répondit Moland en haussant les épaules.

– Oui ? Vous parlez d'après votre expérience personnelle, peut-être ? »

Le visage du policier se crispa.

« Non, mais… » Il se mit à entortiller nerveusement ses doigts, comme un écolier lésé. « Nous vous prions de répondre à la question suivante, mademoiselle Pedersen… La veille du nouvel an 1900, quand le consul Frimann a été assassiné, après une visite chez vous… Je veux dire, est-ce que vous connaissiez *déjà* Robert Gade à l'époque ?

– *Déjà ?* Mais j'avais déjà travaillé au théâtre. J'ai compris que…

– Oui ?

– Ce n'est pas lui qui vous a menés à moi, à l'époque ?

– Si ? répondit Moland, déboussolé. Bien sûr !

– Bon sang de bonsoir ! s'écria un Berstad torturé dans le canapé. Entreteniez-vous une relation avec Robert Gade, c'est ce que M. Moland essaie de vous demander !

– Une rel…

– Oui ! aboya Berstad en se relevant. Est-il concevable que Robert Gade soit venu vous voir, lui aussi, cette nuit-là, qu'il ait vu le consul Frimann quand il a quitté… votre boudoir, qu'il l'ait suivi, et… comment dit-on, fou de jalousie, qu'il l'ait peut-être… assassiné ?

– Fou de jalousie ! Robert Gade ? Dans ce cas, il aurait fallu que je lui vole un rôle !

– Il n'y a pas matière à plaisanter, mademoiselle Pedersen !

– Je ne plaisante pas ! Non, je n'entretenais pas de relation avec Robert Gade, pas à ce moment-là ; et non, je ne peux pas imaginer que… S'il était sous mes fenêtres cette nuit-là, c'était de sa propre initiative, et je… n'en avais absolument pas connaissance !

– Absolument pas connaissance ? Vous vous exprimez bien curieusement, Mlle Pedersen. »

Moland avait entendu la même chose : *je… n'en avais absolument pas connaissance* ! Presque comme la confession d'une relation existante, comme si elle disait que « oui, il était sous mes fenêtres, mais je ne le savais pas… ».

Il se racla la gorge.

« Il l'a peut-être dit par la suite ?

– Par la suite ?

– Oui, je… » Il s'obligea à soutenir son regard. « Vous avez vous-même dit que vous n'entreteniez pas de relation avec Robert Gade *à ce moment-là*. Mais plus tard, donc ?

– Ou avant ! Il a coulé tant de fleuves dans la mer, depuis, mon bon… ami.

– Je ne suis pas votre ami !

– J'ai dit ami ? Je voulais dire *monsieur*, bien entendu. »

Pendant une fraction de seconde, il distingua le bout de sa langue entre ses incisives jaunâtres.

« Eh bien ! Que répondez-vous ? »

Elle fit un large geste des bras et frissonna légèrement dans son fin chemisier.

« Je réponds que je n'ai rien vu, rien entendu, et que je ne sais rien ! »

Ils se regardèrent un moment. Il voyait le sang battre dans les vaisseaux sur le côté de son cou, en sentait littéralement le frémissement visible contre ses lèvres, tel qu'il l'avait senti tant de fois, mêlé au parfum acide de citron et de transpiration lorsqu'ils s'étaient donnés sans ménagement l'un à l'autre, entrelaçant leurs doigts, mélangeant sécrétions, salives, semence et l'huile transparente qui filtrait sans tarir des sources qu'elle avait en elle. Une faim si brutale apparut, un vide si impressionnant en lui, qu'il se sentit défaillir, et sans bien maîtriser ses mouvements, il baissa les yeux, fit quelques pas de côté et parut chercher quelque chose du regard autour de lui.

« Non, alors… » Puis, s'adressant à Berstad, la tête un peu penchée : « Alors… on y va ? »

Berstad lui retourna un regard inquisiteur.

« M. l'inspecteur de police a donc eu les réponses aux questions qu'il était venu poser ?

– Ce n'est pas le cas ?

– À sotte question… » répondit l'autre en levant les yeux au ciel, avant de pousser un gros soupir. « Mais c'est votre affaire, monsieur l'inspecteur. Ne me laissez surtout pas interférer dans le cours de vos pensées… » Il fit une révérence ironique à Maren Kristine Pedersen. « Nous nous retirons donc, mademoiselle Pedersen. Nous vous avons certainement dérangée trop longtemps dans vos… occupations quotidiennes. »

Les yeux de la femme s'embrasèrent, et Moland s'interposa rapidement.

« Nous vous remercions de nous avoir reçus, mademoiselle Pedersen. Je suis désolé que nous ayons dû vous apporter cette… triste nouvelle. »

Elle haussa ostensiblement les épaules, déglutit en regardant loin à travers lui, comme si cela n'avait aucune espèce d'importance, *Robert Gade, qui était-il donc ?*

Mais quand elle eut refermé derrière les deux policiers, elle resta le front collé contre la porte, si pesamment qu'au bout d'un moment, elle sentit le froid de l'extérieur traverser le bois et son front, tandis que les larmes coulaient et ruisselaient sur ses joues blêmes, les pleurs montant en longs sanglots impétueux des profondeurs de son ventre.

Elle entra ensuite au salon, plongea la main dans le vase chinois, en sortit la lettre pliée et la lut encore une fois.

Elle se leva, alla à la fenêtre, écarta le rideau et regarda dans la ruelle. Les deux policiers avaient disparu.

Le gel faisait scintiller le pavé, comme les écailles d'un gigantesque reptile. Un irrépressible frisson la parcourut. Elle repoussa brutalement le rideau, courba la nuque et resta un moment à fixer des yeux l'encoignure blanche de la fenêtre, comme si la réponse au mystère de la vie s'y trouvait inscrite.

Le temps semblait s'être arrêté, une journée entière, lorsqu'elle se redressa enfin, tourna le dos à la fenêtre et commença pour de bon à chercher une cachette.

30

Torleif Nesbø vit la première automobile de sa vie le mercredi 3 novembre 1909, à 10 h 50, en descendant avec son épouse depuis peu Trine et les deux enfants de cette dernière, Malvin et Martha, sur le quai de la gare de Lille Lungegårdsvann à Bergen et en tournant un regard bleu et plein d'espoir vers le cœur de la ville.

Le temps était légèrement couvert mais beau, une faible brise soufflait du nord. À l'autre extrémité de la grande place couverte de graviers, au nord-ouest du lac, il vit un véhicule noir brillant, qui devait par la suite apparaître comme le seul moyen de locomotion motorisé de la ville à cette époque, une Windhoff allemande pouvant embarquer cinq personnes et immatriculée N° 1. Elle avançait avec force claquements et explosions, en laissant derrière elle un nuage de fumée gris-brun qui tenait la dragée haute aux plus lourdes locomotives à vapeur de la Bergensbane dans l'ascension du Raundal par une soirée grise d'octobre.

« Qu'est-ce que c'est que ça, Torleif ? béa Malvin.

– Je ne sais pas trop. Mais là-bas, en tout cas, tu peux voir un tram. »

Il tendit un doigt devant le drôle de petit bâtiment semblable à la décoration du gâteau au massepain que des touristes allemands avaient naguère mangé à côté de lui à Voss. Un tramway vert passait devant l'hôtel Norvège, orné d'une longue tige inclinée vers l'arrière qui créait de brèves étincelles au contact des caténaires. L'ouvrier de vingt-deux ans de l'Eksingedal, tout jeune marié, avait les yeux brillants.

« Presque comme un petit train, tu vois ? »

Malvin hocha la tête, en petit adulte. Les trains, il savait ce que c'était.

Morceau par morceau, les ouvriers avaient dompté la montagne. L'ouverture officielle du Gravahals avait eu lieu le 31 août 1905. Torleif avait participé aux festivités à Uppsete, où ni le café ni les gâteaux n'avaient manqué, y compris pour les travailleurs migrants. Ensemble, ils avaient parcouru le tunnel long de 5 311 mètres jusqu'à Myrdal, puis étaient descendus à Kårdal dans le Flåmsdal, où une grande fête avait été organisée pour eux, contractuels comme ouvriers.

Le mercredi 9 octobre 1907, un train en provenance de Myrdal et un autre venu de l'est se rencontrèrent pour la première fois à Ustaoset, dans la liesse générale. Les essais de l'ensemble de la ligne démarrèrent dans le courant 1907, avant que l'hiver fortement enneigé qui suivit, avec son lot incessant d'intempéries en montagne, ne finisse par interrompre toute communication sur les hauts plateaux. L'un des trains resta bloqué pendant quatre jours dans la neige avant d'être dégagé. En juin 1908, le trafic régulier reprit néanmoins, mais les voyageurs ne pouvaient encore aller plus loin que Gulsvik, dans le Hallingdal. Arrivés là, ils devaient traverser le Krøder grâce aux vapeurs *Krøderen* ou *Norfjell*, pour prendre à nouveau le train jusqu'à la gare de Kristiania Vestbanestasjon.

Ce ne fut qu'en novembre 1909 que la dernière partie de la Bergensbane, entre Hønefoss et Roa, fut achevée. Le mercredi 24 novembre, le premier train parcourut la ligne ininterrompue entre Bergen et Kristiania, transportant un groupe de citoyens de marque de la capitale du Vestland avec à leur tête le maire Geelmuyden. Le vendredi, un grand banquet eut lieu à Kristiania, et le samedi 27 novembre, un train tiré par deux locomotives et décoré de drapeaux et de branches de sapin conduisit le roi Haakon, des représentants diplomatiques étrangers, le gouvernement, les parlementaires, les dirigeants de la compagnie de Chemins de Fer et des représentants de la presse depuis une Østbanestasjon[29] en tenue de fête par-delà la montagne jusqu'à Bergen.

Une barrière avait été franchie. C'était comme si le royaume lui-même retenait son souffle et se ceignait d'une ceinture, la serrait d'un bon nombre de trous de plus que par le passé et paraissait ainsi plus mince, plus facilement accessible et plus moderne, le premier pas dans le XXe siècle que la jeune nation faisait.

Dans toutes les gares le long de la ligne, des gens étaient venus clamer leur enthousiasme au passage du train. Dans les Hardangervidda, le convoi fut accueilli par un vent force 7, des bourrasques de neige et une température qui dessina des nuages de vapeur aussi bien autour de la bouche de Sa haute et fière Majesté que de sa suite replète, lorsque le maire d'Ulvik leur souhaita la bienvenue dans le Vestland. Le train poursuivit sa route jusqu'à Voss, où le maire salua le roi dans le dialecte local sonnant, tandis que Sa Majesté, dans son discours à l'imposante table du dîner, qualifiait la Bergensbane de « prouesse de notre génération ». À l'issue du repas, le roi remercia les ouvriers et distribua ses médailles du mérite en argent aux surveillants, chefs d'équipes et contremaîtres de l'époque.

Il pleuvait sans discontinuer lorsque le train 601 reprit sa route dans l'obscurité, à 20 h 40, mais lorsqu'il passa le Nygårdsbro dans un nuage de vapeur trois heures plus tard, il fut accueilli par une ville en fête. Feux d'artifice, flambeaux et autres dispositifs d'illuminations avaient transformé la ligne en gigantesque rue de parade jusqu'à Nesttun, en des Champs-Élysées[30] locales. Le secteur de la gare était éclairé par de puissants feux à gaz et décoré de couronnes et de drapeaux. Au milieu de Lille Lungegårdsvann, un grand bûcher flambait avec ardeur dans le vent vif, et des barques et de petits vapeurs naviguaient autour avec des feux de Bengale et des chandelles romaines. Sur l'autre rive du lac, tous les bâtiments étaient magnifiquement illuminés, depuis l'hôtel Metropol jusqu'à la somptueuse maison de retraite de la Fédération des artisans et de l'industrie, au coin de Strømgaten, en passant par l'école Hamros, l'école Lungegårdens et la Loge des francs-maçons. À 23 heures, des tambours sonnèrent le rassemblement sur l'emplacement de l'ancienne usine à gaz pour un défilé aux flambeaux, qui avait suivi Kaigaten vers le Børnepark, où des milliers de personnes étaient à présent rassemblées. La ville tout entière était illuminée, et des flambeaux étaient allumés jusqu'aux contreforts du mont Fløien, pour souhaiter ainsi la bienvenue aux temps modernes.

Torleif Nesbø, Trine et les deux enfants étaient au cœur de la foule enthousiaste des spectateurs lorsqu'ils entendirent siffler le train sur la Nygårdsbro et le virent laisser échapper un nuage de fumée et de vapeur tacheté d'étincelles rouge sombre, avant qu'il n'entre dans le court tunnel de Fredrikspris, comme un signal céleste de ce qui se déroulait. Peu de temps après, la grosse locomotive apparut près de la centrale électrique à vapeur, si noire et terrifiante que la petite Martha se mit à brailler, bien qu'elle fût assise en sécurité sur le bras de Torleif. Malvin tendit la tête entre deux personnes devant eux, et son visage resplendit d'admiration.

« Regarde, Torleif, il arrive ! »

Torleif tenta quelques mots rassurants à l'adresse de la petite fille, tout en faisant un signe de tête à Malvin et en lançant à Trine un regard plein de fierté, comme pour signifier : *Si nous n'avions pas été là, ça n'aurait jamais pu marcher !*

Une bonne sensation de chaleur le traversait à chaque fois qu'il regardait Trine, une sensation qu'il ne pouvait pas expliquer, mais qui avait été présente dès la première fois qu'il l'avait vue autour de la table dans la baraque d'ouvriers, à Uppsete. À la fin de l'automne 1905, quand le travail avait été interrompu à la suite de l'accident dans le Reinungatunnel, il était rentré chez lui dans un train de service en partance de Myrdal. À Reimegrend, il était descendu du train et avait continué à pied, jusqu'à Skiple, à la chapelle funéraire et au cimetière du Raundal, où les travailleurs itinérants qui avaient perdu la vie sur la partie ouest du chantier avaient été enterrés. Il y trouva une croix en bois récente dans laquelle le nom de Gudmund Bergo avait été gravé au couteau. Il passa la nuit à Skiple. Le lendemain, un garçon de ferme qui allait à Voss l'emmena dans sa charrette, mais en arrivant à Urdland, il sauta, jeta son sac sur l'épaule et demanda rapidement le chemin de la ferme où il pourrait trouver Trine Tufte.

Il avait régulièrement revécu leurs retrouvailles, par ce jour pâle de novembre, alors que le soleil était si bas qu'il balayait à peine les parties les plus hautes de la vallée. Dans son dos, le ciel d'après-midi était d'un bleu tirant sur le blanc, semé de quelques nuages gris filandreux et ébouriffés comme des chenaux jetés çà et là dans le fjord. Il avait frappé à la porte du bâtiment principal peint en blanc, de l'autre côté de la route. Un mouton poussait des bêlements faibles et inquiétants depuis un autre bâtiment, et le puissant bruissement de la rivière, qui descendait elle aussi vers le Vangsvatn, lui parvenait depuis la vallée.

La porte s'ouvrit, une silhouette voûtée apparut, et un visage de femme étroit et marqué par le chagrin, un visage dans lequel le temps avait imprimé des rides profondes, se leva vers lui.

Torleif ôta son chapeau d'un geste rapide.

« Oui, bien le bonjour, c'était… Je cherchais Trine. »

La femme poussa un gros soupir et fit demi-tour, mais Trine était déjà apparue dans le tambour derrière elle, un petit ballot de vêtements dans les bras et des yeux qui regardaient Torleif comme l'auraient fait ceux de sa mère. Elle était plus pâle qu'avant, et plus maigre qu'il l'avait jamais vue, elle avait des poches sombres sous les yeux et une fine couche humide sur la peau, comme si elle était malade. Ses lèvres étaient sèches et gercées, sa voix faible et monocorde.

« C'est toi, Torleif ? »

Elle ressemblait pourtant à un ange devant la tombe de Dieu, et il changea de pied d'appui.

« Oui, je ne pouvais quand même pas passer sans venir dire bonjour, je me suis dit, répondit-il hardiment.

– Où vas-tu ?

– À la maison, je pense. Et puis j'aviserai. Je retournerai sur le chantier au printemps, en tous les cas. Il y a eu un autre éboulement…

– Oui, je l'ai appris. Mais… Entre. Je ne veux pas que la petite prenne froid… »

Dans la grande pièce obscure, seulement éclairée par la chaleur du poêle, elle replia la couverture, de sorte qu'il puisse voir la grosse tête rose. Quelques longues touffes de cheveux noirs pointaient sous le bonnet blanc jaunâtre, trahissant l'identité du père.

« Je suis aussi allé au cimetière de Skiple », expliqua-t-il simplement avant de tendre un doigt maladroit pour toucher prudemment la joue de l'enfant. Celle-ci ouvrit les yeux et le regarda, de ces mêmes yeux qui avaient cessé de pleurer, après qu'il l'avait fait tressauter et bondir sur son bras, en lui murmurant des paroles rassurantes.

« Tu dois laisser la place au roi, tu comprends, gamine », continua-t-il au moment où le roi Haakon monta à la tribune provisoire, ce qui lui donna une place encore plus dominante dans le paysage, comme un cairn, se dit Torleif.

« Pourquoi il n'a pas sa femme ? s'exclama Malvin, déçu.

– Il ne se sert pas de sa femme tous les jours, lui répondit Torleif.

– Tous les jours ! Alors que le train vient à Bergen pour la première fois ! Il a l'air… d'un lensmann ! » cracha le gamin avec mépris.

Le regard du petit bout de gamine de cinq mois – née rien moins que le 7 juin, le jour de l'indépendance, apprit-il par la suite – avait été si direct et confiant qu'en l'espace de quelques secondes, il l'avait lié encore plus étroitement à sa mère, et lorsqu'il retourna à Myrdal au printemps 1906, il était de nouveau passé par la ferme d'Urdland. Cet été-là, ils s'écrivirent des lettres, des lettres qui rythmèrent différemment la vie de chantier, avec au sommet le jour où arrivait le courrier. Ils se fiancèrent l'année suivante, et à Noël de cette année-là, il fut invité à Urdland, où il était depuis longtemps connu de la mère, du père et des cinq frères et sœurs de Trine, depuis le frère aîné Mons jusqu'à la petite dernière Kari, et lorsqu'il redescendit à Pâques, elle céda enfin à ses caresses insistantes et sans cesse plus entreprenantes, laissa d'abord la main passer, franchir vêtement après vêtement, jusqu'à ce que les gros doigts rugueux se posent sur son sillon comme une herse en automne, et la bouche comme un sceau royal contre ses lèvres, il s'introduisit avec précaution en elle, si précautionneusement qu'elle le poussa impatiemment, collant de près la partie de lui qui était en elle et l'emprisonnant entre ses cuisses avec la même puissance que si elle ne voulait jamais le lâcher. Durant l'été 1908, ils allèrent passer un week-end dans les alpages ensemble, jouèrent comme des créatures des montagnes et se baignèrent nus dans l'un des lacs – si froid qu'ils en eurent la chair de poule – pour ensuite se réchauffer au contact l'un de l'autre.

« Rappelle-toi juste une chose, Torleif. Je n'oublierai jamais Gudmund. Martha est de lui.

– Et Malvin ?

– C'était autre chose. Quelqu'un que je servais en ville, avait-elle confié avant de dissimuler son visage dans le cou de Torleif. Il est entré dans ma chambre, un soir, tout simplement, et m'a dit... que c'était comme cela que ça devait se passer. Mais ça n'allait pas très fort avec sa femme, ajouta-t-elle ensuite.

– Comment ça ?

– Elle avait quelqu'un d'autre. Elle aussi », pouffa-t-elle en passant une cuisse par-dessus les siennes, pour le laisser sentir à quel point elle était chaude.

Au début du mois d'avril 1909, avant qu'il ne reparte vers l'est pour son dernier été sur le chantier, ils reçurent la bénédiction du vicaire de la Vangskyrkje, malgré la forte désapprobation du prêtre, par une journée ensoleillée. Une neige très fine tombait sur le Vangsvatn gelé. Malvin et Martha étaient assis comme deux anges gardiens au premier rang, tandis que la famille de l'Eksingedal éprouvait de grosses difficultés à se faire à l'idée que Torleif était parti se trouver une fille plus âgée que lui de cinq ans et déjà mère de deux enfants. Sa mère lui avait jeté un regard de reproche :

« Il y a bien assez de filles par chez nous, avait-elle murmuré, aussi bien du bon âge qu'ayant gardé leur innocence, je suppose. »

Mais il était demeuré inflexible. Il avait pris sa décision, sans réellement le savoir, dès le premier jour à Uppsete, et il avait apposé son cachet ce jour de septembre 1904, quand il s'était rué sur Gudmund Bergo, ivre de jalousie, et qu'ils s'étaient à moitié entre-tués pour elle.

Elle qui, pour l'heure, était à côté de lui, vêtu en citadin, bien mis – en tout cas à ses yeux – et qui entendait le roi décrire l'entreprise qu'avait représentée la construction de la Bergensbane, « un chef-d'œuvre de l'ingénierie », comme il disait, que le monde entier regarderait avec admiration et respect. Lorsqu'il rendit ensuite hommage à tous ceux qui avaient participé à cette réalisation, Torleif Nesbø sentit que d'une certaine façon, le roi s'adressait directement à lui, comme s'il savait qu'il avait été sur place, en personne. Le visage tourné vers le ciel dans les rafales froides, il écoutait le discours de Sa Majesté, dans son danois doux, car même s'il avait intégré quelques tournures et expressions norvégiennes dans son vocabulaire, l'endroit d'où il venait ne faisait aucun doute, ce prince danois Carl devenu le roi Haakon VII du royaume de Norvège. Il était heureux qu'il ne pleuve pas.

Une fois le discours du roi terminé, la foule applaudit avec enthousiasme, tandis que Torleif recevait ces acclamations avec un petit sourire, avant de se reprendre tout à coup et d'apporter sa contribution. La fanfare attaqua et joua l'hymne royal, et ceux qui avaient appris les paroles chantèrent sans trop de conviction. Lorsque la cérémonie se termina avec *Jeg tok min nystemte*[31], il y eut nettement plus de participants, mais Torleif et Trine ne connaissant ni l'un ni l'autre, ils remuèrent les lèvres silencieusement tout en émettant quelques murmures qui pouvaient passer pour un chant.

Le roi quitta la tribune, et Torleif dut se hisser sur la pointe des pieds pour pouvoir suivre des yeux la tête casquettée à travers la foule jusqu'au carrosse qui attendait et devait conduire Sa Majesté à travers la ville illuminée jusqu'à la villa de la veuve Jebsen, à Nubben, où il passerait la nuit. Trine, qui n'était de loin pas aussi grande, observa le chemin qu'il suivit grâce aux hourras qui pleuvaient sur lui, tandis qu'un long sifflement de la locomotive marquait la fin de la cérémonie depuis la gare ferroviaire de Lille Lungegårdsvann.

Au moment où la foule commençait à abandonner les alentours de la gare, Torleif Nesbø éprouva une poignante sensation d'abandon, comme si tous les autres se rendaient à un grand banquet, quelque part en ville, auquel lui, peut-être le seul de ceux qui avaient passé des heures courbés à poser des traverses sur le sol du Gravahals, des charges de dynamite et à inhaler des vapeurs nitreuses jusqu'à s'en trouver mal, n'avait pas été invité. Ce fut peut-être cela que vit Trine lorsqu'elle glissa son bras sous celui de Torleif, en lui donnant un petit coup de hanche, avant de lui glisser d'une voix tentatrice :

« Viens, Torleif, on rentre à la maison… »

Avec Martha toujours sur le bras de Torleif et Malvin en éclaireur devant eux, ils traversèrent la ville. Bien qu'il fût près de minuit, il y avait du monde partout. Les cafés avaient reçu l'autorisation de rester ouverts toute la nuit, il y avait de la musique dans la rue, les notes de valses viennoises tintaient contre les fenêtres des grands hôtels, les gens levaient leurs flasques en pleine rue pour trinquer aux temps nouveaux, une farandole improvisée avait démarré au coin de Torvalmenningen et de Starvhusgaten, où un accordéoniste jouait, adossé à l'agence de voyages Benett. À travers une ville où des voitures à chevaux reconduisaient les gens chics chez eux et où les trams étaient si pleins que les gens se cramponnaient en constituant comme des essaims sur les plateformes ouvertes, la petite famille rentra jusqu'à la chambrette sous les combles qu'elle avait pu louer dans Kjellersmuget en attendant d'emménager dans un deux-pièces avec cuisine d'Oldersmuget, à Nøstet, qui serait libre pour Pâques.

Ils avaient bien exploité leurs premières semaines à Bergen. À leur arrivée, ils s'étaient installés chez un oncle de Trine, Hans Tufte, qui travaillait comme cordier chez Campbell Andersen, à Nordnes, et disposait d'une chambre de bonne inoccupée derrière la cuisine dans Verftsgaten. Le lendemain, Torleif Nesbø se présentait à la direction de la Compagnie des tramways de Bergen dans Strømgaten, pour savoir s'ils avaient besoin d'un gars ayant travaillé sur le chantier de la Bergensbane. Le responsable du bureau examina attentivement ses références, visiblement satisfait aussi bien de ce qu'il lisait que de ce qu'il voyait, et il fut orienté vers le directeur en personne, Andreas Falkenberg, qui l'embaucha immédiatement comme nettoyeur de rails, avec un salaire annuel de 900 couronnes, qui passerait à 1 000 couronnes après cinq ans d'ancienneté. Il fut ensuite directement envoyé au hangar de Luder Sagens gate, où un contremaître du service de l'équipement l'examina de plus près, hocha la tête avec satisfaction en entendant ce que Torleif put lui dire sur ce qu'il avait fait et appris, et lui donna la consigne de se présenter au boulot le lendemain, au même endroit. Le jour dit, à 7 heures, il était à son poste. Il avait été rapidement présenté à ses collègues, pour la plupart des gars de Bergen qui avaient jusque-là travaillé en mer, mais aussi quelques autres qui avaient travaillé sur le chantier ferroviaire dans la montagne avant de fonder une famille et de s'installer en ville. Puis l'équipe dont il devait faire partie fut emmenée à Sandviken, où l'extension de la ligne 1 en provenance de Sandvikstorvet était en cours.

Les tramways de Bergen avaient à l'époque douze ans. Les premières lignes avaient été ouvertes en juillet 1897, entre Florida et Sandviken, et entre Kalfaret et Sukkerhusbryggen. La ligne de Sandviken avait déjà été prolongée une fois, et de grands projets visant à de nouvelles extensions étaient à l'étude, entre Kalfaret et Haukeland, et jusqu'à des quartiers comme Nordnes et Møhlenpris. Il y avait un besoin urgent de poseurs de rails, et une personne ayant une expérience dans la Bergensbane était fort appréciée. Sur le plan du salaire, ils se situaient juste sous les conducteurs, et très au-dessus des contrôleurs et des ouvriers en usine. En plus de la pose des rails, l'entretien des lignes était le plus important ; ce n'était pas pour rien qu'on les gratifiait du titre de nettoyeurs de rails.

Même si le travail pouvait être à la fois pénible et épuisant, et se déroulait à l'extérieur quel que soit le temps, Torleif le perçut dès le début comme paradisiaque en comparaison de ce qu'il avait connu. Le cadre était fort différent, avec les artères principales de la ville comme lieu de travail, et le remue-ménage comme dans un film comique au cinématographe. Les nettoyeurs de rails ne se refusaient ni sifflets ni saluts enjoués à l'adresse de jeunes filles qui passaient, longues sur pattes, deux par deux, bras dessus bras dessous, leurs livres de classe dans un sac matelot sur l'épaule et les cheveux attachés en gros nœuds de tresses. Un jour, il revint si excité du travail qu'il attrapa Trine par la taille, la souleva et la fit virevolter dans toute la petite pièce, sous les yeux ahuris des enfants, la petite Martha ne sachant pas si elle devait rire ou pleurer.

« Doucement ! » avait commandé Trine en se libérant prudemment, et il avait vu un éclair de fierté et de joie dans ses yeux, qui l'avait immédiatement mis sur la voie.

« Tu es… ? Est-ce que tu vas… »

Et elle avait hoché la tête, avec fougue mais aussi d'un air mystérieux, avant de murmurer :

« Oui, je suis assez sûre… »

Et ce à quoi il pensait, en revenant de la première arrivée officielle d'un train à Bergen depuis Kristiania, c'est qu'ils n'étaient désormais plus quatre, mais cinq, et que cet enfant, *c'est le mien, rien que le mien et le sien, non, c'est le nôtre, le nôtre, le nôtre* ! Et plusieurs heures plus tard, alors que Malvin dormait sur le banc près de la table et Martha dans le lit entre eux, il passa prudemment au-dessus de l'enfant endormie, se colla tout contre Trine et la tint longtemps entre ses bras, avant que sa tête d'étalon ne se dresse de son abdomen. Elle souleva sa chemise de nuit de son ventre et se positionna doucement comme il fallait, et ils firent l'amour, plus tendrement et plus précautionneusement que jamais auparavant, comme s'il glissait son levier dans un puits de mine en velours, en coups si délicats sur le ciseau qu'il aurait encore été dans le Gravahals s'il avait travaillé ainsi là-haut. Elle l'embrassa à pleine bouche et passa le bout de ses doigts sur son visage, comme pour se le représenter dans le noir, tout en retenant son souffle pour ne pas faire de bruit et réveiller Martha. Il termina à quatre pattes au-dessus d'elle, vibrant comme d'électricité, en ne gardant que la pointe de son sexe en elle, comme une petite main d'enfant serrée ; elle chercha les montants du lit à tâtons et tandis qu'un fleuve chaud l'emplissait, elle tourna la tête vers le haut, poussa un soupir ravi comme pour un accouchement indolore, tandis qu'elle remerciait le ciel de le lui avoir envoyé, enfin, après tout le reste.

31

L'arrivée de Trine à Bergen avait été assez différente de celle de Torleif. Pour lui, ça avait été un début. Pour elle, c'était une sorte de retour.

Il lui avait été impossible de ne pas revivre la toute première fois qu'elle était arrivée en ville, en novembre 1897, pour y devenir bonne chez le marchand Monsen, à Kalfaret, qui avait des relations de commerce à Voss, et qui s'en était servi pour se réserver une fille de là-bas. Six mois plus tard, elle obtint un poste chez le consul Frimann, dans Allégaten, qui avait besoin d'une fille sur-le-champ, tandis que Monsen en avait une en trop. Elle était si jeune, à l'époque, à seulement quinze ans, confirmée à l'été et le corps plein d'inquiétude, l'âme pleine de désirs sur lesquels elle n'arrivait que tout juste à mettre des noms. Elle avait eu peur d'ouvrir la bouche, de crainte qu'ils ne rient de son dialecte, compte tenu de la façon si différente et distinguée dont ils s'exprimaient chez le marchand Monsen, depuis la gouvernante jusqu'aux enfants qui allaient à l'école ; et encore pire chez le consul Frimann, où le fils de la maison venait constamment dans la cuisine quand elle travaillait à la paillasse, se collait à elle par-derrière, posait les mains sur ses seins et disait qu'il pouvait se marier avec elle si c'était ce qu'elle voulait. Quand elle se dégageait, il levait la main comme pour frapper. Mais il ne frappait jamais, il se contentait d'exhiber un sourire crétin, de biais, comme un jeune adolescent demeuré. Ce fut le père qui vint réclamer son dû. Une nuit, au début de l'été, alors que madame était partie à leur résidence d'été de Fana, elle s'était subitement réveillée parce que quelqu'un entrait subrepticement dans son lit, lui caressait les cheveux, l'embrassait de ses lèvres molles, sous une moustache piquante, d'une bouche sentant le tabac et l'alcool, et elle avait compris à cause de cela que ce n'était pas Calle, mais quand elle avait voulu crier au secours, il avait plaqué une main sur sa bouche en lui disant qu'il en était ainsi dans toutes les maisons, que la bonne faisait ce que les messieurs disaient. Cela pouvait même rapporter des cadeaux si seulement elles se comportaient convenablement. Paralysée par la peur, elle avait senti ses mains sèches sur tout son corps, sous sa chemise de nuit et entre ses jambes ; elle avait serré les cuisses, mais il avait fermé le poing et l'avait tourné et retourné tant et si bien qu'elle avait eu mal, et avant qu'elle ait eu le temps de dire ouf, il s'était écarté d'elle, avait frotté son visage sur son ventre et était descendu jusqu'à… *et que faisait-il ? Ce n'était pas possible… ! Elle* avait senti un froid picotant sur son torse dénudé, et une chaleur malvenue plus bas, où il, où il… puis il était remonté, l'avait embrassée en collant sur elle un visage humide de sécrétions acides, et avec une douleur subite, elle le sentit venir en elle, là, en bas, et elle avait su ce qui arrivait, elle venait d'une ferme et avait vu les taureaux, au printemps, les étalons et les chiens, et elle avait prié Dieu : *Cher Dieu, ne laissez pas ceci se faire, ne laissez pas cela m'arriver, faites que ce soit un cauchemar dont je me réveillerai bientôt.* Mais lorsqu'elle s'était réveillée le lendemain matin, le drap était taché de sang sous elle, et elle avait dû le porter elle-même à la cave pour le nettoyer, en ayant une sensation désagréable et douloureuse entre les jambes, comme si on l'avait entaillée au couteau, et comme si la plaie encore ouverte frottait contre ses sous-vêtements. Il revint, plusieurs fois dans le courant de l'été et durant tout l'automne, et elle pria Dieu, sans que cela aidât, car à l'approche de Noël et de 1899, elle comprit aux signes que renvoyait son corps qu'elle était devenue fertile. *Ce sera un fruit pourri,* se dit-elle, *planté par un démon…* À présent, neuf ans après avoir quitté la ville, avec le sentiment d'être exilée, un enfant qu'elle n'avait pas désiré dans le ventre et une expérience de la vie qu'elle n'avait pas demandée, elle se posait encore une fois la question : *Pour quelle raison avait-elle dû partir ? Était-ce parce qu'elle attendait un enfant du consul ? Ou bien était-ce parce qu'elle en savait trop ?*

Elle revit le visage sec de la veuve Frimann, ce matin glacial et gris de janvier 1900, lorsque celle-ci l'avait mise à la porte, bien qu'elle l'eût suppliée à genoux de la garder. Aurait-elle dû se relever et se défendre, révéler à la veuve qu'elle était à la maison, nauséeuse, malade, ce soir de novembre où elle n'avait pas travaillé, pendant que le consul était en voyage d'affaires à Copenhague, que Rikkemor dormait et que ni Calle ni Sofie Helene n'étaient à la maison, quand le directeur Helgesen put entrer aussi discrètement qu'un voleur dans la nuit, qu'il fut conduit rapidement à travers l'entrée sans se défaire ne serait-ce que de son manteau, et qu'elle avait ensuite entendu l'écho de leurs voix depuis des appartements plus reculés, qu'il n'avait quittés que vers minuit ?

Cependant, la distance qui existait entre elle et la veuve, dont elle n'avait peut-être pas eu conscience à l'époque, la réduisait toujours au silence. À tel point qu'elle n'avait pu prononcer le moindre mot. Elle avait quitté la pièce, le cœur gros, avait remballé ses affaires et acheté son billet de train pour rentrer à la maison. Elle pensait laisser Bergen derrière elle, *pour toujours* ! Or elle s'y trouvait de nouveau, en partie réconciliée avec le destin dès la naissance de Malvin, parce qu'en dépit des ragots, de l'inimitié de ses parents, du mépris des voisins les plus stricts et des tiers, des regards curieux de ses frères et sœurs, elle l'aimait tellement qu'elle aurait pu mourir pour lui, traverser le feu et l'eau. C'est d'ailleurs ce qu'elle fit, d'une certaine façon, lorsqu'elle refoula le manque qu'elle éprouvait et le laissa à Urdland, sous la garde de ses grands-parents, tandis qu'elle allait pour sa part sur le camp de baraques d'Uppsete avec le rêve de réunir assez d'argent pour qu'il ait une bonne vie, même sans père, et chaque année passée là-bas, elle déposa davantage d'argent sur le compte qu'elle avait ouvert à son nom qu'elle n'en dépensa pour elle.

Il se trouvait aussi que le consul Frimann, avec ses mains sèches, sa bouche avide et sa langue joueuse, avait fait mûrir son corps avant l'heure, avait fait battre le sang plus fortement dans ses veines et contraint ses seins à réclamer plus ardemment la caresse, avait transformé son sexe en un petit marais de désir, si bien que quand le beau et brun Gudmund Bergo l'avait regardée, si différemment des grands travailleurs migrants barbus dont la peau des mains faisait penser à de l'écorce, elle avait fondu et s'était donnée, non pas un été, mais deux, en 1903 et 1904, la deuxième année avec Torleif comme témoin. Torleif qui était si jeune et inexpérimenté qu'il était presque comme un frère pour elle, jusqu'à ce soir de septembre, quand Gudmund et lui s'étaient écharpés dans un combat dont elle n'avait jamais vu l'équivalent, et ce, avait dit une voix en elle avec un soupir flatté, à cause d'elle… À la fin de l'automne de cette même année, quand elle avait compris qu'elle portait l'enfant de Gudmund Bergo, elle avait supposé que la meilleure chose à espérer, c'était de devenir la femme du Hallingdøl. Sans comprendre, elle avait reconnu que le sort lui avait joué encore un tour, ce jour d'hiver où il y avait eu un éboulement dans le Reinungatunnel et où tous ceux qui n'étaient pas occupés aux travaux de sauvetage attendaient à l'entrée du tunnel que les blessés et non-blessés ressortent, un par un, mais pas ceux qu'elle attendait. Puis Torleif était ressorti, seul, et ils avaient longuement regardé cette ouverture pleine de fumée, dans l'attente de celui qui n'arriva jamais, avant qu'on le sorte, tard dans la soirée, étendu sur une civière et sous une couverture en laine, comme pour qu'il ne prenne pas froid.

Pour la seconde fois, la honte l'avait raccompagnée chez elle, à Urdland, et un dimanche, sa mère rentra de l'église en disant que ce jour-là, le prêtre avait parlé des gens comme elle dans son prêche, de la façon dont l'immoralité et la débauche prendraient le dessus durant les derniers jours, « et Babylone est ton nom ! » avait grogné la mère du milieu de son petit visage fripé de putois, tordu de fureur.

Après cet accouchement, elle ne retourna pas sur le chantier. Elle resta à la ferme, aidant sa mère pour les travaux domestiques et son père dans les champs, portant de lourds bidons, montant à l'alpage en été, parfois accompagnée de Malvin, mais le plus souvent avec l'une de ses sœurs.

Elle s'attendait à tout, sauf à ce que Torleif apparaisse un jour à la porte et demande à la voir, mais à partir de cet instant, le restant du chemin fut sans mystère. Le fait d'attendre à présent, à l'âge de vingt-sept ans, son troisième enfant, mais cette fois-ci avec le seul qui fût le bon, l'emplissait d'un tel bonheur et la faisait se sentir si forte qu'elle se posa derechef la question : *Ne devait-elle pas aller voir la police pour révéler ce qu'elle savait ?*

Que la veuve Frimann était vivante, et dans la meilleure santé qui fût, elle l'avait appris de Sigrun Flekke, qui avait servi dans la maison voisine, et qu'elle avait croisée un après-midi sur le marché aux poissons. Elle avait expliqué que trois ou quatre filles étaient passées derrière elle, car la veuve n'était vraiment pas le genre de personne chez qui le service était une chose toute simple.

« Non, ça, je sais. Mais les jeunes, alors, la petite Rikkemor et... les deux autres ? »

Oui, la petite Rikkemor avait eu onze ans et vivait toujours à la maison, bien entendu, mais Calle et Sofie Helene avaient déménagé. Sigrun avait baissé le ton et regardé autour d'elle :

« Calle est devenu un vrai dandy. Qui passe son temps à traîner en ville, souvent avec des garçons moitié moins âgés que lui ; oui, on dit qu'il est un peu... tu vois... »

Ici, Sigrun avait esquissé quelques vagues gestes, que Trine n'avait pas été complètement à même d'interpréter, mais elle avait quand même cru comprendre à quoi l'autre faisait allusion.

« Mais que fait-il donc, je veux dire, il a bien un travail ?

– Pas que je sache, avait répondu Sigrun.

– Et Sofie Helene ?

– Oh, elle est mariée, avec l'un des Sundt, et elle habite dans Fjellveien. Ils ont déjà deux enfants.

– Mais la veuve, elle vit seule ?

– Oui, grands dieux, à son âge !

– Elle n'a quand même pas plus de cinquante ans !

– Oui, tu parles ! Mais ça ne l'empêche pas de recevoir des visites masculines...

– Et de qui ? »

Sigrun lui avait lancé un coup d'œil éloquent.

« De personne de plus insignifiant que le directeur Helgesen... Mais...

– Oui ?

– Non, il ne s'agit certainement que d'affaires. On dit que Mme Frimann détient un gros portefeuille dans sa nouvelle société, Helgesen & Co.

– Alors d'une certaine façon, elle avait intérêt à devenir veuve, elle ?

– Qu'est-ce que tu veux dire ? ! C'est affreux, ce qui est arrivé à son mari ! Celui qui a fait ça a eu le châtiment qu'il méritait, lui aussi, heureusement.

– Oh oui », avait répondu Trine, mais ses pensées s'étaient depuis longtemps envolées, comme des oiseaux effrayés par un bruit inattendu.

Le dimanche 28 novembre, la ville portait toujours l'empreinte de la visite royale. Il y avait plus de monde dans les rues que de coutume, vraisemblablement dans l'espoir d'apercevoir le roi s'il se promenait, avec Christian Michelsen, le maire Geelmuyden ou d'autres notables. Torleif et les enfants avaient erré, ils étaient montés jusqu'à Punktum, où ils avaient pris le tram jusqu'à l'autre bout de la ligne, à Sukkerhusbryggen, tandis qu'elle était restée à la maison et avait fait des gâteaux de viande pour le dîner, assaisonnés de poivre et enrichis en farine de gruau et en pain émietté.

Penchée sur le fourneau, elle avait eu encore davantage de temps pour gamberger. Après le dîner, alors que Torleif et Martha dormaient sur le lit et que Malvin était ressorti jouer avec quelques voisins, elle passa un manteau et un châle, elle fixa à l'aide d'une aiguille à cheveux son nouveau chapeau plat en feutre ocre-brun séparé par un ruban de soie marron foncé, ce qui le faisait ressembler à un gros pain de sucre rond fourré. Un chapeau qu'elle s'était acheté maintenant qu'elle était revenue en ville, en tant qu'épouse légitime de l'un des travailleurs de la Bergensbane. Elle ferma silencieusement la porte derrière elle, remonta complètement Kjellersmuget et descendit Store Markevei jusqu'à Torvalmenningen, prit à droite au coin de Småstrandgaten et approcha du commissariat à pas toujours plus hésitants.

Arrivée sur Rådstuplass, elle s'arrêta devant l'ancien palais de justice. La lumière était allumée à quelques-unes des fenêtres du rez-de-chaussée. Elle avança et recula légèrement, s'arrêta, jeta un nouveau coup d'œil en direction des fenêtres, en se répétant la façon dont elle avait pensé s'exprimer, ce qu'elle avait prévu de dire, et comment elle allait justifier le fait qu'elle ne venait que maintenant, neuf ans après les faits. Mais elle ne parvint pas à prendre la décision finale, ni ce jour-là ni lors des tentatives suivantes, à chaque fois qu'elle avait décidé que, maintenant, elle allait le dire. Les choses se poursuivirent ainsi jusqu'en mai 1910, lorsqu'elle se sentit trop fatiguée pour ce genre de balades, mais reprirent au printemps 1911, quand elle sortait souvent promener le petit garçon dans sa poussette, ce petit garçon qui était né au mois de juillet l'année précédente et qui avait reçu le nom de Nils Olav, en souvenir du père de Torleif.

Elle rentra donc chez elle. Elle passa devant Le Nationale Scene au moment précis où le roi et sa suite quittaient la matinée exceptionnelle au théâtre et gagnaient la Loge à pied pour un dîner bourgeois. Elle s'arrêta pour les regarder jusqu'à ce que tout le monde soit passé, que les portes aient été refermées. Le théâtre ressemblait alors à un château de Belle au Bois Dormant, aussi magnifiquement éclairé de l'intérieur que de l'extérieur.

Ce qu'elle ne savait pas, c'est que ce dimanche après-midi de novembre 1909, elle avait été observée depuis l'une des fenêtres obscures de Rådstuplass 8. L'inspecteur de police Ole Berstad, les mains dans le dos et se hissant régulièrement sur la pointe des pieds, comme s'il se livrait à une espèce de gymnastique, avait épié la jeune femme qui pendant près d'une demi-heure avait fait des allers et retours devant le bâtiment, comme si elle avait des aveux à faire, mais sans oser révéler son identité. Ce qui le perturbait, c'était la sensation de la reconnaître, que c'était une personne qu'il avait rencontrée un jour, à une occasion quelconque ; il n'arrivait simplement pas à se souvenir ni quand ni où…

Ce n'est que de nombreuses années plus tard que devait lui revenir, subitement et sans raison apparente, l'endroit où il l'avait vue. Mais à ce moment-là, il était par bien des aspects trop tard.

32

L'inspecteur de police Christian Moland s'était vu confier, en collaboration avec les forces militaires, la responsabilité de la sécurité du roi durant son séjour à Bergen. C'est pourquoi il occupait, avec sa femme, l'une des places tout en périphérie des premiers balcons, juste à côté de l'entrée de la loge royale et du salon qui se trouvait derrière, où le roi, le directeur du théâtre, le président du Storting et un certain nombre d'invités triés sur le volet profiteraient d'un verre de vin durant l'entracte. La pièce jouée était, fort à propos, *Géographie et amour*, de Bjørnstjerne Bjørnson, avec Rasmus Rasmussen dans le rôle du professeur Tygesen, Torborg Schønberg, Octavia Sperati et Lorentz Thyholdt dans d'autres grands rôles, tandis que la jeune Grace Grung faisait ses débuts dans le rôle de Helga, et Normann Johannessen s'était vu attribuer son premier grand rôle, celui du peintre Henning.

Le roi entra dans la loge royale, à 14 h 15 précises, et toute la salle se leva.

« Vive le roi de Norvège ! » cria le maire Geelmuyden, et les hourras résonnèrent dans la salle toute décorée de fleurs, d'après le programme exécuté par M. le jardinier Berle. Le premier vers de l'hymne national fut entonné, avant que la Mme Tygesen de la soirée, Mme Schønberg, lise un prologue d'Andreas Paulson.

L'orchestre réattaqua, *Ja, vi elsker* fut chanté à l'unisson, et le rideau put se lever pour le premier acte.

Agnes Moland s'était procuré une nouvelle robe de soirée pour l'occasion, bleu roi, achetée à crédit chez Brekke & Fils, où Mlle Pedersen, la vendeuse en chef de son beau-frère, lui avait fourni la meilleure assistance dont on pouvait rêver en matière d'essayages. Elle avait ressenti un frémissement à travers tout son corps, presque sexuellement, au contact prudent des doigts de l'autre femme dans la cabine d'essayage, et lorsqu'elle avait regardé la jeune femme brune agenouillée devant elle occupée à bâtir l'ourlet de sa jupe à l'aide d'épingles, elle avait ressenti un désir irrépressible de lui attraper tendrement la tête pour la serrer contre ses genoux. Ensuite, quand elle avait repassé sa robe de tous les jours, elle avait très brièvement croisé le regard de Mlle Pedersen, et y avait vu une obscurité si indescriptible qu'elle en avait perdu le souffle, une obscurité qu'elle ne pouvait définir comme ni attirante ni véritablement hostile, mais qui couvait comme un foyer dans son ventre. Ce soir-là, une fois les enfants endormis, pour la première fois depuis plus d'années qu'elle ne souhaitait se le remémorer, elle avait pris elle-même l'initiative d'un moment d'intimité joyeux et effronté sans vouloir ensuite s'avouer que le visage qu'elle avait imaginé, pendant que Christian accomplissait les gestes qu'elle avait si chaudement sollicités, était celui de la vendeuse brune de chez Brekke & Fils.

Elle était là, à présent, dans ce salon en fête, le corps traversé par le même frémissement sensuel, qui n'avait d'autres causes que le fait qu'elle portait à nouveau cette robe, étroite à la taille et rehaussée d'un morceau de brocart au niveau du décolleté, ce qui lui faisait un col haut et rendait sa tenue décente, tandis que la scène entre Mme Tygesen et Henning se jouait sur une nuance de flirt tentant.

Bien qu'ayant toujours été quelqu'un d'émotif, Agnes Moland avait eu toute sa vie un rapport maîtrisé à l'existence, depuis son plus jeune âge, avec Skivebakken et Cappes vei comme terrain de jeu autorisé et Kong Oscars gate, et toute sa circulation, comme un endroit dangereux et attirant à explorer, depuis Stadsporten, devant l'hôpital St. Jørgens, où l'on trouvait les lépreux, et jusqu'à la cathédrale et l'ancienne école de latin, qui était à présent la maison de retraite de l'aide sociale – un rapport à la vie si maîtrisé qu'il en faisait de temps à autre sa propre victime, à cause des sentiments qu'elle se contraignait à réfréner. Elle avait rencontré son mari lors d'une petite soirée dansante de l'association travailliste par un soir d'avril 1891, et il avait fallu peu de temps pour que ce jeune élève officier du régiment d'infanterie à la Forteresse lui fasse une cour échevelée, si échevelée que le père de la demoiselle, le maître tanneur Boge, avait dû la prier de s'assagir et de ne pas se laisser enjôler par un sourire hardi et un bel uniforme. Mais Agnes était véritablement amoureuse et s'arrangeait le plus souvent possible pour aller à des rendez-vous à Sverresborg et à des promenades en amoureux sur la toute nouvelle Fjellveien, entre Mulelven et Forskjønnelsen. Si elle n'était pas avare en baisers, elle réservait le plus profond d'elle-même, quelle qu'eût été son envie de s'abandonner. Ce ne fut qu'après dix-huit mois de fiançailles et quand le jour des noces fut fixé au samedi 8 juin 1895 qu'elle monta avec l'inspecteur de police nouvellement nommé dans la chambre qu'il louait au troisième étage d'une maison de Hans Tanks gate, et qu'elle se lâcha en son âme et conscience, non parce qu'elle perdait la maîtrise, mais parce qu'elle savait tout au fond d'elle-même que de la sorte, elle le lierait encore plus étroitement à elle. La reconnaissance qu'elle lut ensuite sur son visage lui apprit qu'elle avait fait le bon choix. Leur aîné, Per Christian, naquit par conséquent un petit mois plus tôt qu'il aurait dû, ce dont personne ne fit grand cas, étant mariés comme il se devait à la cathédrale de Bergen depuis si longtemps à ce moment-là.

Elle ne lui avait par conséquent jamais non plus parlé de ses soupçons, même si elle pouvait pratiquement donner la date précise à laquelle il lui avait été infidèle pour la première fois. Si elle avait attaché de l'importance aux transitions, elle aurait pu prétendre que le XIXe siècle était encore le temps des chevaliers, tandis que le XXe devait être celui des traîtres. Pour elle, ce ne fut jamais rien de plus qu'une déception personnelle et un chagrin d'ordre privé.

Elle ne pouvait pas préciser avec une absolue certitude ce qui avait semé le doute dans son esprit. C'était peut-être une pellicule invisible sur la peau de l'homme, comme si une autre femme avait reposé dans ses bras si longtemps que son odeur s'était propagée, de même qu'un cheveu étranger peut se détacher et se fixer à un costume lors d'adieux par trop intimes. Elle avait décroché quelques cheveux de ce genre sur les vêtements de son mari, ces dix dernières années, longs et bruns. Ou ce pouvait être sa façon de baisser les yeux quand elle lui demandait où il était allé, en murmurant des explications sur une guérilla de voleurs qu'ils pistaient, un tuyau qu'ils avaient reçu concernant un gros chargement de marchandises de contrebande attendu par bateau sur la péninsule de Nordnes après minuit ; ou le manque d'intérêt récurrent qu'il montrait pour la vie commune, qu'elle avait régulièrement excusé en se disant que c'était certainement de sa faute, fatiguée qu'elle était après trois accouchements, des veilles nocturnes et des enfants malades.

À plusieurs reprises, elle s'était posé la question : devait-elle essayer de découvrir de qui il s'agissait ?

Devait-elle trouver quelqu'un pour s'occuper des enfants, le filer quand il était en garde de nuit, comme un détective, pour voir où il allait ? Mais y parviendrait-elle ? Ne remarquerait-il pas, lui qui avait l'habitude de surveiller les autres, qu'il était à son tour surveillé ? Et l'apprendrait-elle réellement ? Que ferait-elle, si elle le prenait en flagrant délit, si cela aboutissait à une confrontation, et s'il la quittait ? Comment s'en sortirait-elle alors, seule avec les enfants et sans plus aucun de ses parents vivants ?

Après quelques années, elle s'était résignée. Elle lui pardonna avec un sentiment de totale indifférence, le contemplant comme à cent mètres de distance, avec un sourire narquois intérieur devant sa maladresse à bricoler ses mensonges boiteux, quand tout ce qu'elle avait à faire, c'était un petit tour nocturne à Rådstuplass, sous prétexte de lui apporter un casse-croûte, et pouvoir constater ce qu'elle savait en réalité parfaitement, que – *Moland ? Non, il n'est pas de garde, ce soir...*

De temps à autre, une profonde angoisse la saisissait, en dépit de sa patience. Et si malgré tout il partait, s'il était pardonné ? L'année précédente, surtout, quand il avait insisté pour aller dans le Ryfylke voir Sverre, seul, et en était revenu avec le récit d'un accouchement et une mine résolue et obstinée, comme s'il voyait la fin d'une longue enquête minutieuse, dont il ne restait que la toute dernière confrontation. Elle n'avait pratiquement pas dormi pendant plusieurs nuits. Allongée dans le noir, elle l'écoutait se retourner, encore et encore. Quand elle avait essayé d'établir un pont en tendant la main et en la lui passant doucement sur le bras, il était resté parfaitement immobile, comme un enfant qui fait le mort, sans même respirer. Pendant une seconde ou deux, elle avait presque cru qu'il était véritablement mort, avant de comprendre que non, c'était parce qu'il ne voulait pas être réveillé, il dissimulait sa tête comme une autruche planque la sienne dans le sable.

Et puis c'était passé, malgré tout, son visage s'était figé, une nuance grise était tombée dessus, nuance qui n'avait rien à voir avec l'âge qu'il prenait petit à petit, et elle s'était douté, toujours aussi inconsciemment, qu'un stade avait été franchi. Elle le vit soudain différemment :

un homme légèrement corpulent, de bientôt quarante ans, nettement plus calme dans ses gestes que l'élève officier qui l'avait naguère si ardemment courtisée, qui avait tourné autour d'elle à la manière d'un chat fougueux ; un chat à présent castré, domestiqué et attaché, espérons pour de bon.

Elle lui jeta un coup d'œil de côté. Il était installé dans le fauteuil voisin, les paupières lourdes sur un regard endormi, tandis que le professeur Tygesen et sa fille échangeaient leurs dialogues au comique soigneusement étudié, en bas sur cette scène qu'ils regardaient dans une perspective curieuse et perturbante depuis leurs places. Ils étaient si près des acteurs qu'ils voyaient la sueur ruisseler à travers la couche de maquillage trop épaisse et exagérément marquée. Ce détail leur interdisait toute illusion de réalisme. *C'est une drôle d'idée,* songea-t-elle, *de donner à Sa Majesté l'une des plus mauvaises places de tout le théâtre, si ce n'est…* Elle tourna les yeux vers le tout dernier rang des deuxièmes balcons, où il y avait une galerie de places debout, ce soir-là occupées par un public issu de la plus haute bourgeoisie de la ville qui n'avait pas eu d'autres places, mais qui par une soirée ordinaire étaient le seul moyen pour les classes populaires d'assister à une représentation sans se ruiner.

À l'entracte, Christian la suivit rapidement au restaurant, où il la laissa en compagnie de Haakon Emil et Borghild, avant de se retirer avec une petite révérence discrète vers l'allée entre la loge royale et les locaux réservés au roi, où il était chargé de veiller à la sécurité de ce dernier entre les deux actes.

Brekke alla au plus proche des trois comptoirs pour commander un verre de sherry pour chacun d'entre eux.

« Quelle belle robe ! » s'enthousiasma Borghild en jetant un coup d'œil mesuré sur le corps bien proportionné, bien qu'un peu rond, de sa belle-sœur.

Elle portait pour sa part une création brune qui, avec l'aide d'une cape un peu trop massive, tentait de camoufler que son propre corps était du même type que celui de son frère, en train de s'arrondir au-delà de ce qui par ailleurs n'avait jamais été à proprement parler une taille de guêpe.

« Merci », sourit Agnes en laissant son regard parcourir avec ravissement tous les autres invités, dont certains si prestigieux qu'elle n'aurait jamais pensé les approcher un jour de si près, elle, la femme d'un inspecteur de police relativement banal.

Un chœur de voix – des voix d'hommes puissantes, un peu nasales et des voix de femmes tranchantes de Kalfaret, qui s'exprimaient les incisives bien serrées comme il fallait et un sourire artificiel de poupées sur les lèvres – emplit la pièce, se mêlant au tintement des bouteilles contre les verres, des verres entre eux, aux cliquetis des colliers et des bracelets, tandis qu'une odeur de cigares coupée d'arômes de vin s'étendait sous les ailes du nez comme un parfum particulièrement coûteux. Agnes reconnut à nouveau cette agréable sensation dans le bas-ventre, comme si le monde entier était sien et tous ces hommes fortunés composaient l'ensemble de ses choix évidents, l'*ingénue*[32] à l'entrée de sa vie d'adulte, une débutante à son premier bal au château. Il y avait le consul Brandt, tout juste veuf, et le directeur Helgesen avec son épouse. Il y avait l'armateur Dünner, dont la femme lançait sans arrêt les coups d'œil les plus assassins alentour, comme si elle occupait un poste de garde et attendait l'orage, tout en sirotant le verre de vin blanc qu'elle avait dans la main et en souriant convenablement aux interlocuteurs de son époux, bien que ses pensées fussent en un tout autre endroit. Pendant un instant, elle croisa le regard d'Agnes, qui eut l'impression qu'on lui avait offert un verre de vinaigre, sinon de poison, et elle comprit instinctivement que, pour Mme Dünner, toute femme qui ne gardait pas les yeux baissés était cataloguée dans la rubrique « Rivales potentielles ».

« Merci », sourit-elle lorsque Brekke revint avec trois verres de sherry posés sur un petit plateau.

Ils s'éloignèrent un peu en périphérie, et elle poursuivit :

« Tu as l'air fatigué… La pièce ne te plaît pas ?

– Oh si, oh si ! »

Borghild baissa le ton et envoya un regard sévère en direction du groupe de l'armateur Dünner.

« C'est l'entreprise.

– Mais enfin, ça marche tout seul. J'y suis moi-même passée il y a peu, et…

– C'est ça, c'est ça, on ne va pas en parler maintenant ! »

Mais plusieurs heures plus tard, au café après le banquet à la Loge, quand le roi eut prononcé encore un discours en l'honneur de la Bergensbane et de la valeur de l'ingénierie, et après les traditionnels toasts – pour le roi, la ville et la patrie – elle ne put éviter d'entendre des fragments de la conversation entre Haakon Emil et Christian…

« Quand je pense à ce que j'ai… ce que je me suis échiné, pour maintenir cette boîte hors de l'eau… et un requin comme Fridtjof Helgesen se pointe pour tirer avantage de la même chose… Aujourd'hui… » À ce moment-là, il baissa le ton, et elle eut du mal à comprendre autre chose que la fin : « … pas plus qu'un simple employé ! Dans l'entreprise de mon propre père !

– Mais je croyais…

– Tu sais très bien comment c'était, quand Frimann et moi… C'était écrit dans les cartes que si quelque chose arrivait, ce serait moi qui récupérerais ses parts, mais qu'est-ce qui se passe ? Deux jours avant qu'il se fasse assassiner, le 30 décembre 1899, Fridtjof Helgesen, qui à ce moment-là était au bord de la faillite, a racheté toutes les parts de Frimann dans Brekke & Fils ! Je repose la question, Christian : où donc a-t-il trouvé ce pognon ?

– Mais bon sang, Haakon, ça fait quand même… près de dix ans !

– Pendant qu'il attendait que le vent tourne, exactement comme un prédateur qui attend sa proie, et aujourd'hui… » À nouveau, la conversation redevint un murmure. « … juste de l'autre côté de la rue… Vendre Brekke & Fils pour pouvoir acheter la nouvelle société… Helgesen & Co !

– Mais alors, et… Tu ne peux pas le racheter ?

– Avec quoi ? demanda Brekke en faisant un large geste des bras.

– Tu as pourtant une boîte de qualité…

– Mlle Pedersen », suggéra Agnes avec un sourire encourageant en se penchant en avant.

Les deux autres la regardèrent avec stupéfaction.

« Quoi ?

– Oui... On ne trouve pas de meilleure vendeuse en chef dans toute la ville !

– Oui, oui. Je veux dire... Non, non... Si seulement on peut la garder, alors... »

Christian Moland fusilla son épouse du regard, comme si elle avait dit une obscénité, et elle lui retourna un regard interrogateur.

« Oui, ce n'est pas vrai, peut-être ?

– Qu'est-ce que j'en sais, moi... de ces choses-là ? » Il tourna un visage de marbre vers son beau-frère. « Il doit bien y avoir une issue, Haakon Emil ?

– Oui, acquiesça tristement Brekke. Il y en a une. Encore des dettes, si on hypothèque toute la maison... »

Agnes n'écoutait plus. Elle s'était plongée dans ses pensées, tandis que son regard traversait le salon. Elle vit le directeur Helgesen, debout, lever son verre en direction de l'armateur Dünner avant de porter un toast retentissant. Puis il reposa son verre, prononça quelques mots et partit d'une démarche légèrement chancelante vers les toilettes. Ses courts cheveux gris renvoyaient l'éclat des grands lustres de cristal, le faisant ressembler à un fragment du socle montagneux, incrusté de mica, un signal menaçant qui annonçait des éboulements et dont il valait mieux se tenir à bonne distance, en un lieu sûr comme Nedre Fjellsmug ou un endroit de ce genre.

Elle frissonna subitement tandis qu'une image naissait en elle, de façon si brutale et inattendue qu'elle dut fermer les yeux, comme pour la dissimuler. Elle vit la même nuque aux cheveux courts et le même morceau de dos puissant courbé sur une femme, dans un coït convulsif. Elle voyait également la femme, les poignets maintenus par des pattes puissantes, le regard vitreux et prise violemment, et elle la reconnut subitement avec une sueur froide, comme un souffle chaud contre le bas de son ventre. C'était Mlle Pedersen, dont les cheveux bruns s'étalaient sur l'oreiller, comme si elle avait la tête dans la mer et la montagne au niveau des genoux, grimpée par le pouvoir, violée par l'avenir.

33

Tout le monde n'obtint pas une place à la Compagnie des tramways de Bergen aussi aisément que Torleif Nesbø.

Par une journée d'avril 1913, Ole Paulus Bruvik, dix-sept ans, embarqua dans un bateau à rames que son père, Nils Torsson Bruvik, et son frère aîné, Torfinn, menèrent de Tjeldstø, dans la commune de Hjelme, à travers le Heltefjord, puis dans le Herdlefjord par le nord de Herdla jusqu'à ce qu'ils passent le cap d'Ask et que la ville apparaisse. Ce fut d'abord comme un simple concentré colorié à la main au pied de la montagne, puis, à mesure qu'ils approchaient, Bergen se dessina bien nettement dans la lumière blanche du soleil, comme gravée à la gouge. Sur fond de montagnes dans la brume, les nombreux clochers faisaient penser à des index dressés, une menace de perdition éternelle pour celui qui se laisserait noyer dans les petites rues de la ville, se laisserait aller à la débauche, à l'ivrognerie et à tout ce contre quoi sa mère l'avait mis en garde avant qu'il ne quitte la maison.

Personne ne songerait à qualifier l'existence à l'entrée d'un fjord de protégée. Ole avait fait l'expérience de l'océan d'une façon que les gens de la ville pouvaient à peine imaginer, les jours où il se dressait comme un monstre marin hurlant, vert, glacé et écumant, engloutissant tout ce qui passait à sa portée, réduisant les petits bateaux en allumettes et détruisant quais et hangars. Il était allé en mer avec son père, le jour où le dos d'une lame s'était élevé des profondeurs, les avait portés et secoués en tous sens avant de les jeter au loin comme la plus insignifiante vermine, si loin dans l'eau que ce n'était qu'à grand-peine qu'ils étaient parvenus à se traîner à terre avant que la grosse vague suivante n'arrive – « les vagues du Jugement dernier », comme les avait appelées son père en remerciant Dieu qu'ils aient survécu, cette fois-là aussi. Il avait entendu l'orage hurler au coin des maisons, à tel point qu'ils devaient pratiquement ramper pour arriver jusqu'à la maison de prières, où ils essuyaient l'eau salée de leurs mains pour allumer de leurs doigts gourds un cierge pour le Seigneur, *Nous te louons, nous te bénissons, nous t'adorons – Nous te rendons grâce…* Sans la main miséricordieuse de Dieu pour les protéger, il aurait été impossible de vivre là-bas, songea Ole, même si lui non plus ne pouvait se défaire de l'idée que parfois, le visage de Dieu se détournait, s'Il ne s'assoupissait pas, comme ce soir de février l'an passé, quand, en plus de la tempête, il avait fait si froid que le ciel semblait zébré de rides de gel. La famille au grand complet attendait l'oncle Jens près du hangar à bateaux, l'oncle Jens qui n'était pas rentré de la pêche, depuis si longtemps que son père avait eu envie de mettre son propre bateau à l'eau, mais sa mère l'avait retenu. « C'est de la folie, Nils, de la folie ! » Jens n'était d'ailleurs pas revenu avant un matin de mars, rejeté à terre avec le courant du matin. Il gisait la tête en bas sur les brisants, comme un Jonas renvoyé par la mer, mais incapable de se relever. *Laissez donc la vague écumer sur moi – balayer l'étrave du bateau ! – Que plus chère n'en sera la maison paternelle – et plus grand le désir de l'océan…* Paroissiens et prédicateurs y allaient chacun de ses paroles de consolation. Lorsqu'on l'enterra à l'église de Hjelme, on alla chercher le prêtre de Herdla sur l'autre rive du fjord, pour l'éloge funèbre : *Tu laisses les hommes redevenir poussière et tu dis : retournez-vous, enfants ! Car mille ans sont à vos yeux comme une seule journée quand il souffre, comme une garde la nuit. Tu les emportes comme la marée, ils sont comme un songe… Tu nous apprends à compter nos jours, pour que nous acquérions la sagesse dans nos cœurs !*

Ole Paulus Bruvik avait grandi dans la lumière du Seigneur, et la parole du Seigneur résonnait comme en écho dans tout ce qu'il faisait. De la sorte, il avait peut-être malgré tout eu une enfance protégée. Un ange de Dieu avait gardé sa main au-dessus de lui, l'avait tenu à l'abri du danger, avait empêché qu'il tombe dans l'eau quand il était gamin, lorsqu'il avait mesuré la portée des paquets de mer, et tenu les pensées impures à distance quand les filles réservées chantaient les louanges du Seigneur.

Elles brandissaient convenablement leurs psautiers devant la poitrine, lors des réunions dominicales à la maison de prières, mais pas si haut et pas si convenablement qu'il n'ait pu distinguer leurs courbes derrière le linge empesé dans la lueur des cierges blancs. Celle qui lui plaisait le plus se prénommait Sara, elle avait les cheveux dorés, ses joues rougissaient facilement, et même s'il devait attendre quatre-vingt-dix ans…

Mais la ville l'attirait. Il était souvent allé sur les buttes derrière la maison, s'était tourné vers le sud-est, où il avait vu les contours des montagnes, par les journées claires, coiffées de la calotte du glacier du Hardanger, il avait vu la fumée qui montait et formait des nuages brun-roux, les vapeurs et leurs cheminées tremblantes, en partance pour Ålesund, Trondheim et les régions du nord. La ville l'attirait comme un palais de Soria Moria, une lumière faible et diffuse sur le ciel hivernal, à peine visible pour celui qui n'en avait pas connaissance. Avec les images qu'il avait sur la rétine, de quelques longues promenades en barque durant son enfance, avec du poisson vivant pour Triangelbryggen, tout au fond de Vågen, tous les mâts, le Håkonshall, Tyskebryggen et des églises si hautes qu'il avait à peine pensé que c'était possible, les prises de bec virulentes entre des Berguénois à la repartie rapide et des campagnards réfléchis, les yeux bleus tranquilles et la patience solide de son père avant qu'il ne laisse le marché se faire à contrecœur, comme si c'était le don de Dieu qu'il partageait. Ils purent accoster pour aller sans entrain dans les bazars où le père devait acheter deux ou trois petites choses dont il avait besoin – une nouvelle lame de couteau, une lime – et la première chose qu'il remarqua, ce fut le tramway de Sandviken, une apparition divine, jaune devant, vert sur les côtés, conduit par un type en uniforme, aussi solennel à son levier de manœuvre qu'un prêtre nouvellement ordonné devant son autel, et il s'était dit : c'est ça que je veux conduire, moi aussi, un jour !

Il montait une fois de plus les marches du quai, Zachariasbryggen, prolongé et élargi pour remplacer l'ancien ponton, dit Triangelen, qui avait dû être rasé l'année précédente après des siècles de lente putréfaction.

Mais cette fois, il ne repartirait pas avec eux. Cette fois, il était venu pour rester.

Le visage sombre, son père posa le sac et la petite valise fatiguée sur le quai, et Ole reçut les dernières recommandations en chemin, avant de partir vers Skuteviken, où il devait emménager chez des cousins jusqu'à ce qu'il trouve à se loger de son côté. Son père et son frère partirent dans la direction opposée, vers Muren et les boutiques qui s'y trouvaient.

Les bureaux de la Compagnie des tramways se trouvaient dans un immeuble en pierre de quatre étages dans Strømgaten, donnant sur le pont qui enjambait le Lillestrøm[33]. Le bonnet à la main, maigrichon, pataud, parlant un dialecte qui ne mit pas le directeur dans les meilleures dispositions, Ole présentait mal dès le premier instant. Il n'avait par ailleurs pas la moindre référence à produire, et à vrai dire, murmura le directeur tout en feuilletant distraitement quelques papiers, il y avait un tel taux de chômage en ville qu'il ne pouvait quand même pas proposer des postes qu'il n'avait pas à ce qu'il appelait les *non-citadins*.

« Mais… Je prends n'importe quoi ! protesta Ole.

– Oui, je m'en étais presque… rendu compte.

– Vous avez bien besoin d'un aide, pour quelque chose !

– Essayez au service de la rénovation. Là, ils ont continuellement besoin de nouveaux ouvriers de nuit, répondit le directeur. Si vous n'avez pas peur de vous salir les mains, s'entend.

– Tiens, ça m'aurait étonné ! » s'exclama un Ole malheureux.

Il regarda le directeur grassouillet, dans l'espoir que le bonhomme se raviserait, se souviendrait qu'il avait malgré tout un poste vacant, mais rien ne se produisit. Le directeur releva finalement les yeux avec impatience, surpris que le jeune péquenaud soit toujours planté devant son bureau, et le congédia d'un geste mou de la main gauche, tout en trempant sa plume dans l'encrier de l'autre, s'apprêtant à signer son premier courrier de la journée.

Ayant regagné le bureau d'accueil, Ole reçut d'un responsable le conseil de suivre dans les journaux la parution d'offres d'emploi, pour pouvoir réessayer. Abasourdi, il redescendit les escaliers et se retrouva dans la rue.

Il regarda autour de lui. Qu'allait-il faire ? La ville qui jusqu'à présent lui était apparue dans une lumière séductrice était subitement comme ensorcelée, semblable à une barrière infranchissable, haute de deux ou trois étages, qui l'enfermait de tous côtés. S'il levait les yeux – *Je lève les yeux vers la montagne*, se dit-il dans son dialecte ; *d'où me viendra de l'aide ?* –, les versants abrupts des montagnes, couverts d'arbres encore nus, paraissaient encore plus inaccessibles, de sorte qu'il avait l'impression de mijoter au fond d'une marmite, *l'aide me vient du Seigneur, Celui qui a créé le ciel et la terre…*

Plus haut dans Strømgaten, un train de banlieue à destination de Nesttun passa derrière les barrières baissées du passage à niveau, mais il n'était jamais allé dans cette direction ; il percevait l'endroit comme un territoire inconnu et plein de dangers. Il retourna donc plutôt vers l'intérieur, vers la partie de la ville qu'il connaissait déjà un peu, le long morceau de Strandgaten entre Torvalmenningen et jusqu'à Tollboden. *Je peux peut-être… si je vais de boutique en boutique, en demandant… ils ont peut-être besoin d'un garçon de courses, en tous les cas…*

Dans les premiers magasins, on lui répondit carrément non, mais à la troisième tentative, une aimable vendeuse lui répondit : « Essayez plutôt chez Helgesen & Co, au coin, là-bas. Ils viennent d'ouvrir, et ils auront certainement besoin de toute l'aide qu'ils pourront trouver. »

Lorsque Ole Paulus Bruvik, une fois de plus avec son bonnet à la main, passa le seuil de chez Helgesen & Co, ce fut avec le même respect que s'il entrait dans une cathédrale toute neuve. Il n'avait jamais rien vu de tel. Des vitrines de gants et de manchons, d'autres de châles en soie et de colliers de perles, des présentoirs de chapeaux pour femme, ornés de plumes rouges, vertes et noires, des bustes présentant des robes de soirée, des capes doublées de velours et des manteaux à revers de fourrure aux poignets et au col, des comptoirs et de grandes armoires vitrées pleines de flacons, petits et grands, dans toutes les couleurs de l'arc-en-ciel, et tout le long des tapis rouge sombre, bordeaux, sur un sol de marbre qui faisait ressembler le tout à un palace – en tout cas pas à un lieu de travail pour un plouc !

Une femme brune d'un peu plus de trente ans l'accueillit néanmoins aimablement. Le regard un peu endormi, elle écouta les motifs de sa venue et l'envoya dans l'un des entrepôts de Søndre Muregård, où le directeur Helgesen avait loué des locaux commerciaux.

« Il n'est absolument pas impossible qu'il ait besoin d'un homme de main là-bas », lui expliqua-t-elle avec un sourire réconfortant.

Il s'inclina, remercia et remit son bonnet sur sa tête dès qu'il fut ressorti dans Strandgaten. Juste en face, à la porte d'une boutique qui s'appelait Brekke & Fils, un homme passablement dégarni le regardait d'un air mécontent, comme s'il pensait : ils ont vraiment toutes sortes de clients, en face, chez Helgesen.

Sur le grand dock tout en bas de Søndre Muregård, il arracha de nouveau son bonnet et s'enhardit :

« Vous n'auriez pas besoin d'un type travailleur, ici ? »

Si, c'était le cas. Le directeur Helgesen avait non seulement des projets d'extension pour son magasin, mais il s'intéressait aussi toujours beaucoup aux transports maritimes et au commerce international, de telle sorte que les journées de travail pouvaient souvent dépasser largement les horaires pour lesquels les gens étaient payés. Un mot du gérant d'entrepôt en poche, il fut renvoyé dans Strandgaten au bureau du directeur, au premier étage, où une secrétaire le pria d'attendre que le directeur en personne ait le temps de lui parler, ce qui nécessita à peu près une demi-heure.

Il ne fallut pas longtemps au directeur pour l'embaucher, mais comme il ajouta avec un petit sourire en coin :

« Il ne me faudra pas davantage de temps pour vous mettre à la rue non plus, jeune homme.

– Je comprends », répondit Ole Paulus Brevik en souriant à son tour.

34

Lorsque Tordis Berentine Sylte arriva à Bergen avec le vapeur du Sunnfjord, tôt ce matin du vendredi 6 juin 1913, le port était paré pour la fête, et il tombait des cordes.

Le vapeur *Framnæs* avait à l'époque cinquante-cinq ans. Bien qu'il eût été refait et modernisé aussi récemment qu'en 1909, le confort offert aux passagers qui voyageaient aux places les moins chères, celles de troisième classe, était plus que relatif. Tordis avait partagé l'étroit poste d'équipage sous le pont avec des bouviers ronflant, des loups de mer jurant et quelques vagabondes qui avaient regardé si avidement sa valise qu'elle avait à peine osé cligner des yeux de toute la nuit, et quand elle s'était enfin endormie au petit matin, c'était avec un bras à travers la poignée du bagage, sur lequel elle était recroquevillée sous sa couverture en laine, comme sur un petit enfant qu'elle voulait protéger contre le reste du monde.

Son visage était figé par le manque de sommeil lorsqu'elle grimpa l'échelle abrupte, et elle se sentait mal à l'aise après avoir passé la nuit dans une odeur lourde de corps, de mazout, de viande rance et de laine mouillée. Elle aurait aimé prendre une douche avec l'une des bouteilles qu'elle avait vues dans le catalogue illustré de vente par correspondance chez le marchand de Hellevika, oui, peut-être même un petit coup de gnôle, pour endormir l'angoisse sourde qu'elle ressentait, maintenant qu'elle était en ville pour la première fois.

Mais elle n'avait pas d'argent pour un voyage retour, et on l'attendait chez le directeur Helgesen, dans Fjellveien, où sa cousine était cuisinière depuis 1907. Dieu soit loué, grâce à Gurine, elle connaissait au moins quelqu'un en ville…

Une fois sur le pont, à l'abri de la pluie, elle regarda autour d'elle en ouvrant tout grand les yeux. Tout près du quai où le bateau avait accosté, Nykirken se dressait sous sa coupole en cloche vert-de-gris. Sur le quai, on empilait les barriques qui devaient repartir vers les fjords, tandis que de puissants porteurs s'activaient déjà à entasser sacs et barriques sur leurs charrettes à bras, pour les convoyer à leur destination suivante. Un surveillant du bureau de la région Nordre Bergenshus, en casquette noire à visière brillante, cochait sur des listes et veillait à ce que tout ce qui arrivait au port soit enregistré en bonne et due forme.

Sur l'autre rive de Vågen, elle vit la forteresse, avec le Håkonshall, Valkendorftårnet et Sverresborg comme éléments principaux. Un gros bâtiment militaire était amarré au Festningskai, orné de pavillons à signaux et le pavillon de guerre norvégien flottant à la poupe. Un mousse, en ciré de la tête aux pieds, au visage piqueté de taches de rousseur avec des gouttes de pluie qui tombaient régulièrement du bout de son nez brillant et tavelé, arriva à côté de Tordis.

« On attend du beau monde en ville, aujourd'hui, je crois, lança-t-il tout en faisant un gros nœud coulant à une corde.

– Ah ? répondit Tordis à voix basse en osant à peine le regarder. Qui ça ?

– Le roi en personne, à ce que j'en sais. On doit ouvrir la ligne Norvège-États-Unis, et tout le gratin vient de la capitale, avec le roi et le gouvernement à leur tête, à bord du *Kristianiafjord*. J'irai en Amérique, moi aussi, tu verras !

– Amé-rique ? »

Le mot sonnait comme un mot magique pour Tordis, un mot qui évoquait des images d'hommes à moitié nus à la peau rouge, avec des plumes sur la tête, des hommes portant des chapeaux à larges bords et montant des chevaux indomptables, des voies ferrées sans fin sur des prairies qui semblaient aller tout droit dans l'éternité, des rapides et des chasseurs d'ours, des bûcherons et des trépas aussi subits que violents. C'est ainsi que cela leur avait été décrit dans les lettres de l'oncle Lars, qui était parti en Amérique en 1902 et y avait à présent femme et enfants. Pour elle, « l'Amé-rique » se trouvait dans un autre monde. Elle avait pour sa part largement assez avec « Ber-gen ».

Au bout de la passerelle, sous un grand parapluie noir, elle vit un autre jeune garçon, mince, fluet et dégingandé, blond-roux et portant des vêtements qui paraissaient légèrement trop petits pour lui, tant au niveau des bras que des jambes. Il regardait attentivement tous ceux qui débarquaient, si ouvertement qu'elle ressentit une très légère excitation lorsque ce fut son tour. Elle fit un effort pour ne pas déraper sur les traverses glissantes, tout en ayant le regard tourné droit devant elle, tandis qu'elle se cramponnait à sa valise, comme si c'était son âme, dans toute sa vulnérabilité, qu'elle débarquait avec elle.

« Tordis Sylte ? C'est toi… je crois ? »

Elle s'arrêta, surprise d'entendre son nom. Elle tourna prudemment la tête dans la direction d'où était venue la voix.

« Oui, mais… »

Il fit un petit geste de la main vers sa tête et claqua des talons.

« Ole Bruvik, à ton service !

– À mon…

– Gurine, à la cuisine, m'a demandé de venir te chercher pour te montrer le chemin. Elle devait s'occuper de faire le petit-déjeuner, pour les maîtres.

– Ah, je comprends, répondit-elle avec un sourire rapide. C'est Gurine qui t'envoie !

– Je peux peut-être prendre ta valise ? »

Il tendit une main secourable, et un nouveau frisson d'angoisse la parcourut : n'était-ce pas précisément contre cela qu'elle avait été mise en garde, en ville – les escrocs et les voleurs ? Mais… il avait l'air tellement gentil, s'il fallait qu'elle le dise comme elle le…

« Tu ne dois pas avoir peur, reprit-il, l'interrompant dans le cours de ses pensées. Tu peux compter sur Ole Bruvik ! »

Il sourit, et le soleil matinal scintilla dans ses grandes dents.

« Oui, c'est très… » Elle tendit en hésitant la main qui tenait la valise vers lui. « Merci.

– On part par là ! déclara-t-il en lui tenant le parapluie ouvert. Tu n'as pas de… »

Elle secoua la tête.

« Il t'en faut un, tu vas devenir une citadine. Eh bien, je ne vois pas d'autre solution que de venir sous celui-ci avec moi. »

Il leva galamment un coude, comme pour indiquer qu'elle pouvait passer son bras sous le sien, mais elle secoua de nouveau résolument la tête.

« Tu ne veux pas être trempée, je suppose ?

– N-non, je ne veux pas. »

Finalement, elle se glissa quand même sous le parapluie, mais sans lui prendre le bras, et elle avança en mouvements raides et maladroits, sans trouver le même rythme que lui, la valise battant désagréablement sur sa jambe. Ole Bruvik lui jetait de temps à autre des regards en coin, mais elle baissait alors les yeux ou s'arrangeait pour avoir les yeux tournés dans la direction opposée, avec tant de persévérance qu'il eut beaucoup de mal à s'empêcher de sourire niaisement, tant il lui trouvait l'air exténué.

Jusqu'au bout, il la divertit avec ce qu'ils voyaient, à mesure qu'ils avançaient. Bien qu'Ole Bruvik n'ait pas passé plus de deux mois chez Helgesen & Co, il avait ouvert grand ses esgourdes et appris beaucoup de ce que les dockers d'un certain âge de Søndre Muregård avaient à raconter. En passant C. Sundts gate, il lui parla du grand incendie du 21 septembre 1901 qui avait rasé toutes les exploitations piscicoles jusqu'à Holbergsalmenning, ce qui avait permis de terminer ce morceau de rue, « et il n'était que temps », ajouta-t-il comme s'il vivait là depuis des années. Lorsqu'ils traversèrent Muralmenningen, il pointa un doigt vers le grand entrepôt dans lequel il travaillait, « oui, quand je ne fais pas de commissions privées pour les maîtres, ou les domestiques… je suis une sorte d'homme à tout faire, moi, si tu vois ce que je veux dire ».

Ils longèrent Strandgaten, traversèrent le marché aux poissons, où les affaires n'avaient pas encore sérieusement démarré, et quand ils passèrent devant le grand bâtiment rouge qui abritait le Kjøttbasar[34], Ole Bruvik fit un grand geste de la main :

« C'est ici que je suis venu chercher la viande fumée pour le 17 mai ; tu aurais dû voir les quantités de viande, ça pendait du plafond à travers tout le bâtiment ! »

Tordis laissait son regard monter et descendre. Bien qu'il fût encore tôt dans la journée, il y avait beaucoup de monde dans les rues, aussi bien des *kipekjerring*[35] que des porteurs, et au moment précis où ils tournèrent sur le large Vetrlidsalmenningen, un tram contourna le grand bâtiment scolaire au bout d'Øvregaten, qu'Ole Bruvik identifia immédiatement pour elle :

« L'école d'Øvregaten, mais on appelle encore le vieux bâtiment Christi Krybbe[36]… et regarde, voilà la ligne 1, direction : Florida.

– Flo-rida ?

– Oui, pas en Amérique, répondit Ole Bruvik avec un petit sourire, mais juste à Nygård, de l'autre côté de Lille Lungegårdsvatn… »

Il désigna ensuite un lit de ruisseau qui suivait le flanc de la montagne jusqu'aux communaux.

« Et ça, c'est Sjurelve', ils se sont battus tout le printemps pour savoir s'ils allaient construire un funiculaire, juste à cet endroit-là, depuis Vetrlidsalmenningen et jusqu'au sommet du mont Fløien… Helgesen est bien engagé là-dedans, pas sans raison, puisqu'il a lui-même sa maison dans Fjellveien, et si je ne me trompe pas, ça passera au conseil municipal un de ces jours… Demande de concession ! ajouta-t-il solennellement.

– Con-ces-sion ? » répéta Tordis comme si c'était un mot qu'elle devait apprendre, maintenant qu'elle était arrivée en ville.

Ils suivirent la route en lacets jusqu'à la caserne de pompiers de Skansen, où ils s'arrêtèrent pour regarder la ville, et elle eut le tournis : que de toits, que de gens !

Sur la dernière partie de l'ascension, ils suivirent quelques pistes piétonnières bien nettement tracées, et Ole Bruvik la renseigna sur la maison qu'elle allait trouver et les gens qu'elle allait y rencontrer.

« Oui, alors Helgesen, il peut être assez bourru, mais lui et moi, on a trouvé le bon ton, il me semble, je crois qu'il m'aime bien. Et il y a madame, je ne la vois pas souvent, c'est surtout Gurine qui me fait savoir ce que je dois faire pour la maisonnée.

– M-mais les gosses, alors ?

– Oui, c'est sûrement d'eux que tu vas devoir t'occuper… La bonne précédente a été, euh… elle a dû se marier, j'ai appris…

– Cinq, ce n'est pas ça ?

– Oh, l'aîné, il n'a pas besoin de bonne d'enfants, répondit-il avec un sourire jovial. Il a quinze ans, et il vient d'entrer à la Katedralskole. Quel âge tu as, d'ailleurs ?

– Quinze ans, moi aussi, répondit très vite Tordis. Et les autres ?

– Oui, laisse-moi réfléchir… Il y a Katarina, commença-t-il en comptant sur ses doigts, elle a onze ans, Petter, dix ans, Laura, huit… et le petit Tor Mentz, qui n'en a que cinq.

– Alors il n'y a que lui qui ne va pas à l'école ?

– Il faut croire, oui. Les autres vont dans des écoles privées en ville. Les filles dans une, Petter dans une autre. Tu devras sûrement les y accompagner le matin, et les récupérer à la fin de la journée… »

Elle regarda longuement en contrebas.

« Ohh… »

Ils étaient arrivés dans Fjellveien, une voie piétonne joliment aménagée, bordée de plusieurs magnifiques villas dans sa partie supérieure. Un peu plus haut, Ole Bruvik s'arrêta et fit un petit signe de tête.

« C'est ici. »

Tordis s'arrêta, bouche bée. La grande demeure blanche aux tuiles noires et brillantes avait les dimensions des plus remarquables presbytères qu'elle avait vus dans le Sunnfjord. Oui, si ce n'est qu'il manquait le clocher, on aurait pu croire à une église. Autour de la maison, on avait aménagé des plates-bandes rondes, dallées, où pour le moment abondaient des fleurs rouge vif, blanches et bleu barbeau, et sur le talus derrière la bâtisse, elle vit des arbustes à baies et de fines pousses qui avec le temps deviendraient de grands arbres fruitiers, donnant cerises, griottes et prunes.

Une nouvelle angoisse étrange la saisit. Elle était énorme, cette maison… Avec tellement de pièces… Que pouvait-elle bien dissimuler, comme événements et expériences inattendus ? Que ne risquait-elle pas en s'aventurant entre ces murs coquets ?

« Alors ? Tu viens ou pas ? »

Ole Bruvik s'était arrêté sur les marches, la valise de la jeune fille à la main, et il regardait Tordis avec curiosité.

« Tu n'as pas déjà changé d'avis, j'espère ?

– Non. »

Sitôt qu'ils eurent passé l'entrée de la cuisine, elle n'eut plus le temps de réfléchir. Gurine l'accueillit chaleureusement tout en passant rapidement la main sur ses boucles humides.

« Dommage que tu aies eu un si vilain accueil, Tordis. Et le jour où le roi vient, en plus ! Monsieur et madame vont à la représentation de gala au théâtre, alors ici, c'est un de ces cirques, tu peux me croire ! »

Le directeur Helgesen n'était pas à la maison, mais elle put vaguement saluer madame, une femme élégante, un peu snob, aux cheveux blond-châtain, longs et bouclés, encore en peignoir, mais les joues bien rouges.

« Oui, bonjour, Tordis, et bienvenue chez nous. Tu devras t'occuper des enfants toute la journée, car mon mari est en comité de bienvenue, et j'ai moi-même un autre rendez-vous chez mon coiffeur à 10 h 30. L'arrivée à Holbergbryggen, qui devait avoir lieu à 11 heures, a été reportée à 17 heures, car le bateau a été retardé six heures à Stavanger, et ils ont dû revoir tout le programme – oui, le roi vient, le gouvernement et plusieurs comités du Storting, et ce temps ! Ole ! Tu voudras bien nous dire quand le taxi sera là… »

Elle jeta un rapide coup d'œil à Tordis, qui recevait ce flot de paroles pratiquement incompréhensible, la bouche entrouverte.

« C'est une automobile, il y en a de plus en plus, maintenant… Gurine ! Tu lui présentes les petits anges, tu veux bien ?

– Bien sûr, madame, répondit calmement la cuisinière. Ne vous tracassez pas !

– Oh, merci beaucoup, Gurine ! Eh bien… *So long !* » lança-t-elle en conclusion de ce discours de bienvenue avant de repartir en hâte vers les appartements les plus secrets de la demeure.

« Sôoulongue ? répéta une Tordis intriguée.

– Oui, c'est du français, et ça veut dire *à plus tard* », précisa Gurine.

Elle montra à Tordis la petite chambre de bonne qui jouxtait la chambre où les deux plus jeunes garçons dormaient. Dans la chambre voisine, celle des filles, elle entendit des ricanements excités et le son de pieds nus sur le sol, avant que Gurine aille frapper résolument à la porte et n'ouvre pour leur faire savoir que la nouvelle bonne d'enfants était arrivée.

L'après-midi même, vers 15 heures, ils allèrent tous les trois – Gurine, Tordis et Ole – avec les enfants au bout de Fjellveien, jusqu'à un point de vue, où l'on avait installé quelques bancs. Il avait fini de pleuvoir, mais les nuages étaient encore bas entre les montagnes. Ce fut malgré tout une vue impressionnante qui les accueillit lorsqu'ils virent le *Kristianiafjord* contourner Kvarven, suivi d'une flottille de bateaux plus ou moins gros, depuis les plus gros vapeurs que la ville comptait jusqu'aux barques et petits bateaux de plaisance. À Bergenhus, le drapeau royal fut hissé, les canons saluèrent, si puissamment que Tordis sursauta à chaque détonation, mais Ole passa un bras protecteur autour de ses épaules en disant :

« Ce n'est pas dangereux, c'est juste leur façon de saluer le roi… »

Gurine chassa sa main d'une claque et lui lança un regard sévère, tandis que Tordis, figée, suivait des yeux le gros bateau gris à cheminée jaune sur tout son trajet dans le port, jusqu'à ce qu'il soit amarré dans le Puddefjord, à l'ouest de Nordnes.

L'un des premiers bateaux de la flottille, un bateau qui d'après Ole s'appelait *Iris* et appartenait à des Berguénois, vint tout contre le *Kristianiafjord*, et Ole savait encore pourquoi :

« Le bateau des Amériques a trop de tirant d'eau pour Vågen, alors l'autre bateau doit prendre le relais – jusqu'à Holbergbryggen, je crois. »

Mais après que le plus gros bateau se fut immobilisé, les petits s'impatientèrent. Ils voulaient continuer, « jusqu'à Mulen », ne cessaient-ils de répéter, et Tordis trouva la responsabilité on ne peut plus pesante tandis qu'ils filaient à toute vitesse de haut en bas le long des escarpements sur la partie supérieure de la voie piétonne recouverte de graviers.

« Oh non, mon Dieu, soyez prudents ! » s'écria-t-elle, tandis qu'Ole lui jetait des coups d'œil amusés, et Gurine éprouva à plusieurs reprises le besoin de prendre les choses en main :

« Vous allez vous calmer, les monstres ! », ce qui créa une réplique comme un écho renvoyé par les petites bouches : « monstres, monstres, mons… », suivie de rires d'enfants criards et pleins de bonne humeur.

Sur le chemin du retour, ils virent que tout le flanc est de Nordnes était noir de monde, sur tous les débarcadères et en remontant les larges communaux, et les hourras parvinrent jusqu'à eux, un pâté de maison après l'autre, à mesure que le roi avançait, dans sa calèche ouverte, le long de Strandgaten.

Tordis avait la sensation que sa tête entière était pleine de laine fraîchement cardée, tant ces sensations l'avaient vannée. Lorsqu'ils revinrent à la maison, elle était si pâle que le rose de ses joues sautait aux yeux comme un solide érythème de nouveau-né. Quand les enfants eurent dîné, elle les accompagna jusqu'au premier, où elle aida les plus jeunes d'entre eux à se mettre en tenue de nuit.

« Tu dois nous lire une histoire ! Tu dois nous lire une histoire ! Petra le faisait toujours !

– Quoi donc ?

– Blanche Neige et les sept nains ! Blanche Neige !

– Alors d'accord, un petit moment… »

Elle s'effondra ensuite comme une poupée de chiffons sur l'une des chaises de la cuisine, tandis que Gurine essuyait la paillasse après avoir fait la vaisselle, et Ole Bruvik était assis sur une chaise retournée, jambes écartées, bras appuyés sur le dossier et menton sur les bras, détournant les yeux à chaque fois qu'elle regardait dans sa direction.

La porte d'entrée s'ouvrit et se referma. Ole bondit, repoussa rapidement la chaise à sa place et alla s'activer près de la caisse à bois.

Un gamin petit et légèrement grassouillet apparut à la porte.

« Est-ce qu'il y a quelque chose à… » Il s'interrompit en voyant Tordis. « Oh, est-ce que c'est la nouvelle… » Il contourna la table hardiment. « Non, non, reste assise », commanda-t-il en véritable petit adulte. Puis il lui tendit une main. « Wilhelm Styrk Helgesen. Enchanté. »

Elle leva un regard surpris vers lui.

« Tordis Berentine Sylte. Je suis la nouvelle...

– Oui, j'ai bien compris. Je ne suis pas idiot. Il y a quelque chose à manger, Gurine ? J'ai une faim de loup... » Il se tourna brusquement vers Ole. « Qu'est-ce que tu regardes comme ça ? Tu n'as rien d'intelligent à faire ?

– Si, si, répondit très vite Ole. J'allais justement... »

Quand Ole fut passé, Wilhelm se tourna de nouveau vers Tordis, sourit largement et fit un signe de tête.

« Les péquenauds... Il faut toujours leur dire ce qu'ils doivent faire... »

Il tendit une main et lui caressa un peu maladroitement la joue.

« On va certainement devenir bons amis, non ? murmura-t-il.

– Oui, je crois », répondit Tordis en regardant longuement Ole, qui se dirigeait déjà vers la sortie, les oreilles en feu et avec des gestes si brutaux qu'il s'en fallut de peu qu'il ne fasse sortir la porte de ses gonds ; mais il se ressaisit visiblement et la referma doucement, sans regarder derrière lui.

35

Le 7 juin 1913, Martha Nesbø, qui tout comme son demi-frère Malvin, son aîné de cinq ans, avait pris le nom de famille de leur beau-père après demande auprès des pouvoirs publics, fêta son huitième anniversaire. Elle pouvait se réjouir de voir la ville entière décorée de drapeaux le jour de son anniversaire, ne sachant pas encore que c'était en l'honneur de 1905 et non du sien. Ce n'était pas non plus pour cette raison que le 7 juin resterait plus tard dans sa vie comme une date associée à des choses mauvaises et désagréables, qu'elle ne serait jamais en mesure d'oublier.

En compagnie de Malvin et de son beau-père, qui portait leur petit frère Nils Olav sur ses épaules, elle entra solennellement dans le hall de la nouvelle gare, ouverte au trafic à peine deux semaines plus tôt sur le terrain de l'ancienne usine à gaz de Nonneseter. Le 25 mai, le dernier train de Kristiania était entré dans l'ancienne gare, de l'autre côté de Lille Lungegårdsvann. Dans le courant de la nuit, la NSB[37] avait transféré la majeure partie de son matériel par la voie qui avait été installée à travers Kaigaten dans ce but, et dès le lendemain matin, le 26 mai, le premier train partait de la nouvelle gare.

Elle regarda autour d'elle dans l'élégant hall, dont les reliefs représentaient des motifs de toute la réalisation de la ligne, tout en haut des murs blanchis à la chaux. Elle vit les portes brunes laquées de la salle d'attente et du restaurant pour les voyageurs des trains grandes lignes, à droite, et la salle d'attente équivalente pour les trains de banlieue, à gauche. Elle suivit ensuite son beau-père dans le grand hall des arrivées, où les quais s'étiraient tels de larges boulevards vers le sud, sous une impressionnante verrière en cloche où les pigeons avaient déjà trouvé leur place, entre les moments où, effrayés par des bruits soudains, ils se jetaient en grands cercles aventureux sous la voûte transparente, provoquant une fascination enthousiaste chez Martha ainsi que chez bien d'autres enfants.

Après qu'ils avaient emménagé à Bergen, Martha avait encore eu un demi-frère, Nils Olav, né en 1910, et une demi-sœur, Kari, qui n'avait que neuf mois.

« Maman ne vient pas avec nous ? avait-elle demandé en partant, et son beau-père l'avait regardée pensivement :

– Non, elle doit rester à la maison avec Kari, tu comprends…

– Ah oui… »

Parce que sa sœur était malade, elle n'avait pas eu de cadeau ce jour-là non plus, mais Torleif lui avait promis qu'elle aurait quelque chose plus tard…

« Quand ça ?

– En rentrant… »

C'était un des oncles de l'Eksingedal, Gunnar, que l'on attendait en ville par le train de Voss. Il allait jusqu'en Amérique avec le nouveau bateau, et Torleif avait promis de l'accueillir à la gare et de l'accompagner au quai. Martha n'avait jamais vu cet oncle, et en plus, l'Amérique, ça ressemblait à un pays de conte de fées, à l'un de ces endroits dont sa mère lui parlait avant qu'ils aillent se coucher le soir. Un jour, dans la ruelle, elle avait entendu Malvin dire à l'un de ses copains : « Quand je serai grand, j'irai en Amérique, moi aussi – et je serai conducteur de locomotive ! » *Conduc-teur de lo-co-motive*, se répéta-t-elle intérieurement, de façon à s'en souvenir si jamais on lui demandait ce que son frère faisait là-bas.

Elle regarda son père à la dérobée. Torleif était devant la chaîne qui interdisait l'accès aux quais, les yeux tournés vers la zone au sud de la gare, où le train était attendu. Son visage exprimait l'inquiétude et l'agitation, comme s'il attendait une mauvaise nouvelle.

Malvin, qui faisait impatiemment les cent pas devant la chaîne, appela le chef de gare pour savoir s'ils ne pouvaient pas aller sur les quais, mais il se vit clairement signifier que ce ne serait « pas avant que le train ne soit entré en gare ». Il était le seul des enfants à avoir déjà rencontré l'oncle, mais il n'en avait qu'un souvenir imprécis.

Ils entendirent le train donner un coup de sifflet au moment où il sortit du tunnel ferroviaire de Møllendal.

Un nuage de fumée grise s'éleva de la locomotive noire, qui tractait les quatre wagons du train de Voss sur le dernier court kilomètre jusque dans la gare. Ce ne fut que quand le train fut arrêté que le chef de gare décrocha la chaîne et laissa les impatients accéder au quai.

Torleif ne bougea pas, gardant Nils Olav sur le bras, tandis que Martha faisait quelques pas prudents en avant, et que Malvin filait comme une fusée à la rencontre de son oncle. Il examinait attentivement chaque passager qui descendait, mais ce ne fut qu'en arrivant à la toute dernière voiture qu'il découvrit un homme qu'il crut reconnaître, portant un sac sur le dos et une grosse valise grise à la main.

Gunnar Nesbø remonta sa casquette brune sur son front et fit un large sourire qui révéla ses petites dents inégales et bizarrement plantées, comme un mur de pierre au beau milieu de son visage. Il était plus petit que dans le souvenir de Malvin, et plus proche du « grand-père » de l'Eksingedal, qui était venu en ville les voir, ainsi que « l'oncle Hans de Solheimsviken » plusieurs fois au cours des quatre années qu'ils y avaient passées. Il avait une cigarette fraîchement roulée, encore éteinte, au coin du bec. Elle pointait comme un élément naturel de son corps, et battit en mouvements énergiques aussitôt qu'il se mit à parler. « Salut, Malvin, ce que tu es grand ! Tu ne veux pas venir avec moi en Amérique ?

– Oh, je peux, tonton ? Si Torleif me donne la permission, bien sûr !

– Et tu es devenu un vrai petit Berguénois, à ce que j'entends… »

Il leva les yeux et fit signe d'approcher à Torleif, qui avait commencé à remonter prudemment le quai, lui aussi.

« C'est bien la question, j'en ai peur… d'avoir la permission, je veux dire. »

Les deux frères se serrèrent la main, et Gunnar souleva la petite Martha et l'embrassa, avant de faire de même avec Nils Olav.

« Mais… commença-t-il en regardant avec curiosité autour de lui. Où est le reste de la famille ?

– Trine a dû rester à la maison avec la petite Kari. Elle n'allait pas très bien, elle avait chaud – et elle était grincheuse.

– Torleif ! s'emballa Malvin. Oncle Gunnar a dit que je pouvais l'accompagner en Amérique, si tu me le permettais ! »

Torleif lança un coup d'œil irrité à son frère.

« Oui, je vois le tableau ; avec un parrain de dix-neuf ans ! Parce que tu n'as sûrement pas pris dix ans en carrure, petit gars ?

– Non, c'était plus une blague qu'autre chose », murmura Gunnar en baissant les yeux, avant de croiser le regard déçu de Malvin, avec un sourire en coin.

« Je m'en doutais bien, va, concéda Torleif. Allez, laisse-moi ta valise, que...

– Non, non, je me débrouille.

– Bon, en tout cas, c'est par là... »

Ils sortirent de concert de l'élégante gare. Au lieu de remonter devant l'école technique de Kong Oscars gate et de descendre la rue jusqu'à Torvet, Torleif choisit de passer par Lungegårdsgaten et Marken jusqu'à Allehelgens gate, Rådstuplass et Småstrandgaten. Sur ce trajet, il pouvait montrer à son frère qu'ils avaient bien progressé à Bergen aussi, on n'avait pas besoin d'aller jusqu'en Amérique pour voir une usine de lampes électriques comme A/S Luna, des bains publics ou des bureaux de poste modernes. Les gamins désignèrent avec entrain un policier en uniforme qui montait la garde devant l'ancien pénitencier d'Allehelgens gate.

« Regarde, tonton... une quille !

– Une quille ?

– Oui, c'est à cause du casque qu'ils portaient dans le temps », expliqua son frère.

La couche nuageuse s'assombrissait de plus en plus, et lorsqu'ils furent arrivés à Muren, il se mit à pleuvoir, d'abord quelques grosses gouttes éparses, comme après l'orage, puis de plus en plus serré, si bien qu'ils augmentèrent la cadence sur la dernière partie jusqu'à Holbergskaien, où le vapeur qui devait transporter les passagers sur le *Kristianiafjord* était amarré. Un employé du bureau berguénois de la compagnie de navigation les informa que le départ, en raison du retard survenu à Kristiansand, n'aurait pas lieu avant 20 heures, mais qu'il était naturellement possible d'embarquer immédiatement.

« Mais seuls les plus proches parents peuvent vous accompagner à bord », ajouta-t-il en toisant sévèrement les trois marmots.

« Oh oui ! s'exclama Malvin.

– Non, mais il faut qu'on rentre, trancha Torleif. Je suis désolé, Malvin, mais…

– Mais Malvin peut bien venir ? l'interrompit Gunnar. Il rentrera bien tout seul, il me semble. » Il posa une main sur son cœur. « Je promets, en mon âme et conscience, que je ne l'emmènerai pas avec moi…

– Eh bien… hésita Torleif en regardant avec suspicion son beau-fils.

– Oh, mais… moi aussi ? » tenta prudemment Martha, comme si elle comprenait à l'avance qu'elle n'allait pas en avoir l'autorisation.

Et en fait, cela lui était égal. Et si le bateau partait, malgré tout, avec elle et Malvin à son bord !

Il tombait des hallebardes quand les deux frères se firent solennellement leurs adieux.

« Quand te revoyons-nous, Gunnar ? »

Un voile d'incertitude tomba sur son visage.

« Oh, ça peut être dans un moment, je le crains.

– Alors, bonne chance…

– Merci, de même. »

En se regardant droit dans les yeux, ils se serrèrent la main une dernière fois, et ce fut comme si cet instant presque palpable englobait tout leur passé, les années qu'ils avaient passées ensemble, entre 1894, quand Gunnar était né, jusqu'en 1904, quand Torleif avait quitté la ferme pour de bon, et les périodes assez courtes durant lesquelles ils s'étaient entraperçus, toujours à un moment où la vie continuait, toujours un peu changés depuis leurs dernières retrouvailles. Mais ils étaient frères, ils avaient les mêmes origines, ils avaient grandi sur la même terre, avaient eu le même point de vue quand ils sortaient sur le pas-de-porte le matin. Il existait entre eux des liens que rien ne pourrait briser, même si cela faisait déjà neuf ans que chacun vivait de son côté, et si Gunnar

– avec un courage et un dynamisme presque surprenants – allait laisser la Norvège derrière lui, traverser l'océan et tenter sa chance sur un autre continent, aussi loin de chez lui que possible, même si la Norske Amerikalinjen avait raccourci la distance à un voyage d'une bonne semaine, mais néanmoins loin, loin…

Puis, finalement – d'une démarche pas très assurée, se dit Torleif – Gunnar Nesbø s'en fut, suivi de Malvin, treize ans, à bord du bateau qui devait le conduire au *Kristianiafjord* et à la traversée jusqu'aux États-Unis d'Amérique.

Il rentra pour sa part rapidement à la maison, en tenant Nils Olav contre sa poitrine, partiellement protégé derrière sa veste contre la pluie estivale qui ruisselait, envahissante, tandis que Martha trottinait derrière : « Attends, Torleif, tu vas trop vite !

– Oui, mais il faut qu'on se dépêche, sinon… sinon, on va être trempés…

– Mais tu as oublié, je devais avoir…

– Arrête, Martha ! Il faut rentrer, tu dois bien comprendre… »

Ils étaient arrivés en bas de Kjellersmuget lorsqu'ils tombèrent sur l'un des copains de Malvin, qui arrivait en courant de Baneveien.

« Venez, il faut venir ! On a envoyé quelqu'un chercher un médecin pour Kari, elle doit être encore plus malade !

– Qu'est-ce que tu dis, gamin ?

– Ma mère est chez vous », répondit le petit Hans avec un regard qui se voulait rassurant.

Martha se mit à pleurer. Elle ne savait pas pourquoi, cela venait tout simplement de quelque part en elle, et Torleif ne put s'empêcher d'émettre un reniflement agacé :

« Ah, ne commence pas, toi aussi, ma petite Martha ! »

Il partit alors le plus vite qu'il put vers la maison, en tenant toujours Nils Olav comme un boisseau de branches entre les bras.

Elle suivit ventre à terre sur toute la longueur de Baneveien, où l'ancien hôpital dominait encore les restes de la corderie désaffectée, contourna le coin d'Oldersmuget si vite qu'elle dérapa sur les dalles glissantes devant la maison. L'eau de pluie clapotait autour de ses pieds tandis qu'elle suivait les traces de son beau-père, et elle sentit que ses chaussettes brun clair chiffonnées s'imprégnaient lentement de l'eau boueuse des flaques dans lesquelles elle marchait par mégarde. Elle était gelée, comme si l'hiver était brusquement revenu.

Lorsqu'elle arriva, un homme qu'elle n'avait jamais vu entrait dans la maison, une serviette noire à la main. Elle suivit l'inconnu en hésitant, passa la porte peinte en marron et le tambour étroit, d'où partait un escalier vers chez ceux qui logeaient sous les combles, et de là dans la cuisine.

Elle y aperçut la mère du petit Hans, qui avait la tête tournée vers le salon :

« Bon, au cas où il y aurait autre chose, vous savez où me trouver.

– Oui, merci », répondit son père à l'intérieur au moment où la mère du petit Hans se retournait et se rendait compte de sa présence.

« Ah, ma petite Martha ! s'écria cette grosse bonne femme aux avant-bras puissants et aux cheveux noués serrés. Je ne t'avais pas entendue… Viens chez nous, tu auras quelque chose de bon ! »

Mais Martha secoua énergiquement la tête.

« Je veux rester ici ! C'est mon anniver… »

Elle se tut, avec la sensation subite qu'il se déroulait pour l'heure des choses plus importantes.

« Ouioui », répondit la bonne femme avec de drôles de mouvements de la tête, en caressant d'un air triste les cheveux de Martha. Puis elle se dirigea vers la porte. « Tu sais où me trouver. Je peux te faire un chocolat chaud, si tu veux… »

Arrivée à la porte, elle se retourna et regarda un instant la petite. Mais n'étant pas regardée en retour, elle haussa les épaules, poussa un gros soupir et s'en alla.

Martha avait toute son attention dirigée vers la porte entrebâillée sur le salon. Des sanglots sonores lui en parvenaient, et on y avait fait du feu bien qu'on fût bientôt à la Saint Jean. C'était sa mère qui pleurait, mais elle entendait aussi la voix de son beau-père, rassurante, réconfortante, telle que dans son souvenir, des fois où elle-même avait été malade – plus une troisième voix, celle du médecin, professionnelle et toute en questions, mais si basse que la petite fille ne put savoir ce qu'il demandait.

Elle était parfaitement immobile, comme enracinée. C'était comme si elle ne parvenait pas à bouger – ou n'osait pas. Elle avait peur de s'immiscer, de dire quelque chose que sa mère ou son beau-père n'apprécieraient pas, ou de ne pas parvenir à se tenir tranquille mais au contraire de fondre de nouveau en larmes. Une sensation de malaise lui écrasait la poitrine, et elle avait l'impression de ne plus pouvoir respirer. Elle se rappela… Une fois, plusieurs années auparavant, elle s'était réveillée, comme ça, en pleine nuit, la gorge sèche, sans pouvoir respirer. Elle toussait comme une malheureuse, mais son beau-père l'avait prise dans ses bras et était allé et venu dans la maison en la tenant contre lui, tandis que sa mère faisait des allers-retours entre la cuisine et la chambre, jusqu'à ce que l'eau bouille dans la grande cocotte sur la cuisinière à gaz. Torleif l'avait portée dans la cuisine et tenue au-dessus du nuage de vapeur en lui disant :

« Respire, Martha, respire tant que tu peux, ça te fera du bien ! »

Elle ne quittait pas des yeux la froide cuisinière ; pourquoi ne faisaient-ils pas la même chose maintenant ? Ça devait bien marcher pour la petite Kari aussi ?

Un silence complet s'était brusquement abattu à l'intérieur. À travers l'entrebâillement, elle entendit un faible tintement, le son de pieds dans un mouvement inquiet sur le sol, une chaise qui raclait vers l'arrière.

Puis à nouveau la voix étrangère, sombre, basse, grave.

« Quoi ? s'écria la mère. Qu'est-ce que vous dites ? Vous ne pouvez pas… comme ça… »

Une question qui se transforma en un cri prolongé et perçant, comme celui d'un animal en détresse, une génisse au bord de la noyade meuglant quelque part dans le fjord, un cri si poignant, déchirant, qu'il se grava à jamais dans sa mémoire auditive, mêlé à la voix de son beau-père, plus grave, moins nette, presque incrédule :

« Non, non, non… Non, non, non… »

Comme elle n'oublierait pas, plusieurs heures plus tard, le visage de Malvin, qui entra tout excité et heureux dans la cuisine, avec tant de choses à raconter sur le fantastique bateau à bord duquel il était monté – la joie qui s'éteignit dans ses yeux, son visage qui se figea en un masque blafard lorsqu'il comprit lui aussi brusquement, sans qu'aucun d'eux n'ait eu à dire un seul mot…

À huit ans, elle était près d'une cuisinière froide dans une toute petite cuisine d'Oldersmuget, silencieuse, immobile. D'une certaine manière, elle le ressentirait ultérieurement comme un arrêt définitif, comme si elle était restée là, au même endroit, pour le restant de ses jours, au milieu d'un cri, d'un murmure désorienté et du silence soudain dans la pièce voisine, marqué dans tout son être et daté à jamais, en mauve, comme les quartiers de viande chez l'équarrisseur : *7 juin 1913, 7 juin 1913…*

En outre, elle n'eut pas de cadeau d'anniversaire. Personne ne s'en souvint pendant les jours qui suivirent.

36

« Tu crois qu'il va y avoir la guerre ?

– Entre l'Allemagne et la France ?

– … Et l'Angleterre.

– Ça ne m'étonnerait pas, compte tenu du réarmement de part et d'aut… »

Le directeur Helgesen interrompit brutalement la conversation entre Moland et Berstad en entrant au pas de charge dans la grande salle de la Brigade d'Investigations le lundi 16 mars 1914 à 14h20.

« Je viens déposer pour quelque chose de grave ! »

Les deux policiers se levèrent. Berstad tira une chaise près de l'un des murs tandis que Moland faisait signe au nouvel arrivant de s'asseoir.

« De quoi s'agit-il ? » voulut-il savoir.

Le petit homme trapu aux cheveux gris coupés court et au visage écarlate resta debout.

« D'une agression ! Ma première vendeuse, Mlle Pedersen, s'est fait démolir ! Chez elle. »

Une expression de déjà-vu passa sur le visage maigre d'Ole Berstad, tandis que la mâchoire inférieure de Christian Moland tombait, ses yeux restant braqués sur le directeur courtaud.

« Mlle Pedersen ?

– Et j'ai des soupçons assez sérieux sur l'identité de celui qui a pu faire ça !

– Eh bien ! » s'exclama Moland.

Berstad se pencha avec intérêt vers l'avant.

« Ce n'est un secret pour personne que son ancien employeur, M. Brekke, de Brekke & Fils, n'a pas été spécialement enchanté de la voir traverser la rue pour rejoindre ma société…

– Ça… murmura Moland.

– Mais de là à supposer… intervint rapidement Berstad. Peut-elle le confirmer en personne ?

– À moi, elle n'a pas voulu dire qui c'était, répliqua-t-il avec un coup d'œil mauvais. Mais c'est une affaire trop grave pour ne pas dire toute la vérité. C'est pourquoi… Oui, je le lui ai dit, en partant… en tant que ton – que votre employeur, mademoiselle Pedersen, il est de mon devoir d'en faire part à la police.

– Et quelle a été sa réaction ? s'enquit Moland.

– Faites comme vous voulez, a-t-elle dit, et je n'ai pas pu obtenir un oui en bonne et due forme.

– Mais écoutez… reprit Berstad. Asseyez-vous, directeur Helgesen, et revoyons tout ça avec un peu plus de méthode. Je veux dire… Quand est-ce que ça s'est produit ? Comment l'avez-vous appris ? Ce sont des choses comme cela que la police doit absolument savoir.

– Bon. Bien. Je comprends. »

Helgesen jeta un coup d'œil mécontent autour de lui avant de s'asseoir sur l'un des bancs, tout au bord, comme s'il disposait de très peu de temps.

« Il se trouve donc que… »

Moland prit place de l'autre côté de la grande table et attrapa un bloc-notes. Berstad resta debout, appuyé au comptoir, et se mit à observer attentivement Helgesen.

« Mlle Pedersen ne s'est pas présentée vendredi, et nous n'avons pas été prévenus qu'elle était souffrante. N'ayant pas de nouvelles samedi non plus, nous avons envoyé quelqu'un se renseigner. Il n'a pu lui parler qu'à travers la porte, mais est revenu avec l'information qu'elle était malade, et à en croire Ole, elle n'avait pas l'air au mieux de sa forme. Comme si elle parlait avec un linge dans la bouche, selon lui.

– Ole… c'est votre messager ?

– Oui. Alors aujourd'hui, comme elle ne venait pas, j'ai décidé d'aller moi-même faire un tour, pendant la pause déjeuner, pour savoir comment ça allait. »

Moland respirait lentement par le nez en observant la tête juvénile large, presque prématurément trop grosse, de Helgesen. – *Dünner… Frimann… et Brandt. Helgesen… Gade… et Brekke.*

« Oui ? Et… »

Helgesen secoua la tête.

« Elle m'a laissé entrer, quand j'ai insisté… Ça, elle n'avait pas bonne mine ! Le porc qui… Il mérite le châtiment le plus sévère qui se puisse infliger ! »

Berstad toussota faiblement.

« Elle est vivante, non ?

– Oui, si on peut dire ! rétorqua Helgesen en se retournant d'un bond. Mais malmener une femme de la sorte, c'est tout juste si ce n'est pas la supprimer purement et simplement. Elle ne sera plus jamais… la même. »

Moland ne parvint pas à dissimuler son inquiétude.

« Mais que… que lui a-t-il fait ?

– Allez donc constater par vous-mêmes ! » Helgesen agita une main en direction du nord. « En tout cas, c'est ce que vous devriez faire… et lui faire avouer qui c'était, avant d'aller arrêter l'agresseur ; le plus tôt sera le mieux !

– Et ce coupable, vous pensez donc que c'est… »

Berstad ne termina pas sa phrase.

Helgesen se calma nettement.

« Eh bien, lâcha-t-il, en tout cas, j'ai mes soupçons, comme je vous l'ai dit, mais… » Il fit un large geste des bras. « C'est le rôle de la police de le découvrir. Ce n'est pas ce que je peux avoir sur le cœur qui…

– Oui, on va… aller lui parler, murmura Moland en notant sur le bloc devant lui.

– Que dites-vous ?

– Qu'on va aller lui parler ! Là, maintenant, tout de suite !

– Bon. Bien. Alors… »

Helgesen se leva, leur fit un signe de tête et quitta les lieux.

Moland regarda la porte close. Puis il tourna la tête vers Berstad et fit un geste quelque peu découragé des bras, comme pour signifier : *ce n'est pas une journée calme.*

« Bon, il n'y a plus qu'à se mettre au travail. »

Berstad balaya d'une chiquenaude un grain de poussière imaginaire de la manche de sa veste brune.

« Je crois que tu devrais nous laisser cette affaire, Moland. Je peux en parler avec Olafsen et m'en occuper moi-même. »

Moland se sentit réfrigéré de l'intérieur. « Laisser l'affaire à…

– Oui, je veux dire… tu comprends bien que si c'était véritablement Brekke qui… ton propre beau-frère.

– Oui, oui. Non, bien sûr… Mais je n'arrive pas à croire que… Ce serait… C'est vrai qu'il en a bavé, ces derniers temps, mais ce serait quand même trop invraisemblable…

– S'il apparaît que c'est effectivement quelqu'un d'autre, je t'en informerai rapidement, bien sûr », conclut Berstad en allant vers la porte.

Il l'ouvrit et se retourna, lança un coup d'œil de biais dans lequel l'ambiguïté était plus que manifeste, ainsi que ce qu'il exprimait de façon plus berguénoise qu'aucun d'entre eux : *qu'est-ce que je disais ?*

Berstad parti, Moland resta un instant assis, le regard perdu dans le vide. Haakon Emil… Non, ce n'était pas possible…

Depuis la fenêtre, il suivit des yeux Berstad et Olafsen tandis que ceux-ci traversaient la rue devant le Rådstue. Il attendit encore quelques minutes. Il attrapa alors chapeau et manteau au perroquet et les suivit en hâte.

Le temps était gris et humide, et les trottoirs étaient glissants. L'orage du week-end avait radouci le temps, et la grande Bergensrenn, sur Ulriken, s'était déroulée dans des conditions météorologiques lamentables, avec de la pluie et du brouillard pendant les épreuves de saut à Gimlebakken.

Au moment où il traversa Torvalmenningen, il fut frappé de constater combien le paysage de la circulation urbaine était en train de changer. Le fort accroissement de la population s'était manifesté par des rues grouillant de vie, non seulement sur l'ancien marché aux poissons, mais aussi dans les quartiers plus urbains. Bon nombre de nouvelles entreprises y avaient vu le jour à la suite des dernières innovations techniques : fabriques d'équipements de bureaux, vente d'articles sanitaires, maisons qui vendaient des appareils photo et proposaient le développement des films, marchands de couleurs, parfumeries et magasins de luminaires. Même si la ville de 1914 ne comptait pas plus d'une trentaine de véhicules immatriculés et que c'étaient toujours les moyens de locomotion tirés par des chevaux qui dominaient le paysage urbain, de plus en plus d'automobiles étaient utilisées comme taxis, de telle sorte qu'on les voyait souvent dans les rues les plus larges et les plus fréquentées. La circulation des trams avait elle aussi augmenté de manière significative depuis leur mise en service en 1897, et Christian Moland eut le sentiment de traverser une ville en pleine mutation. L'éclairage électrique, les lignes véhiculant l'électricité et les câbles téléphoniques étaient en passe de devenir un élément naturel du paysage.

Le contraste fut d'autant plus marqué lorsqu'il entra dans la boutique de son beau-frère entre Smørsalmenningen et Muren. C'était comme si le temps s'y était arrêté. Oui, on aurait pu jurer qu'il était reparti en arrière, comme si toute vie en avait été aspirée, et la seule chose qui restait, c'était Haakon Emil Brekke lui-même, pâle et boudeur derrière la vitre de son box, ne se laissant attirer dans le magasin à proprement parler qu'avec la plus mauvaise grâce, quand quelqu'un s'y risquait, à de rares occasions.

La chute de Brekke & Fils pouvait remonter au jour de 1909 où son actionnaire principal, Fridtjof Helgesen, avait proposé un agrandissement et une modernisation significatifs de la société. Il avait personnellement l'intention d'injecter des capitaux propres, à la condition que la raison sociale soit modifiée pour devenir Brekke & Helgesen. Brekke avait refusé tout net, et Helgesen avait vendu ses parts au marchand Garmann, de Stavanger[38], qui avait de toute façon l'intention de s'établir à Bergenskant. Puis il acheta lui-même une maison au coin de Smørsalmenningen, juste en face, installa ses bureaux au premier étage, au-dessus d'un magasin qui, dans le milieu commercial de Bergen, ne pouvait soutenir la comparaison qu'avec Sundt & Co, un peu plus loin dans Strandgaten, tant son assortiment était abondant. Brekke s'était retrouvé dépouillé non seulement de son principal actionnaire, mais également de sa vendeuse en chef, de sa caissière et du vendeur qui officiait depuis l'époque où le père Brekke tenait la boutique. Tous se virent proposer une embauche par le directeur Helgesen à de bien meilleures conditions que ce que lui-même pouvait offrir.

Moland fit un signe de tête à son beau-frère et regarda autour de lui. Les étagères étaient étonnamment peu garnies, plusieurs présentoirs étaient vides, et les vêtements qui étaient suspendus semblaient – même pour un homme aussi peu au fait des tendances vestimentaires que Moland – démodés et passés[39].

Brekke portait ses cinquante-cinq ans comme une lourde charge en travers des épaules, ce qui avait fait se voûter son dos bien avant l'heure. Sa voix était faible et indifférente, semblable à celle d'un vieil archiviste qui n'a rien d'autre en ligne de mire que sa caisse de retraite.

« Bonjour, Christian… Il y a un problème ?

– Non, non. Pas directement.

– Non, parce que tu n'es pas venu acheter des vêtements, j'imagine ?

– Non, je… » Moland baissa le ton, bien qu'il n'y eût personne d'autre dans le magasin. « Il s'agit de Maren Kristine Pedersen. Ton ancienne vend…

– Oui, je vois de qui tu veux parler », l'interrompit Brekke, sarcastique.

Moland l'observait discrètement.

« Elle aurait été… agressée.

– Quoi ? » Brekke le regarda, pas tranquille. « Qu'est-ce que tu veux dire ?

– Qu'on l'a bien amochée, et qu'elle a failli y rester.

– Hein ? ! Mais… comment c'est arrivé ?

– Je n'ai pas encore tous les détails, mais… Deux de mes collègues sont chez elle, à l'heure qu'il est. C'est le directeur Helgesen qui est venu nous mettre au courant… de ce qui s'était passé.

– *C'est donc lui !* s'exclama Brekke, dont le visage s'était durci.

– C'est-à-dire ? demanda rapidement Moland. C'est donc lui ?

– Oui, je veux dire… *Alors ce doit être lui !* Il doit être capable de beaucoup, beaucoup de choses, sans scrupules comme il est.

– Alors tu crois… Amusant.

– Comment ça, amusant ?

– Parce qu'il dit la même chose de toi.

– Que je suis…

– Que ce doit être toi qui as fait le coup.

– Peuh ! Pourquoi est-ce que je…

– Parce qu'il te l'a volée.

– Comment… Qu'est-ce que tu entends par… *volée* ? »

Pendant un instant, le policier écouta ce que son beau-frère avait dit. S'il s'était agi d'une audition ordinaire, il s'en serait emparé instantanément.

« Non, je veux dire… Il l'a subtilisée à… ton magasin. Ce n'est pas exact ?

– Ou-oui, comme ça, oui. »

Brekke baissa un regard gêné.

Moland attendit quelques secondes.

« Il pourrait y avoir… une autre façon ?

– Non, je pensais simplement…

– Ou bien… »

Brekke releva lentement la tête et posa deux yeux de verre sur le frère de son épouse.

« Je ne vois pas ce que tu veux dire.

– Non ?

– Non ! »

Le policier croisa le regard de son beau-frère, avec la sensation de voir la glace se rompre sur le fjord après une soudaine période de dégel. Brekke ne dit rien sur le moment, lui retournant simplement un regard perdu, comme s'il se sentait attiré vers ladite fissure dans la glace. Mais il sembla apercevoir quelque chose à quoi se raccrocher, et il demanda, avec une expression légèrement interrogatrice sur le visage, comme s'il ne voyait pas bien toute la portée de la question qu'il allait poser :

« Mais comment sais-tu que... j'y suis allé ? »

Moland sentit une contraction involontaire passer sur sa bouche, et il sut qu'il ne parvenait pas à rester de marbre, lorsqu'il soutint malgré tout le regard de son beau-frère, aussi fermement que si c'était une ligne de sauvetage entre un naufragé et son secouriste exténué. Il vit alors une lueur de compréhension dans les yeux de l'autre, il lâcha la ligne, et le sinistré se traîna sur la plage par ses propres moyens.

« Elle te l'a dit ! Tu y es allé, toi... pour la même chose... »

Comment as-tu pu ? auraient-ils pu se demander l'un à l'autre s'ils avaient été deux beaux-frères banals venant de trahir par mégarde une transaction économique réciproque malheureuse, l'achat d'une part dans un vapeur bouffé de rouille ou un investissement équivalent tout aussi insensé. Un silence long et pesant se fit entre eux.

Ce fut finalement Moland qui le brisa.

« Mais ça n'empêche pas qu'elle a été salement amochée.

– Oui, mais pas par moi », répondit Brekke en regardant son beau-frère avec une expression que le policier aurait prise comme insultante dans n'importe quel autre contexte. « Telles que je vois les choses, ça peut être le fait de n'importe qui, ça. Maintenant. »

Moland n'avait rien à ajouter. Il hocha brièvement la tête et s'en alla, impassible, sans un sourire.

« Passe le bonjour à Agnes ! » lui cria Brekke avec une joie malsaine.

Le policier s'arrêta un instant sur le trottoir. Pour ne pas donner un atout supplémentaire à son beau-frère, il retourna à pas décidés vers le commissariat. Mais à peine était-il arrivé à Tårnsmug qu'il remonta en hâte vers Store Markevei et obliqua de nouveau vers le sud et Nordnes. Un peu plus bas dans Hennebysmuget, il s'arrêta.

À peu près à cet endroit, il s'était arrêté tellement de fois au crépuscule, en s'assurant que personne ne l'avait vu, avant de parcourir les derniers mètres jusqu'à sa porte et, le chapeau rabattu sur le front, de donner quatre coups de heurtoir pour lui faire savoir qu'il était là.

C'était à présent un début d'après-midi plusieurs années plus tard, et deux de ses collègues se trouvaient certainement toujours à l'intérieur – en mission officielle – tandis qu'il n'avait pour sa part rien à fabriquer ici, formellement parlant.

37

Durant sa carrière de policier, Ole Berstad avait vu beaucoup de personnes ayant récemment passé un sale quart d'heure. Les bagarres de rues dans Bergen pouvaient atteindre un certain degré de violence, quand la soif de sang prenait le dessus. Son collègue, Bjørn Tore Olafsen, ne manquait pas non plus d'expérience dans ce domaine. Ils furent néanmoins sérieusement ébranlés par ce qu'ils virent en arrivant quand, après avoir été attentivement observés à travers un mince entrebâillement, ils furent autorisés à contrecœur à entrer chez Maren Kristine Pedersen, dans Hennebysmuget.

Celui qui l'avait malmenée n'y était pas allé de main morte. Les yeux de la jeune femme étaient réduits à deux rais étroits et rouges au centre de boursouflures bleues, et tout son visage donnait l'impression d'être enflé et de travers. Elle avait de grosses croûtes de sang dans les narines, et le nez lui-même était rouge et cabossé. Elle se déplaçait en mouvements raides, traînait la patte droite comme si celle-ci était foulée, et des doigts avaient laissé des traces bleues bien visibles sur chacun de ses poignets. Lorsqu'elle les pria d'entrer, ce fut exactement de la voix que leur avait décrite le directeur Helgesen, comme si elle avait un linge dans la bouche. Elle gardait une main devant, comme si elle craignait de vomir, mais elle ne parvint malgré tout pas à dissimuler qu'on lui avait fait disparaître à coups de poing ou de pied toutes les incisives de la mâchoire supérieure. Derrière sa main en conque et légèrement tremblante, un gouffre noir béait vers eux.

Ses cheveux presque noirs pendaient négligemment sur ses épaules, et elle portait un manteau de laine bleu nuit boutonné serré par-dessus les ruches de ce que Berstad supposa être une chemise de nuit. Sur ses jambes nues, elle avait tiré une paire de chaussettes de laine grise, et s'il n'y avait pas eu ces traces de violence sauvage, on aurait pu croire qu'elle sortait d'un lit de malade après une grippe carabinée.

Berstad et Olafsen la suivirent dans le salon obscur, où régnaient des ténèbres pesantes. Aucune lampe n'était allumée, et tous les rideaux étaient tirés.

Maren Kristine Pedersen s'arrêta juste après la porte et laissa passer les policiers, comme pour s'assurer une retraite.

Berstad se retourna vers elle, tandis qu'Olafsen cherchait alentour des signes de ce qui avait bien pu se produire entre ces murs. Mais il n'y avait rien à voir. La pièce était nette comme si des amies devaient venir boire le thé, si ce n'est que le couvert n'était pas mis.

« Vous devez nous dire ce qui s'est passé, mademoiselle Pedersen. »

Elle secoua la tête en les regardant avec une expression terrifiée.

« Vous ne devez pas avoir peur de nous dire de qui il s'agit. Il sera sévèrement puni pour cela, je peux vous le promettre. »

L'expression dans ses yeux était indéfinissable, mais il ne l'avait pas convaincue.

« Vous comprenez bien que nous ne pouvons pas laisser un monstre pareil en liberté ! Il peut recommencer sur d'autres femmes ! »

Ses paupières lourdes et pratiquement soudées frémirent, mais elle ne prononça toujours aucun mot.

« Était-ce… quelqu'un que vous connaissiez ? »

Ses yeux s'agrandirent sur un néant noir, et elle jeta un regard éperdu vers la fenêtre, comme si la personne dont ils parlaient écoutait du dehors.

Berstad s'impatientait.

« Nous n'arriverons à rien si vous ne voulez rien nous dire, mademoiselle Pedersen !

– A'ors a'ez bous-en ! murmura-t-elle tandis que ses yeux s'emplissaient de larmes.

– Le directeur Helgesen insinue que ce pourrait être votre ancien supérieur, le marchand Brekke… c'est exact ? »

Elle secoua violemment la tête.

« *C'est inexact ?* »

Elle secoua derechef la tête.

Berstad jeta un coup d'œil en coin à Olafsen. Le jeune inspecteur avait une apparence sérieuse, un peu naïve, qui l'avait aidé à extorquer la vérité à bon nombre de témoins récalcitrants. Sur un signe de Berstad, il toussota, et prit la parole d'une voix pleine de sollicitude :

« Dites-moi, avez-vous pris contact avec un médecin, mademoiselle Pedersen ?

– Non, je d'en ai bas, murmura-t-elle.

– Alors nous allons en faire venir un. Il est de la plus haute importance que vous soyez prise en charge.

– Vous avez bien dû vous voir dans un miroir ! » ajouta sèchement Berstad.

Les larmes coulaient librement, et elle chercha à reprendre son souffle en un hoquet.

« Vous n'avez quand même pas l'intention de laisser celui qui vous a fait ça s'en tirer à si bon compte ! Si ? »

Olafsen fit quelques pas vers l'avant, mais en voyant la terreur que cela suscitait, il pila tout net.

« Ne craignez rien. Étant donné la façon dont vous avez été traitée, la position de cet homme ne l'aiderait en aucun cas. Pas même s'il s'agissait de Christian Michelsen !

– Bich… ! Bais ce d'était bas… !

– Non, non, répondit rapidement Olafsen avec un petit sourire. J'ai dit cela comme ça, vous comprenez bien. Il y a juste que… Il faut que vous parliez.

– Mais je de beux bas ! se désespéra-t-elle. Je de beux bas !

– Pourquoi ?

– *Barce que…*

– Oui, parce que…

– … c'est de ba faute… Tout est de ba faute.

– Et comment ? Vous voulez dire… Il a été provoqué ?

– Non, bais… bas cobe ça.

– Non, parce qu'en tout cas, il est allé trop loin. Beaucoup trop loin. »

Berstad approcha à son tour d'un pas.

« Mademoiselle Pedersen, vous ne vous en souvenez peut-être pas, mais… nous nous sommes déjà rencontrés, à quelques occasions. »

Elle le regarda entre ses paupières plissées, sans trahir le moindre signe de reconnaissance.

« La première fois, c'était en janvier 1900, en lien avec le meurtre du consul Frimann… »

Elle hocha faiblement la tête.

« La seconde, c'était il y a quelques années. Il était question de la mort du comédien Robert Gade, de son propre fait.

– Endeuf, murmura-t-elle.

– Quoi ?

– 1909. L'année, glissa Olafsen.

– Oui, oui, évidemment. Il y a cinq ans, alors, si vous voulez que ce soit dit aussi précisément. Mais… Ce que je voulais vous demander… Ce… » Il fit un geste en direction du visage de son interlocutrice. « Ce qui vous est arrivé aujourd'hui…

– Pas aujourd'hui, chuchota Olafsen.

– La semaine dernière, d'accord ! s'emporta Berstad. Est-ce que ça a un rapport avec les deux décès que je viens de mentionner ? »

Elle secoua énergiquement la tête – presque trop énergiquement, remarqua Berstad après coup.

« Don, don, don ! »

Il la regarda, manifestement partagé entre la compassion et la répulsion.

« Il va aussi falloir que l'on vous trouve un dentiste… »

Elle le regarda à son tour, avec une expression presque douloureuse. Puis elle cacha son visage dévasté dans ses mains et éclata en sanglots sonores. Tout son corps en tremblait, mais quand Olafsen s'approcha pour tenter de la réconforter, elle s'esquiva comme si elle s'était brûlée à son contact.

Berstad soupira.

« Je crains que nous ne progressions pas davantage aujourd'hui, déplora-t-il à mi-voix. On va la faire prendre en charge, et voir si elle n'entre pas ensuite dans de meilleures dispositions. » Puis, plus haut : « Nous allons veiller à ce qu'un médecin soit appelé. Je n'exclus pas qu'il faille vous hospitaliser. Vous avez de la famille en ville ?

– Bon frère Waldher, il drabaille aux douades, et ba sœur Synneva, bais elle habide Laksebåg. Bariée à un badelot sur le badeau pour l'Anglederre.

– Et il s'appelle ?

– O-Ole Karoliussen.

– Votre frère, où habite-t-il ?

– Dans Haugebeien. Bais… ! »

Elle leur retourna un regard inquiet.

« Oui ?

– Il de paut rien lui dire ! Ça ba le rendre pou ! »

Tiens, ça va le rendre fou, lui, nota sèchement Berstad à sa propre intention.

« Eh bien, avant toute chose, un médecin va venir. Vous vous en sortirez seule jusque-là ? »

Elle hocha la tête avec fougue, visiblement satisfaite qu'ils aient envisagé de s'en aller.

Elle les suivit jusqu'au dehors, et ils l'entendirent verrouiller la porte sitôt qu'ils eurent posé le pied dans la ruelle.

« Nom d'un chien ! » s'exclama Berstad en découvrant Moland adossé à un mur un peu plus haut dans la ruelle. « Qu'est-ce que tu fiches ici ? »

Moland s'arracha à son mur et vint à leur rencontre.

« Vous avez trouvé qui c'était ?

– Elle ne nous l'a pas dit, si c'est le sens de ta question ! Il était pour ainsi dire impossible d'entrer en communication avec elle, si tu veux mon avis…

– Laisse-moi essayer… murmura-t-il avec un coup d'œil vers la maison peinte en vert.

– Ah oui ? Et qu'est-ce qui fait de toi quelqu'un de si fabuleux que les gens se mettent à parler ? aboya Berstad.

– Je lui ai déjà parlé avant, non ?

– Parce que moi, pas ?! »

Un court échange de points de vue silencieux eut lieu entre les deux collègues, jusqu'à ce que l'âge et l'ancienneté de Moland penchent en sa faveur.

Il frappa au heurtoir. Un moment après, la porte fut de nouveau entrouverte, et au terme de quelques négociations à voix basses, il fut autorisé à entrer.

Berstad jeta un coup d'œil mauvais à Olafsen.

« Que ça ne t'empêche pas d'aller chercher un médecin, en tous les cas ; ça en fera au moins un qui fera quelque chose de sensé ! »

Olafsen acquiesça, salua et partit, pendant que Berstad se mettait à faire les cent pas dans la ruelle abrupte, en jetant de temps à autre un coup d'œil vers les fenêtres sombres, aux rideaux tirés, de Maren Kristine Pedersen.

Une quinzaine de minutes plus tard, la porte s'ouvrit soudain, et Moland ressortit après s'être retourné dans l'ouverture et avoir salué en bonne et due forme, le chapeau à la main. Berstad lut la même expression renfrognée et choquée qu'avait eue Olafsen une heure auparavant, et dont il supposa qu'il n'avait pas pu totalement l'éviter lui-même. Il y avait en même temps un rien de triomphe dans le regard de son aîné de quatre ans, ce qui provoqua chez Berstad une démangeaison assez malvenue le long de l'épine dorsale.

« Oui ? Tu as pu en apprendre davantage ?

– Calle Frimann. Tu te souviens de lui ?

– Le fils du consul Frimann ! C'est *lui* qui... ? »

Moland hocha brièvement la tête, un rictus dur et implacable sur les lèvres.

« Mais bon sang de bois, pourquoi ?

– Ça, je crois que c'est à lui qu'on va le demander ! »

38

Calle Frimann habitait au deuxième étage, à gauche, dans l'un des nouveaux immeubles de St. Jørgens gate, juste en dessous du raidillon vers Skivebakken, avec vue en biais sur Kong Oscars gate et l'aile sud du bâtiment de bois peint en blanc abritant la Fondation Danckert Krohn.

Il ouvrit promptement la porte après que les deux policiers eurent sonné, presque comme s'il s'était attendu à leur visite.

Le fils de feu le consul Frimann, dont Moland estima rapidement qu'il avait environ trente-cinq ans, avait pas mal changé depuis la période dramatique du passage au nouveau siècle. Il était toujours étonnamment grand et large d'épaules, mais son visage bouffi était couvert d'une épaisse couche de gras, creusé de quelques vilains renfoncements, et la même impression d'obésité bien trop précoce dominait sur tout son grand corps.

Il plissa deux yeux excédés sur les policiers.

« Oui ? »

Moland leva son chapeau.

« Inspecteur Moland. Et voici mon collègue, l'inspecteur Berstad. Il s'agit de l'agression dont a été victime une femme, chez elle, jeudi soir. Vous savez certainement de qui nous parlons. »

Il baissa les yeux.

« Non. »

Le regard de Moland descendit sur les poings imposants et légèrement grassouillets de Calle Frimann. Les phalanges de la main droite étaient bleues. Il sentit qu'il commençait à bouillir.

« Mlle Maren Kristine Pedersen. »

Au moment où Calle Frimann ouvrit de nouveau la bouche, il l'interrompit :

« Et n'essayez pas de nier ! Elle nous a tout raconté. Vous pouvez vous considérer comme étant en état d'arrestation. »

Sa lourde mâchoire inférieure se décrocha.

« En ét… ! Certainement pas ! » Il jeta un coup d'œil circulaire dans la cage d'escalier peinte en jaune. « Entrez, on pourra… en parler… »

Les deux policiers échangèrent un regard furtif. Puis ils suivirent Calle Frimann à l'intérieur de l'appartement. Celui-ci sentait le neuf et le propre, et la froide lumière printanière mêlait un peu de sang à la lumière d'un élégant lampadaire en fer forgé d'inspiration ouvertement art nouveau dans ses spirales un peu trop appuyées et le motif allongé de lys qui ornait l'abat-jour.

Calle Frimann les conduisit jusqu'à un ensemble de fauteuils profonds tendus de velours vert, ouvrit un coffret de cigares, leur en offrit et en choisit un après que Berstad et Moland eurent décliné. Il l'alluma d'une main légèrement tremblante, en gardant les yeux rivés sur son extrémité. La lourde odeur, caractéristique de l'après-midi, de la fumée de cigare se répandit dans la pièce, comme une variété d'encens.

Les deux policiers le regardaient en silence, aussi patients que deux oiseaux de proie devant un animal agonisant. Il fut finalement contraint de relever la tête, mais le nombre d'interlocuteurs lui permit plus facilement de ne pas arrêter son regard, et celui-ci termina du côté de l'appui de fenêtre et des grandes plantes vertes qui bouchaient la partie inférieure des vitres brillantes.

« Il va bien falloir qu'on trouve un arrangement… vous devez bien savoir quel genre de femme est Mlle Pedersen ?

– Expliquez-le-nous », rétorqua Moland.

Calle Frimann fit un large geste des bras.

« Tout juste au-dessus d'une fille des rues. Une putain. Une traînée. Oui, mon père aussi allait la voir.

– Aussi ?

– Oui. Il n'était pas le seul ! »

Moland avait un goût désagréable dans la bouche, comme celui d'une dent creuse.

« Et vous-même… Vous marchiez dans les traces de votre père, pour ainsi dire ?

– Elle n'était pas à mon goût, non, répondit Calle Frimann en plissant les lèvres.

– Non ?

– Mettre… son nez dans un trou où vingt autres… »

Il tordit la bouche, comme pour montrer le dégoût suscité par cette seule pensée.

Ça couvait également dans les tripes de Moland, un mélange de nausée et de brûlures d'estomac, plus un goût de rouille sous le palais.

« Alors pourquoi êtes-vous allé la voir ce jeudi, avant de lui casser la figure ?

– Je…

– Êtes-vous bien conscient que vous auriez pu la tuer ? »

Il dodelina de la tête et afficha un sourire crispé.

« Oh… la tuer… Pas à ce point-là.
– Ah non ?
– Je veux dire… Vu comme ça…
– Mais nous ne voyons pas les choses "comme ça", monsieur Frimann. Nous voyons les détails, et nous avons vu… quelque chose d'affreux. Et je vous pose de nouveau la question : pourquoi avez-vous fait cela ?
– Elle… m'a énervé !
– De quelle façon ?
– Elle m'a raillé !
– Pourquoi ?
– Parce que j'étais… le fils de mon père…
– Parce que vous étiez… »

Moland pencha la tête de côté et le regarda par en-dessous.

« Parce que je ne voulais pas ! Je vous l'ai dit à l'instant… c'était un charnier, un trou plein de trop de cadavres !
– Alors pourquoi êtes-vous allé la voir ? »

Il haussa les épaules.

« Oh, je… je ne sais pas si j'avais d'autres raisons que…
– Que…
– Que celle qu'avaient tous ceux qui sont allés la voir !
– Mais vous venez de dire que…
– Elle m'a rendu malade ! Vous iriez voir une pute, vous, peut-être ?! »

La question arriva si vite sur Moland qu'il se trouva à chercher la réponse adéquate.

« Oui, vous êtes père de famille, n'est-ce pas ? Comme mon père, ajouta-t-il avec sarcasme. Alors vous n'êtes peut-être pas la bonne personne à qui il faut poser la question…
– Vous devriez peut-être la poser à l'un de vos amis », s'immisça Berstad.

Calle Frimann lui retourna un regard assassin.

« Et qu'entendez-vous par là ? »

Berstad se pencha en avant, fin comme une branche d'osier dans son fauteuil vert.

« Qu'en fait, vous n'aimez pas du tout les femmes, n'est-ce pas, monsieur Frimann ? »

Les deux hommes se dévisagèrent un moment comme deux combattants. Puis Calle Frimann rejeta sèchement la tête en arrière.

« On ne se reconnaît qu'entre soi, n'est-ce pas, monsieur l'inspecteur ? »

Le visage de Berstad se ferma encore un peu, et son regard sembla légèrement se ternir et se briser.

« C'est votre réponse ? »

Moland se leva brusquement.

« Nous n'arriverons à rien de la sorte. Vous venez avec nous au poste. »

Calle Frimann se leva à son tour. Il se planta de toute sa taille juste devant le policier.

« Mais vous ne pouvez pas m'arrêter pour... à cause de ce genre de choses !

– Tiens donc ? Faut-il que nous appelions des renforts, ou nous accompagnez-vous de votre plein gré ? »

Quelque chose mourut dans le regard de Calle Frimann.

« Mais je peux éviter de porter les menottes, non ? demanda-t-il d'une petite voix.

– Si vous ne tentez rien, oui... »

Serrés comme trois frères siamois, ils passèrent quelques minutes plus tard l'ancienne maison de Dorthe Engelbretsdatter au coin de Kong Oscars gate et de Haggebakken. À Bispegårdsmuren, qui entourait encore la classique Katedralskole peinte en jaune, ils prirent à gauche. Ils choisirent la partie nord de ce qui dans l'usage courant était rarement appelé autrement que Nygaten, mais qui au nord de la bande médiane portait depuis vingt-cinq ans le nom d'Ole Bulls gate. Dans Allehelgens gate, ils traversèrent devant le pénitencier, à présent désaffecté, un bâtiment jaune sale dont on avait commencé à faire le nouveau commissariat au prix de gros efforts, et traversèrent ensuite Rådstuplass en compagnie de Calle Frimann, qu'ils accompagnèrent jusqu'aux cellules du sous-sol, où ils l'abandonnèrent sous des bordées de véhémentes protestations.

Les deux enquêteurs remontèrent pensivement dans les locaux de la police, plongés tous deux dans des pensées toutes personnelles.

À peine étaient-ils arrivés au coin de Hennebysmuget et Strandgaten pour y attendre le médecin, que Berstad avait posé à Moland l'inévitable question :

« Comment diable as-tu fait pour le lui soutirer ? Si vite ?

– Du boulot de flic on ne peut plus classique », avait répondu Moland si sèchement et distraitement que l'arrogance sous-jacente avait rendu impossible toute réitération de la question, amenant ainsi Berstad au cours des semaines suivantes à se la répéter plusieurs fois à lui-même, sans trouver aucune réponse satisfaisante.

Moland ne s'était pas bien remis de la vision à laquelle il avait été confronté après avoir passé la porte. Il avait instinctivement enregistré ses traits détruits, la tentative maladroite pour dissimuler sa bouche derrière ses mains, son regard effrayé qui ne remontait qu'exceptionnellement jusqu'au visage du policier, comme si celui-ci avait une vilaine tache de naissance.

« Ve ne beux bas que tu be boies… cobe ça… » avait-elle soufflé, les larmes aux yeux.

Il était allé vers elle, comme pour l'entourer de ses bras, mais s'était arrêté en voyant avec quelle terreur elle reculait, jusqu'à se recroqueviller contre l'un des murs, la tête à moitié tournée et la bouche partiellement dissimulée derrière une main.

« Qui a fait ça ? » avait-il demandé.

Elle avait murmuré une réponse indistincte.

« Que dis-tu ?

– Beux bas le dire… »

Il avait haussé légèrement le ton.

« Écoute, Kristine, ça, c'est trop grave pour qu'on le passe sous silence. Ou bien tu me le dis de ton plein gré, ou bien moi aussi je vais recommencer tout le cirque et demander à chacun d'entre eux… Était-ce l'armateur Dünner, le consul Brandt… Haakon Emil… »

Elle avait tourné la tête vers lui et l'avait regardé, en proie au trouble le plus profond.

« Du de beux bas !

– Oh si, Kristine, non seulement je peux le faire, mais j'ai bien l'intention de le faire ! »

Pendant un long et douloureux instant, ils s'étaient regardés l'un l'autre, eux deux qui s'étaient naguère étreints avec tellement de flamme, et avaient fait l'amour comme s'ils avaient été les deux derniers êtres vivants sur la Terre. La situation était à présent assez différente. Cette fois, il était venu en tant que policier, il remplissait une mission, et elle était la victime meurtrie d'un délinquant peu délicat.

Elle avait alors révélé le nom, d'une voix si faible qu'il avait dû lui demander de le répéter.

« Mais pourquoi, Kristine, pourquoi ?

– Il y en a qui d'y arribent bas, s'ils frabent bas…

– Mais alors il y est arrivé ?

– Don, Christian ! Loin de là ! »

À présent, tandis que les deux collègues passaient le seuil de la grande salle de garde, ce fut Berstad qui répéta le nom, presque en écho de ce que pensait Moland :

« Calle Frimann… Est-ce qu'on devrait aussi ressortir les papiers que l'on a de 1900, à ton avis ?

– Je ne sais pas, Ole. Ce ne serait peut-être pas idiot… Quel était son alibi, déjà, à l'époque ? »

39

1914 fut une année riche en événements. Pour la grande majorité des gens, elle serait en tout premier lieu celle où la menace de guerre ne faisait qu'augmenter, où toute l'Europe était rongée par la rouille, où les antimilitaristes et leurs « insignes contestataires » étaient interdits, et où la frénésie du stockage atteignit son apogée lorsque la guerre devint une réalité, au début du mois d'août. Pour Ole Paulus Bruvik, en revanche, 1914 demeurerait l'année la plus heureuse de toute sa vie, et la raison en était Tordis Berentine Sylte, seize ans, originaire de Fjaler, dans le Sunnfjord.

L'amour suit ses propres lois. Il était tombé sur Ole Bruvik comme la foudre, au cours de ce matin pluvieux du mois de juin 1913, lorsqu'il l'avait accueillie sur le quai où le vapeur de la Nordre Bergenhus Amt arrivait, et menée sous son parapluie à travers la ville jusqu'à la demeure du directeur Helgesen dans Fjellveien, chez qui il dépannait en cas de besoin pour des tâches pratiques, comme couper du bois, rentrer du charbon en hiver, tondre la pelouse, arracher les mauvaises herbes dans les massifs de fleurs et ratisser les feuilles en automne. Il lui arrivait d'accompagner Gurine chez le boucher ou au marché aux poissons lorsqu'il fallait rapporter des marchandises volumineuses, et il n'attendait rien avec plus d'impatience que l'achèvement du funiculaire prévu le long de la Sjurelv, afin de ne plus avoir à porter à la main les plus lourdes charges le long des ruelles abruptes de Fjellsiden. Mais il ne se plaignait par ailleurs pas, puisque chaque mission lui donnait une occasion supplémentaire de voir Tordis du Sunnfjord, s'il avait de la chance. Si elle n'était pas là, il l'imaginait de toute façon, comme il l'avait fait jour et nuit depuis le tout premier matin sur Nykirkekaien. Il l'imaginait toujours telle qu'elle était descendue de la passerelle humide du *Framnæs*, ce jour-là, une valise un peu trop grosse à la main, un foulard brun sur la tête qui ne laissait échapper que quelques légers cheveux presque noirs. Il revoyait ses sourcils épais, ses yeux bleus angoissés, les rides inquiètes en travers de son front, ses lèvres serrées, son visage pâle aux pommettes roses, semé de gouttelettes qui s'y étaient déposées comme des perles.

« Tordis Sylte ? C'est toi… je crois ? »

Et ils étaient partis de par la ville, sous le même grand parapluie, si proches qu'il avait été inévitable de se bousculer parfois ; la pluie tambourinait gaiement sur la toile noire, comme la mesure d'un Buekorps[40] dans le lointain, et il avait soudain eu l'impression que c'était le soleil lui-même qui pleuvait sur la ville, en longs rais de lumière, en avant-garde de l'été qui arriverait bientôt, comme une promesse de la vie à venir.

L'été 1913 fut le plus sec de mémoire d'homme, et pour Ole Bruvik, il avait été comme une longue traversée du désert, car dès la Saint-Jean, Mme Helgesen, les enfants, Tordis et Gurine partaient à la résidence d'été d'Erdal. Il avait lui-même descendu les bagages jusqu'à la foule qui attendait sur Tyskebryggen, où les bateaux à destination d'Askøy et de l'Osterfjord étaient amarrés, et les bagages étaient si nombreux qu'il avait dû emprunter une charrette à bras à l'entrepôt de Strandsiden pour pouvoir tout porter. Le directeur Helgesen prenait pour sa part chaque jour le bateau de l'après-midi, quand il ne s'accordait pas de journées de congé avant ou après le week-end, mais pour Ole et le reste du personnel, le travail ne manquait pas en ville. Le soir, quand il était libre, il allait souvent sur Nordnespynten, où il regardait le fjord vers Askøy, et il l'imaginait, jouant dans le jardin avec les enfants, tandis que l'aîné, Wilhelm Styrk, la regardait depuis un banc sous un prunus, entre ses paupières grasses à moitié plissées. Pris d'une sourde angoisse, qui fit trembler sa poitrine lorsqu'il se figura tout ce qui pouvait lui arriver là-bas, il se sentit comme un naufragé sur une île déserte, ou l'une des victimes du *Titanic*, abandonné dans un canot de sauvetage, oublié par les bateaux de secours, observant l'horizon à la recherche d'une colonne de fumée montant de la Terre promise. D'autant plus grande avait été sa joie, en août, quand Wilhelm Styrk était parti avec son père en voyage d'affaires à Hambourg ; on lui avait de nouveau confié la mission de se rendre à Tyskebryggen avec une charrette à bras, et elle avait descendu la passerelle, derrière Mme Helgesen, Gurine et les enfants, si belle et bronzée, ses cheveux s'étaient parés de reflets châtains, elle allait tête nue dans cette douce journée d'été. – *Elle n'avait pas grandi… un tout petit peu ?* – Un taxi attendait Mme Helgesen et les enfants, tandis que Gurine et Tordis durent suivre Ole dans les côtes ; il l'avait observée du coin de l'œil, tout en tirant et en poussant la charrette lourdement chargée devant et derrière lui dans les raidillons, suant tant qu'il pouvait. – *Mais si, c'était bien ça, non ?*

Tordis Berentine Sylte était une fille relativement petite, assez large de buste, mais apparemment sans les conditions nécessaires qui faisaient depuis bien des générations des femmes de sa région des « nourrices donnantes » en ville. – *Mais ne s'était-elle pas développée, là aussi, pendant ces mois d'été ? Comme si le soleil et le temps sec l'avaient fait mûrir…* Comme dans son souvenir des lectures frauduleuses de passages de la Bible que quelques-uns de ses compagnons de confirmation lui avaient indiqués : *Tes deux seins sont comme deux faons, jumeaux d'une gazelle, paissant parmi les lys…* Son visage était ouvert et plein de vie, encore enfantin et rond, mais ne s'était-il pas allongé au cours de l'été ? Ses lèvres ne s'étaient-elles pas arrondies ? Et n'y avait-il pas une nouvelle touche brillante dans ces yeux où il n'osait jamais s'aventurer, comme la queue mouvante d'un poisson dans un courant calme, le soir ?

À l'automne 1913, il tourna en cercles sans cesse plus petits autour de Fjellveien, y compris quand il ne travaillait pas, l'après-midi et le dimanche après la messe. Il avait pris cette habitude commune à une partie des Berguénois sportifs : faire de longues promenades dans les montagnes entourant la ville. On pouvait monter si haut qu'il voyait jusque chez lui, à l'entrée du fjord. Ensuite, systématiquement, il passait devant la maison peinte en blanc un peu à l'écart dans Fjellveien, où il l'avait rencontrée par hasard un heureux dimanche alors qu'elle gardait le troupeau de marmots afin que la maison soit suffisamment calme pour que les adultes puissent se reposer un peu après le déjeuner, et *– j'ai ceci à faire, j'ai cela à bricoler –* il l'accompagna sur l'allée piétonne, discuta tant qu'il put en la caressant des yeux, encore et encore, comme si c'étaient des coups d'ailes invisibles qui lui soufflaient sur le visage, mais pas au point qu'elle ne le remarque pas.

L'amour suivit une autre recette concernant Tordis Sylte. Il avait frappé Ole instantanément, brutalement. Chez elle, il était apparu, aussi lentement que les îles dans le Buland, quand ils partaient en bateau vers l'ouest, de chez eux dans le Dalsfjord, par un dimanche d'été, et quand l'archipel au large d'Alden, avec Norskehesten et les deux sommets de Værlandet, émergeaient doucement de la brume maritime et se changeaient en écueils toujours plus gros dans la mer puis en montagne bien solide sous le pied lorsqu'on finissait par y arriver. La plus belle chose à laquelle elle ait assisté dans sa vie encore courte avait été un coucher de soleil vu là-bas, dont même son père avait dit qu'il était exceptionnel. C'était en juin, il n'y avait pas le moindre nuage dans le ciel, et le soleil tombait, avec une lenteur infinie, comme une goutte de sirop rouge profond, vers la fine ligne d'horizon, faisant rougeoyer la mer et luire faiblement le ciel en tons nacrés et pourpres, dans un spectre chromatique dont elle n'avait jamais vu l'équivalent. Le jeu de couleurs continua après que l'astre eut disparu, en laissant comme un reflet de flammes lointaines sur la voûte céleste qui bleuissait lentement. Seules les étoiles les plus hardies étaient parvenues à percer en périphérie du champ de vision, si loin qu'elles paraissaient se trouver aux frontières extrêmes de la conscience. C'étaient ainsi – comme cette vue – qu'avaient été ses sentiments, quand ils avaient fini par atteindre la surface de sa conscience inquiète de jeune fille.

La première chose qu'elle avait remarquée, c'était cette subite prise de conscience d'un manque, durant tout cet été à Askøy, pendant que la ville était plongée dans la brume, là-bas, entre les montagnes, de l'autre côté du large Byfjord, si proche, mais malgré tout si lointaine.

La seconde, c'était qu'elle se surprenait à le chercher, chaque après-midi quand elle allait se promener dans Fjellveien avec Laura et Tor Mentz, quelquefois aussi avec Petter et Katarina, et la chaleur qu'elle sentait monter jusque dans ses joues quand il surgissait soudain, arrivant tranquillement d'un peu plus haut sur le coteau, quand il n'apparaissait pas de derrière un tronc d'arbre avec un cri joyeux, ou attendait négligemment assis sur un carré d'herbe du côté des lacets de Fløien. Le couteau à la main, il taillait des sifflets de saule pour les gosses, ou des petits bateaux et des personnages lorsqu'il n'y avait pas assez de sève dans les branches pour faire des instruments.

C'est pourquoi elle avait immédiatement dit oui lorsqu'il lui avait enfin demandé, en février 1914, si elle avait envie de l'accompagner au cinéma la prochaine fois qu'elle aurait une soirée de libre, et le mercredi suivant, galant comme un homme adulte habitué aux usages du grand monde, il attendait au portail quand elle était sortie, son foulard le plus récent sur la tête, brodé au fil blanc par sa mère qui le lui avait envoyé comme cadeau de Noël cette année-là. Ils étaient descendus ensemble en ville, un peu gênés d'être tout à coup seuls de façon presque privée, car pour une fois, ils n'étaient pas deux domestiques veillant l'un sur l'autre dans l'exercice de leurs fonctions, mais deux jeunes gens classiques, l'un de dix-sept ans et l'autre de bientôt seize, qui se rendaient ensemble au cinéma. Devant les vitrines du *Bergens Tidende*, à Engen, ils s'arrêtèrent pour discuter du film qu'ils iraient voir. Ole estimait qu'ils avaient le choix entre deux : *Le diamant noir*, à l'Eldorado, « Drame en trois actes, réalisé pour partie dans un vieux château en Belgique, et pour partie dans la forêt vierge congolaise », lut-il solennellement dans l'annonce, et *Atlantis*, « Les six premiers actes », qui se jouaient au Verdensteater de Logen, mais il y avait ici un curieux ajout qu'Ole lut avec autant de sérieux que s'il s'agissait d'une ordonnance publique du ministère de la Défense : « Comme le sixième acte est partiellement abîmé, les personnes qui le désirent pourront le voir sans supplément de prix en échange d'une contremarque, à des dates et des horaires qui seront précisés ultérieurement. » En fin de compte, il apparut que le choix allait de soi, car à l'Eldorado, tout était déjà vendu, tandis qu'au Verdensteater, il restait des billets pour la représentation de 19 heures. Assis dans le noir, ils avaient regardé avec de grands yeux les images dramatiques du naufrage, nettement inspirées de la catastrophe du *Titanic*, enrichies de scènes de panique sur le pont et dans les salles des machines, l'eau qui déferlait avec tant de réalisme dans les cabines qu'Ole se surprit à regarder vers les lampes vertes au-dessus des issues de secours, les passagers qui se jetaient à l'eau et étaient récupérés par les bateaux de sauvetage, le navire en perdition et son capitaine sur le pont. Puis venaient des séquences irréelles dans lesquelles le personnage principal du film, le docteur von Kammacher, se figurait déambulant dans les rues idylliques de l'Atlantide engloutie – des passages fascinants, seulement interrompus par les entractes, que le responsable du cinéma mit à profit pour remplir de coke le gros poêle noir chargé de chauffer la salle. Épaule contre épaule, ils avaient écouté la respiration l'un de l'autre, mais sans oser bouger. Ce n'est que sur le chemin du retour – dans les lents virages de Skansen – qu'elle avait prudemment glissé son bras sous celui d'Ole. Ils s'étaient assis un moment sur l'un des bancs devant la caserne des pompiers de Skansen, mais étaient repartis suffisamment tôt pour qu'elle soit rentrée bien avant 22 heures, heure à laquelle elle avait garanti aussi bien Gurine que Mme Helgesen qu'elle serait de retour. Arrivés au portail, il lui avait pris la main et s'était profondément incliné, avant de lui demander solennellement, dans son dialecte natal, s'ils ne pouvaient pas répéter tout ça « une autre fois… Je veux dire, il faut bien que nous voyions le dernier acte d'*Atlantis*, non ? ». Elle avait hoché la tête, rapidement, pleine d'enthousiasme, presque avec trop d'enthousiasme, pensa-t-elle après coup. En trottinant d'une démarche dansante vers le pied du coteau et son lit, dans le petit réduit qu'il occupait chez son oncle paternel à Skuteviken, Ole Bruvik pensait avec bonheur, au bord du fou rire, que *1914, c'est une année exceptionnelle, la plus belle année de ma vie, jusqu'à présent* !

Pour beaucoup, 1914 fut une année de changement. La première décennie paisible du XXe siècle était terminée. La jeune nation avait vécu une période de croissance économique de neuf ans à partir de 1905, et le 17 mai de cette année-là fut le centenaire de la Constitution de 1814, fêté en grande pompe, aussi bien à Bergen que dans le reste du pays. Comme si cela ne suffisait pas, l'été de sécheresse de 1913 fut suivi du plus chaud depuis 1905, avec des températures maximum atteignant 29 °C à Bergen, enregistrées à Fredriksberg. Fort peu étaient ceux qui semblaient voir s'amonceler les nuages au-dessus du champ de bataille à venir qu'était l'Europe. Même le Premier ministre, Gunnar Knudsen, affirma durant le débat consécutif au discours du trône que le ciel politique était « dégagé, tel qu'il ne l'avait pas été depuis bien des années », ce qui conduisit l'un des autres grands hommes du pays, Fridtjof Nansen, à déclarer quelques jours plus tard au cours d'une conférence :

« Je ne peux pas croire que ces mots étaient réfléchis. » Et il poursuivit : « J'ai moi-même peu de liens avec la politique étrangère, et je considère qu'il faudrait que les Européens soient fous pour s'armer de la sorte sous un ciel dégagé. Nous sommes près d'un volcan qui peut se réveiller à n'importe quel moment, et gare à celui qui ne sera pas prêt, à ce moment-là ! »

Ole Bruvik et Tordis Sylte n'avaient eux non plus aucune idée de ce qui se déroulait si loin de la partie du monde qu'ils pouvaient voir à l'œil nu depuis Fjellveien. Les mercredis soir et dimanches après-midi qu'elle avait de libres, ils se promenèrent, dès la mi-février, sur des kilomètres, et avec un zèle qui eût été digne d'un randonneur allemand, ils conquirent de grandes parties de Bergen et se familiarisèrent avec des endroits où ils n'étaient encore jamais allés.

Ils montaient souvent à Punktum, tout en haut de Kalfaret, mais c'était souvent trop court ; ils poursuivaient alors dans Kalfarveien jusqu'à Fløien, puis dans Fjæreveien presque jusqu'à Møllendal, où se trouvait l'ancien moulin à écorce[41], bien après que la commune de Bergen ait procédé à l'expropriation du bassin hydrographique[42]. Là, sur les bords du Store Lungegårdsvann, c'était comme si le grand miroir d'eau aspirait les ténèbres et les rendait encore plus profondes. Les lumières du Nygårdsbro paraissaient aussi lointaines que cette Florida qu'il reliait à Viken, et la nouvelle maison du club des nageurs de Grønneviksøren n'attirait encore personne ; ils avaient donc pour ainsi dire tout le quartier pour eux deux.

Ole appréciait tout particulièrement les journées de pluie, car sous le parapluie, il allait de soi de marcher plus près l'un de l'autre que par beau temps. Il est vrai qu'elle passait plus souvent que par le passé son bras sous le sien, mais elle pouvait malgré tout – sous le coup d'une impulsion ou si elle voulait voir quelque chose – le lâcher et courir tout au bord de la route, se pencher dans le fossé pour cueillir une fleur ou toucher un petit insecte qu'elle avait envie d'étudier plus attentivement. Lorsqu'il tombait des cordes, ils marchaient alors l'un contre l'autre sous le grand parapluie, s'entourant l'un l'autre d'un bras protecteur, comme si c'étaient des paquets de mer et non une bonne grosse averse du Vestland qu'ils rencontraient.

Ils connurent bientôt le chemin par cœur, chaque pavé, chaque dalle de trottoir. À Nubben, ils passèrent la vieille villa cossue de Jebsen et ses deux tours d'aile, où le roi en personne avait souvent résidé, mais qui, après la mort de la veuve, était devenue une fondation pour le troisième âge.

« Ah, imagine, vivre dans une aussi grosse maison, je veux dire, *avoir* cette maison ! avait dit Tordis la toute première fois qu'ils étaient passés devant.

– Oh, ça peut bien nous arriver à nous aussi, un beau jour, lui avait-il répondu avec audace, et elle l'avait regardé, la bouche entrouverte :

– Nous ?! »

Dans Kalfarveien, ils pouvaient encore rencontrer des badauds, mais dans Fjæreveien, il faisait sombre, on n'entendait rien, et il y avait peu de monde en vadrouille le soir, en tout cas aux périodes les plus sombres de l'année. Là, sous un vieux chêne, il lui saisit rudement la main, l'attira à lui, la tint contre lui et la regarda longuement avant d'incliner maladroitement la tête sur le côté, de se pencher en avant et de l'embrasser pour la toute première fois, rapidement et trop durement, tandis que ses genoux l'abandonnaient si soudainement qu'il se vit s'effondrer à ses pieds. Elle n'avait rien dit, elle l'avait simplement regardé, les yeux grand ouverts, avant de baisser la tête avec un petit sourire. C'était ensuite devenu une tradition implicite d'aller s'embrasser toujours sous le même arbre, tant qu'ils étaient seuls. Une excitation et un désir frémissant grandirent progressivement en eux, concernant cet endroit, de telle sorte qu'ils pouvaient trotter jusqu'ici, dans le vent du sud ou sous une fine neige complètement détrempée, avant de s'embrasser, comme s'ils n'avaient le droit de le faire qu'ici. Au fil des jours et des semaines, les baisers se firent à la fois plus doux et plus brûlants. Il leur arrivait de pouvoir se cramponner l'un à l'autre pendant ce qui paraissait des heures. Puis un jour de mai, un mois après qu'elle eut fêté son seizième anniversaire, il la poussa doucement contre le tronc noueux, pressa son corps contre celui de la jeune fille, sentit les contours de ses petits seins et la crête de sa hanche comme une selle sur son bas-ventre, et il s'excita et s'enthousiasma tant qu'elle dut finalement plaquer ses deux paumes contre sa poitrine et le repousser fermement, mais gentiment, en murmurant faiblement, mais sur un ton résolu :

« Non, Ole, non ! »

Le 28 juin, le coup claqua à Sarajevo, et le monde entier retint son souffle. Or l'événement sembla ne pas avoir de conséquences sérieuses pour la Norvège, et la vie retrouva rapidement son cours habituel.

À l'été 1914, Tordis partit avec toute la famille Helgesen à Kristiania pour y rendre visite à des parents et y assister aux grandes festivités du centenaire à Frogner[43]. Cette année-là, il n'alla donc pas à Nordnespynten, mais à la gare, où il lisait et relisait les horaires, comme une cartographie de son propre paysage intérieur. Même dans les journaux locaux, on lisait des annonces vantant tout ce que l'on pouvait acquérir dans la capitale : « Croix du Jubilée 1914 » pour 8 couronnes, et « Ceinture de la réforme, remède le plus imminent du moment, alimenté par batteries sèches : Pourquoi être malade, quand la ceinture de la réforme peut vous guérir ? »

En dépit de l'agitation qui régnait dans les Balkans, l'empereur allemand Wilhelm vint en visite en Norvège comme d'habitude. « Il vient sûrement voir si la statue de Fridtjof qu'il a laissée l'année dernière à Vangsnes est toujours là », commentaient les gens dans la rue.

À la mi-juillet, la famille Helgesen revint à Bergen, et madame, les enfants, Tordis et Gurine filèrent sans délai à Erdal, comme l'année précédente. Mais cette année-là, ils revinrent plus tôt. Au tout début du mois d'août, la panique s'installa.

Durant tout l'été, il y avait eu un nombre exceptionnellement élevé de bateaux de guerre allemands dans les eaux norvégiennes. La conversation d'un matelot allemand fut surprise dans un café de Vågsbunnen, conversation dans laquelle il prétendait que le corps des pompiers de Hambourg pouvait prendre la Norvège entière en seulement quelques heures, une déclaration qui avait conduit à la fuite du susnommé et de ses acolytes au terme d'une bagarre avec une poignée d'autochtones bruyants qui voulurent prouver sur-le-champ que le postulat ne reposait sur rien. Avec la déclaration de guerre de l'Autriche-Hongrie contre la Serbie le 28 juillet, la flotte de haute mer allemande mit le cap vers le sud, tandis que les touristes cédaient à la panique et voulaient rentrer chez eux. Il se produisit des scènes passablement chaotiques, aussi bien sur les quais qu'à la gare, lorsque les gens se mirent à surenchérir fiévreusement pour obtenir de haute lutte une place libre dans un train ou un bateau, agitant des billets en l'air, proposant même des objets personnels que les malheureux préposés aux billets locaux n'avaient jamais vus.

Devant les locaux du *Bergens Tidende*, à Engen, où il y avait davantage de place, d'importants rassemblements avaient lieu dans l'attente des télégrammes en provenance d'Europe. Le 2 août, la nouvelle parut en première page du quotidien : « *LE DRAPEAU DE LA GUERRE ENFLAMME L'EUROPE – L'Allemagne a déclaré la guerre à la Russie, hier soir à 19h30.* » Le lendemain, on lisait l'avis de mobilisation, en allemand et en français, dans les journaux norvégiens, sommant tous ceux qui se trouvaient à l'étranger de rentrer au pays, et dès le samedi, la mobilisation générale fut également décrétée en Norvège. Comme une sorte d'ironie du sort, le tout fut accompagné durant ces semaines-là du feuilleton régulier du *Bergens Tidende*, le roman à suspense *Roulements de tambour*, du Capitaine Munk.

Le lundi 3 août, Ole Bruvik tomba sur une étrange vision en arrivant sur Tyskebryggen à Dreggen, en voyant Vågen plein de petits bateaux. Les darsines[44] entre les grossistes et les agriculteurs sur Strandsiden étaient pleines d'embarcations à quatre ou six rames, de même que devant l'entrepôt de farine de Tøsse de Gullskogården. En tournant à Muren, Nordre Muregård était bloqué par des paysans de la côte et de l'intérieur des terres, et au milieu de la foule, il distingua son propre père, toujours aussi calme, flanqué de Torfinn et Harald.

« Papa ! Et mes frères ! Mais qu'est-ce que vous faites en ville un lundi ? Et tous ces gens ?

– Tu n'as pas entendu, petit ? Il va y avoir la guerre ! Il faut faire des réserves, qu'il ne nous arrive pas la même chose qu'en 1812. Mais maintenant, on a enfin assez d'argent », répondit le père en brandissant une grosse bourse de cuir brun qui regorgeait littéralement de billets et de pièces.

Ole secoua la tête, sans comprendre, et tendit un doigt vers l'entrepôt de Berstad.

« Oui, en tout cas, je dois aller là-bas. C'est là que je travaille, en ce moment. J'espère même devenir magasinier, dans pas très longtemps !

– Bien, bonne chance », bougonna le père au moment où le paysan le plus proche ouvrait ses portes, et toute la foule avança en un seul paquet compact.

Dans la ville, la panique était totale, et Ole fut rapidement envoyé pour une mission d'importance. Sur Vågsalmenningen, il y avait cinq files d'attente distinctes, trois devant la Norges bank, la Kreditbanken et la station de télégraphe à l'arrière de la Bourse, une devant les bureaux des Moulins Vaksdal, et une dernière devant le magasin de l'Union, au numéro 3. Dans les banques, les gens enrageaient de ne pouvoir retirer plus de 50 couronnes sur chaque compte, et chez les commerçants, la panique se répandait comme une traînée de poudre, avec pour conséquence le refus de tout crédit : tout devait être payé comptant. Quelques petits commerçants n'acceptaient même plus les billets ; tout ce qu'ils prenaient, c'étaient les pièces d'argent. Quand cela se sut, les constitutions de stocks commencèrent pour de bon. Les gens déboulèrent chez les marchands, qui se retrouvèrent rapidement démunis et durent se réapprovisionner auprès des importateurs et des gros entrepôts. Les journaux relataient des troubles et des bagarres à Kongsberg et Stavanger. À Fredrikstad, des portes de magasins furent défoncées et des vitres brisées, et la rumeur se répandit que le prix d'un sac de farine de seigle avait dépassé les 50 couronnes. Les choses se corsèrent aussi à Bergen, quand des mères de famille terrorisées et des travailleurs envahirent les magasins, uniquement pour constater que les prix avaient fait un bond prodigieux depuis la veille, et que la plupart des commerçants avaient instauré un tout nouveau règlement, sans en avertir qui que ce fût : *Ici, on paie comptant !*

Pour Tordis, ce ne fut pas si compliqué ; elle était nourrie et logée. Le directeur Helgesen avait encore suffisamment de bonnes relations pour voir les marchandises dont il avait besoin livrées à sa porte, et celles qu'il ne pouvait pas se faire livrer, il envoyait Ole et les autres les chercher. Ole se sentait presque comme un richard quand, l'argent du directeur Helgesen dans son portefeuille, il jouait des coudes pour parvenir jusqu'au comptoir de chez Ellingsen, sur Torvet, où il achetait du thé et du café au kilo. Les choses étaient pires chez son oncle à Skuteviken, où la tante rentra atterrée en annonçant disette et catastrophes, ce qui obligea l'oncle à aller lui-même voir le marchand et le menacer de lui filer une danse pour obtenir une petite poignée de marchandises supplémentaires.

« Oui, je ne pense pas qu'on puisse encore te nourrir, bonhomme, lui avait dit sa tante en le regardant avec inquiétude, même si tu peux payer. On n'a même plus assez pour nous et les mômes… »

Le 5 août, on apprit que l'Angleterre était entrée à son tour dans la guerre. L'activité à la Bourse était frénétique, et peu de semaines s'écoulèrent avant que l'achat de parts dans des navires s'accélère d'une façon encore jamais vue.

En septembre, l'offensive allemande contre Paris fut repoussée dans la Marne, et la guerre de positions sur le front ouest commença. En Norvège, la fondation d'un conseil de ravitaillement et l'établissement de prix plafonds sur les produits alimentaires les plus importants avaient conduit à une stabilisation de la situation. Pour la plupart des Norvégiens, la vie avait repris son cours normal.

Il était toutefois impossible de faire fi de l'ombre menaçante de la guerre, que les télégrammes d'information quotidiens du front leur rappelaient sans cesse. Bien des hommes en âge d'aller combattre étaient réquisitionnés pour défendre la neutralité du pays, et durant les sombres soirées automnales, on pouvait voir les projecteurs scruter la mer du côté de Kvarven et plus loin depuis Hellen, à la recherche de navires étrangers. En mer du Nord, les sous-marins de la marine allemande avaient pris le pouvoir, et tant que le *Venus*, de Bergen, put traverser librement la mer jusqu'en Angleterre, il fut communément admis que c'était parce qu'il transportait des agents allemands à son bord. Étant donné que la Bergensbane était tout à coup devenue un lien crucial entre les puissances occidentales et la Russie, Bergen était en passe de devenir un port de transit d'importance internationale. En même temps que de nombreux autres habitants de la ville, Tordis et Ole avaient pris l'habitude de passer par Festningskaien pour certaines de leurs promenades vespérales, quand le *Venus* ou l'un des autres bateaux de ligne arrivait. Un curieux public cosmopolite emplissait le quai, des individus tous vêtus en apparence d'habits neutres, mais la plupart portaient malgré tout des signes distinctifs nationaux bien visibles, sous forme de moustaches ou de barbes, de couleur de visage ou de petits détails dans leur tenue, ce qui pouvait de temps à autre donner lieu à des paris animés entre les spectateurs sur la nationalité de tous ces voyageurs. Lorsque la nouvelle parut qu'une prétendue espionne, répondant au nom exotique de Mulka Kos, avait été arrêtée en Suède alors qu'elle se rendait à Saint-Pétersbourg en possession de plus de deux cents cartes des forteresses norvégiennes, Ole fut catégorique : c'était la femme qu'il avait vue descendre du *Venus* dès le mois de juin !

Mais les prix du fret augmentaient, et l'argent changeait de main si rapidement qu'on avait du mal à s'y retrouver. Ole avait progressivement développé un réseau bien utile comprenant d'autres garçons de courses avec qui il était entré en contact durant les heures passées dans les mêmes files d'attente, que ce soit dans les bureaux publics ou dans les commerces. L'un d'eux, Anders Mikalsen, avait mis toute son énergie à essayer de le convaincre d'acheter des parts dans un bateau nommé *Søstrene Berge*[45], de Haugesund, un cargo ayant des relations d'affaires en Allemagne, ce qui lui garantissait des traversées sans risques.

« ... Mais ça, les clients ne le savent pas, alors ils paient les prix habituels.

– Mais je n'ai pas d'argent, Anders !

– Tu n'en as pas besoin !

– Ah non ? Et comment je peux acheter ces parts alors ?

– Écoute voir : ce que tu fais, c'est que tu vas à la banque et que tu achètes les parts que tu veux. Mais tu ne paies pas comptant. Il faut quinze jours pour que les papiers soient prêts, et dans l'intervalle, les cours ont grimpé. À ce moment-là, tu peux les revendre avec un bénéfice, et tu investis dans de nouvelles actions avec ce qu'il te reste, et avant d'avoir eu le temps de dire ouf, tu es plein aux as !

– Et tu es sûr de ton coup ?

– Sûr ? Un peu que je suis sûr, mon gars ! »

Le doute prit malgré tout le dessus, et Ole ne se laissa pas convaincre. Il s'en félicita cinq semaines plus tard, lorsqu'il rencontra Anders dans la rue ; celui-ci avait été viré, et il était plus abattu qu'un bœuf après un coup de merlin bien ajusté.

« Qu'est-ce qui s'est passé ?

– J'ai fait faillite !

– Faillite ? Mais ça ne pouvait pas louper, tu disais !

– Non, mais est-ce que je pouvais savoir que le bateau n'avait pas eu le permis pour le voyage au long cours auprès des autorités maritimes ? Il a dû aller au chantier naval pour y être désarmé, et on a eu l'obligation de rembourser les parts ; et l'argent, j'étais censé le trouver où ? Moi qui n'ai pas un fifrelin ?

– Tu vois…

– Il a fallu hypothéquer ce que j'avais, à savoir ? Une vieille valoche avec quelques liquettes fatiguées dedans ! Alors ils sont allés voir Madsen pour lui dire qu'ils voulaient me sucrer mon salaire, et la conclusion, ça a été que Madsen ne voulait pas de spéculateurs comme moi chez lui, a-t-il dit, et me voilà… à la rue… Nulle part où crécher, pas de boulot, même pas de valise ! »

Anders avait réellement l'air perdu, et Ole ne pouvait que le plaindre.

« Qu'est-ce que tu vas faire, alors, maintenant ?

– Je ne sais pas, juste aller voir s'ils ont besoin de quelqu'un d'autre pour le service de la défense de la neutralité ; au moins, je serai nourri et logé… »

La surveillance de la côte avait pris de l'importance au cours de l'automne et de l'hiver. Davantage de sous-marins allemands avaient été observés dans les eaux norvégiennes, mais la grande guerre sous-marine n'avait pas encore éclaté.

En novembre 1914, le conflit se rapprocha plus que jamais de Bergen. Le vapeur *Gerda* toucha alors une mine dans la mer du Nord, mais parvint à atteindre Tyne par ses propres moyens. Le 16 décembre, les choses empirèrent, lorsque le vapeur *Vaaren*, qui transportait du charbon, fut secoué par une violente explosion entre Tyne et Neapel, faisant perdre la vie aux premiers marins de Bergen. Treize hommes décédèrent, seuls quatre furent sauvés. Au printemps 1915, le blocus allemand des littoraux anglais et irlandais était un fait bien avéré. Un nombre sans cesse croissant de bateaux norvégiens sautaient sur des mines ou étaient torpillés.

Tordis et Ole poursuivaient leurs vadrouilles à travers la ville. À de rares occasions, quand le temps était par trop exécrable, ils s'accordaient une tasse de café et une crêpe dans l'un des cafés rustiques. Lors de certains grands événements, comme le 17 mai ou le lundi de Pâques, ils s'offraient une tasse de chocolat et une part de gâteau dans l'une des pâtisseries, mais sans pouvoir se défaire de l'idée qu'ils ne se sentaient pas complètement à l'aise dans ce cadre, parmi toutes ces citadines distinguées et bien mises.

Avec le début de la guerre, il était devenu passionnant d'observer la circulation sur le Puddefjord et Vågen, et ils allaient plus souvent que par le passé autour de Nordnespynten et le long des quais de Strandsiden. Par une soirée sombre d'avril, en sortant du parc de Fredriksberg, ils croisèrent une femme vêtue de vêtements bruns, qui allait la tête à moitié tournée ; ce qui ne l'empêcha pas, au moment précis où elle passa à leur hauteur, de faire un petit signe de tête à Ole et de lui murmurer quelques mots qu'aucun d'eux ne comprit.

« Qui était-ce ? s'enquit Tordis avec curiosité.

– Oh, c'était une vendeuse de chez Helgesen, Mlle Pedersen. » Il baissa le ton et s'assura que la femme en brun était trop loin pour l'entendre. « Au printemps dernier, elle s'est fait salement casser la figure par un de ses amants, qui lui a fichu en l'air toutes les dents de devant…

– Oh mon Dieu, quelle horreur ! »

Tordis porta instinctivement les mains à sa propre bouche, comme pour s'assurer que les siennes étaient bien en place.

« Mais elle a sûrement touché une indemnité de caractère personnel, et Helgesen lui-même l'a aidée pour le reste, ce qui fait qu'elle a de nouvelles dents.

– Dentier ?

– Implants, acquiesça-t-il. Mais je ne crois pas que tu devrais l'ébruiter. Je veux dire, je ne crois pas qu'il l'ait dit à Mme Helgesen…

– Aaah. Tu veux dire… Est-ce qu'ils sont… ? »

Il haussa ostensiblement les épaules.

« Ça, je n'en sais rien.

– Et l'agresseur ? Il a bien été puni ? »

Un sourire sarcastique passa sur le visage du jeune homme.

« Ah oui ? C'est aussi ce que tu crois, toi ? Il a été envoyé en Angleterre, par sa mère, pour y poursuivre ses études, comme on dit. De quoi, j'aimerais bien le savoir. »

Elle le regarda sans trop comprendre, tandis qu'ils arrivaient à Klosterhaugen.

« Tu l'aimes bien, cette… Mlle Pedersen ?

– Si je l'aime bien ? » Il se racla la gorge. « Je la plains. Mais de là à bien l'aimer… C'est une fille de quarante ans, Tordis ! Un fossile…

– Un fossile, comme tu y vas ! s'exclama-t-elle avec un petit rire. C'est ce que tu diras de moi aussi, quand j'aurai le même âge… ? »

Il s'assombrit tout à coup, s'arrêta et l'entoura de ses bras, avant de l'attirer contre lui.

« J'espère qu'on sera toujours ensemble, Tordis.

– Tu espères ! répéta-t-elle en levant sur lui un regard effrayé. Qu'est-ce que tu veux dire ? Tu ne penses quand même pas à…

– Je le pense !.. Tu ne me comprends pas… Je voulais juste te demander… »

Il se mit à osciller d'avant en arrière, mal à l'aise, indécis.

« Oui ? tenta-t-elle. Qu'est-ce que tu voulais… me demander ?

– Si… si tu voulais être ma… si tu voulais… te marier avec moi.

– Si je voulais… » Elle sentit ses joues rougir et s'échauffer. « Mais on n'est pas… on n'a pas… Quand est-ce qu'on le pourra ?

– Je veux dire, pas aujourd'hui, et pas demain, mais… un jour, quand on en aura les moyens ! C'est… Je vais travailler, même si ça doit me prendre les sept années pour Léa et les sept années pour Rachel…

– Qui c'est, ces deux minettes ? » le taquina-t-elle avant de l'embrasser rapidement, comme pour l'assurer que l'allusion ne lui échappait pas.

« On n'a même pas besoin de se fiancer… c'est-à-dire… officiellement… juste nous *promettre* l'un à l'autre…

– Je promets », chuchota-t-elle rapidement en se penchant sur lui, la bouche ouverte.

Il la fixa, comme deux ronds de flan.

« Tu promets ? »

Elle hocha la tête.

« Tu promets ! »

Il la tint tout contre lui, tourna son visage vers le sien et l'embrassa d'une façon qui provoqua une vague chaude qui le traversa de part en part.

« Et ce n'est pas sûr que nous ayons besoin d'attendre si longtemps avant que… commença-t-il, légèrement étourdi.

– Avant que ?

– Que nous ayons les moyens ! Viens ! Je vais te montrer quelque chose…

– Où ça ? »

Il lui prit la main et l'entraîna derrière lui ; ils descendirent Klosterhaugen, traversèrent Klosteret, descendirent Cort Piils smug, puis suivirent Strandgaten jusqu'à Muren. Devant l'entrepôt au sud de Murebryggen, il s'arrêta. Il tira d'une de ses poches un anneau portant une grosse clé brune et une plus petite, plus brillante.

Tordis jeta un rapide coup d'œil au bâtiment sombre.

« On t'a donné les clés ? demanda-t-elle en pur dialecte du Sunnfjord.

– Je suis devenu surveillant d'entrepôt, n'oublie pas ! » expliqua fièrement Ole. Il introduisit la plus grosse clé dans la serrure et la fit tourner. « Viens !

– Là…-dedans ? hésita-t-elle.

– Oui, tu n'as quand même pas peur ? De moi ? ajouta-t-il avec un petit sourire prudent.

– Non, pas peur, mais il fait si sombre…

– Viens, je te tiendrai par la main ! » Il la tira de nouveau derrière lui, vers l'intérieur du grand bâtiment. « C'est

Berstad le propriétaire, mais Helgesen a réservé de la place pour certaines de ses marchandises là-dedans. » Il sortit la plus petite des deux clés, chercha le trou de serrure et ouvrit une seconde porte. « Viens, je vais te montrer… ce sont des calandres… » Mais ils ne voyaient pas grand-chose à l'intérieur, et il ne tarda pas à l'attirer vers lui sur l'un des rouleaux :

« Oh, Tordis, tu m'as rendu si heureux, aujourd'hui…

– Ohh… »

Ils s'embrassèrent de nouveau, presque comme la première fois, comme si ce qu'ils s'étaient promis avait donné à leurs vies une toute nouvelle signification. Il lui caressa les épaules, les bras et le dos, bien plus hardiment qu'il l'avait jamais fait, mais c'était par ailleurs la première fois qu'ils étaient seuls, complètement isolés. Ses mains descendirent, toujours plus bas, jusqu'à l'ourlet de sa jupe, où il saisit l'une de ses chevilles avant de remonter, comme s'il en mesurait la circonférence, jusqu'au genou…

« Non, Ole, non !

– Non, murmura-t-il dans ses cheveux, non, je ne vais pas… Juste… Regarde comme mon désir est grand…

– Dés… »

Il lui saisit un poignet et guida sa main vers la tête de cheval battante et hennissante qu'il avait entre les jambes, et il ne fallut pas davantage que le premier contact pour que tous les barrages cèdent en lui, comme une crise d'épilepsie, il poussa un gémissement sonore entre ses dents serrées, sentit brusquement un courant chaud et humide emplir son caleçon en une masse tiède et poisseuse ; les derniers spasmes le secouèrent comme les soubresauts d'un animal agonisant. Effrayée, elle ramena sa main et plissa les yeux dans l'obscurité :

« Qu'est-ce qu'il y a, Ole ? Qu'est-ce qui se passe ?

– Rien… rien », murmura-t-il, honteux, en cachant son visage contre la poitrine de la jeune fille, avant de s'immobiliser comme une bête abattue, si longtemps qu'elle finit par s'agiter impatiemment, à moitié coincée sous lui.

« Qu'est-ce qu'il y a, Ole ? Tu ne te sens pas bien ?

– Si… Bien… »

Il la raccompagna ensuite chez elle, avec entre les jambes une sensation si froide et humide que ce fut à grand-peine qu'il parvint à marcher naturellement sur tout le trajet. Ils passèrent devant le grand pont de transport menant, au mépris général des habitants de la ville, de l'entrée du tunnel de ce qui deviendrait le Fløibane, sur tout Vetrlidsalmenningen, devant Bryggesporen et sur Tyskebryggen jusqu'à Vågen, où les pierres tirées des forages étaient vidées dans un silo puis chargées sur des péniches qui les emportaient. Ils remontèrent ensuite les lacets de Skansen, passèrent la Sjurelv sur un pont provisoire et remontèrent jusqu'à Fjellveien, où elle lui fit part de ce à quoi elle pensait depuis ces instants frénétiques dans l'entrepôt de Berstad, à Murebryggen :

« Tu comprends, ce n'est pas que je ne t'aime pas, Ole, mais je crois que la seule chose à faire pour l'instant, c'est d'attendre – pour ça – qu'on soit vraiment mari et femme…

– Oui, je comprends bien… c'est juste que je… me suis emballé… »

Elle s'étira sur la pointe des pieds et l'embrassa tendrement sur la bouche.

« N'oublie pas, mon Ole, que c'est pour toi que je me réserve, et rien que pour toi !

– Oui… » Il sentit de nouveau cette nouvelle chaleur déferler en lui, et il s'agita légèrement. « Mais maintenant, je crois qu'il va falloir que je… »

Il fit un petit mouvement de la main ; elle le lâcha prudemment. Pendant un instant, ils se regardèrent, immobiles. Puis ils partirent en hâte, chacun dans sa direction, elle parce qu'elle avait la sensation qu'elle était déjà en retard, lui parce qu'il devait rentrer nettoyer son caleçon afin que celui-ci soit à peu près sec pour le lendemain.

40

Olav Kyrres gate, entre le coin d'Eldorado et Starvhusgaten, était le lieu de promenade le plus populaire de la ville. Les jeunes y déambulaient par les samedis soir ensoleillés à la belle saison ou par les après-midi glacés de décembre, quand les décorations de Noël illuminaient les fenêtres, dans l'espoir de trouver l'âme sœur. Plusieurs cinémas de la ville se trouvaient dans cette rue : l'Eldorado, le Tivoli, le Boulevard et le Verdens-Speilet[46], près du Bypark. On y trouvait également les restaurants et les cafés les plus fréquentés : Grotten, à Boulevard, où les peintures murales représentant les sept mers pouvaient aisément, à l'aide d'éclairages changeants, donner aux clients l'impression d'être embarqués pour une croisière internationale, tout particulièrement après avoir descendu quelques chopes ; le bar en sous-sol de l'hôtel Norvège et le Grand Café, avec sa tour ronde caractéristique. Et dans la rue voisine, l'hôtel Metropol et son café à automates si continental, spécialement adapté pour le déjeuner, et l'hôtel d'Angleterre, avec son très attractif café en sous-sol.

Si l'on penchait plutôt pour les choses non alcoolisées, c'était également dans Olav Kyrres gate que l'on trouvait les meilleurs confiseurs et pâtissiers de Bergen. Les trois habitantes qui étaient convenues de se retrouver dans l'une de ces pâtisseries en ce jeudi 16 décembre 1915 avaient le choix entre plusieurs enseignes. Les deux sœurs Brandt, Mmes Helgesen et Dünner, avaient durant leur jeunesse, à la fin des années 1870, effectué plusieurs voyages sur le continent, dont deux visites à Paris, et la tendresse qu'elles avaient toutes deux pour ce qui était français les menait « Aux Petits Fours », de Vogelsang, près du Bypark. La belle-sœur de Mme Dünner, en revanche, la veuve Frimann, avait toujours préféré les savoureux gâteaux Johannes Brun du pâtissier Michelsen, deux rues plus loin. En guise de compromis, tranchant nettement sur la guerre de positions qui faisait rage à cet instant précis sur ce continent dont elles avaient de si bons souvenirs, elles se retrouvèrent tout naturellement à mi-chemin, dans un bâtiment sis entre les deux susnommés, où étaient installés « la Pâtisserie et Salon de Thé » de Trygve Reimer. Elles y trouvèrent en outre une place à la table dans le coin gauche du salon arrière, à proximité du grand poêle de fonte, proximité d'autant plus agréable que le froid de décembre s'était installé pour de bon. Dissimulées derrière une grosse plante verte, elles étaient à l'abri des regards des autres clients.

Toutes trois étaient dans la deuxième moitié de la cinquantaine. Le statut de veuve de Mme Frimann avait laissé des traces. Son visage maigre était encore plus sec, le réseau de rides encore plus marqué. Mme Dünner, avec sa silhouette plantureuse et l'apport décoratif d'argent dans sa chevelure, faisait ses cinquante-cinq ans, tandis que la très élégante et fort soignée Mme Helgesen aurait parfaitement pu être la plus jeune d'entre elles. Toutes trois étaient extrêmement bien vêtues, mais un expert au fait des fluctuations infimes de la mode, même pendant la Grande Guerre, aurait sûrement pu constater que la tenue de Mme Frimann était plus vieille de quelques années que celle des deux autres, et que seule Mme Helgesen suivait parfaitement la tendance.

La serveuse déposa la commande sur la table entre elles : deux énormes *dames blanches*, un gâteau à la crème à couverture de massepain et de confiture entre la crème et la base de macaron, et deux tasses de chocolat crémeux pour Mmes Dünner et Frimann, une fine part de tarte aux fruits et une théière de Ceylan pour Mme Helgesen.

« Tu cherches à maigrir ? s'enquit Mme Dünner avec un regard aigre-doux en direction de sa sœur.

– Non, mais tu sais, le massepain et moi... répondit celle-ci avec une mine prétendument naïve.

– Vous savez pourquoi on appelle ça une *dame blanche* ? » gazouilla Mme Dünner.

Mme Frimann leva les yeux au ciel.

« Non, tiens, on ne l'a *jamais* entendue, celle-là !

– C'est parce qu'on servait toujours du gâteau au massepain à l'empereur Wilhelm quand il venait à Bergen, poursuivit Mme Dünner sans se laisser démonter. À la longue, il en a eu tellement assez qu'il le reliait au fantôme de la famille des Hohenzollern, la dame blanche. C'est pourquoi il se plaignait toujours, quand le gâteau arrivait sur la table…

– Ach, voici encore la dame blanche ! s'exclamèrent Mmes Frimann et Helgesen en chœur.

– Oui ? » Mme Dünner prit l'air vaguement offusquée. « En tout cas, c'est comme ça ! »

Elles mangèrent un moment en silence. Puis Mme Helgesen se pencha vers sa sœur.

« Dis voir, je m'inquiète pour Hermann…

– Le frangin ? s'étonna Mme Dünner, qui dans des circonstances familières, n'avait jamais appelé le consul Brandt autrement.

– Je veux dire… depuis la mort de Gabrielle… d'autres hommes s'épanouissent littéralement quand leur femme meurt, mais lui… Honnêtement, j'ai l'impression que son état s'aggrave à chaque fois que je le vois. Ça ne doit pas être facile pour Hjalmar d'être seul avec lui. Il n'a quand même que dix-sept ans tout juste…

– Oh, ils ont tout de même Magda pour s'occuper d'eux.

– Leur faire à manger et veiller à ce qu'ils aient des vêtements propres sur eux, oui ! Mais est-ce que ça suffit, à ton avis ?

– Il faut apprendre à vivre avec le chagrin, non, Helene ? » Mme Dünner invita d'un coup d'œil en coin Mme Frimann à se joindre à la conversation.

Cette dernière fit un petit signe de tête, sans rien dire, et Mme Helgesen reprit promptement la parole.

« Si, mais Helene, elle avait sa propre fortune à manger, elle.

– Et c'est aussi le cas du frangin, maintenant, à ce que j'en sais ! Et par les temps qui courent, ce n'est sûrement pas un problème de s'occuper de ce côté-là. Je n'ai pas précisément l'impression que nos deux charmants époux seront sur la paille d'ici la fin de l'année. À la maison, on pourra bientôt tapisser les murs de parts de bateaux.

Ludvig passe davantage de temps au bureau que chez nous, ces jours-ci !

– Ce n'était pas exactement d'argent que je parlais ! Je veux dire… Gabrielle, malgré sa nature fragile… » Elle baissa le ton. « Si je ne m'abuse, elle a fait *trois* fausses couches entre ses deux garçons, peut-être davantage… Mais quoi qu'il en soit, c'était elle qui dirigeait la baraque, tandis que Hermann… il ne s'est jamais intéressé à autre chose qu'aux affaires.

– Alors qu'est-ce que tu veux proposer ? Qu'on lui trouve davantage de travail – ou une nouvelle femme ? » Elle se tourna avec une mine enjouée vers Mme Frimann. « Et toi, Helene, est-ce que toi, tu pourrais…

– Christine, voyons ! » s'écria Mme Helgesen, horrifiée.

Mais Mme Frimann se contenta d'un sourire condescendant.

« Non merci. Je m'en sors parfaitement toute seule, avec mes enfants et mes petits-enfants.

– Oui… » Il y eut un bref silence autour de la table, avant que Mme Dünner ne poursuive : « Et Calle, comment ça va… en Angleterre ? »

Mme Frimann planta doucement sa fourchette dans son dernier morceau de gâteau.

« Très bien merci. Ça lui a fait beaucoup de bien de… s'en aller.

– Oui, on peut le dire !

– Christine… prévint Mme Helgesen.

– Qu'est-ce qu'il y a ? s'indigna Mme Dünner en regardant sa sœur. Il a passé à tabac cette pauvre bonne femme, oui ou non ?

– Oui, et après ? s'écria Mme Frimann. Une coureuse comme elle ! Il est clairement apparu qu'elle l'avait provoqué.

– D'après ses explications à lui, oui ! Cette coureuse, comme tu l'appelles, que ton mari lui-même a eu le culot d'amener chez nous… à l'époque ! »

Mme Frimann pâlit.

« Tu n'oserais quand même pas…

– Je peux bien imaginer qu'elle l'a provoqué, oui ! Tu parles, il y a certainement plus là-dessous qu'il n'y paraît…

– Plus là-dessous… Qu'est-ce que tu insinues ? »

Mme Dünner renâcla. Puis porta la tasse de chocolat à ses lèvres, la main tremblante, des taches rouges d'excitation sur les joues.

Mme Helegsen la regarda, légèrement surprise.

« Dis-moi, de quel côté es-tu, en réalité ?

– Oui, on peut vraiment se poser la question ! approuva Mme Frimann en se levant. En tous les cas, je n'ai pas l'intention d'entendre davantage de... de ces immondices ! Au revoir, Torild ! Et joyeux Noël... »

La nuque raide, elle fit volte-face et partit vers les portants d'un pas rapide et décidé.

Mme Helgesen la regarda longuement avant de se tourner de nouveau vers sa sœur.

« Au nom du ciel, qu'est-ce que cela signifie, Christine ? »

Mme Dünner la regarda, perdue, les larmes aux yeux.

« J'ai juste été... Quel bloc de glace ! Rien ne l'atteint. C'était la même chose en 1900, quand Carl August est mort. Elle l'a pris avec tellement d'arrogance et de détachement...

– Mais en quoi cela nous concerne-t-il ? Toi en particulier ?

– Cela ne nous concerne-t-il pas tous, Torild ? Le temps qui passe, la mort qui survient quand tu t'y attends le moins...

– Tu as échappé à tout ça, non ? Margrete qui est déjà mariée, Tora qui a un tel talent pour la musique qu'elle peut en faire sa profession, si elle le désire, et Alfred qui est le plus brillant élève de la classe, à ce que j'entends. Ludvig dont la fortune s'accroît de jour en jour, tout comme Fridtjof... Est-ce qu'on a la moindre raison de se plaindre, n'importe laquelle d'entre nous ? »

Mme Dünner se pencha par-dessus la table, et son opulente poitrine emplit le haut de sa robe.

« Est-ce que tu te regardes dans le miroir, quelquefois, Torild ? Oui, inutile de poser la question, bien entendu ! Mais tu ne vois pas, à ce moment-là... même toi, avec ton apparence si soignée... que le temps ronge, que la roue a tourné, pas qu'une fois, mais plein de fois, pour moi, pour toi, pour nous toutes ?

– Si... admit sa sœur en tournant la tête.

– Il ne t'arrive jamais de te demander : qu'est-ce que j'ai accompli ? Qu'est-ce que j'ai atteint ? Est-ce que j'ai même fait quelque chose de ma vie ? »

Mme Helgesen avait presque l'air gênée.

« Non, je… Nous sommes des femmes, Christine… Nous avons tout juste obtenu le droit de vote… Ça a été la tâche d'autres personnes d'aller lutter sur les barricades… Qu'est-ce qu'on aurait pu faire, de plus ou de moins ? Tout est allé pour le mieux, pour nous, non ? » Puis, voyant que sa sœur ne répondait pas : « Non ? »

Mme Dünner leva sur elle un regard passablement perturbé.

« C'est la guerre. Chaque soir, tant que je n'arrive pas à dormir, je pense qu'à cet instant précis, là, un jeune soldat meurt sur un champ de bataille, là-bas, en France. Par balle, ou bien… Ils utilisent aussi des gaz de combat, les Allemands. Tu te souviens, à la fin novembre, cet orage épouvantable ? Tu sais, j'étais derrière les rideaux et je regardais le Puddefjord, et quand les coups de tonnerre claquaient sur la ville, c'était comme l'écho du front ouest que j'entendais, le vacarme des batailles de la Marne. Comme si la guerre s'était brusquement déplacée dans notre voisinage immédiat, juste au-dessus de la montagne près de Damsgård.

– Mais bon sang, Christine ! Tu ne peux pas penser à des choses pareilles. C'est si loin, tout ça !

– Et puis je demande, poursuivit Mme Dünner d'une voix monocorde : qu'est-ce qui fait que les gens agissent de la sorte ? Mais je n'ai pas la réponse. Alors je me pose la question : qu'est-ce qui pousse le jeune Calle Frimann, que nous connaissons toutes les deux depuis qu'il est… grand comme ça… à faire des choses comme celles qu'il a faites à cette femme sans défense…

– Sans défense, si on veut… Ne la rends pas plus innocente qu'elle n'est. À ce que j'en ai entendu, elle connaissait pas mal de messieurs, dont plusieurs de, moui, nos milieux.

– Nos…

– C'était quand même toi qui étais si indignée que Carl August l'ait invitée chez toi, ce n'est pas ce que tu viens de dire à Helene ?

– Si, mais…

– Alors pourquoi est-ce que toi, tu as réagi si violemment ? »

Mme Dünner dévisagea sa sœur, la bouche entrouverte.

« Tu veux dire… » Ce qui pouvait ressembler à un sourire incrédule naquit aux coins de ses lèvres. « Que je puisse… parce que… avoir des soupçons ? » Elle riposta subitement. « Et en ce qui te concerne ? Est-ce que tu es si sûre de toi ? De Fridtjof, je veux dire ? »

Durant quelques longues secondes, un voile de découragement, de doute et de solitude bien dissimulée plana sur le visage oblong de Torild Merete Helgesen, sur ce nez pointu et ces boucles soigneusement organisées. Puis elle se tourna vers sa sœur.

« Les hommes sont les hommes, et il en sera toujours ainsi. »

Elles se regardèrent un moment pensivement. Elles étaient comme renvoyées en arrière, dans la chambre de bonne qu'elles avaient jadis partagée dans Øvregaten, dans les années 1860, prises d'une subite mélancolie en jouant avec les poupées qui simulaient leurs futurs enfants, sans savoir qu'un ange – en supposant que ce ne soit pas l'esprit annonciateur de l'arrivée de quelqu'un – avait traversé la pièce pour passer un index glacé sur leurs fronts, comme un avertissement de malheurs à venir ; mais à présent avec la certitude adulte que c'était exactement de la sorte que les choses s'étaient passées. Elles avaient vécu leurs vies dans des pièces distinctes. Leurs maris avaient gagné de l'argent dans le grand monde. Quant à elles, elles avaient lu ou fait des ouvrages de dames dans des salons bien abrités, sans aucune autre distraction que les changements de temps contre la vitre, ou les fois – à quelque occasion festive – où un monsieur auquel elles avaient tout juste été présentées les avait invitées sur une piste de danse, avait pris leur main dans la sienne en leur posant l'autre dans le dos, pour ensuite, le corps contre le leur, *plus près que n'importe qui*, les emmener dans les charmes tourbillonnants des valses viennoises, *si proches, mais plus maintenant ; si proches, mais plus…*

Le crépuscule tombait de l'autre côté des fenêtres sur Olav Kyrres vei. Les tables de la « Pâtisserie » de Trygve Reimer se vidaient, et des tintements de vaisselle que l'on rinçait sous l'eau leur parvenaient depuis les cuisines, derrière le comptoir.

Mme Helgesen regarda de nouveau sa sœur.

« Tu sais, Christine, que c'est grâce à Helene que Fridtjof s'en est si bien sorti...

– Helene ! Qu'est-ce que tu veux dire ?

– À l'époque... en 1899... Fridtjof était au bord de la faillite. Quelques sociétés dans lesquelles il était engagé s'étaient cassé la figure, les titres sur lesquels il avait spéculé s'étaient révélés sans valeur, et il devait beaucoup d'argent... à Carl August.

– Oui, et alors ?

– Carl August était intraitable. Il a refusé de lui accorder des délais supplémentaires – il a exigé le remboursement de son prêt, sans quoi... »

Mme Dünner dévisagea son aînée de deux ans, anéantie.

« En d'autres termes... Fridtjof avait les meilleures raisons du monde pour...

– Non, non, s'agaça sa sœur. Ce que je dis, c'est que... s'il n'y avait pas eu Helene...

– Je ne comprends pas.

– Non, ça, je vois bien. Mais donc, Fridtjof est allé voir Helene, dans le dos de Carl August, il en a appelé à son sens de l'équité, oui, à sa miséricorde, et elle... elle a accepté !

– Accepté quoi ?

– Elle lui a prêté suffisamment d'argent pour qu'il puisse à la fois rembourser son emprunt et racheter les parts de Carl August dans Brekke & Fils. Et puis la chance a tourné, que ce soit pour Fridtjof ou pour... nous autres.

– Mais pas pour Carl August, conclut sèchement Mme Dünner.

– Non... pas pour lui. »

41

Malgré la tempête de neige particulièrement violente qui avait balayé Bergen en ce vendredi 14 janvier 1916, les quatre jeunes gens qui remontaient péniblement Kong Oscars gate et tournèrent sur Vetrlidsalmenningen étaient d'humeur radieuse.

« Je sais enfin ce que Nansen et Johansen ont dû ressentir, quand ils allaient vers le pôle Nord ! » s'exclama Hjalmar Brandt en essuyant la neige de son visage humide.

Wilhelm Styrk Helgesen contemplait le long pont de transport, en plein milieu des communaux. Il ressemblait à un pont suspendu, dans la neige qui tombait.

« Pourvu que tout ce bazar ne lâche pas ! »

Comme toujours, Bertil Gade dut y aller de ses espiègleries.

« Et si on allait sur ce pont, mes frères ? Nous abriter du vent, nous allonger pour regarder le ciel, comme si la Voie Lactée tout entière tournait autour de nous, là-haut ? »

Alfred Ludvig Dünner était le seul d'entre eux qui ne disait rien. Il trouvait que la tâche consistant à se maintenir sur ses guibolles suffisait amplement. Il était par ailleurs le plus jeune et le plus fluet de tous, seize ans en novembre, pâle, presque anémique.

Wilhelm Styrk avait perdu sa couche de graisse en grandissant, il faisait une tête de plus que son cousin, et il était costaud. Il possédait en outre une autorité naturelle qui en avait fait le chef de Hugin dès le cours élémentaire. Cet automne-là, il dirigeait le comité des fêtes pour le bal de Noël qui approchait.

Bertil Gade était un grand et beau jeune homme de dix-sept ans, le fils cadet du comédien défunt Robert Gade, dont il avait incontestablement hérité les dispositions exhibitionnistes. Il était en tout état de cause le récitant le plus populaire de l'association du collège, et il avait été aussi bien critique que rédacteur dans le journal manuscrit lu à voix haute au cours des réunions de Hugin organisées dans la salle de chant tous les samedis soir jusqu'à Noël chaque année scolaire.

Hjalmar Brandt, qui avait une veine poétique indiscutable, avait été rédacteur sur la dernière période, et aurait en fait dû regagner ses pénates pour rédiger le prologue du grand événement du dimanche à venir, le bal des Fêtes annuel de Hugin, dans le gymnase. Il avait un visage oblong et un air pensif qui pouvait passer de la profonde mélancolie à l'hilarité débridée en l'espace de quelques secondes. Il en avait vu de toutes les couleurs, ces dernières années, seul avec son père dans leur grande maison de Fjøsanger après la mort de sa mère, tandis que son frère Trygve, de neuf ans plus âgé que lui, pouvait regarder le tout avec une certaine tranquillité depuis Trondheim, où il étudiait à l'École Supérieure des Sciences Techniques.

Ils revenaient de la dernière réunion de comité avant le bal des Fêtes, et Wilhelm Styrk avait commencé à parler vaguement d'aller se boire une bière ensemble, *sauf si les nanas ne voulaient pas un verre de limonade à la place…*

« De la bière ? Cette espèce de bibine diluée, tu appelles ça de la bière ? » répliqua Bertil en concluant par une pose théâtrale, le dos d'une main sur le front, le regard tourné vers le ciel : « Pas de bière par un instant pareil ! Mère, donne-moi du Løiten[47] !

– Tu fournis ? »

Bertil redescendit rapidement sur terre.

« En ces temps de prohibition ? J'en trouverais où ?

– Alors je vous invite tous chez moi ! » cria généreusement Wilhelm Styrk avec un grand geste.

En tout cas, on doit rentrer, s'étaient dit les jeunes filles d'un commun accord, et elles ne s'étaient même pas laissé convaincre par les promesses de Wilhelm concernant liqueur aux œufs et chocolats.

« Que diraient tes parents, si on suivait ?

– Ils ne sont pas à la maison ! Ils sont à Stavanger, pour les soixante ans du consul Garmann !

– Oui, en tout cas, nous, on ne vient pas ! »

« Hohoho ! » Bertil envoya une grande tape dans le dos de Hjalmar tandis qu'ils gravissaient la partie sud des communaux. « Je dois dire que tu as bien regardé ma cousine Rikkemor quand elle est partie. »

Hjalmar rougit.

« Rikkemor ?

– C'est comme cela qu'elle s'appelle ! Henricke ! Tu imagines ? Hohohoho ! Est-ce surprenant qu'elle préfère son second prénom, Cecilie ?

– Je te prie de bien vouloir m'excuser, répondit Hjalmar de façon formelle, mais est-ce de Cecilie Frimann que tu parles ?

– Ma cousine, oui… et celle d'Alfred, aussi !

– Alors voilà en tout cas deux concurrents de moins, Hjalmar, constata Wilhelm Styrk avec un grand sourire.

– Et toi ? voulut savoir Bertil.

– La jeune Mlle Frimann ? Trop peu de chair sur les os pour moi, Bertil ! Non, donne-moi les bonnes grosses dondons… le genre Astrid Meyer, par exemple ! Beaucoup à prendre, beaucoup à aimer !

– Oui, oui, opina son camarade de classe. Que serait la vie sans une maîtresse femme, mes chers frères ? »

Hjalmar émit un reniflement courroucé. Près de l'entrée du tunnel de la station inférieure de la Fløibane, il s'arrêta et tourna la tête vers le haut de la montagne.

« Sincèrement, Wilhelm, je crois que je ferais mieux d'aller prendre mon train pour Fjøsanger…

– Tu as les foies ?

– Pour vous, c'est facile… toi, tu rentres chez toi, Bertil, il habite juste dans Store Markevei, et Alfred, à Nygårdshøyden.

– Tutt, tutt ! On va passer un coup de fil à ton père pour lui dire que tu passeras la nuit à la maison, et que tu iras directement à l'école demain. Il n'est pas si strict que ça, si ?

– Nooon…

– Ce n'est pas tous les soirs que le jeune Helgesen offre le tord-boyaux, tu sais !

– Bon, bon, alors ! »

Ils commencèrent lentement leur ascension. À mi-distance de Skansen, à Pitterhaugen, ils croisèrent le chemin d'un autre explorateur polaire, tout aussi arc-bouté dans les rafales qu'ils l'étaient eux-mêmes.

« Hé, mais, qu'on me les coupe, ce ne serait pas l'anarchiste ?! » Wilhelm Styrk posa les mains en entonnoir de part et d'autre de sa bouche et brailla : « Hé ! Svend Atle !

– C'est Moland ? » bougonna Hjalmar en plissant les yeux dans les bourrasques.

« Tu prépares la révolte ? Le Bergen Rouge, hein ? Ça aurait été quelque chose pour toi et tes acolytes ! »

Leur camarade de classe leva la main en guise de salut, mais ne s'arrêta pas.

« Hé ! Tu es à ce point découragé après qu'on t'a chahuté à la réunion "Guerre et Paix" de novembre ? Tu en as pris plein la poire, hein… Toi et tes potes contestataires ! Vous auriez dû être sur les champs de bataille, tous autant que vous êtes – là, je crois qu'on aurait entendu parler de pacifisme ! »

Svend Atle Moland, qui était dans la même classe, éveillait un agacement d'autant plus intense pour ses points de vue radicaux que son père était policier, *et en tant que tel, un représentant de la classe dirigeante*, comme l'avait exprimé Wilhelm Styrk à une occasion. Il s'était à présent arrêté, et attendait que les autres arrivent à son niveau.

« À quoi assistent mes yeux incrédules ? Est-ce la société en excursion ? Et vous avez juste été un peu malchanceux vis-à-vis du temps, hein ?

– Oh, fais gaffe à ce que tu dis, toi !

– Toi aussi, mon fils ! déclama Bertil en retroussant une lèvre supérieure méprisante.

– Où vas-tu ? voulut savoir Hjalmar, un rien plus amicalement. Je croyais que tu habitais en bas…

– Nous venons de déménager, répondit Svend Atle en pointant un index vers l'amont. Dans Øvre Blekevei…

– Plus près de toi, mon Dieu ! psalmodia Wilhelm Styrk.

– Tout comme l'aigle monte – vers le ciel bleu ! compléta Bertil.

– Bien ! fanfaronna Wilhelm Styrk. Mais nous pourrions peut-être t'inviter à une petite réception, alors, puisque tu es presque dans Fjellveien. Tu viens t'en jeter un petit avec nous ?

– Non, non ! répondit Svend Atle en secouant la tête. Je ne bois pas !

– Ah oui, j'oubliais ! Un prohibitionniste ! C'est aussi comme ça que tu penses pouvoir attirer les gonzesses, en jouant les incorruptibles, hein ?

– Plutôt ça que grande gueule et rien d'autre, répliqua Svend Atle.

– Ah oui ?

– Alors, on continue, mes frères ? demanda Bertil.

– On y va, décréta Alfred.

– De toute façon, on va tous dans la même direction », nota Hjalmar, qui devait reconnaître qu'il appréciait quelque peu le jeune contestataire.

Les engagements au sein de Hugin étaient légendaires. L'association étudiante de la Katedralskole de Bergen avait des ancêtres d'avant 1860, année où la fondation officielle avait eu lieu, le 3 avril. C'était là que bon nombre de ceux qui devaient ensuite occuper des postes dirigeants à Bergen étaient entrés dans le circuit, et une participation féminine était apparue en 1888. Cette année-là, les premières élèves furent admises à l'école, et dès la première année, une femme fut élue à la tête de Hugin, ce qui ne s'était depuis lors jamais reproduit.

Il y avait toute une série de choses qui ne changeaient pas : comptes rendus et critiques de la réunion précédente, plus la lecture du journal toujours d'actualité, même si le proviseur avait interdit un temps la lecture de poèmes galants, de peur que la pudeur des jeunes filles ne soit offensée. C'étaient malgré tout les conférences qui éveillaient le plus grand intérêt. Les débats qui leur faisaient suite pouvaient s'animer pour de bon lorsque les esprits s'enflammaient sous le toit penché de la vieille salle de chant, au dernier étage de l'école, et lorsque le concierge apparaissait à la porte pour leur signifier de sortir, à 22 heures, il n'était pas rare que les discussions se poursuivent bruyamment sur le trottoir ou sur le chemin du retour. Le thème de la conférence était souvent polémique – politique, religion, lutte en faveur du néo-norvégien ou droit des femmes – et les membres trouvèrent rapidement leur place en groupes distincts : droite contre gauche dans les années 1880, partisans de la libération de la femme contre conservateurs entre les deux siècles, pacifistes contre partisans de la défense durant les années précédant le début de la guerre, et défenseurs du néo-norvégien contre inconditionnels du riksmål[48] quelle que soit l'époque. Beaucoup, qui occuperaient par la suite des postes des plus conservateurs dans la grande société, pouvaient – non sans une certaine fierté – se retourner sur leurs jeunes années radicales au sein de l'association étudiante Hugin.

Au cours de cette dernière année, Svend Atle Moland et Wilhelm Styrk Helgesen avaient été les deux figures dirigeantes naturelles, chacun de son côté, Svend Atle comme « homme de gauche », un concept qui ces derniers temps s'était bien plus largement infecté de courants révolutionnaires que par le passé, Wilhelm Styrk comme représentant de la « droite ». Qu'Alfred et Hjalmar appartiennent de naissance à l'aile droite, cela ne faisait absolument aucun doute, même si Hjalmar ressentait tout au fond de lui une très nette sympathie pour le camp adverse, tandis que Bertil se trouvait quelque part au milieu, plus poseur que polémiste.

Ils se séparèrent devant la caserne des pompiers de Skansen, après que Svend Atle eut refusé l'invitation une fois de plus. Il disparut « vers la gauche », comme Bertil le remarqua ; ils avaient pour leur part encore une partie du coteau à vaincre.

« Pourquoi l'as-tu invité encore une fois ? s'enquit Hjalmar. Ça n'aurait fait que des histoires.

– Rien n'est plus rafraîchissant qu'une bonne bataille bien rude ! » affirma Wilhelm Styrk, qui avait des flocons dans les cheveux et des plaques rouges presque indécentes sur ses larges joues.

« Combats pour tout ce que tu as de plus cher, déclama Bertil. Nous verrons bientôt les portes de la victoire, mes frères ! »

Une fois arrivés dans le tambour, ils tapèrent leurs bottes pour en faire tomber la neige, et Wilhelm Styrk les conduisit dans l'entrée, où il cria :

« Gurine ! Nous avons des invités ! »

Personne ne répondit.

« Elle est chez le consul Garmann, elle aussi, peut-être ? avança Hjalmar.

– Non, c'était prévisible ? Ils doivent bien produire des

cuisinières, à Stavanger aussi, non ? » Il ouvrit la porte de la cuisine. « Gurine ! »

Pas de réponse.

Il retourna dans l'entrée. Un son faible leur parvint du premier, et lorsqu'ils levèrent les yeux, la jeune fille brune du Sunnfjord au visage naïf apparut en haut des marches.

Elle vira au rouge écrevisse en croisant le regard des quatre garçons qui la dévisageaient.

« Gurine a dû aller à Sandviken. C'est sa sœur, elle est enceinte…

– Non, elle est enceinte, pauvre péquenaude ! la railla Wilhelm Styrk en imitant son dialecte.

– Elle ne reviendra peut-être pas avant le petit-déjeuner, demain, mais si monsieur… si les invités… s'ils veulent une collation, c'est avec plaisir que je peux vous préparer quelque chose…

– *Avec plaisir ?!* » Wilhelm Styrk se retourna, et son regard balaya la pièce sur 180 degrés, pour s'assurer qu'il avait les autres avec lui. « Mais nous ne voulons pas de collation, mademoiselle Tordis, nous voulons de l'alcool !

– De l'alc…

– Tu sais où en trouver ! Et sors des verres. On le prendra au salon ! »

Avec l'expression d'un habitué de ces occasions, il conduisit ses invités à travers deux salons à ce qu'il appelait, lui, « le salon » : une petite pièce d'angle tournée vers le sud, dont les murs dégageaient l'odeur univoque du cigare. Y étaient suspendues des scènes de chasse représentant des nymphes chasseresses antiques, dodues et pâles bien qu'elles vivent vraisemblablement quasi exclusivement en extérieur, dans des régions où il faisait suffisamment doux pour qu'elles puissent aller et venir nues.

Un gros coffret d'argent trônait au milieu de la table du salon, et il s'écoula peu de temps avant que des cigares ne soient proposés, la guillotine fit le tour des présents. Un nuage de fumée bleue flottait déjà au-dessus de leurs têtes quand Tordis revint et s'arrêta à la porte, inquiète. Par-dessus sa jupe de tous les jours, elle avait passé un cardigan de laine grise, boutonné jusqu'au col. Les mains tremblantes, elle apporta un plateau chargé de quatre verres hauts, d'une carafe remplie d'un liquide brun et d'un siphon.

« Je n-ne savais p-pas ce que vous vouliez, mais... J'espère que ça va !

– Seul le meilleur est suffisamment bon ! répliqua Wilhelm Styrk en agitant généreusement son cigare. C'est ce que dit toujours le paternel, alors ce doit bien être vrai... Qu'est-ce que tu en dis, Alfred ?

– Ouiii... approuva son cousin avec un regard appuyé vers la carafe pleine.

– Tu es particulièrement calme, ce soir, je trouve...

– Ah ?

– Alors, ne reste pas là à regarder bêtement ! » Wilhelm Styrk s'adressa de nouveau à Tordis. « Sers !

– Oui... commença-t-elle avec un regard d'excuse. Tu sais, je n'ai pas l'habitude de ce genre de choses...

– Oui, oui ! Allez ! Pas d'histoires ! Et tu me vouvoies, s'il te plaît ! »

Avec des gestes maladroits, elle fit le tour des quatre garçons, les servant à leur gré et complétant avec hésitation à l'aide du siphon. Ils la suivaient du coin de l'œil, dans un silence oppressant, ce qui la fit rougir encore davantage. Lorsqu'elle eut enfin terminé, elle se redressa et gagna la porte à pas raides ; elle se retourna et regarda Wilhelm Styrk.

« Je peux me retirer, maintenant ? s'enquit-elle d'une petite voix.

– Mais oui ! Mais pas trop longtemps ! Nous sonnerons, quand nous voudrons être resservis. Et mademoiselle Tordis... La prochaine fois, je ne veux pas te voir dans cette tenue, là !

– Cette...

– On ne se promène pas en cardigan quand on sert des messieurs, c'est une évidence ! » Il se tourna vers ses camarades de classe, le verre levé. « Skål, les gars !

– Skål !

– Skål ! »

Ils burent. Wilhelm Styrk regarda Alfred et partit d'un ricanement niais.

« Quoi ? Ça ne te plaît pas ? C'est trop fort pour toi, petiot ?

– N-non, o-oh non », répondit Alfred avec une grimace involontaire.

Wilhelm Styrk se tourna vers Hjalmar.

« Alors comme ça, tu es amoureux de Cecilie Frimann, toi ?

– Oh…

– Tu as tenté ta chance ?

– Vraiment, Wilhelm ! J'ai à peine dansé deux ou trois fois avec elle, au bal de Noël de l'an dernier.

– Ça va être plus animé, ce dimanche, hein ? » Voyant que Hjalmar ne répondait pas, il poursuivit : « Non, je préfère un édredon comme Astrid Meyer ; là, il y a quelque chose à explorer, vous ne croyez pas, les gars ? » Il étira les bras en l'air et les jambes sur le sol devant lui, comme un chat sous le soleil de mai. « Oohhh ! Ça me rend paillard, de picoler… Ce n'est pas naturel, la vie que vous menez, les amis…

– Nous ? interrogea Bertil.

– Vivre comme des moines jusqu'à ce que vous trouviez la seule et unique ! Le célibat, c'est pour les catholiques, et l'abstinence, ça ne peut rendre que fou… Quand je sens que je suis trop plein d'énergie, je vais à Nøstet !

– Nøstet ? s'étonna Alfred.

– Oui, Nøøøstet ! répéta Wilhelm Styrk. La garde légère de Nøstegaten, tu ne sais pas ce que tu peux y trouver ?

– Assez pour devoir aller consulter, en tout cas, répondit sèchement Hjalmar.

– Dans chaque chambre sous les combles, il y a une fille accueillante qui attend de la visite ! Il n'y a qu'à se servir ! Si tu as suffisamment d'argent, tu peux choisir sur l'étagère du dessus…

– Mais même celle-là, elle est très en dessous du niveau de la mer… » commenta Hjalmar.

Alfred les regardait alternativement l'un, puis l'autre, désorienté.

« Vous allez recommencer à vous battre, tous les deux ?

– Non, non, s'exclama Bertil. Buvons ! Singot, Jeppe ! Singot[49]! »

Ils burent. Lorsque les verres furent vides, Wilhelm Styrk sonna Tordis.

Hjalmar se leva.

« Dis… il faut que j'appelle à la maison. Je peux emprunter le téléphone ?

– Bien sûr ! *Be my guest*, comme on dit en Allemagne ! »

Il éclata d'un rire sonore.

Le téléphone était accroché au mur dans l'entrée. En sortant, il croisa Tordis. Elle avait fait comme Wilhelm l'exigeait, et ôté son cardigan – mais il était convenable, ce chemisier clair à col rond qui se boutonnait bien jusqu'en haut.

Après avoir obtenu la bénédiction peu enthousiaste de son père pour pouvoir passer la nuit sur place, il retourna au salon. Dans la pièce intermédiaire, il vit arriver Tordis vers lui, une expression indignée sur le visage. Derrière elle, il entendit les rires assourdissants de Wilhelm Styrk et de Bertil.

« Que s'est-il passé ? voulut-il savoir en entrant.

– Rien ! répondit Wilhelm Styrk en essuyant des larmes de rire de ses yeux.

– Je lui citais juste du Hamlet, expliqua Bertil en feignant l'excuse.

– Ah oui ?

– *Mademoiselle, m'étendrai-je la tête sur vos genoux*[50] ? »

Un nouvel éclat de rire résonna, et il ajouta : « Elle a dû le prendre personnellement…

– Ohohoho ! Les bonnes femmes ! Ce qu'elles sont bêtes, alors, constata Wilhelm Styrk.

– Oui, merci, j'avais cru comprendre que c'était ton opinion… à Hugin aussi, remarqua Hjalmar.

– Et toi, bouffeur de chattes ! Tu y penses au moins autant que nous autres, si je te connais bien, même si ce n'est que de la touffe de Cecilie Frimann qu'il s'agit…

– Wilhelm ! s'écria Alfred, dont le regard s'était fait vitreux. C'est de m-ma cousjine que tup… tu parles…

– Ta couschjjiine ! brailla Wilhelm Styrk. Hohohoho ! Je ne m'étais pas autant marré depuis la chute du Dovre… » Son regard prit soudain une teinte malsaine. Il avala une grande gorgée de son verre. « Mais qu'est-ce qu'on irait faire à Nøstet ? ! C'est vrai qu'on a des poulettes, ici, nous !

– C'est vrai, c'est vrai… tiqua Bertil.

– Vrai, vrai, répéta Hjalmar en secouant la tête. On est bien d'accord.

– Oui ? » Wilhelm Styrk se leva. Pendant un instant, il eut presque l'air offensé. « Je le pense vraiment ! »

Alfred regardait la silhouette puissante de son cousin, bouche bée. Hjalmar esquissa un sourire narquois :

« *Ah non, merci, tu ne me feras pas marcher…* »

Mais les coins de la bouche de Bertil s'étaient marqués d'un rictus idiot et fébrile.

« Oui ? Tu veux dire… » Il regarda vers la porte.

« Tu n'as jamais dû essayer, j'imagine ! lança Wilhelm Styrk à Hjalmar.

– Moi non plus ! intervint Alfred en se levant, lui aussi les yeux brillants.

– Je suppose qu'elle est dans sa chambre, et qu'elle nous attend, tout simplement ! » clama Wilhelm Styrk. Son visage avait pris une expression dure et excitée. « Videz vos verres, les gars, et on y va !

– Ophélia ! Nous arrivons ! »

Hjalmar ressentit une sensation de léger étourdissement ; le sang cognait contre son front. *Qu'est-ce qui se passe ?*

Wilhelm Styrk, Bertil et Alfred étaient déjà à la porte. Hjalmar se cramponna au dossier de la chaise, comme pour se retenir. Mais ces boissons fortes auxquelles il n'était pas habitué l'avaient rendu vaseux, et des images imprécises – des gravures de livres interdits, des cartes postales indécentes de Paris – dansaient dans sa tête. Il la revit, au moment où elle le croisait : son chemisier clair, ses petits seins qu'on ne faisait que deviner, ses hanches larges, et un parfum de… pomme ?

Wilhelm Styrk se retourna vers lui.

« Alors ? Tu viens ? »

Alors il hocha la tête : *Oui – j'arrive…*

En haut des marches, il constituait l'arrière-garde. Comme les autres, il retint son souffle quand Wilhelm Styrk s'arrêta au premier, devant la porte de la pièce jouxtant l'une des chambres des enfants ; et il regarda avec tout autant de fascination la grande main de Wilhelm saisir la poignée, la tourner et pousser la porte.

Tordis était assise sur le bord de son lit, les mains sur

les genoux, une expression curieusement intimidée sur le visage. Elle tourna un regard terrifié vers eux et commença à se lever, mais tout ce qu'elle parvint à dire avant que Wilhelm Styrk soit près d'elle et la fasse rasseoir brutalement fut :

« Oh, mais… ! Qu'est-ce que vous voulez ? »

42

En ce samedi 15 janvier 1916, il faisait un temps épouvantable à Bergen. La tempête de neige de la veille s'était muée en un noroît âpre mêlé de neige fondue et d'averses, et plusieurs des citadines qui devaient se retrouver pour une promenade prévespérale en ville envoyèrent des gens ou se téléphonèrent pour se décommander.

Le baromètre était au mauvais temps, mais il y avait de très violentes bourrasques dans les averses, et nombreux furent ceux qui prétendirent après coup que l'ouragan n'avait pas été bien loin. La mer était grosse, depuis le Byfjord jusque dans Vågen, et le bateau du Sogn avait de tels problèmes pour manœuvrer que son capitaine décida de mouiller au large de Nyhavn, dans l'attente que le vent se calme.

Ole Bruvik quitta Skuteviken et partit en rasant les maisons, le col remonté et le bonnet enfoncé bas sur le front, dans l'espoir de pouvoir s'abriter du vent violent. Il suivit le flanc nord de l'alignement de maisons sur la totalité de Henrik Wergelands gate, où le mur du long bâtiment jaune de logements ouvriers dans la partie haute de la rue remplissait bien cette fonction. Mais il dut traverser Skansen, bon gré, mal gré. Il avait reçu la consigne de veiller à ce qu'il y ait suffisamment de bois à disposition quand le directeur Helgesen et son épouse reviendraient de Stavanger par le bateau de nuit, dimanche matin.

Devant la caserne des pompiers, ce fut comme si le

vent le prenait à la nuque, le soulevait et le précipitait si rapidement en avant qu'il manqua de trébucher. C'étaient des hurlements qu'on entendait autour de la tour d'instruction blanche, et les arbres de Skansebakken émettaient des grincements menaçants. Au lieu de monter en ligne droite, il plongea dans Proms gate, traversa la rue devant le numéro 9[51] et suivit plutôt le tracé de la Fløibane le long de l'ancien cours de la rivière.

À l'entrée de la cuisine, dans Fjellveien, il fut accueilli par Gurine, que tous les malheurs du monde semblaient affliger.

« Qu'est-ce qui t'arrive ? demanda-t-il effrontément. Ça ne souffle quand même pas si fort que ça !

– Non, répondit une Gurine maussade. C'est Tordis…

– Quoi ? Qu'est-ce… » Une angoisse subite le prit au ventre. « … qu'elle a ?

– Elle est partie !

– Partie ! Mais où ça ?

– Chez elle, dans le Sunnfjord !

– Chez elle… Qu'est-ce que tu dis ? Mais… à quelle heure ? Et par ce temps ?

– Je n'en sais rien, répondit Gurine avec mauvaise humeur. Ce matin. Et les domestiques qui sont partis, et ma sœur qui est enceinte. Maintenant, c'est moi qui dois m'occuper des petits !

– Mais… » Il regarda autour de lui, déboussolé.

« Il y avait juste un mot sur la table de la cuisine. *Je rentre à la maison. Je ne peux pas dire pourquoi. Peux-tu donner ceci à Ole ?*

– Donner… quoi ? »

Elle tira une enveloppe de la poche de son tablier. « Cette lettre, avec ton nom dessus. » Elle jeta un regard plein de méfiance au jeune homme. « Oui, si tu as mis la petiote enceinte, gare à toi, Ole Bruvik !

– Mais je n'ai pas… ! Donne-moi ça ! »

Il lui arracha la petite enveloppe, recula de quelques pas et l'ouvrit.

Il articula silencieusement les mots, lut le peu de lignes, tout d'abord sans comprendre ; puis, quand il en perçut le sens, ce fut avec une fureur si brutale qu'il faillit en perdre connaissance.

Gurine l'observait, inquiète.

« Qu'est-ce qu'il y a, Ole ? Qu'est-ce qu'elle écrit ? »

Il la foudroya du regard.

« Elle était seule, hier au soir ? Avec Wilhelm et ses amis ?

– Si elle était… mais tu n'insinues quand même pas… que… Oh, mon Dieu… mon Dieu…

– Où est-il ? ! Il est ici ? Je vais…

– Non, Ole, non ! Il dort… Ça ne servira à rien… » Elle le regarda, abattue. « C'est le sort des petites gens, toujours et encore, il faut croire. »

Ole ferma les yeux. Des taches multicolores dansaient sous ses paupières. « Je vais… » Puis les larmes jaillirent. « Je vais… » Il se tourna brusquement vers la ville. « Si ça se trouve, le bateau n'est pas encore parti, vu le vent qu'il fait… » Il se mit en marche.

« Mais Ole ! Et le bois ! Le directeur va être furieux ! »

Mais il n'écoutait pas. Il avait déjà commencé à courir.

« Dis-lui qu'il peut demander à Wilhelm de se charger d'en couper ! » cria-t-il, mais elle ne comprit pas.

Elle le regarda partir, les bras ballants, un poids gros, diffus, dans la poitrine. *Et Tordis…*

Ole ne cessa de courir jusqu'à Kirkekaien. Il ne remarquait plus le vent, ne se souciait pas que la neige fondue gicle autour de ses pieds ou que son pantalon et sa veste s'imprègnent lentement de pluie glaciale. Mais le quai était désert.

Il alla trouver un docker qui s'était abrité du vent, les mains dans les poches, et qui regardait d'un œil vide la mer hargneuse.

« Le bateau du Sunnfjord… est-ce qu'il est… »

Il déglutit.

« Il n'est pas encore arrivé. Il est au large de Nyhavn, et il attend que ça se calme.

– Non, pas celui-là ! Celui qui devait partir, ce matin !

– Ah, celui-là… Non, il est parti à l'heure, mais par ce temps… » Il cracha loin. « Il doit être du côté de Hellen, à lutter contre le vent, j'imagine…

– Hellen ?

– Oui, tu veux nager derrière, peut-être ?! »

Le bonhomme rit aimablement, mais Ole savait bien ce que l'autre pensait : *pauvre bouseux, tu es…*

Atterré, il se détourna. *Tordis, Tordis…*

Dans une ruelle, il ressortit la lettre et lut de nouveau ce qu'elle avait écrit.

Mon Ole chéri ! Wilhelm et ses amis ont pris ce que tu devais avoir, sans en demander la permission. Maintenant, tout est… Elle avait tout d'abord écrit *terminé,* mais elle avait tiré un trait dessus pour le rectifier en *détruit… Je rentre à la maison. Nous ne nous reverrons jamais, je ne pourrai jamais me montrer à tes yeux, comme je pensais devoir… Adieu, pour toujours. Bien à toi, Tordis Berentine Sylte.*

Les larmes jaillirent derechef de ses yeux. En un mouvement brusque, il froissa la lettre, la fourra dans sa poche et poussa un juron, plus grossier et sincère que tous ceux qu'il avait prononcés jusqu'alors.

Il retourna ensuite vers l'intérieur de la ville, trempé jusqu'aux os et en proie à une fureur telle qu'il avait l'impression de planer au-dessus du sol, que ses semelles touchaient à peine le pavé. Qu'allait-il faire ? La suivre ? Lui expliquer que cela ne faisait rien, qu'il l'aimait toujours autant… qu'avant ? Bien qu'elle soit… *détruite…* Mais *nous ne nous reverrons jamais,* avait-elle écrit. *– Jamais ? Jamais !*

Dans la cave du Kjøttbasar, il connaissait quelqu'un qui pouvait lui vendre du tord-boyaux maison en faisant un large bénéfice en cette période de prohibition. Contre la promesse de lui faire quelques commissions par ce temps infernal, il put se procurer une bouteille d'un quart pour son usage personnel s'il lui portait en échange deux bouteilles d'un demi tout au bout de Nordnes.

À peine était-il arrivé au coin de Finnegården qu'il porta la bouteille à ses lèvres et en but une bonne gorgée. Il n'avait jamais bu davantage qu'un petit verre, les rares fois où l'un de ses collègues offrait ce qu'ils appelaient un « pot du week-end » avant de quitter l'entrepôt le samedi soir. Mais il savait bien que l'alcool était le réconfort du pauvre, et la seule chose qui réchauffait véritablement le corps lorsque même le Seigneur Jésus avait la tête tournée et fermait les yeux devant ce qui se passait sur Terre.

– Wilhelm ! Ce porc ! Je me vengerai, et pas seulement sur lui, mais sur tous ! Ces sales porcs d'écoliers, et leur père, et la mère avec ! Qu'est-ce qu'ils diraient, si j'allais violer une de leurs sœurs ? Hein ?

Plus il avançait sur Nordnes, plus il s'excitait. Lorsqu'il eut remis les deux bouteilles, l'une dans Skottegaten et l'autre à Verftet, et s'être fait offrir un canon aux deux endroits pour la peine, il monta à Fredriksberg, où le vent gémissait autour du mât de la station météorologique au sommet des vieux murs de la forteresse. De là, il avait un bon aperçu de la ville et du port. C'était comme si la ville tout entière était de mauvais poil après ce qui s'était passé, comme si les montagnes elles-mêmes s'inclinaient sous les rafales. La mer bouillonnait, transformant les bateaux en frêles coquilles qui allaient taper le quai, tandis que ceux qui mouillaient devant Skuteviken et derrière le nouveau débarcadère de Skoltegrunnen dansaient sur l'onde, si violemment qu'il fut presque pris de nausée en les regardant.

La bouteille dans la poche, il décida d'aller jusqu'à Nordnespynten. Il remonta tout Haugeveien et coupa ensuite par le parc à l'ouest de Katten, où se trouvait la nouvelle plage. Le vent y était si fort qu'il dut se pencher en avant pour parvenir jusqu'à la pointe. Il s'arrêta au-dessus du vieux quai de ballast du côté de Vågen et regarda vers le nord, vers Helleneset et les montagnes de Holsnøy, comme s'il espérait voir que le bateau du Sunnfjord avait fait demi-tour et revenait vers la ville.

Mais on ne voyait aucun autre bateau que ceux qui mouillaient sous Sandviksfjellet et, le cœur gros, il retourna vers le centre-ville. Il longea Strandsiden, l'étroite Nordnesgaten jusqu'à son extrémité et les maisons de guingois, peintes en blanc, qui descendaient vers Sliberget, Bekketomten et Naglegården. Il passa ensuite devant Tollboden, descendit Strandgaten, avec tous ces commerces et pensions bon marché ; il parvint finalement à Muren, où il se rendit compte que sa bouteille était presque vide. Il se sentit tout à coup la tête infiniment lourde, mais peu stable qu'il était sur ses jambes, il n'osa pas rentrer chez son oncle et sa tante à Skuteviken. Il se réfugia donc plutôt dans l'entrepôt de Søndre Muregård et s'y installa pour se reposer, derrière quelques balles d'étoupe entreposées dans la galerie extérieure, à l'étage. Quelques minutes plus tard, il dormait à poings fermés.

Lorsqu'il se réveilla, il était près de 17 heures. Des voix fortes l'informèrent qu'il n'était plus seul. *Où suis-je ? Qui...?*

Il reconnut alors les voix. C'était le comptable en chef et quelques employés de chez Berstad, en plein inventaire.

Il jeta un coup d'œil entre les balles. Le comptable et l'un des employés passèrent en portant une botte de grands rouleaux. Un jeune homme les accompagnait en les éclairant à l'aide d'une bougie sur une petite perche.

« Olaves ! Viens ici nous donner un coup de main ! gronda le comptable. Mais fais attention avec la bougie ! »

Le jeune homme regarda autour de lui. Puis déposa la lampe sur un chevalet juste à côté de l'endroit où se cachait Ole.

Au moment où le jeune employé alla aider à traîner les tubes dans l'entrepôt, Ole sauta sur l'occasion et se faufila. Il se glissa vers la porte, mais il trébucha sur ses quilles encore peu sûres et heurta le chevalet d'un pied en passant en toute hâte, faisant tomber la bougie.

Arrivé à la porte, il se retourna. La balle la plus proche avait déjà pris feu. Un cri horrifié lui parvint de l'intérieur de l'entrepôt.

Avec un gémissement étranglé, il fit volte-face et se précipita dans les rafales à l'extérieur. La remise entière était la proie des flammes avant qu'il soit arrivé à Murehjørnet.

43

Quand son fils l'avait appelé la veille au soir, le consul Brandt n'avait pas particulièrement réagi au fait que Hjalmar lui demande la permission de passer la nuit chez son camarade de classe, Wilhelm Styrk Helgesen. Il était par ailleurs tellement absorbé par ses travaux sur l'histoire de Bergen qu'une soirée dans le calme et la tranquillité, sans être perturbé par quoi que ce soit, ne se refusait tout simplement pas.

Magda, la bonne, s'était retirée, et il avait toute la

grande maison de Fjøsanger pour lui tout seul. Tout était paisible. Une carafe de cognac était posée sur la table à côté de lui, et il venait de s'en servir un petit verre ventru. La bibliothèque était parcimonieusement éclairée au moyen de quelques discrètes lampes basses. Seule la lueur du lampadaire près du fauteuil dans lequel il était assis jetait un faisceau bien net sur le livre ouvert devant lui. Une fois de plus, il s'était installé avec l'un de ses ouvrages favoris, *La description de la fameuse ville marchande norvégienne de Bergen*, de Ludvig Holberg, datant de 1737, pour y rechercher des informations auxquelles il n'avait pas prêté suffisamment attention lors de précédentes lectures.

Hermann Brandt s'était toujours intéressé à l'histoire, mais après la mort de son épouse Gabrielle, en 1909, ce qui avait par le passé été une forme de passe-temps prenait de l'importance jusqu'à atteindre celle d'une obsession. Fort rares étaient à présent les soirées où il ne se retirait pas dans la bibliothèque pour y rechercher un renseignement, y contrôler une assertion entendue dans le courant de la journée, ou tout simplement élargir encore un peu son horizon de connaissances sur Bergen et son histoire.

Cela ne lui faisait rien d'être seul. Toute sa vie, il avait montré des dispositions particulières à la solitude. Dans sa jeunesse, durant les années 1860, il préférait être seul. Quand les autres garçons escaladaient les ravins de Skansen et Bleken, il préférait consacrer ce temps aux livres de la bibliothèque de son père. Et par la suite, quand il fut en âge d'aller à l'école, il élut domicile dans la bibliothèque installée dans les combles du Kjøttbasar. Il avait gardé une certaine distance vis-à-vis de ses deux sœurs durant toute sa vie et, depuis qu'il était adulte, peut-être en raison d'une certaine complicité toute masculine, il se sentait plus proche de ses deux beaux-frères, Dünner et Helgesen, que de Christine et de Torild.

Il n'avait pas évité la solitude dans son couple non plus, sans que cela lui eût jamais posé le moindre problème. Vivre avec une autre personne, et même fonder une famille avec, ne signifiait pas qu'il dût être libéré de ce que la vie lui avait appris à la longue : que toute personne est, dans son cœur, toujours seule avec elle-même. Il n'avait jamais été quelqu'un de passionné, pas plus que Gabrielle, avec qui il s'était marié en 1887, n'avait jamais placé l'accomplissement de ses soi-disant devoirs conjugaux au-dessus de tout. À quelques rares reprises, il s'était demandé si c'étaient les douloureuses interruptions de grossesse consécutives à la naissance de leur fils Trygve qui avaient conduit à ce qu'elle s'abandonne avec aussi peu d'enthousiasme aux divertissements du pucier – ou si c'était au contraire le manque de désir qui avait provoqué ses fausses couches, comme une forme de pénitence. Il l'avait mise enceinte une dernière fois, presque par maladresse après une soirée de Noël arrosée d'un peu trop de punch, occasionnant une grossesse qu'elle avait menée à son terme, à l'effarement général, avec Hjalmar pour résultat. Tous deux avaient ensuite renoncé à toute forme de vie commune, sans qu'il en résultât quelque manque que ce fût pour l'un ou pour l'autre. Un jour, il en avait trop dit devant ses vieux partenaires de whist. Cette soirée de janvier, au club, devant le verre de punch qu'il n'aurait pas fallu boire, lesdits amis, pleins de sollicitude – dont deux étaient ses beaux-frères, par-dessus le marché ! – l'avaient incité à aller quérir ce qu'ils appelaient « le divertissement » auprès de cette fille dévergondée et amorale, Maren Kristine Pedersen. Cette expérience avait marqué pour l'éternité sa conscience au fer rouge, et il ne s'en sentait toujours pas délivré au matin où il était assis au chevet d'une Gabrielle mourante, contemplant son visage amaigri, taraudé par la douleur, qui se changea en papier ciré au moment où elle poussa un dernier soupir reconnaissant en constatant que ce long combat voyait enfin son terme.

Le consul Brandt consacrait l'essentiel de son temps aux affaires. À la maison, c'était Gabrielle qui avait tenu la barre. En conséquence de quoi il n'avait pas entretenu de relation particulièrement proche avec ses deux fils. Trygve avait quitté le domicile parental plusieurs années auparavant ; il laissait Hjalmar aux mains de Magda. Il avait du mal à trouver des sujets de conversation. À quoi s'intéressaient-ils, en fait, ces jeunes gens ? Pas à l'histoire locale, en tout cas !

Ce qui l'avait toujours fasciné au cours de ses propres

études d'histoire, c'était la façon dont des hasards pouvaient, dans une certaine mesure, marquer l'évolution de décennies – voire de siècles.

Il n'était pas fortuit que la ville de Bergen occupe son emplacement actuel ; la raison était à rechercher dans les conditions géographiques, qui en faisaient l'un des ports les meilleurs et les moins froids de la côte du Vestland, et qui offraient en même temps suffisamment de place – entre les montagnes – pour y établir une ville marchande si importante qu'elle était restée pendant bien des siècles parmi les plus grandes du Nord.

L'évolution ultérieure de la ville portait néanmoins la marque de ce dont Hermann Brandt avait fait sa devise historique personnelle : c'étaient les incendies qui avaient été les véritables architectes de Bergen. Dès le tout début, les grands incendies avaient apposé leur sceau sur l'histoire de la cité. Le coq rouge avait chanté sans discontinuer entre les hautes montagnes. C'était comme si un incendie ininterrompu courait de décennie en décennie, de siècle en siècle, renaissant, s'éteignant, couvant avant de renaître subitement. Depuis l'établissement des toutes premières familles, sur les pentes tout au fond de Vågen et sur la prairie en contrebas d'Ulriken, le long du cours d'eau qui recevrait plus tard le nom de Møllendalselv, les bâtiments avaient brûlé : cuisines et simples étables, granges et bâtiments d'habitation. Hommes et bêtes avaient péri dans les flammes, mais la reconstruction avait rapidement suivi, de sorte que les archéologues avaient ensuite retrouvé l'histoire de la ville en couches successives, sous forme de vestiges de maisons calcinées, édifiées sur des vestiges de maisons calcinées…

Les incendies n'étaient pas tous aussi spectaculaires. Certains se révélaient plus intéressants. Le premier d'importance à avoir été consigné eut lieu durant l'hiver 1172-1173. On dit que le feu ne mourut que lorsque le reliquaire de sainte Sunniva fut sorti de Kristkirken, à Holmen, et porté vers les flammes, en direction du sud en suivant la rive, dans les pleurs et les grincements de dents, dans la chaleur du brasier qui faisait rougeoyer les visages des moines.

Un quart de siècle plus tard, la nuit qui suivit la messe de la Saint-Laurent, le 10 août 1198, les *baglir*[52] mirent le feu en trois endroits de la ville – près de Korskirken, qui à l'époque se trouvait non loin du lac, près de Mariakirken et à la ferme du président Finn, qui se trouvait à peu près entre les deux, dans l'espoir de faire sortir le roi Sverre et ses *birkebeinar*[53] de Sverresborg, où ils s'étaient retranchés. De grandes parties de la ville furent détruites, et les travaux d'extinction furent difficiles car depuis Vågen, les *baglir*, menés par l'évêque Nikolas, arrosaient de flèches tous ceux qui tentaient de lutter contre l'incendie. Peu de temps après, les deux parties quittèrent la ville en raison des difficultés importantes qu'il y avait à ravitailler tant d'hommes en plus des habitants de la ville carbonisée.

Neuf ans plus tard, les *baglir* incendièrent rien moins que le château après que les assiégés, dont Kristina Nikolasdatter et son fils adoptif, le jeune Hákon Hákonarson alors âgé de trois ans, Kristina Sverresdatter et Skule, le frère du roi Inge, se furent rendus. Or la pluie d'étincelles provenant du château enflamma à la fois la résidence royale et l'Église Apostolique de Holmen, de sorte que l'incendie eut des conséquences bien plus dramatiques que les *baglir* l'avaient prévu.

Tel un fantôme, le feu revenait, encore et toujours. Que ce fût de nuit ou en plein jour, il montrait son visage, rouge flamboyant et aussi effrayant à chaque apparition. Le 4 juillet 1248, à l'époque de prospérité de Hákon Hákonarson, la majeure partie de la ville actuelle sur la rive est de Vågen brûla, après une longue période de sécheresse qui facilita la propagation des flammes. Onze églises disparurent. Le lendemain, un violent orage gronda, comme un râle d'agonisant, sur la ville détruite. La foudre frappa en plusieurs endroits, entre autres sur une maison d'où le fils du roi, le jeune Magnus, alors âgé de dix ans, avait tout juste été extrait, et sur un bateau anglais mouillant à Vågen, sur lequel un habitant de la ville périt.

Beaucoup de ces incendies survenaient sans que quelqu'un n'en endosse spontanément la responsabilité. Pour d'autres, on savait très bien où trouver le ou les responsables. Et Brandt s'était toujours senti singulièrement attiré par ces personnages historiques plus ou moins visibles, qui avaient gravé leur nom en lettres de feu dans l'histoire de la ville.

En 1476, le feu se déclara chez un marchand alcoolique, Hans Kalweswinkel, qui avait coutume de veiller la nuit. La totalité de Bryggen fut détruit, ainsi que les outils des marchands, leurs possessions et d'importants stocks de poisson.

En 1536, le directeur de la Bergenhus, Tord Roed, incendia le monastère de Munkeliv et, juste avant Noël, le 19 décembre 1561, tout le quartier entre Muren et le Rådstue fut la proie des flammes. À la suite de cela, on proposa que les quartiers du centre soient reconstruits en élargissant les rues et en créant de larges communaux, mais aucun plan d'aménagement ne fut réalisé avant le grand incendie suivant, en 1582. Celui-ci se déclara chez un jeune prêtre, qui rentra ivre d'un banquet de naissance et lança bougies et chandelier à la tête de sa bonne. Ce « service » fit brûler deux mille cinq cents bâtiments, fermes et remises, grandes et petites, contenant huile de foie de morue, goudron, beurre, farine et autres marchandises. Cette fois, le feu alla jusqu'à Korskirken, et il s'en fallut de peu que Tyskebryggen ne soit aussi atteint.

En 1686, les pâtés de maisons entre Nykirken et Muren brûlèrent, et ce fut cet incendie qui jeta à la rue les parents du petit Ludvig Holberg, deux ans, l'éloignant à jamais de son Nordnes natal. L'écrivain favori du consul Brandt devait pourtant vivre un incendie supplémentaire avant de quitter la ville pour de bon.

Celui du 19 mai 1702 fut le plus grand dans toute l'histoire de la ville. Environ quatre-vingt-dix pour cent des bâtiments furent détruits. Le feu se déclara chez un sellier à la Manufakturhus et se propagea rapidement des deux côtés de Vågen. Sur Bryggesiden, il fut arrêté au niveau de Mariakirken, et sur Strandsiden près de Nykirken. Ces deux bâtiments furent sauvés, mais tout l'intérieur de la zone – fabriques, habitations, églises et bâtiments publics – disparut dans les flammes. Seules les extrémités de Nordnes, les habitations de Skuteviken et quelques petites maisons de Marken, Stølen et Nøstet en réchappèrent.

Cette catastrophe changea l'aspect de la ville plus qu'aucune autre auparavant. Un vaste réaménagement fut entrepris, et la partie de la ville qui était habitée à l'époque vit apparaître le réseau de grandes rues et de communaux qu'elle avait gardé par la suite. Ce qui n'empêcha pas une nouvelle série de grands incendies de se produire entre 1751 et 1888.

Le XXe siècle non plus, avec tous ses progrès techniques, ne parvint pas à tenir ce revenant à l'écart. Le 21 septembre 1901, un violent incendie se déclara dans l'entrepôt entre Muregården et Holbergsalmenningen – le dernier jusqu'alors.

Il était 1 h 15, et le consul Brandt jugea opportun de reposer ses livres, après avoir consulté Edvard Edvardsen, Hildebrand Meyer et, pour finir en beauté, Lyder Sagen et Herman Foss : *La description de Bergen*. Il s'estima satisfait.

Lorsqu'il alla finalement se coucher, à 1 h 50 ce matin du 15 janvier 1916, il y avait plusieurs choses dont il ne se doutait pas. Il ne savait pas que son fils Hjalmar ne dormait absolument pas chez Wilhelm Styrk, mais allait chez Bertil Gade, où son camarade de classe l'installait dans un lit d'enfant bien trop petit pour lui. Il ne pouvait pas non plus prévoir que l'incendie qui surviendrait l'après-midi même dans un entrepôt de Muren apparaîtrait comme la plus grande catastrophe ayant frappé la ville depuis 1702.

Il rêva bien de flammes, mais ce n'était à la vérité pas exceptionnel. Cela lui arrivait souvent.

44

« Fais attention avec la lampe, j'ai dit ! » s'exclama l'expert-comptable dans l'entrepôt de Berstad de Søndre Muregård, à 17 h 10, ce 15 janvier 1916.

Mais il était déjà trop tard. Le feu se propagea rapidement d'une balle d'étoupe à l'autre.

« Ça, par exemple !! »

Les deux assistants étaient comme pétrifiés. Le comptable bondit à la grande porte coulissante donnant sur Vågen, poussa la clenche de côté et ouvrit en grand.

« Envoyez les balles par ici ! On les flanque à la mer ! »

Mais à l'instant même où il ouvrait la porte, une rafale venue du nord s'engouffra dans l'ouverture, si puissante que l'imposant comptable bascula vers l'intérieur de la pièce. Une violente bourrasque tourbillonna dans le bâtiment, poussant les flammes devant elle. En quelques secondes, c'était comme si quelqu'un avait lancé du pétrole sur les flammes. Elles s'élevèrent dans les airs comme s'il y avait une explosion, et les trois hommes sentirent fondre leurs cils.

« Bordel de merde ! Dehors, les gars ! Dehooors ! » hurla le comptable.

L'un des employés était déjà en route, mais le malheureux jeune homme qui avait posé la bougie fatidique était encore tellement abasourdi et paralysé par ce qui s'était passé qu'il fallut le faire sortir de force du bâtiment en feu.

Arrivés sur le port, ils se retournèrent vers l'entrepôt. Les flammes léchaient déjà l'intérieur des murs, la première langue creva le toit, et avant que le comptable n'ait eu le temps de courir jusqu'à l'avertisseur d'incendie le plus proche, le bâtiment tout entier brûlait.

À Muren, Ole Bruvik était sorti de son hébétude et avait retrouvé une remarquable clarté d'esprit rien qu'à la vue de l'évolution foudroyante de l'incendie qu'il avait lui-même allumé. *C'était un accident ! Ce n'était pas voulu…*

Il resta quelques secondes immobile, les yeux écarquillés, pour voir si quelqu'un, comme par miracle, parviendrait à éteindre le feu. Comprenant que tout espoir était perdu, il regarda autour de lui, aperçut l'avertisseur d'incendie sur la maison de Galtung Døsvig, Strandgaten 50, s'y précipita, brisa la vitre de l'appareil et enfonça le bouton noir.

À peu près au même instant, à 17 h 15, le garde de la tour de Skansen constata le sinistre. Le centre de secours principal de Christies gate décréta l'alerte générale, et demanda l'appui des casernes locales de Sandviken et Fredriksberg. Une minute tout au plus après la découverte de l'incendie, les deux premières voitures et une échelle partaient, tirées par de puissants chevaux bruns. Les véhicules passèrent les portes brunes de la caserne principale, virèrent dans Småstrandgaten sur leurs roues ferrées et mirent le cap vers l'endroit du sinistre. Avant d'avoir passé Torvalmenningen, les pompiers de la première voiture virent qu'une épaisse couverture de fumée couvrait déjà tout Strandgaten. Le vent fort qu'ils rencontraient et qui vaporisait une pluie d'étincelles le long des pignons aigus de tout Strandsiden annonçait un combat à mort pour circonscrire l'incendie dans ce secteur déjà en flammes.

Arrivés à Muregård, les cochers mirent rapidement les véhicules en position, tandis que les chefs d'équipes indiquaient en signaux parfaitement maîtrisés et en ordres concis où devaient être déroulées les lances, et les faisaient raccorder sous les plaques d'égout. En l'espace de quelques courtes minutes, des lances couraient depuis Østre Muralmenningen, le long de Søndre Muregård et depuis Bjørnegården de l'autre côté, et six jets d'eau furent braqués sur l'entrepôt en flammes.

Mais il était malgré tout trop tard. La pluie d'étincelles avait enflammé tous les bâtiments à proximité vers le sud de la rive. Rosendahlsgården derrière eux, où du goudron, des cordages et du chanvre étaient entreposés, brûlait à plein régime. Les pompiers se déplacèrent immédiatement dans Strandgaten avant de continuer jusqu'à Smørsalmenningen, où un nouveau front contre le feu fut établi.

L'espoir de circonscrire l'incendie demeurait, mais de nouvelles rafales allaient donner un tour dramatique à la situation.

Le corps des sapeurs-pompiers disposait de trois bateaux. L'un d'eux se trouvait à Nøstet, mais il ne passa jamais Nordnespynten sur la mer démontée, en dépit de tentatives répétées. L'autre se trouvait à Sandviken, et eut pour commencer de grosses difficultés à quitter l'endroit où il était ancré. En fin de compte, lorsque l'ancre put être remontée, il dut aller jusqu'à Hegreneset, pour ensuite entrer – vent arrière – dans Vågen. La troisième vedette, qui ne se trouvait pas plus loin que Zachariasbryggen, où elle attendait sous une petite surélévation, fut aussi frappée de malchance. Elle rencontra en premier lieu d'importantes difficultés à sortir de sa remise, à cause du vent. Les étincelles de la cheminée en enflammèrent ensuite le toit, qu'il fallut prestement éteindre, et lorsqu'elle put enfin sortir, elle se mit en travers dans le fort courant. Un remorqueur dut la hâler à l'extérieur, et ce n'est que vers 18 heures qu'elle fut en place dans la darsine devant Smørsgården et put commencer à pomper de l'eau pour l'envoyer sur les entrepôts en flammes.

La tempête avait alors envoyé des billes de feu sur tout le faîtage. Blaauwgården s'enflamma brusquement, à mi-chemin entre Smørsalmenningen et Torvet. Au même instant, le grand immeuble de pierre au coin de Smørsalmenningen et de Strandgaten, dont les pompiers avaient longtemps espéré qu'il résisterait aux flammes céda. Les langues de feu traversaient à présent les communaux. La brusque montée de la chaleur ambiante avait créé une agitation dans tout l'espace aérien au-dessus de la ville, et un souffle torride, comme celui d'une gigantesque machine infernale, fit tomber les pompiers à la renverse dans la rue.

Quand le vent poussa les flammes au-dessus du bout de rue, leur faisant atteindre aussi les maisons du côté nord de Strandgaten, il y eut un murmure de peur à travers la foule dont l'importance ne cessait de croître. Les troupes de sapeurs-pompiers durent derechef être réorganisées. Des renforts de la marine et de la garde neutre furent appelés. C'était à présent le mixte dense de maisons neuves et anciennes des blocs entre Strandgaten et Store Markevei qui était menacé.

Haakon Emil Brekke avait passé pas mal de temps sur les comptes relatifs à l'exercice en cours, seul dans son cagibi de verre, essayant d'établir un équilibre entre recettes et dépenses, lorsqu'il entendit le fracas de sabots sur le pavé au dehors. Il leva la tête et vit passer les premières voitures de pompiers. Le magasin était désert, ainsi qu'il l'avait été toute la journée. En regardant les rayonnages, on aurait pu croire que les locaux avaient été cambriolés. Sans en parler à Borghild, il avait au cours de ces dernières semaines sérieusement songé à vendre toute la boîte et à investir la somme récoltée dans des parts de navires, dans l'espoir qu'un profit rapide lui permettrait de rembourser les dettes qu'il avait sur les marchandises et de former la base d'une nouvelle société. Mais il n'était pas démesurément fier de ses avoirs dans les établissements de crédit de la ville, et on lui demandait de produire des arguments convaincants ainsi que des renseignements sur des associés fortunés avant de pouvoir ne serait-ce qu'ouvrir des négociations de collaboration.

À travers les fenêtres, il vit soudain des gens passer en courant, et une lueur rouge au nord. *Seigneur*, songea-t-il, *ça ne peut pas être bien loin* ! Il referma rapidement ses livres de comptes, se leva, traversa le magasin et gagna les fenêtres donnant sur la rue.

De là, il vit les jets qui formaient des fontaines d'or liquide jaillissant vers les toits de l'autre côté de la rue. Il se figea, ensorcelé par cette vision presque désagréablement belle. Puis le feu prit et avança comme un tapis roulant, de faîtage en faîtage, grignotant vers Strandgaten, comme un front d'êtres sanguinaires échappés du Walhalla[54]. En quelques secondes de joie triomphante, il constata qu'il faudrait peu de temps pour qu'ils atteignent Helgesen & Co. Était-ce ce qu'il avait espéré, peut-être ? Un coup d'échec providentiel, qui lui rendrait brusquement sa place de maître de la confection dans la rue ?

Puis d'autres pensées prirent le relais, et son regard se déplaça immédiatement à son propre plafond. *Et nous ? Sommes-nous en sécurité ?*

Il en eut la réponse lorsqu'un pompier aux joues bien rouges ouvrit la porte à la volée et lui gueula :

« Tout le monde dehors ! La baraque doit être évacuée ! Il y a du monde dans les étages ?

– Oui, ma femme, et… je ne sais pas si mon cadet est là.

– Vous faites passer le message ? » lui cria le pompier, et Brekke se rendit compte qu'il devait mobiliser toute la puissance de ses cordes vocales pour couvrir le grondement des flammes. Sur le port, une poutre s'effondra de l'un des toits, et une gerbe d'étincelles fila vers le ciel en formant instantanément un parapluie ouvert, avant que l'image ne se décompose et que tout soit projeté sur la ville. Le pompier fit volte-face, juste à temps pour voir les premiers fragments de bois incandescents atterrir dans la rue, devant le magasin.

Brekke n'attendit pas davantage. Il verrouilla la porte et s'arrêta pour regarder ses livres de comptes.

– Est-ce que je les mets au coffre ? Non ! Autant oublier…

Puis il traversa le magasin en trombe et grimpa l'escalier de derrière quatre à quatre.

Au premier, il retrouva Borghild. Elle était d'une pâleur cadavérique.

« Tu as vu dehors ?

– Oui ! On doit évacuer la maison ! Est-ce que Torstein est là ?

– Non. Il est sorti.

– Sigrid ?

– Non, elle doit être encore au bureau.

– Va empaqueter ce que tu peux ! Prends les bijoux, en tout cas ! Je prends le tiroir avec les papiers importants !

– Mais qu'est-ce qu'on va faire ? Avec ce temps !

– Tout ce que je sais, c'est qu'on va monter rejoindre Christian et les autres, à Skansen. »

En bas de l'escalier, ils entendirent la porte s'ouvrir sans ménagement, et une voix qui criait :

« Ohééé ! Il y a quelqu'un, là-dedans ?! Le toit a pris feu ! Tout le monde dehors !

– Oh, mon Dieu, Haakon !

– Les bijoux, bon Dieu, les bijoux ! »

Dans Strandgaten, l'incendie était hors de contrôle. La grande armurerie de Smørsalmenningen avait pris feu, les dépôts de munitions explosaient, et une masse de feu et d'étincelles, de tessons de verre et de fragments de bois enflammés aspergeait les passages susceptibles de s'enflammer d'un instant à l'autre entre Strandgaten et Store Markevei. Toute l'enfilade de maisons au nord de Sukkerbakersmuget fut bientôt la proie des flammes, et le chaos s'installa entre les rangées de maisons, où les gens, qui déménageaient déjà leurs meubles et autres ustensiles de ménage de leurs habitations menacées, trébuchaient sur les mêmes objets en s'enfuyant vers le petit attroupement près de Tårnsmuget.

Dans le bureau de l'armateur Dünner, qui jouxtait la pharmacie du Cygne, Dünner et tous ses employés de bureau s'activaient à rassembler papiers importants, lettres de crédit et lettres de change dans le grand coffre-fort. Les livres de comptes et les documents commerciaux furent rangés dans des valises et sortis dans la rue, sous bonne garde.

Sigrid Brekke chassa une mèche de cheveux blonds de devant ses yeux et continua à vider tiroir après tiroir de son bureau, en jetant des coups d'œil effrayés vers les fenêtres. Le reflet rouge des flammes en contrebas de la rue faisait rougeoyer les vitres, comme la trappe d'un énorme haut-fourneau. Elle pensa avec angoisse à ses parents et son frère : la maison familiale brûlait-elle aussi ? Avaient-ils pu en sortir ?

Son frère de vingt-trois ans, Torstein, était en tout cas en sécurité. Il était au milieu de la rue, entre la librairie de F. Beyer et la droguerie Nielsen, et regardait avec incrédulité en direction de Muren. C'était comme si Nordnes tout entier était en feu !

Mais Dieu merci, ses parents arrivèrent en chancelant vers lui, dans un flot de réfugiés, sa mère tenant un coffret à bijoux et une petite mallette contre sa poitrine, son père avec un tiroir de bureau entre les mains, serré contre lui pour que le contenu n'en soit pas dispersé par le vent.

« Tu as vu Sigrid ? voulut savoir la mère.

– Non ! Elle n'est pas… ? La voilà ! »

Au même instant, la jeune fille sortit sur le trottoir. Les flammes avaient atteint la maison voisine, et il n'était plus du tout prudent de rester dans les bureaux. L'armateur

Dünner avait chaleureusement remercié ses employés pour leur contribution, et leur avait promis qu'ils retrouveraient tous un poste lundi, quand ils auraient pu se faire une idée de la gravité de la situation. Ils avaient ensuite été renvoyés chez eux, pour sauver ce qui pouvait l'être !

« On va chez l'oncle Christian ! expliqua la mère.

– Je reste pour voir si je peux donner un coup de main ! » s'écria Torstein.

Mme Brekke regarda son mari, qui haussa les épaules et fit un large geste des bras.

« Bon, mais sois prudent, Torstein ! » implora la mère d'une voix qui tenait à peine, avant que le vacarme d'un autre chevron qui cédait les fasse avancer d'encore quelques mètres dans le large tronçon de rue.

Lorsqu'ils arrivèrent sur Torvet et se retournèrent vers le nord, ils découvrirent une vision épouvantable. Toute la côte de Vågen, depuis Muren jusqu'à Torvet, était en flammes. La vedette avait renoncé à essayer d'arrêter l'incendie de ce côté des communaux. Le jet était à présent dirigé sur les nouveaux bâtiments de la Bergens Privatbank et de la Bourse, de l'autre côté, dans l'espoir de sauver au moins ce pâté de maisons de l'incendie.

« Mais ils n'imaginent quand même pas que les flammes vont venir jusqu'ici ? cria Sigrid.

– Qui sait ? gémit le père. Regarde ! La réserve de Zuckermann a pris feu ! »

Des lueurs jaune-rouge dansaient derrière les fenêtres de la façade haute de cinq étages du grand entrepôt, qui éclatèrent brusquement en projetant des tessons et des gerbes d'étincelles jusque loin sur les communaux.

Marquée par la désagréable vision de Strandsiden en feu, la famille s'arrêta et regarda les tentatives désespérées de la navette qui manœuvrait pour asperger la grande maison d'angle avec l'eau de Vågen. L'eau de mer était mêlée de vase provenant du fond du bassin portuaire, et le mélange grisâtre reflétait les flammes en figurant une sorte de geyser de lave en fusion que le bateau des pompiers projetait vers les toits en feu.

Mme Brekke lança un coup d'œil plein d'angoisse en direction de Tyskebryggen et du coteau rouge, derrière. Les flèches de Korskirken et de la Cathédrale se détachaient en blanc étincelant sur le ciel noir, et dans les vitres de Vågsalmenningen, le reflet des flammes faisait comme les images de cent cinématographes posés côte à côte.

« Tu crois… que ça peut aussi venir par ici ?

– J'espère bien que non ! répondit Brekke. Viens ! On ferait mieux de se mettre à l'abri. Et le plus tôt sera le mieux.

– Viens avec nous, Torstein ! » insista la mère.

Celui-ci regarda vers l'océan de flammes, avec une expression qui oscillait entre la peur et la soif d'expérience.

« Viens !

– Bon, d'accord ! Mais je redescendrai… »

Dans les secteurs entre Strandgaten et Engen, le risque de propagation était à son maximum. L'ensemble de maisons entre Strandgaten et Store Markevei s'était transformé en un gigantesque brasier que l'on devait voir à des dizaines de kilomètres de distance. Des effectifs des pompiers, des soldats et des volontaires avaient constitué un front le long de Store Markevei, et tous les débuts d'incendie sur le flanc ouest de la large rue étaient combattus grâce à l'eau fournie par les lances disposées plus tôt, à des tapis ou des toiles trempés, ou grâce à des balais, pelles ou tout autre objet que l'on pouvait avoir à portée de main.

Rats, souris et chats déboulaient de tous les coins des quartiers touchés, et certains avaient la fourrure en feu après avoir été atteints par des étincelles. Les cris des animaux paniqués se joignaient au grand rugissement de l'incendie en une symphonie dissonante. Les bêtes s'éparpillaient sur toute la longueur de la rue, disparaissaient dans les fentes des fondations ou s'engouffraient dans les portes ouvertes. Coups de balai, gémissements, cris emportés et exclamations inarticulées à l'intérieur trahissaient la bataille qui faisait rage entre les habitants et les intrus. Certains déposaient en toute hâte leurs meubles à l'extérieur avant de rentrer précipitamment, tels des soldats attaqués à revers et qui ne savent plus dans quelle direction pointer leurs armes.

Le feu assaillait à présent Store Markevei en tant d'endroits qu'il était impossible de l'arrêter. Bertil Gade qui, avec sa mère de cinquante-six ans, avait rempli des valises, mallettes et sacs d'albums-photos, photos de scène du père, livres et effets personnels, dut reconnaître que la bataille était perdue. Le toit brûlait déjà pour de bon, et le feu grignotait la maison vers le bas, comme un gros rongeur l'aurait fait d'un morceau de fromage.

« Viens, maman ! » Il la poussa devant lui au coin de Stokkebæksmuget, puis vers Engen. « On va aller chez l'oncle Ludvig, on y sera sûrement en sécurité ! »

Ingrid Wilhelmine Gade jeta un coup d'œil désemparé derrière elle, vers la maison dans laquelle elle avait élevé huit enfants, et qu'elle se voyait maintenant arracher, avec tous les souvenirs et traces laissés par la vie qu'ils y avaient vécue.

« Oh, bon Dieu de merde ! » s'exclama Bertil dans un moment d'égarement lorsqu'ils arrivèrent à Engen et qu'ils virent l'hôtel Holdt, au coin de Veiten et Logegaten, qui brûlait complètement, tandis que les pompiers avaient braqué leurs lances sur les bâtiments les plus proches, tels que la Loge, et surtout l'imposant théâtre, qui dans peu de temps se trouverait dans une position fort délicate.

De puissantes explosions leur parvinrent depuis Strandgaten tandis que les entrepôts de plusieurs marchands de couleurs cessaient d'exister. La pharmacie du Cygne était en pleine décomposition, et des jets de flammes partaient tous azimuts, accompagnant les morceaux de bois incandescents que les bourrasques brûlantes projetaient dans les airs. Des grondements sourds informaient que des murs s'effondraient, provoquant de nouvelles gerbes d'étincelles qui se répandaient sur de grandes parties de la ville, depuis Muralmenningen jusqu'à Strømmen, vers Rådstuplass et Marken.

Maren Kristine Pedersen lisait le sermonnaire de famille quand les premiers gosses descendirent Hennebysmuget au pas de course, en criant ce qu'elle comprit tout d'abord comme *euuuuu ! – euuuuuu !* Elle leva brusquement la tête et tendit l'oreille. Que criaient-ils ? Était-ce Dieu en personne qui s'était manifesté ?

Son visage portait encore les traces du traitement indélicat qui remontait à bientôt deux ans. Les blessures s'étaient refermées, et on lui avait posé de nouvelles dents, mais sa bouche avait conservé un aspect penché qu'elle n'avait pas auparavant, et même si on pouvait sans problème remarquer, lorsque l'éclairage était doux et qu'elle était habillée différemment, que c'était toujours une femme attirante, elle n'incitait plus à ce qu'on liât conversation avec elle. Les inconnus étaient accueillis froidement et avec un regard timide et fuyant. La seule de ses anciennes relations qui venait encore la voir était le directeur Helgesen, qui estimait pouvoir raisonnablement exiger compensation puisque c'était lui qui avait payé pour les dents, et qui l'avait de plus aidée à investir intelligemment la somme qu'elle avait reçue *en indemnité à caractère personnel* de Calle Frimann. Cependant, même ses visites s'espaçaient de plus en plus, tant il trouvait cette relation pénible. Elle ne disait rien, et il y avait peu de joie à retirer des petits travaux qu'elle avait jadis pratiquée de façon si passionnée. Elle gisait à présent raide comme un piquet sous lui et se donnait la tête tournée, pour éviter que l'odeur d'après-rasage et de pommade à cheveux qu'il dégageait la rende malade. Elle avait cherché le réconfort ailleurs, cette dernière année dans les locaux de l'Indremisjon[55], Betlehem, à Vestre Muralmenningen, où l'on entendait fréquemment la parole du Seigneur, où des prédicateurs laïcs locaux ou itinérants diffusaient le bon message aux riches comme aux pauvres, mais ici – à Betlehem – de préférence aux pauvres. À la maison de prières, on l'avait reçue d'abord avec scepticisme, puis avec une chaleur qui l'avait désarçonnée. Elle avait été intégrée dans une communauté qui lui avait fait du bien ; à tel point que les soirs où il n'y avait pas de réunion, elle feuilletait souvent le sermonnaire de famille ou la Bible, qu'elle avait à peine ouverte depuis sa confirmation en 1891. Elle se rendit compte ensuite, comme sur un signe divin, que la veille au soir de l'incendie, elle avait lu des extraits du Premier livre de Moïse, le dix-neuvième chapitre : *Les hommes dirent à Lot: « Qui as-tu encore ici? Gendres, fils et filles, et tout ce qui t'appartient dans la ville, fais-les sortir de ce lieu. – Car nous allons détruire ce lieu, parce que le cri contre ses habitants est grand devant l'Éternel. L'Éternel nous a envoyés pour le détruire. »* – De telle sorte que quand elle comprit enfin ce que les mômes criaient de l'autre côté de ses fenêtres – « Au feuuuuu ! Au feuuuuu ! » –, une onde de choc la parcourut. Elle se leva si brutalement que le sermonnaire de famille tomba sur le sol, et elle sortit en trombe, ne pensant qu'à une chose : *C'est à cause de moi et de mon immoralité !* Lorsqu'elle parvint dans la ruelle et regarda vers Strandgaten, où le reflet du violent incendie tombait comme la lumière d'un coucher de soleil – *mais dans la mauvaise direction !* –, elle crut un instant qu'il en était *réellement* ainsi. Les anges du Seigneur qui arrivaient sur leurs chevaux de feu par-dessus les montagnes. Peut-être était-ce même le retour de Jésus en personne auquel elle assistait, un événement que le prédicateur invité de la paroisse sœur de Stavanger avait annoncé comme proche, au début du siècle. Mue par l'angoisse et une grande agitation, elle remonta la ruelle et déboucha sur la place ouverte de Muralmenningen, où la vision de pâtés de maisons en feu la ramena à la réalité. Elle comprit alors que ce n'était pas l'Apocalypse qui se produisait, mais une catastrophe des plus réelles et au moins aussi menaçante.

Hors de l'océan de feu, se dessinant comme une silhouette noire sur les hautes flammes, elle vit arriver quelqu'un qu'elle connaissait. – *Mais c'est…*

« Ole ? Qu'est-ce qui t'arrive ? »

Ole Bruvik s'arrêta devant elle, se passa une main sur le front et posa sur elle un regard si infiniment lourd de chagrin qu'un soupir de compassion sembla la traverser.

« Je ne sais pas ce qui se passe ! murmura-t-il. Ce n'est pas ma faute !

– Évidemment, que ce n'est pas ta faute ! s'exclama Maren Kristine en réfrénant l'envie qu'elle ressentait de le prendre dans ses bras pour le réconforter. Viens avec moi jusqu'à Haugeveien, chez mon frère et sa famille ! On y trouvera refuge jusqu'à ce que tout soit fini…

– Ah non ! Je ne peux pas ! »

Il la regarda, épouvanté, comme si elle l'avait tenté de tout l'or du monde en échange de son âme. Il se détourna légèrement.

« Il faut que j'aide ! On doit arrêter… » Il balaya l'horizon d'un bras. « … tout ça ! »

Puis le reste de son corps suivit, et en mouvements lents, presque hésitants, il se mit en marche vers Store Markevei.

Elle le regarda s'éloigner jusqu'à ce qu'il ait disparu entre les maisons de Langerække, par l'étroit passage qui descendait vers Fortunen. Elle tourna alors le dos au brasier et partit à pas rapides vers Klosteret et Nordnes. À Klokkehaugen, la vieille tour d'instruction de Kortegården, Corps de Garde, était rougie par ce qui était en passe de devenir le plus grand incendie en ville de cette génération.

Torleif Nesbø rentrait du Trikkehall de Møhlenpris lorsqu'il vit la lueur du feu sur le sombre ciel hivernal. Avant de tourner dans Sydneskleiven, il s'arrêta un instant, comme ensorcelé, pour regarder les langues de feu qui dansaient sur les toits entre Veiten et Kalmargjerdet. Puis il serra un peu plus sa sacoche de travail sous son bras et descendit en courant le petit sentier escarpé derrière l'ancien hôpital et jusque chez lui, dans Oldersmuget.

Trine était déjà à la porte, habillée de pied en cap, à côté d'une valise. Nils Olav était cramponné à sa jupe, et Martha regardait fixement vers l'est, les larmes aux yeux. « Le ciel entier brûle ! couina-t-elle. Le ciel entier…

– Où est Malvin ? demanda abruptement Torleif.

– Il est allé voir…

– Mais bon Dieu, ce n'est pas un divertissement populaire !

– … s'il pouvait aider à quelque chose !

– Ah… » Il tourna lui aussi la tête vers le brasier. « Oui, il faut bien… J'espère simplement… » Il leva les yeux vers la façade fatiguée de la petite maison et poussa un soupir. « Je crois… Je vais me mettre à disposition, moi aussi, mais si l'incendie devait s'étendre, Trine, il faut que tu emmènes Nils Olav et Martha, que vous vous tiriez ! Allez à la gare – ils vont sûrement mettre autant de trains en service qu'ils pourront, pour pouvoir évacuer les gens ! »

Trine hocha la tête sans aucun enthousiasme, en le considérant d'un air inquiet.

« Mais fais attention, Torleif ! Et vois si tu peux retrouver Malvin ! Je n'en ai pas d'autre à perdre », ajouta-t-elle à voix basse, mais il courait déjà dans Baneveien.

C'est une vision épouvantable qui attendait Torleif Nesbø à son arrivée à Engen. Les masques de la façade du théâtre avaient des gueules béantes et rougeoyantes, comme s'ils avalaient la ville toute crue. Les maisons le long de Kalmargjerdet, Engen et Logegaten étaient la proie des flammes, et le feu tendait des langues affamées vers le grand théâtre, qui apparut bientôt comme la proie suivante. Le feu avait déjà touché la coupole en plusieurs endroits, mais sur les terrasses de part et d'autre, des pompiers dressaient des échelles, et deux lances furent braquées sur les foyers, depuis la rue.

Simultanément, un combat d'une importance cruciale se déroulait sur le front de Kalmargjerdet. Tout le monde avait conscience que si ce front-là tombait, toutes les maisons de Gartnergaten, Nøstet, Dragefjellet et Sydnes risquaient de prendre feu, et de là, la rue partait dans la direction du vent, sans être gênée par les larges communaux, coupant Nygårdshøyden jusqu'à Møhlenpris. On laissait l'eau ruisseler sur les toits de l'autre côté de la rue, de sorte qu'une large couverture d'eau coulait sur les façades exposées, qui grésillaient comme des plaques de cuisson sous la chaleur que les quartiers en flammes maintenaient à proximité immédiate.

Les effectifs semblaient y être suffisants. Torleif Nesbø se vit donc plutôt redirigé vers l'intérieur du théâtre, où on lui donna la consigne de monter sur le toit en compagnie d'une troupe d'officiers de marine, de comédiens de renom sur le plan local et d'employés du théâtre, tous équipés de haches, de leviers et de pinces-monseigneur, dans une dernière tentative pour sauver le bâtiment de ce feu bien contagieux.

Le danger d'un embrasement menaçait. Les bouches d'aération du toit laissaient constamment passer des étincelles qui tombaient sur la scène et dans les remises des coulisses, et deux personnes furent chargées de surveiller toute la partie scène, en ayant la consigne d'éteindre immédiatement tout début d'incendie. On sortit tout ce qui pouvait prendre feu des loges qui donnaient du côté des bâtiments déjà touchés par l'incendie, et l'ensemble fut porté dans l'aile ouest du théâtre. On fut contraint de tailler directement à travers les boiseries du toit en plusieurs endroits pour pouvoir arrêter les départs de feu, et l'eau projetée par les lances se mit à couler des trous dans le toit à l'intérieur du bâtiment. La scène tout entière finit par se trouver sous les eaux, et le travail de sauvetage put se concentrer davantage sur le toit et la façade est.

La Loge était toujours épargnée, mais un peu plus bas sur Torvalmenningen, le feu était subitement passé sur le Patterson hôtel Norvège. Après son rachat par l'hôtelier suédois qui en avait été le premier portier, il portait le nom de son propriétaire inscrit en grandes lettres en travers du toit. Le combat contre l'incendie s'y déroulait en intérieur, chambre par chambre, couloir par couloir, en vue de l'arrêter avant que tous les blocs de Nygårdsgaten, puis de Nygård, ne se retrouvent menacés.

Christian Moland s'assoupissait mollement sur le canapé du salon, un journal à moitié lu par terre sous sa main ouverte, lorsque son épouse Agnes était arrivée au pas de course de la cuisine pour l'informer que *toute la ville était en flammes* !

En quelques secondes, il s'était levé et était allé à la fenêtre, d'où il voyait les toits de Fjellgaten et, juste derrière, les entrepôts ravagés par le feu de Strandsiden. Pleinement conscient de ses devoirs dans des cas d'incendies sérieux, il avait aussitôt mis le cap vers la ville, sans savoir qu'il passait à seulement quelques centaines de mètres de sa sœur Borghild, de Torstein, Sigrid et Brekke qui, eux, montaient.

Arrivé sur Rådstuplass, Moland s'était tout d'abord vu enjoindre de mettre en sûreté des documents importants et de préparer l'évacuation du bâtiment, au cas où l'incendie – contrairement à ce que tout le monde supposait à ce moment-là – traverserait Torvalmenningen. Une partie des documents avait été triée, étant donné que tout le service devait déménager au cours des prochains mois dans les locaux de l'ancien pénitencier d'Allehelgens gate, et la préparation d'un déplacement éventuel fut donc rapidement expédiée. Cela fait, il fut envoyé en compagnie d'Ole Berstad dans Strandgaten pour essayer de savoir si l'incendie était maîtrisé, et ils arrivèrent juste à temps pour constater que c'était loin d'être le cas. Bien au contraire ! C'était sur Torvalmenningen que la grande bataille allait à présent se disputer.

La situation sur Torvet virait à la catastrophe. Vers 20 heures, la totalité des maisons sur le côté nord des communaux étaient en feu. Les poteaux téléphoniques s'enflammaient et se brisaient comme des allumettes dans la tempête, en conséquence de quoi tout le réseau de fils tomba sur les lignes électriques du tramway, provoquant une série de courts-circuits et d'explosions. Telles des boules de feu, les flammes suivirent les lignes téléphoniques qui traversaient les communaux, et les bâtiments en flammes hauts de quatre ou cinq étages commencèrent tous à s'effondrer simultanément.

La chaleur avait augmenté sans interruption, jusqu'à constituer un véritable enfer. Les pompiers et les volontaires qui tentaient de braquer les lances contre les flammes étaient renvoyés sans ménagement un peu plus loin sur la chaussée, où les flammes semblaient à présent suivre les conduites de gaz sous le pavé, et des explosions successives firent trembler le sol.

Une langue de feu traversa les communaux entre l'entrepôt de Zuckermann et le bâtiment de la Privatbank dans Småstrandgaten, soit sur une distance de quarante mètres. Pendant que les spectateurs terrifiés se repliaient sur Torvet et s'abritaient sous les immeubles, le feu s'empara également de la partie sud des communaux, et moins d'une demi-heure plus tard, tout le quartier entre Småstrandgaten, Olav Kyrres gate, le Bypark et Ole Bulls plass s'était embrasé.

La façade de chez Zuckermann s'effondra. De grandes plaques de crépi volèrent au-dessus des larges communaux, certains morceaux jusque sur les marches de la Bourse. Ce fut comme une éruption volcanique. De larges plateaux de feu et d'étincelles se répandirent au-dessus des pâtés de maisons de l'autre côté de Torvalmenningen et, à l'endroit où s'était trouvé l'entrepôt de Zuckermann, il ne restait qu'un foyer rougeoyant, la gueule d'un dragon écumant qui ne serait pas rassasié avant longtemps.

« On doit établir un barrage, ici ! cria Moland. Des gens peuvent être touchés s'ils approchent trop des immeubles ! »

Berstad enleva un flocon de suie de sa joue.

« Je crains qu'on ne doive se replier dans Olav Kyrres gate, Christian. Si ça continue à ce rythme, le Rådstue ne va pas tarder à y passer !

– D'accord ! Mais en tout cas, cette zone doit être sécurisée ! »

Moland donna rapidement quelques ordres, arrêta quelques volontaires et leur fit passer la consigne de veiller à ce que personne ne s'approche des bâtiments qui pouvaient s'effondrer, jusqu'à ce que la police ait dressé ses barrages. Il emboîta ensuite le pas à Berstad vers le coin de Småstrandgaten et d'Olav Kyrres gate.

Une vision effrayante les y attendait. Le vent avait fait se propager le feu à une vitesse qu'ils n'imaginaient pas possible. Tout l'alignement de façades était en flammes, depuis le magasin de Stender, au coin, jusqu'à la fameuse pâtisserie et le Grand Café, en passant par le bureau de tabac de Reimer. À présent, tout flambait. D'un rapide coup d'œil, Moland constata que compte tenu de l'étroitesse d'Olav Kyrres gate, il faudrait très peu de temps pour que le feu la traverse elle aussi. Il s'agissait maintenant de bâtir une fortification autour de Rådstuplass et à travers Christies gate, pour sauver le reste de la ville.

Dans l'intervalle, une série de messages inquiétants étaient parvenus au poste principal des pompiers. La pluie d'étincelles du grand incendie se répandait sur tous les quartiers sud, et il avait été signalé que des habitants de Kronstad et Minde avaient dû monter sur leur toit pour éteindre des départs de feu. À Fjøsanger, le jeune Hjalmar Brandt se vit lui aussi contraint de monter sur le toit par son père, qui avait été informé depuis Bergen de la catastrophe qui s'y déroulait. Ces départs étaient provisoirement sous contrôle, mais plus rien ne pouvait être considéré comme certain dans ce combat surhumain contre le feu et les éléments. Les habitants de la ville semblaient heureusement se comporter de manière exemplaire. Il n'y eut aucun début sérieux de panique, même lorsque ceux qui avaient mis leurs biens en sécurité en les sortant des maisons entre Strandgaten et Store Markevei virent que l'essentiel brûlait malgré tout.

D'autres avaient entassé meubles et autres ustensiles de ménage sur les places près du théâtre et le long de Logegaten, mais même là, la sécurité n'était pas garantie, et au point où en étaient les choses, il était devenu plus important de penser à soi-même qu'à ce que l'on possédait.

Dans le courant de la soirée, la gare s'était changée en ce qui pouvait faire penser à un camp de réfugiés. Ceux qui y cherchaient refuge n'étaient pas peu nombreux, partant rejoindre des parents à Fana ou Os, imaginant les photos vues dans les journaux ces douze derniers mois. Celles-ci montraient une Europe ravagée par la guerre, ces gens fuyant les lignes de front des grands champs de bataille, les attaques aériennes sur Paris et d'autres grandes villes, et les survivants qui se traînaient sur les plages après que les bateaux sur lesquels ils avaient embarqué avaient été torpillés et envoyés par le fond.

Enfants et adultes, majoritairement des femmes, se serraient sur les quais, attendant une place dans les trains qui faisaient la navette entre Bergen et Nesttun, sans que personne ne se soucie d'exiger le moindre paiement pour le voyage.

La veuve Gade y arriva avec sa belle-sœur, Mme Dünner, qui avec enfants et petits-enfants se rendait à Fjøsanger, où tous allaient emménager chez le consul Brandt, son frère.

La famille Nesbø y arriva également, après que Malvin fut revenu de Kalmargjerdet, avec l'information que l'ensemble de Nøstet était menacé d'embrasement, sans que Trine sache où ils allaient ni chez qui ils trouveraient refuge, en supposant qu'ils n'aient pas à retourner jusqu'à Urdland et la demeure familiale. Elle regarda tout autour d'elle, à la recherche de têtes connues, mais elle ne vit que des femmes qui pleuraient silencieusement et des enfants qui ne quittaient plus l'entrée principale de leurs yeux effrayés, comme s'ils craignaient que les flammes ne sévissent aussi à l'intérieur.

Le feu avait atteint Christies gate. Mais en même temps, on pouvait distinguer quelques rares lueurs d'espoir. À Kalmargjerdet, les pompiers tenaient toujours bon face aux flammes. La progression contre Nøstet avait été stoppée. Le théâtre était défendu héroïquement, et le feu n'avait pas encore réussi à s'en emparer pour de bon.

Vers 22 heures, l'incendie de l'hôtel Norvège fut arrêté en plein milieu du pâté de maisons attenant, et l'immeuble d'expositions permanentes de l'autre côté de la rue fut recouvert de bâches humides. Après l'effondrement de l'entrepôt de Zuckermann, la montée de la chaleur dans Vågsbunnen était passée sous contrôle, et la vedette arrosait aussi bien la Bourse que la Privatbank, et ces deux bâtiments semblaient donc hors de danger.

La grande bataille avait à présent lieu sur Rådstuplass et dans Christies gate. Si cette ligne de front cédait et s'il fallait évacuer la caserne, les quartiers vulnérables de Marken et de Kalfaret seraient menacés, tout comme les habitations de Nonnesetergaten entre la gare et le terrain où la nouvelle bibliothèque était en cours de construction, sans compter toute l'administration centrale de la ville, entre Rådstuplass et Kaigaten.

Lorsque les grands immeubles commerciaux entre Småstrandgaten et Starvhusgaten partirent en fumée, on observa des hommes adultes qui pleuraient à chaudes larmes devant les destructions que subissait la ville. Les pâtés de maisons entre Torvalmenningen et Christies gate ne formaient à présent plus qu'un seul énorme brasier, qui rougissait à ce point le ciel que les habitants de Herdla, tout au nord, loin sur l'archipel, de Holsnøy, Radøy et Lindås, des vallées sur les autres versants des montagnes de la ville et d'aussi loin qu'Os, purent en voir le reflet, comme une représentation graphique des manchettes qui leur avaient été proposées à plusieurs reprises ces dernières années : *L'Europe est en feu !* – À présent, la Grande Guerre, ou l'une de ses proches cousines, s'était déplacée jusqu'à Bergen, avec les conséquences que cela devait avoir pour la ville et ses environs.

À Laksevåg, Synneva Karoliussen remontait la côte de Damsgård avec ses cinq enfants, après les avoir soigneusement habillés de vêtements d'hiver. Elle regardait avec horreur l'épaisse couverture de fumée qui s'étendait sur la ville et les langues de feu qui s'élevaient à la base de la péninsule de Nordnes. D'où elle était, tout le quartier de Hennebysmuget, où habitait sa sœur, paraissait brûler, alors que les pâtés de maisons tout au bout de Haugeveien, où résidaient son frère et sa famille, étaient hors de la zone touchée.

« Toute la ville brûle, maman ? s'enquit le plus jeune des garçons, Lars.

– J'en ai bien peur. »

La cadette, Sara, se serra tant qu'elle put contre sa mère, tandis que l'aînée, Anna, regardait avec curiosité vers le Puddefjord l'océan de flammes crépitant qui donnait à une mer agitée des allures de plaque de cuivre chauffée à blanc. En connaisseur, Karl, seize ans, mit une main en visière au-dessus de ses yeux pendant que la petite Nilsine, dix ans, imitait sa petite sœur et se collait à sa mère ; elles se mirent à grelotter de concert dans le souffle froid du vent du nord.

À l'opposé, que ce soit géographiquement ou socialement, Wilhelm Styrk Helgesen se tenait au balcon de Fjellveien, un goût de poisson avarié dans la bouche, et regardait la ville qui brûlait en contrebas, tristement conscient que l'entreprise de son père se trouvait au beau milieu de cet océan de flammes, mais incapable d'y faire quoi que ce fût. La journée avait été absolument pourrie. Les événements de la veille – *Nous sommes allés trop loin ! J'ai perdu le contrôle !* – demeuraient comme une rancune en lui, et il ressentait un mélange de mauvaise conscience, de malaise et de crainte vis-à-vis des conséquences, sensation qui ne s'était pas améliorée lorsqu'il était finalement descendu prendre son petit-déjeuner aux alentours de midi pour s'entendre dire par Gurine que « *Tordis est partie, il me semble bien…* »

« Partie ? avait-il répondu, avec un noir pressentiment de mort, *elle n'est quand même pas… ?*

– Si, elle est rentrée chez elle, avait complété Gurine.

– Chez elle ? Dans le Søndfjord ? Mais bon sang… Pourquoi…

– Ah, ça, je n'en sais rien », avait-elle répondu en clignant des yeux dans sa direction, la bougresse.

Si seulement elle pouvait s'en aller, elle aussi… ; à Sandviken pour s'occuper de sa sœur qui devait accoucher, avait-elle dit… et Dieu merci ! Elle avait en tout cas emmené les trois plus jeunes avec elle, et sorti à manger pour Katarina et lui… Sa sœur avait filé chez une copine.

Lui était parti se recoucher, sans appétit ni envie de faire quoi que ce fût par ce temps exécrable.

Au moment où l'incendie s'était déclaré, il était au lit dans sa chambre, les yeux rivés au plafond, revoyant avec un mélange de volupté et de répugnance les événements de la veille au soir, Bertil et Alfred qui la maintenaient, Bertil lui plaquant une main sur la bouche pour assourdir les cris ; son visage cramoisi, barbouillé de larmes et ses cheveux emmêlés, lui-même qui devait se pencher un peu sur son bassin pour pouvoir passer sous sa chemise et lui ôter son pantalon court gris-brun avant le dernier tour de main déterminant consistant à se glisser entre ses jambes et à lui ouvrir les cuisses de son poing fermé, pendant que Hjalmar – *ce con !* – restait planté là à regarder, comme le témoin involontaire de la plumaison d'une poule abattue. Une main profondément enfoncée dans son pantalon, il revivait tout cela lorsqu'il jeta un coup d'œil vers la fenêtre comme pour s'assurer que personne n'avait grimpé dans l'arbre pour l'espionner, et il fut frappé de constater que le ciel était étonnamment rouge, comme au coucher du soleil – mais ce n'était pas de ce côté que venait la lumière au coucher du soleil en janvier, et pas non plus si tard dans l'après-midi ! Il lâcha ce qu'il avait à la main, se leva de son lit, alla à la fenêtre et vit – en ressentant vaguement la même chose que ce que ressentait à peu près simultanément Maren Kristine Pedersen dans Hennebysmuget : Sodome et Gomorrhe en feu.

« Nom de Dieu ! » avait-il lâché tout haut, pour lui-même.

À présent, bien des heures plus tard, il était tout aussi impuissant, les yeux baissés sur les quartiers en flammes, seul dans la maison, incapable d'autre chose que regarder, immobile, comme s'il avait été subitement changé en statue de sel, lui aussi, à la vue de la condamnation de Dieu.

Sur les ressauts inférieurs de Småskansen, Skansen et Pitterhaugen, de grands attroupements de spectateurs s'étaient formés, qui regardaient l'incendie en silence ; lorsqu'une explosion retentissait et que de nouvelles flammes s'élevaient, alors seulement on pouvait entendre comme un gémissement de désespoir parmi eux. Les familles Moland et Brekke étaient rassemblées devant la caserne de Skansen, à l'exception de Christian Moland et des deux cousins Svend Atle et Torstein qui étaient tous deux descendus en ville « pour voir si on peut aider à quoi que ce soit », s'étaient-ils excusés, mais surtout par curiosité, craignaient leurs mères.

Dans Olav Kyrres gate, il se produisit ce que l'on considéra plusieurs jours après comme le seul accident mortel de tout l'incendie. Un jeune soldat des troupes de défense de la neutralité du pays, Anders Mikalsen, passa sous un mur qui s'effondra sur lui, après s'être approché trop près d'une maison en flammes, et ce en dépit d'avertissements formels de sa hiérarchie. Il fut extrait en vie et immédiatement pris en charge par le docteur Pettersen, de la Fødselsstiftelsen, avant d'être emmené à l'hôpital de Haukeland, où l'on dut l'amputer d'une jambe dans le courant de la nuit. Il décéda à Haukeland le dimanche suivant dans la matinée.

Le travail était fébrile dans Christies gate autour du Rådstue, de la caserne de pompiers et de l'ancienne Résidence du gouverneur. Minuit approchait, et on ne pouvait nier que l'inhumain travail de sauvetage, qui s'était alors poursuivi sans interruption depuis cinq heures et quart, réclamait son dû de pompiers. Découragés par le nombre de fronts qui avaient cédé et totalement épuisés, ils ne laissaient toutefois pas la résignation prendre le dessus.

Les pâtés de maisons entre Torvalmenningen et Christies gate étaient perdus depuis belle lurette. Les bâtiments autour de Christies gate étaient en grande partie plus bas que ceux d'Olav Kyrres gate, et toutes les forces de réserve étaient consacrées à défendre cette ligne. Les flammes passèrent malgré tout plusieurs fois par-dessus la rue et mirent le feu au toit de la caserne, mais tous les départs de feu furent contrés.

Juste derrière la caserne se trouvait la prison, qui devait à présent être évacuée, et il incomba à Moland la charge d'organiser le transfert des prisonniers jusqu'aux cellules de détention provisoire de Allehelgens gate. Une fois celles-ci pleines, vingt prisonniers furent libérés contre la promesse de se présenter de nouveau lorsque l'incendie serait complètement terminé. Seuls trois détenus ne tinrent pas parole.

Les bureaux de police de Rådstuplass aussi étaient maintenant en cours d'évacuation. On portait archives et mobilier sur la place devant le Rådstue, et la chaleur était si intense que le crépi du vieux commissariat s'écaillait.

Berstad et un groupe de jeunes officiers de police participaient avec un bel enthousiasme aux travaux de sauvetage de Christies gate. Le plus dangereux semblait à présent se dérouler en bas, près du Bypark, où l'hôtel Victoria s'effondrait. De grands jets de flammes passaient d'une rangée de toits à l'autre, et ce fut comme si une ribambelle d'anges traversaient la rue lorsque les pompiers virent le feu s'emparer de la boutique du doreur Eydes, du côté sud, pour poursuivre ensuite rapidement sa route jusqu'au bâtiment d'angle somptueux de l'hôtel Metropol.

À ce moment-là, le chef des pompiers reçut la nouvelle inquiétante que la corderie Sunde & Hansen, dans Strømgaten, avait été enflammée par des étincelles, et s'était embrasée. Le quartier densément construit de Nygård était par conséquent menacé à son tour, et le chef des pompiers n'avait plus d'alternative : les hommes de la caserne de Skansen, qui jusqu'alors constituaient les troupes de réserve, furent envoyés sur place en compagnie d'autant d'assistants que possible. Une contribution héroïque permit d'éteindre l'incendie de la corderie, mais on découvrit que le vent avait emporté des étincelles plus au sud, où le toit de la S.A. scandinave de rideaux de tulle d'Østre Jernbanegate avait pris feu. Les troupes furent réorientées dans cette direction, en même temps que la vedette de Nøstet traversait le Puddefjord pour rejoindre le Store Lungegårdsvann, où elle resta jusque tard dans la journée de dimanche pour parer à toute reprise d'incendie.

Les travaux d'extinction de Nygård, qui devaient se révéler fructueux, réclamaient des effectifs sans cesse plus importants. Les troupes sur lesquelles on pouvait compter en secours étaient moins nombreuses que ce sur quoi on avait tablé au départ.

Depuis l'hôtel Metropol, le feu s'était propagé. L'école de Hambros, un peu plus loin dans Starvhusgaten, était elle aussi en flammes. On déroula en hâte des lances dans Kaigaten, près de l'école du Lungegård, où les étincelles tombaient comme de la grêle sur les pompiers. Les larmes coulaient sans discontinuer, les étincelles marquaient la peau du visage et des mains, moustaches et sourcils étaient brûlés jusqu'à leur base et ne laissaient des visages que de tragiques masques de clowns. Dans Rådstusmuget, qui par endroits ne dépassait pas deux mètres de largeur, on déroula six lances pour éviter que le feu ne s'empare de la prison ou de la caserne principale, qui avaient toutes deux des fenêtres sur la ruelle. « *Les étincelles étaient aussi serrées que peuvent l'être les flocons de neige lors des chutes les plus denses* », lisait-on dans le rapport officiel des pompiers, qui figura quelques jours plus tard dans les journaux de la ville, « *mais après une heure d'efforts, on put enfin voir que les frontières du sinistre étaient définies* ». Là, dans l'axe entre Muségaten et Rådstusmuget, l'avancée de l'incendie vers le sud fut stoppée pour de bon.

Il restait encore certains postes exposés. À deux ou trois reprises, les flammes étaient passées par-dessus Småstrandgaten au niveau de Vesta et de l'immeuble d'angle de Hygea, et à un moment donné, elles menacèrent sérieusement de se propager le long de Vågsalmenningen. Mais le vent, qui dans l'intervalle avait viré à l'ouest, se remit au nord et les bâtiments exposés furent sauvés malgré tout.

Au petit jour, l'incendie semblait sous contrôle. Le vent avait faibli et les pompiers purent se concentrer sur la surveillance de la zone incendiée, vaste de 70 000 m².

À 4 h 30 ce matin du 16 janvier, Torleif Nesbø regardait la ville calcinée depuis l'un des balcons du théâtre donnant vers l'est, en compagnie de quelques-uns des employés du Nationale Scene.

Ils avaient devant eux un colossal tas de ruines, qui brûlait encore en bien des endroits. Certains foyers étaient réduits à des ruines incandescentes. De petites explosions retentissaient encore çà et là, dans des caves où s'étaient formées des poches de gaz, ou lorsque des braises finissaient par avoir raison de conduites de gaz.

La ville gisait littéralement sur le dos, tel un animal gigantesque carbonisé, la peau semée de profondes cicatrices, les quatre fers en l'air. Seules quelques rares façades noircies s'élevaient encore dans ce désert neuf. Ce qui avait le mieux enduré l'incendie, c'était la façade de l'immeuble de la compagnie des téléphones, à Veiten. Un peu plus bas vers Torvet, les restes de l'ancien central téléphonique brûlaient encore faiblement. Par-dessus les quartiers incendiés, depuis le toit du Nationale Scene, ils voyaient jusqu'au Rådstue et à la caserne principale, comme si la ville était nue, indécente, sous leurs yeux. La vision était si choquante que certains d'entre eux ne purent retenir leurs larmes.

Bien que le petit matin n'ait pas encore fait son apparition à l'est, une lueur semblable à celle qui annoncerait le jour du Jugement dernier couvait sur toute la vallée de Bergen, et parmi les ruines, que ce soit une lance à incendie dans les mains pour éteindre les dernières flammes ou à la recherche des éventuels trépassés, les pompiers, policiers et volontaires allaient et venaient tels des archanges en quête d'âmes pures et intactes. Ce ne fut que deux jours plus tard que l'on découvrit ce qui se révéla être la seconde victime de l'incendie, le cadavre d'un vieillard qui, bien qu'il ait tout d'abord été évacué, s'était quand même réfugié dans sa maison de Dampesmuget, et n'avait été porté disparu que le lendemain.

Une fumée blanc grisâtre planait sur l'ensemble, comme les gaz de combat sur les champs de bataille de Verdun.

L'homme qui se tenait à côté de Torleif Nesbø, un grand type dégingandé de Haugesund d'environ trente-cinq ans, aux cheveux blond-roux coiffés en arrière et à la moustache vaguement flétrie, se tourna subitement vers lui et tendit la main :

« Nous n'avons pas été présentés l'un à l'autre comme il se devait. Je suis Normann Johannessen, comédien. »

Torleif lui serra énergiquement la main.

« Torleif Nesbø. Chemins de Fer.

– Merci pour votre contribution.

– De même. »

Normann Johannessen se pencha un peu plus près.

« J'ai entendu dire que le directeur du théâtre offrait la bière et d'autres choses un peu plus corsées au foyer… Vous venez ?

– Il faut que je pense à ma bonne femme et à mes gosses…

– Ta, ta, ta ! Vous avez bien le temps de vous en faire un petit…

– … Mouais. »

Torleif Nesbø s'en faisait pour rien. Trine et les enfants étaient à la gare de Nesttun, dont le chef de gare avait ouvert les portes aux Berguénois sans domicile et il leur avait fait servir de la soupe de pois et du café, à 3 heures du matin. Ce ne fut que lorsque la nouvelle que l'incendie était sous contrôle qu'un calme relatif tomba sur la salle d'attente pleine à craquer, mais Trine ne put fermer l'œil de toute la nuit, taraudée d'inquiétude pour Torleif.

Le niveau de confort était nettement supérieur à l'endroit où Mmes Gade et Dünner passèrent la nuit, chez le consul Brandt, à Fjøsanger. Les deux bonnes avaient apprêté toutes les chambres d'amis, fait les lits et préparé des collations. Les camarades de classe Hjalmar et Alfred passèrent l'essentiel de la nuit sur le toit. Non qu'il y ait des risques d'embrasement, mais cela constituait une expérience différente de regarder depuis là-haut ce ciel nocturne rouge et le flanc de Fløien qui faisait vraiment penser à un gros boulet de charbon, luisant dans la lueur de l'incendie. Aucun d'entre eux ne mentionna d'un seul mot ce qui s'était passé la veille au soir chez Wilhelm, mais ils avaient du mal à se regarder en face. Hjalmar, les yeux plissés, regardait le frêle fils Dünner sans le voir, tandis qu'une ritournelle tournait dans sa tête : *C'est toi qui tenais, toi qui tenais – tenais, tenais, tenais !*

Au petit matin, Thorbjørn Tønder, l'époux de Margrete Christine, arriva par train spécial pour les assurer qu'aussi bien la maison de Villaveien que la leur, à Møhlenpris, étaient hors de danger, *tandis que Store Markevei, en revanche*… Tout le monde regardait tante Ingrid avec une sorte de pitié joyeuse ; cela faisait en fin de compte *quelqu'un* dans la famille qui avait vécu un événement dramatique…

Après avoir déposé sa mère à Villaveien, Bertil Gade, peut-être pris d'une sorte de solidarité à retardement envers son père, avait participé à la défense du théâtre. À présent, il jouissait en compagnie des autres héros locaux d'un verre de bière et d'un petit coup d'aquavit à l'élégant restaurant réservé au public, au premier étage.

« Gade ! avait remarqué Normann Johannessen lorsqu'il s'était présenté.

– Oui, mon père était comédien.

– Je sais, c'est moi qui... Je veux dire... je le connaissais. »

Dans Øvre Blekevei, tout le monde s'était mis à l'abri. Agnes Moland avait installé des couchages dans le salon et les chambres des enfants, pour Brekke et Torstein par terre chez Svend Atle, pour Sigrid dans la chambre d'Ingeborg Lovise, qui était en troisième à Tanks, tandis qu'elle et sa belle-sœur se partageaient le lit double chez elle. Dans le salon, à tout hasard, elle avait préparé le canapé pour Christian, bien qu'il les ait assurés depuis le commissariat juste avant minuit que tout allait bien mais que les chances étaient minces pour qu'il rentre avant le lendemain matin. Elle veilla donc en attendant Svend Atle et Torstein, qui étaient si excités lorsqu'ils revinrent enfin vers 2 heures qu'ils ne parvinrent de toute façon pas à se coucher. Ils s'assirent devant la fenêtre du salon d'où ils suivirent les dernières évolutions de l'incendie jusqu'au petit jour.

À ce moment-là, Wilhelm Styrk était depuis longtemps tombé dans les bras de Morphée. Gurine était rentrée vers 20 heures et avait mis les plus jeunes au lit sans lui dire plus que le strict nécessaire. Katarina avait fait savoir qu'elle dormirait chez une amie. Il avait pour sa part passé un moment à faire les cent pas au premier, incapable de refouler la crainte de ce que les parents diraient, le lendemain, lorsqu'ils apprendraient... *Il faut que je trouve quelque chose*, songea-t-il, *une explication*... Mais il finit par s'endormir, avec la ville comme un tapis rougeoyant dans la vallée en contrebas, sans avoir trouvé mieux que : *je ne sais pas pourquoi elle est rentrée chez elle !*

Christian Moland et Ole Berstad s'étaient retrouvés dans la salle de garde de Rådstuplass, les vêtements troués par des étincelles, des brûlures sur les mains et des traces de suie sur la figure. Caisses et archives avaient été rentrées pour qu'aucun papier ou document important ne se perde, et avaient été empilées sur le sol. Il restait peu de temps avant le transfert prévu dans Allehelgens gate, et tous deux avaient la sensation qu'ils n'auraient certainement pas à effectuer un nouveau rangement en bonne et due forme avant que le labeur de déménagement ne soit terminé.

« Quelle nuit infernale ! soupira Moland.

– Oui, cette nuit, nous étions au cœur de l'histoire.

– Tu veux dire que nous sommes devenus… historiques ? »

Berstad lui retourna un regard pâle.

« Je veux dire que nous avons vu une époque aller à sa perte. Le Bergen que nous connaissions tous les deux, depuis notre enfance – la ville du siècle passé – cette ville a disparu. À partir de demain, on écrira pour de bon le XXe siècle. »

Moland contempla pensivement son maigre collègue.

« Possible que tu aies raison… » Son regard se perdit devant lui, comme s'il se trouvait face à un paysage terrifiant, le souvenir imprécis d'un cauchemar. « Le XXe siècle… »

Loin dans Haugeveien, juste à côté de la corderie Campbell Andersen, qui n'avait pas encore été rasée en dépit des efforts acharnés des Chemins de Fer, Maren Kristine Pedersen se tournait et se retournait dans son lit, sans pouvoir trouver le sommeil.

Plus tôt dans la soirée, en compagnie de son frère Walther, de sa femme Bodil et de leurs trois enfants, Leif, Laila et Magnus, elle était allée à Klosterhaugen, où ils avaient retrouvé un grand nombre d'autres habitants de Nordnes pour observer ce spectacle épouvantable. Ils souhaitaient être au courant, mais voulaient sans doute avant tout s'assurer qu'ils étaient toujours hors de la zone dangereuse, et que le pire n'était pas en train de se produire, à savoir que le vent tourne.

Sur les coups de minuit, ils s'étaient sentis suffisamment rassurés pour pouvoir rentrer, mais il était plus de 2 heures lorsqu'on était allé se coucher chez le douanier

Pedersen et sa famille en cette nuit dramatique de janvier 1916.

Maren Kristine ne parvenait pas à contrôler ses idées. Comme en proie à la fièvre, elle revivait des instants qu'elle avait tenté de refouler au cours de ces dernières années, des instants d'humiliation et de désir. Elle repensait à des hommes qui fourraient leur truffe entre ses jambes et reniflaient comme des clebs en rut, des hommes qui s'humiliaient et devaient porter des masques pour pouvoir se lâcher, mais aussi, avec un certain frémissement dans tout le corps, à des hommes comme Robert Gade et Christian Moland, qui lui avaient manifesté tendresse et chaleur, mais à qui il avait malgré tout été mal de sa part de se donner, car *tu ne forniqueras point*, dit le Seigneur. Comme dans un cauchemar récurrent, elle revécut le jour où Calle Frimann s'était littéralement introduit chez elle. Après une pitoyable tentative de viol, il avait fini par retourner sa propre défaite contre elle, avec une violence telle qu'elle ne se souvenait que du début, des premiers coups brutaux, de décharges de douleur vive dans son corps engourdi. Puis lui revinrent quelques images imprécises : elle avait reçu la visite de *Fridtjof Helgesen et – Christian… et – cet autre policier…* avant de se réveiller à Haukeland, les gencives nues et douloureuses, et dans la tête des douleurs telles qu'elle n'en était pas encore débarrassée, qu'elles revenaient encore à la charge au moindre changement de temps. De façon assez troublante, un autre visage lui revenait sans cesse… Ce coursier obligeant, qui travaillait à présent dans un entrepôt… un péquenaud… *Ole…* Il avait eu l'air tellement désemparé, quand elle l'avait vu, plus tôt dans la soirée, qu'elle… Pour la première fois depuis son agression, elle avait ressenti une espèce de tendresse pour un homme, mais pas en tant que femme, peut-être plus en tant que… *mère* ?

Ole Bruvik avait marché comme un somnambule dans la ville en feu. En bas, à Kalmargjerdet, il avait transporté à toute allure des lances avec les pompiers, mais quand celles-ci étaient en position et quand l'eau les emplissait, il se retirait.

Il était resté un temps près du théâtre, puis devant la Loge, et avait assisté aux travaux de sauvetage de l'hôtel

Norvège, dont il avait suivi l'évolution jusqu'à ce que l'incendie soit arrêté et que la partie du bâtiment donnant sur Torvgaten soit métamorphosée en une coquille calcinée, tandis que l'aile sur Olav Kyrres gate était sauvée, abstraction faite des vastes dégâts des eaux. Le kiosque qui occupait le centre des communaux et les vespasiennes controversées sur Ole Bulls plass, que les comiques de la ville avaient surnommées « Små-Norge[56] », échappèrent au sinistre, mais les maisons qui étaient derrière avaient complètement brûlé. Il ne restait que la façade distinguée de la maison du médecin militaire Marten, au coin, alors que le bâtiment voisin, le grand café, était complètement en flammes depuis un moment.

Sans le savoir, il était arrivé dans Olav Kyrres gate exactement cinq minutes trop tard pour voir sa vieille connaissance, Anders Mikalsen, être emmené à Haukeland. Dans le combat de Christies gate, il fit quelques molles tentatives pour aider, mais se fit rapidement réorienter par un officier clairvoyant qui lui assigna une tâche moins importante sur l'aile ouest du front.

Quand l'incendie fut enfin maîtrisé, il se mit à errer sans but sur ce champ de bataille fumant, de façon si incontrôlée qu'on lui ordonna à plusieurs reprises de s'éloigner des façades qui ne demandaient qu'à s'effondrer.

– Ce n'était pas voulu, ce n'était pas voulu…

Ou alors… ? « Ô, Seigneur, accorde-moi miséricorde, moi, pauvre pécheur », avait-il murmuré au plus fort de son trouble en traversant Torvet, sur les coups de 6 heures, pour quitter la zone incendiée et retourner vers Skuteviken. Là-bas, on l'avait reçu avec un mélange de joie et de désespoir :

« Nous pensions presque que tu y étais resté, Ole ! » s'était écriée la tante avant de le prendre chaleureusement dans ses bras, à la porte.

Dimanche matin, lorsque le directeur Helgesen et sa femme virent depuis le pont du vapeur *Stavanger*, qui accostait à Vågen, les ravages que l'incendie avait causés, ce fut tout juste s'ils acceptèrent d'en croire leurs yeux. Les ruines noires et fumantes apparaissaient avec une force d'autant plus désagréable que les montagnes en fond étaient couvertes de neige. À l'endroit où s'était trouvé Helgesen & Co encore aussi récemment que samedi après-midi, plus rien n'arrêtait le regard qui pouvait à présent filer directement jusqu'au Nationale Scene, survolant un paysage dévasté et apocalyptique dans lequel les façades carbonisées encore debout, avec leurs fenêtres béantes et vides, composaient un triste portail sur la fin des temps.

Ébranlés, ils débarquèrent sur le nouveau quai de Tyskebryggen, montèrent à bord de la voiture qu'ils avaient fait venir et furent conduits à Fjellveien dans un silence oppressant. Même le cocher d'ordinaire si loquace n'avait rien à dire ; il ne savait que secouer la tête, en ce matin lugubre et glacial.

Le bal de Noël prévu par l'association étudiante de Hugin le dimanche 16 janvier fut, pour des raisons bien naturelles, annulé cette année-là.

NOTES DU TRADUCTEUR

[1] Surnom affectueux construit sur la dernière syllabe de Henricke, mais qui renvoie peut-être au nynorsk « rikke » : broussin, loupe.

[2] Surnom affectueux pour Per.

[3] « La Bonne Intention », club créé en 1798, dont les membres avaient tous un certain poids dans la société locale, que ce soit sur le plan politique, économique ou social.

[4] Le bâton d'infamie (nídsstöng en v. isl.) est l'un des éléments constitutifs du níd, l'un des trois rites majeurs de la magie des anciens Scandinaves (avec le sejdr et le blót). L'érection de ce poteau ou bâton d'infamie, qui peut être gravé ou non, était apparemment toujours accompagnée de la déclamation d'une formule imprécatoire. Sur le sujet, voir R. Boyer, *Le monde du double, la magie chez les anciens Scandinaves*, L'Île verte / Berg International, Paris, 1986.

[5] Allusion au mât de transmission de radio et télévision qui se trouve aujourd'hui au sommet d'Ulriken.

[6] Soit « la butte du bourreau ».

[7] Mélange plus ou moins fort d'alcool et d'eau plate ou gazeuse.

[8] Allusion à Oscar II (1829-1907), roi de Norvège de 1872 à 1905 (dernier roi de l'Union entre la Suède et la Norvège avant l'indépendance de cette dernière en 1905).

[9] C'est-à-dire dans les locaux de Den Gode Hensigt, dans le quartier d'Engen.

[10] Nom d'Oslo de 1877 à 1925 (après avoir été Christiania de 1624 à 1877).

[11] Allusion à un conte populaire norvégien (*Reveenka*).

[12] Quartier le plus élégant de Bergen, au sud-ouest de la ville, où s'installèrent au début du XXe siècle les classes dirigeantes.

[13] Tartines salées très courantes en Norvège, garnies de jambon, poisson (saumon, anchois, hareng), crevettes, œufs, crudités, fromage...

[14] Principal repas de la journée, ce « dîner » (middag) se prend en rentrant du travail, généralement entre 16 heures et 18 heures, rarement plus tard.

[15] Rôti (de bœuf, d'agneau, de baleine, de porc...) mariné dans du lait caillé battu (ou du kefir), puis saisi et cuit à la cocotte ou au four dans un mélange de lait et d'eau avec des oignons et diverses aromates (laurier, poivre, ail).

[16] En français dans le texte.

[17] En français dans le texte.

[18] Officiers d'administration chargés du maintien de l'ordre et de la collecte des impôts dans les communes rurales.

[19] Compagnie des Vapeurs de l'intérieur du Nord-Hordaland.

[20] Criminel et écrivain norvégien (1791-1849) devenu légendaire, proche des personnages d'Arsène Lupin et de Robin des Bois, célèbre pour ses évasions.

[21] Rupture de l'union entre le Danemark et la Norvège jusque-là dirigés par un même roi (danois).

[22] Grenier sur pilotis (pour mettre le grain à l'abri des rats), dans les fermes norvégiennes.

[23] Ragoût à base de viande (le plus souvent de bœuf), de pommes de terre, d'oignons et de carottes, en sauce brune ou blanche.

[24] Littéralement « oui nous aimons ». Hymne national écrit par Bjørnson en 1869 sur une mélodie de R. Nordraak.

[25] Le 17 mai est le jour de la fête nationale. Il commémore la naissance de l'état norvégien par la signature de la convention d'Edisvoll, le 17 mai 1814.

[26] Type de fromage de chèvre norvégien très populaire, qui fait penser à une mimolette sucrée.

[27] Début d'un poème de Christian Richardt, poète danois (1831-1892).

[28] Diminutif affectueux pour Ludvig.

[29] Première gare achevée de la première ligne ferroviaire de Norvège (1854). Relevée en 1980 par la gare centrale (Centralskasjou) à laquelle elle est en partie intégrée.

[30] En français dans le texte.

[31] Litt. « J'ai pris ma [cithare] nouvellement accordée », autre nom de *Udsigter fra Ulriken* (Vues du mont Ulriken), chanson folklorique composée en 1791 par Johan Nordahl Brun, alors pasteur à la cathédrale de Bergen, souvent considérée comme « l'hymne de Bergen ».

[32] En français dans le texte.

[33] Passage entre les Store et Lille Lungegårdsvann, rebouché après 1928.

[34] *Kjøtt* : viande.

[35] Type de paysanne propre à Bergen et à sa région, reconnaissable à la hotte en bois tressé (*kipe*) qu'elle portait sur le dos.

[36] La mangeoire du Christ.

[37] Norsk Statsbaner, l'équivalent de la SNCF en France.

[38] Allusion à Christian Fredrik Garman, personnage créé par Alexander Kielland (1849-1906) dans *Garman og Worse* (1880), et lui-même homme d'affaires à Stavanger…

[39] En français dans le texte.

[40] Organisations de jeunes garçons suivant des traditions bien précises, remontant aux années 1850 et qu'on pourrait comparer aux scouts. Les corps défilent en uniforme. Le concept date vraisemblablement des milices urbaines, mais c'est aujourd'hui un divertissement. Les Buekorps sont habituellement divisés en deux

compagnies, à leur tour divisées en deux pelotons. On considère que le Buekorps de Dræggen, fondé en 1856, est le plus ancien. Dès le tout début, les Buekorps ont été réservés aux garçons, même si le bataillon de Vågen, le premier Buekorps féminin, a vu le jour en 1991.

[41] L'un des moulins situés sur le cours de la Møllendalselven, fondé vers 1614 par 21 cordonniers qui eurent dès 1662 bail emphytéotique dessus. L'exploitation se poursuivit après la dissolution de la corporation en 1869, avec une production annuelle de 360 tonnes d'écorce pour une équipe de 12 hommes. Il fut procédé à l'expropriation du moulin à écorce en 1900, quand la commune dut assurer à la compagnie de distribution des eaux la disposition du bassin hydrographique.

[42] Zone géographique où toutes les eaux s'écoulent vers le point le plus bas et se rejoignent pour former un cours d'eau, un lac ou une nappe souterraine.

[43] L'un des quartiers les plus élégants de la capitale.

[44] Une darsine est une petite darse, à savoir un petit bassin abrité que l'on trouve dans les ports.

[45] « Les sœurs Berge ».

[46] « Le miroir du monde ».

[47] De l'aquavit, donc.

[48] Ancien nom du bokmål, ou dano-norvégien, dont il s'est pourtant distingué après la naissance du néo-norvégien (nynorsk) en 1929.

[49] Allusion à la pièce de Holberg *Jeppe paa Bjerget*. Singot renvoie à *Skål* (Santé !).

[50] Allusion à la seconde scène de l'acte III, échange entre Hamlet et Ophélia.

[51] Où réside aujourd'hui l'auteur…

[52] Partisans des évêques et du parti qui autour de l'an 1200 combattit le roi Sverre, et qui par la suite se rallièrent au roi Hákon Hákonarson.

[53] Litt. « jambes de bouleau », clan de proscrits soutenant le jeune roi Sverre, ainsi surnommés pour les jambières d'écorce de bouleau qu'ils portaient.

[54] Dans la mythologie des anciens Scandinaves, la Valhöll (Walhalla) est le paradis des guerriers d'élite, choisis sur les champs de bataille par les valkyries, et sur lequel règne Odin en personne.

[55] Puissante organisation piétiste œuvrant pour un renouveau de la foi en Norvège.

[56] « La petite Norvège », probablement en raison de l'eau qui y ruisselle en permanence et par comparaison avec les rivières et fleuves norvégiens.

suite dans :

1900 L'aube
tome 2

Le roman de Bergen
1900 L'aube
tome 2

traduit du norvégien par Alexis Fouillet
ISBN 978-2-84720-085-0, 272 pages, 21 €, mars 2006

En 1916, Bergen se relève du gigantesque incendie qui a ravagé la ville. Les bâtiments se reconstruisent, une 2e ligne de tramway est ouverte (vérifier). Les deux fils de l'inspecteur Christian Moland ne tarderont à se retrouver dans des camps opposés : l'un travaille à la compagnie des tramways, l'autre est devenu policier.

Car un terrible conflit social éclate en 1926 : les conducteurs et techniciens des tramways entrent en grève pour protester contre les bas salaires. La direction embauche des briseurs de grève, et confie leur sécurité à la police.

Le chef de file des grévistes, Torleif Nesbø, est un ardent militant du parti communiste, tandis que sa fille adoptive sera parmi les premières à revendiquer son indépendance et à vivre en femme libre…

Et bientôt, très bientôt, il y aura prescription : cela va faire 25 ans que le consul Frimmann a été assassiné. L'occasion d'un dernier sursaut pour rouvrir l'enquête ?

Le tome 2 de *1900 L'aube* voit l'avènement de la lutte entre bolcheviks et nationalistes libéraux, le krach boursier de 1929, la montée terrifiante du fascisme en Europe. Les protagonistes du tome 1 ont vieilli : ils passent le relais à leurs enfants qui vont construire la société à venir, faire évoluer les mœurs. Et se déchirer.

Le roman de Bergen comporte 6 volumes dans sa traduction française : 1900 L'aube *(2 tomes),* 1950 Le zénith *(2 tomes) et* 1999 Le crépuscule *(2 tomes).*

Gunnar STAALESEN

Anges déchus

polar traduit du norvégien par Elisabeth Tangen et Alexis Fouillet
ISBN 2-910030-92-X, 384 pages, 20 €, septembre 2005.

À l'enterrement de Jan Petter, un ancien camarade de classe, Varg Veum retrouve de vieux copains. Il part faire la tournée des bars avec Jakob, et se remémore le bon temps, celui de l'insouciance, des premières amours – Varg sait qu'il n'oubliera jamais Rebecca –, et des Harpers, le célèbre groupe de rock dont faisaient partie Jakob, Jan Petter, Johnny et Harry. Voilà que ceux-ci meurent les uns après les autres. Plus ou moins assassinés. Veum s'échine à découvrir quel drame, en 1975, a provoqué la séparation du groupe. Et par la même occasion à retrouver la femme de Jakob, car celle-ci a quitté le nid conjugal du dernier survivant des Harpers. Varg avait presque oublié que c'était Jakob qui l'avait épousée. Rebecca.

Prix des libraires norvégiens, 1989 – Meilleur roman édité au Danemark, 1990.

série des Varg Veum par l'auteur :

« Lorsque j'ai écrit *Le loup dans la bergerie*, le premier roman d'une série d'aujourd'hui douze livres mettant en scène le détective privé Varg Veum, je considérais ce livre comme un essai. C'était une tentative de transmission de la tradition des grands auteurs policiers américains – Hammet, Chandler, et Ross Mc Donald – pour voir s'il était possible de relater la réalité norvégienne en suivant le même schéma, ce qu'on appelle le roman noir. Le résultat aurait des points communs et des différences. Il se distinguerait principalement d'avec ses modèles par l'environnement et le paysage. Il y a loin entre la Californie ensoleillée et la ville de Bergen, constamment sous les averses. Les États-Unis décrits par Hammet et Chandler – où crime organisé et politiciens véreux tiennent une bonne place – semblaient bien différents de l'État-providence démocratique dans lequel vivaient Varg Veum et son auteur. Sam Spade et Philip Marlowe sont des types bien plus endurcis que Varg Veum. D'un certain point de vue, le Lew Archer créé par Ross Mc Donald, avec sa conception du monde sociologique et compatissante, était plus proche de Veum, à la fois dans le temps et par ses principes. Où ses cousins américains attrapaient régulièrement leur arme de poing, judicieusement placée sous l'aisselle, Varg Veum devait trouver une répartie cinglante ; et la bouteille de whisky de Philip Marlowe était remplacée chez Varg Veum par le plus norvégien des tord-boyaux : l'aquavit. Mais les mystères auxquels ils sont confrontés sont les mêmes : des meurtres dans les ruelles sombres, de ravissantes blondes, et un coupable caché quelque part dans les ténèbres, dont l'identité n'est dévoilée que dans les toutes dernières pages du livre... »

Vilhelm MOBERG

est né en Suède en 1898 et mort en 1973. Son œuvre de romancier (il est encore aujourd'hui l'un des dramaturges suédois les plus joués) est marquée par le souci d'inscrire la destinée de personnages quasi réels dans leur contexte social et historique. Si ses récits de village ou ses romans épiques ont valeur documentaire, ils sont avant tout le cadre où évoluent des individus faits de chair et de sang, doués de liberté. Avec La saga des émigrants, *il est au sommet de son art, mêlant peinture sociale et chaleureuse épopée humaine.*

La saga des émigrants

roman traduit du suédois par Philippe Bouquet
Version intégrale.

1 – Au pays ISBN 2-910030-56-3, 320 pages, 19,67 €, mars 1999.
2 – La traversée ISBN 2-910030-57-1, 272 pages, 19,67 €, mars 1999.
3 – Le Nouveau Monde ISBN 2-910030-60-1, 256 pages, 18,14 €, juillet 1999.
4 – Dans la forêt du Minnesota ISBN 2-910030-61-X, 384 pages, 19,67 €, sept. 1999.
5 – Les pionniers du lac Ki-Chi-Saga ISBN 2-910030-69-5, 272 pages, 19,67 €, nov. 1999.
6 – L'or et l'eau ISBN 2-910030-70-9, 288 pages, 19,67 €, janvier 2000.
7 – Les épreuves du citoyen 2-910030-72-5, 288 pages, 19,67 €, avril 2000.
8 – La dernière lettre au pays natal 2-910030-73-3, 288 pages, 19,67 €, juin 2000.

La saga des émigrants de Vilhelm Moberg a été élue en 1998, année du centenaire de la naissance de Moberg, meilleur roman suédois du siècle.
Cette œuvre de plus de deux mille pages dans sa version originale occupa son auteur pendant plus de douze ans et fut publiée en Suède entre 1949 et 1959.
Témoignage unique de l'histoire de la Suède et fabuleuse aventure humaine, *La saga des émigrants* a inspiré en Suède de nombreuses adaptations. Les plus célèbres sont cinématographique et musicale. Seul réalisateur autorisé par l'auteur, Jan Troell adapta pour le cinéma la grande saga en deux volets *Les Émigrants* en 1971 et *Le Nouveau Monde* en 1972 avec dans les rôles principaux de Karl Oskar et Kristina, Max von Sydow et Liv Ullman. Les années 90 virent une comédie musicale faire fureur en Suède : *Kristina de Duvemåla*, directement inspirée de la tétralogie de Moberg, écrite et composée par Benny Andersson et Björn Ulvaeus, les deux B du groupe ABBA. C'est dire si l'œuvre fait fi des décennies et sait toucher chaque génération.

Herbjørg WASSMO

est l'auteur d'une œuvre considérable, des livres pour enfants à l'écriture théâtrale en passant par la poésie. Œuvre inscrite aux programmes scolaires et universitaires, et qui, traduite en de nombreuses langues, connaît un succès populaire exceptionnel. Elle est, en Scandinavie, l'écrivain mondial le plus lu, et Dina a pris place aux côtés des grandes héroïnes de la littérature.

Le livre de Dina

roman traduit du norvégien par Luce Hinsch

1 – Les limons vides

ISBN 2-910030-05-9, 192 pages, 13,57 €, avril 1994.

2 – Les vivants aussi

ISBN 2-910030-06-7, 224 pages, 13,57 €, avril 1994.

3 – Mon bien-aimé est à moi

ISBN 2-910030-07-5, 304 pages, 15,09 €, avril 1994.

Le livre de Dina

réédition en 1 seul volume ISBN 2-910030-04-0, 576 pages, 23 €, mars 2003.

Le livre de Dina est avant tout l'histoire d'une enfant moralement abandonnée et mal aimée, qui dans sa recherche désespérée de quelqu'un à qui s'accrocher, frise la folie, dans laquelle elle finira peut-être du reste par chavirer. Poursuivie par l'image atroce de sa mère ébouillantée, elle s'installe dans des fantasmes et des hallucinations qui feront partie dès lors de son quotidien.

Dina est sans vergogne et ne se refuse rien. Mais au-delà du drame lui-même, c'est aussi un tableau naturaliste de la vie et des mœurs de la région du Nordland au siècle dernier. Une description par petites touches réalistes, lyriques, parfois cocasses et rapportées dans la verve truculente de la Norvège du nord. L'art de Herbjørg Wassmo est à trois dimensions. Elle brosse une immense fresque sur plusieurs plans. Le personnage échevelé de Dina, inséparable de son cheval noir Lucifer, est au premier plan et se détache sur le fond de paysages grandioses et fascinants, au cœur des nuits polaires. Au second plan surgissent une architecture traditionnelle en bois, haute en couleurs, des voiliers et des barques sentant fort le goudron et le sel marin, animés par une myriade de personnages qui vaquent avec précision aux soins de leurs métiers, chacun ayant un rôle défini dans le drame de Dina.

Conteuse de grand talent, Herbjørg Wassmo a engendré avec Dina l'une des grandes héroïnes de la littérature... et du cinéma : ***Dina***, d'Ole Bornedal, avec Maria Bonnevie et Gérard Depardieu, est sorti en salles en avril 2003.

Martin ANDERSEN NEXØ

Le Danois Martin Andersen Nexø (1869-1954) est issu d'un milieu ouvrier et grandit sur l'île de Bornholm. Cordonnier avant de devenir écrivain, il s'inspire de sa propre vie pour décrire dans des ouvrages réalistes la vie quotidienne des travailleurs. À l'occasion d'un séjour en Espagne, il prend conscience de l'universalité de la condition ouvrière, et de la solidarité qui en naît. Pelle le Conquérant *est sans conteste sa plus grande œuvre, en quatre volumes, écrite entre 1906 et 1910.*

Pelle le Conquérant

roman en 4 volumes traduit du danois par Jacqueline Lebras
1 – Enfance – ISBN 2-84720-019-3, 304 pages, 22 €, avril 2003.
2 – L'apprentissage – ISBN 2-84720-022-3, 304 pages, 22 €, juin 2003.
3 – La grande lutte – ISBN 2-84720-026-6, 400 pages, 22 €, septembre 2003.
4 – Le petit-jour – ISBN 2-84720-033-9, 272 pages, 22 €, novembre 2003.

Au printemps 1877 sur l'île de Bornholm, dans la Baltique, débarque un contingent de travailleurs suédois venus se louer comme ouvriers agricoles. Parmi eux, il y a Lasse Karlsson et son fils Pelle, un tout jeune garçon. Lasse est veuf. Il n'a jamais eu beaucoup de chance. Le voilà près de la vieillesse avec un enfant à défendre et à nourrir. C'est un homme qui ne manque pas de courage, mais un grand poids de fatigue et de servitude pèse sur ses épaules. Protester, relever le front, c'est risquer d'être renvoyé de la ferme, connaître la misère, la famine.
Sur l'île, en pleine nature, Pelle fait l'apprentissage de la souffrance, mais aussi de la bonté lucide et généreuse. Face aux épreuves, il réagit comme un petit taureau fougueux, il prend de la vigueur, se forge, cherche sa route entre l'amour et la colère.
Vaste fresque du Danemark à la fin du XIXe siècle, *Pelle le Conquérant* est un roman réaliste, de la lignée d'une littérature dite « prolétaire ». Sa plus grande réussite réside peut-être dans la juste combinaison d'une fine psychologie des personnages et d'une vision du monde qui lie tout individu à l'universel, au tout qu'il constitue avec ses semblables. Le parcours d'un homme – plus que d'un héros – dans le système social d'une époque, le tout imprégné d'une grande chaleur humaine. C'est un souffle épique qui porte les personnages à travers l'Histoire et les aléas de la vie, ce qui n'est pas sans rappeler *La saga des émigrants* de Vilhelm Moberg (Gaïa, 1999-2000).

Le film de Bille August qui s'en inspire a obtenu la Palme d'or au Festival de Cannes en 1988.

Composition Gaïa Editions
Achevé d'imprimer en mars 2007
sur les presses de France Quercy à Mercuès (France)
sur Perle sanguine 100 g spécialement fabriqué par
les papeteries de La Gorge de Domène pour
Gaïa Editions

La teinte du papier sur lequel cet ouvrage a été imprimé est le résultat d'une recherche soucieuse d'un plus grand confort de lecture : le coefficient de lisibilité est en effet jugé optimal, sous condition d'un bon éclairage ambiant.

Dépôt légal : première édition, mars 2007
N° d'impression : 62391